LA VIOLENCE
EN EMBUSCADE

Une disparition inquiétante
Seuil, 2014
et « Points » n⁰ P4051

Dror Mishani

LA VIOLENCE
EN EMBUSCADE

TRADUIT DE L'HÉBREU
PAR LAURENCE SENDROWICZ

ÉDITIONS DU SEUIL
25, bd Romain-Rolland, Paris XIVe

COLLECTION DIRIGÉE
PAR MARIE-CAROLINE AUBERT

Ce livre est le fruit de l'imagination de l'auteur. Toute ressemblance avec une histoire ou des événements réels, ainsi qu'avec des personnes vivantes ou mortes, des noms existants ou ayant existé ne pourrait donc être que totalement fortuite.

Titre original : *Efsharut shel Alimut*
Éditeur original : Keter Books, Jérusalem
© Dror Mishani, 2013
ISBN original : 978-965-07-2138-1

ISBN : 978-2-02-107710-0

www.seuil.com

À mon fils aîné, Benjamin

Il y a des secrets qui ne veulent pas être dits.
Edgar Allan Poe, *L'Homme des foules*

Prologue

Il y eut un moment, au cours des trois longs mois d'été qu'ils avaient passés ensemble à Bruxelles, où le bonheur paisible qui les avait enveloppés s'était fissuré et où, par la brèche, il avait senti ruisseler vers lui, vers eux deux plutôt, le risque d'une autre possibilité.

Ils étaient installés sur un banc ombragé de la large avenue du Parc, non loin du Musée royal d'art moderne, Avraham assis et Marianka, allongée, la tête posée sur sa cuisse. Dix-huit heures, sous un ciel bleu et sans nuages. Elle lisait, il lui caressait doucement les cheveux, qu'elle gardait toujours aussi courts. Lire, il n'y arrivait pas, parce qu'il avait passé presque toute la journée sur un roman policier de Boris Akounine, d'abord dans l'appartement puis dans deux cafés différents en attendant qu'elle termine son service. Et comme toujours, arrivé à la fin du livre, il avait réussi à repérer les erreurs commises par le détective.

Un cri retentit soudain derrière eux.

Avraham ne comprit pas ce que disait la femme noire qui s'approchait. Elle se frappait la tête de la main gauche et se griffait le visage. Il ne broncha pas. Ce fut Marianka qui se leva et s'avança vers elle. De grande taille, l'inconnue portait une robe usée, presque un linceul, et, remontées sur ses mollets, plusieurs paires de chaussettes en laine épaisse. Aux pieds, elle avait des sandales. Marianka s'arrêta devant elle, se mit à lui parler et lui attrapa le poignet pour qu'elle arrête de se mutiler le visage.

– Quelqu'un a kidnappé sa fille, expliqua-t-elle ensuite à Avraham, en anglais. Elle l'a cherchée en vain dans tout le parc, je l'emmène à l'antenne de police.

– Tu veux que je t'accompagne? lui demanda-t-il sans grande conviction.

Du banc, où il resta seul avec son sac à dos et le livre qu'elle avait retourné sur les pages ouvertes, il les suivit du regard. Marianka s'éloignait, le bras passé autour des hanches de la mère affolée, et maintenait toujours le poignet de la femme avec son autre main. À côté de lui, il y avait aussi le sac en plastique de l'inconnue, et dedans il entraperçut d'autres sacs en plastique. Une infinité de sacs en plastique de la marque Toys"R"Us.

Lorsque Marianka revint, elle se rassit sur le banc, mais à une certaine distance, et lui demanda une cigarette. Il remarqua qu'elle avait pleuré.

– On l'a retrouvée? s'enquit-il, mais comme elle ne répondit pas, il répéta: On l'a retrouvée? Quelqu'un l'avait vraiment enlevée?

– Elle n'a pas de fille. Au poste, on la connaît comme le loup blanc, elle traîne dans le parc depuis trois semaines. Au début, ils l'ont aidée à chercher sa fille, jusqu'au moment où ils ont découvert qu'elle n'en avait pas. Du moins pas à Bruxelles. Cette femme est arrivée du Congo il y a quelques années. Elle se griffe tellement qu'elle en perd connaissance.

En rentrant, ils mangèrent le plat estival qu'Avraham avait préparé avant de sortir et parlèrent peu.

Le lendemain matin, cette étrange sensation s'était dissipée, mais ils avaient eu tous les deux, l'espace d'une soirée, le pressentiment que quelque chose risquait de dérailler.

C'est exactement ce qui arriva.

PREMIÈRE PARTIE

1

Un frisson parcourut Avraham des pieds à la tête lorsqu'il entra dans la salle d'interrogatoire pour la première fois après ses trois mois d'absence. La climatisation, activée depuis le matin, avait nettement refroidi la pièce. Il se souvenait en détail de la dernière fois où il s'était assis là et de la femme qui lui faisait alors face.

Il avait eu le temps à maintes reprises d'imaginer le prochain interrogatoire qu'il mènerait dans cette pièce. S'était vu entrer d'un pas ferme et assuré, avait pensé à la voix dure avec laquelle il commencerait à poser ses questions. Il n'était cependant pas censé le faire dans l'immédiat, même si ce fut sans doute une bonne chose. Comme de plonger tête la première du haut d'une falaise dans une mer déchaînée. Sans préparation.

Lorsqu'il s'installa en face du suspect qui attendait sur une chaise de l'autre côté de la longue table, il vit tout d'abord un visage étroit à la peau mate, de petits yeux noirs puis de maigres bras parcourus d'épaisses veines proéminentes. L'homme avait les mains sales, les ongles aussi. Il était mince, de taille moyenne, pas rasé et devait avoir la trentaine.

– Vous êtes qui, vous ? lui lança-t-il dès qu'il entra.

Avraham ignora ostensiblement la question et, comme s'il était seul dans la pièce, étala avec soin divers documents sur la table. Il n'avait pas eu le temps d'étudier tous les éléments du dossier, s'était contenté de les survoler rapidement en écoutant le bref rapport de l'îlotière qui avait arrêté le suspect tôt ce matin-là.

En lisant le compte rendu qu'elle avait rédigé, il apprit qu'un objet suspect avait été signalé au standard téléphonique à six heures quarante-quatre. Cela pouvait certes être une fausse alerte mais une patrouille avait aussitôt été diligentée rue Lavon – et ce malgré le manque d'effectifs. Sur place, les policiers, qui n'avaient rien trouvé, avaient demandé au standard de recontacter par téléphone leur indicatrice et, quelques instants plus tard, une femme en robe de chambre était sortie de chez elle et les avait guidés. Moins de dix minutes plus tard, les démineurs arrivaient, bouclaient la rue et commençaient le processus de neutralisation. Après une première inspection, ils avaient découvert que la valise suspecte contenait un réveil de marque Supratech connecté par des fils électriques d'un côté à une bouteille de 7 Up remplie d'un liquide non identifié et de l'autre à ce qui ressemblait à un détonateur. Le rapport indiquait qu'ils avaient fait exploser le dispositif à sept heures cinquante.

Juste avant d'ouvrir la porte de la salle où l'attendait le suspect, Avraham envoya un SMS à Marianka : *Je commence un interrogatoire imprévu. T'appelle dès que j'en sors.* Elle lui répondit aussitôt : *Fini les vacances ? Bonne chance !*

Tout était prêt, il mit en marche l'enregistreur et demanda à l'homme assis en face de lui de décliner son identité.

– Amos Rame, répondit l'intéressé. Et vous, vous êtes policier ? Vous vous rendez compte que ça fait cinq heures que je poireaute ?

Le commandant ne prit pas la peine de répondre.

– Date de naissance ?

– La mienne ? 10 juillet 1980.

– Domicile ?

– 26, rue du Sionisme.

– À Holon ?

– À Las Vegas !

– Profession ?

– Moniteur de canoë, répondit Rame dans un sourire, puis il lâcha : Sans profession. Inscrivez que pour l'instant je ne travaille pas.

D'après le rapport de la policière, cet individu n'était moniteur de rien du tout. Il avait travaillé comme cuisinier au café Riviera sur la promenade du bord de mer de Bat-Yam, avait ensuite monté une petite entreprise de dépannage de motos et enfin avait ouvert un kiosque pour y vendre cacahuètes, amandes, pistaches et autres douceurs au centre de Holon. Vraisemblablement, il tirait des revenus complémentaires d'une activité autrement plus lucrative, aussi discrète qu'illégale : le trafic et la vente de haschisch. Il était né à Bat-Yam, d'une mère esthéticienne qui l'avait élevé seule, lui et ses deux grandes sœurs : la famille était connue des services sociaux. Il avait décroché du lycée avant le bac et sa première infraction remontait à ses quinze ans. Il avait été arrêté avec un ami dans une voiture volée. Avraham le toisa puis baissa les yeux vers les feuilles devant lui.

– Vous êtes soupçonné d'avoir, tôt ce matin, déposé à côté de la crèche située rue Lavon…

– Qu'est-ce que vous racontez ? l'interrompit aussitôt Rame. Un type sort tranquillement se promener et on l'arrête. Qu'est-ce que j'ai à voir avec une crèche ?

– C'est ce qu'on va établir.

– N'importe quoi ! D'ailleurs, vous avez des preuves ?

D'après ce qu'il avait rapidement compris en survolant le dossier et en entendant les brèves explications de l'îlotière, ils n'avaient effectivement aucune preuve. L'arrestation de l'homme était due au sens de l'observation de la jeune policière qui avait eu le temps, avant même le désamorçage de la bombe, de recueillir des précisions de la bouche de leur informatrice, une retraitée de soixante-quatre ans. La femme s'était levée tôt ce matin-là afin de commencer son ménage de Rosh haShana, premier acte de ses préparatifs pour fêter dignement la nouvelle année, son mari dormait encore quand elle avait ouvert les volets du salon. Elle s'apprêtait à poser ses tapis sur le rebord de la fenêtre – pour les aérer et pouvoir les taper après huit heures –, et là, elle avait vu quelqu'un entrer dans le jardinet, 6, rue Lavon. En fait, elle ne l'avait pas vraiment vu entrer, ne l'avait remarqué qu'au moment où il se penchait vers les buissons comme s'il cherchait quelque chose. Au début, elle l'avait pris pour un locataire voulant récupérer un objet tombé d'en haut, mais ensuite elle l'avait vu cacher la valise dans la haie en bordure du sentier qui mène à la crèche. Pourquoi la chose lui avait-elle paru si étrange ? Parce qu'il y avait des poubelles à quelques mètres et que s'il avait habité là, il y aurait jeté sa valise. De plus, s'il voulait s'en débarrasser, pourquoi la dissimuler avec autant de précautions derrière les buissons au lieu de la déposer sur le trottoir ? L'immeuble de la retraitée se situait au bout de la rue, mais sa fenêtre était un point d'observation fiable et même s'il y avait la cime de quelques arbres et un poteau électrique dans sa ligne de mire, ils ne bouchaient pas son champ de vision. La femme estimait avoir vu le suspect plus d'une minute, car, avait-elle expliqué, au lieu de partir tout de suite, il s'était attardé et avait même inspecté les alentours. C'est à ce moment que, malgré la distance, l'informatrice avait eu peur d'être repérée. Elle avait reculé à l'intérieur et lorsqu'elle avait à nouveau risqué un œil dehors, l'homme partait dans la direction opposée, vers la rue Aharonovich. Non, il ne courait pas, au contraire, il avançait d'un pas lent, on aurait même dit qu'il boitait. La suite de la description restait superficielle, comme on pouvait s'y attendre : petite taille, silhouette fluette et, pour autant qu'elle s'en souvienne, il était vêtu d'un pantalon de jogging et d'un sweat-shirt à capuche de couleur sombre, peut-être marron. Elle n'avait pas pu voir les traits de son visage.

Quelques minutes après avoir recueilli ce témoignage, la policière avait repéré, parmi la foule rassemblée au bout de la rue que les démineurs venaient de bloquer, un homme dont la silhouette et les vêtements correspondaient à ce signalement. Il observait le travail de désamorçage et paraissait nerveux. Au moment où elle lui avait demandé ses papiers, il avait pris ses jambes à son cou et avait réussi à parcourir quelques dizaines de mètres avant d'être rattrapé par un autre agent. Rame n'avait aucun papier sur lui, s'était entêté à nier toute tentative de fuite et tout lien avec la valise piégée, prétendant être simplement descendu acheter du pain et du lait. Il avait aussi, dans un premier temps, refusé de communiquer son numéro d'identité mais s'y était finalement résolu. Vérification faite, le fichier central avait révélé que l'homme possédait un casier riche de plusieurs condamnations, principalement pour des affaires de stupéfiants.

— Nos preuves, c'est nous qui décidons quand et comment les dévoiler, lui répondit Avraham. Expliquez-moi plutôt ce que vous faisiez de si bonne heure rue Lavon.

— Comme tout le monde, je prenais l'air.

— Vous avez dit à ma collègue que vous étiez descendu acheter du lait et du pain. Si je comprends bien, vous changez de version.

— Absolument pas. Je continue à dire la même chose. Je suis sorti prendre l'air et acheter du lait.

— Vous avez été jusque-là pour acheter du lait ? C'est un peu loin de votre domicile, non ?

— Et alors ?

— Pourquoi ?

— Pourquoi quoi ? Je suis obligé de vous répondre ? J'ai le droit d'acheter du lait où je veux, non ?

— Vous n'êtes pas obligé de me répondre. Je vais donc noter que vous n'avez pas envie de m'expliquer ce que vous fabriquiez rue Lavon.

À la différence des prévenus de sa précédente enquête, l'individu qu'Avraham avait en face de lui connaissait très bien les salles d'interrogatoire. Dès qu'il sentait qu'une question risquait de lui causer des ennuis, il n'y répondait pas immédiatement et prenait le temps de trouver la réponse qui l'arrangeait.

– Si je me suis déplacé aussi loin, c'est parce que je dois de l'argent à l'épicier de mon quartier. Ça vous va, comme explication ?

– Et pourquoi vous être arrêté pour observer le travail des démineurs ?

– Vous savez le nombre de gens qui se sont arrêtés comme moi ? Il y avait un colis suspect, j'avais envie de voir ce que c'était.

– Alors pourquoi avoir pris la fuite au moment où une policière vous demandait vos papiers ?

– Faux. Je m'en suis déjà expliqué. J'avais décidé de partir et je n'ai pas entendu qu'elle m'appelait. Tout à coup, deux flics me sont tombés dessus et m'ont accusé d'avoir pris la fuite.

– Ce que vous niez.

– Vous avez vraiment l'impression que j'ai tenté de m'enfuir ? Croyez bien que si j'avais voulu le faire, aucun de vos petits rigolos ne m'aurait rattrapé.

Quelque chose dans la réponse de Rame ne collait pas. Avraham relut le procès-verbal de son arrestation et, comprenant ce qui le tracassait, il releva les yeux et contempla la pièce, comme s'il essayait d'en estimer les dimensions. Deux rampes fluorescentes étaient allumées au plafond. Sur la photo du fichier central, Rame affichait un visage glabre, mais entre-temps il s'était laissé pousser une petite moustache à la Chaplin, une moustache qui, à la différence de ses ongles, paraissait très soignée.

– Qu'avez-vous fait du lait et du pain ? demanda-t-il.

– Pardon ?

– Qu'avez-vous fait du lait et du pain que vous avez achetés à l'épicerie ?

– Je n'ai pas pu les acheter, la rue était bloquée.

Avraham sourit.

– Je comprends. Vous devez donc être affamé! À propos, quelles sont vos relations avec la crèche?

– Aucune, lâcha Rame en soupirant. Dieu merci, je n'ai pas d'enfants.

– Alors pourquoi avez-vous déposé une bombe là-bas?

– Vous êtes tous complètement cinglés! Je vous dis et je vous répète que je n'ai rien déposé nulle part. Vous avez tous chopé une insolation ou quoi?

L'excitation retomba. De même que l'appréhension qu'avait ressentie Avraham au moment où il entrait dans la pièce. Oui, il était à sa place. Il retrouvait celui qu'il y avait laissé trois mois auparavant, réintégrait sa fonction et son travail – la chose qu'il faisait le mieux. Si Rame savait que la valise ne contenait qu'une bombe factice, il n'était en tout cas pas tombé dans le piège. Avraham lui proposa d'aller se servir un verre d'eau à la fontaine, installée dans le coin opposé de la pièce, près de la porte.

– Je n'ai pas soif, se défendit Rame.

– Vous devez boire. On en a encore pour pas mal de temps ici et boire est important. Vous risquez de vous déshydrater. Allez prendre un verre d'eau.

Il attendit.

L'autre finit par se lever et passa devant le commandant pour atteindre la fontaine. Après s'être versé de l'eau fraîche dans un gobelet en plastique transparent, il fit le même chemin en sens inverse. Son pas était souple et léger. Or, d'après le témoignage de la voisine, l'homme qui avait caché la valise au 6, rue Lavon avait quitté les lieux en marchant lentement, peut-être même, toujours à ses dires, en boitant. Sans compter que d'après la fille de la patrouille, Rame avait détalé au moment où elle lui avait demandé ses papiers. Maintenant il ne boitait pas davantage.

Avraham avait encore quelques heures devant lui pour décider s'il demandait au juge une prolongation de garde à vue, mais il savait déjà qu'il ne le ferait pas. Il était quatorze heures trente. Cet homme ne dirait rien et en fin de journée ou le lendemain matin au plus tard, on le renverrait chez lui. Le commandant n'arrivait pas à déterminer s'il relâcherait un innocent sorti de bon matin prendre l'air et acheter du pain et un pack de lait, un simple passant qu'on avait arrêté à cause d'une îlotière trop zélée, ou s'il s'agissait de l'individu qui avait, à l'aube, déposé sur le sentier menant à la crèche de la rue Lavon une vieille valise contenant un dispositif qui s'était finalement révélé inoffensif.

– Nous avons un témoin qui affirme que le poseur de bombe se dissimulait sous une capuche, or vous portez un sweat-shirt à capuche. Vous ne trouvez pas étrange de sortir avec un sweat-shirt à capuche par une telle chaleur ?

– Dites-moi, vous êtes qui, vous ? explosa soudain Rame dont la voix monta d'un cran. Qu'est-ce ça peut vous faire, ce que je porte ! J'avais un peu froid, ce matin. D'ailleurs, vous, vous trouvez que vous êtes habillé comme un policier ?

Effectivement, il ne l'était pas. Au lieu de son uniforme, il portait un pantalon court trop clair et une de ses nouvelles chemises couleur pêche. C'est que, officiellement, il était toujours en vacances.

Rentré depuis peu, en fait au début du mois de septembre, Avraham avait encore quelques jours de congé devant lui.

Son retour au commissariat n'étant prévu qu'après les fêtes, il avait l'intention d'utiliser son temps libre pour préparer l'appartement en vue de l'installation de Marianka. Ce matin-là, au lever du soleil, il avait pris sa voiture, roulé jusqu'à la plage de Tel-Aviv, trempé les pieds dans une eau tiède et fumé sa première cigarette en regardant les douces ondulations des vagues. C'était à Bruxelles qu'il avait soudain compris à quel point, étrangement, la mer lui manquait. Et tout à coup, sur cette plage, alors qu'une canicule de fin d'été s'abattait sur lui avec son insupportable lourdeur, il s'était senti gagné par une légèreté totalement nouvelle. Depuis son retour, il se baladait avec de fines chemises souples aux couleurs que jamais il n'aurait imaginé porter… mais Marianka assurait qu'elles lui allaient à merveille. Ils étaient convenus de ne s'occuper de l'appartement qu'après sa venue, d'acheter ensemble les appareils ménagers qui manquaient, de repeindre ensemble les murs pour leur donner une nuance plus gaie et même, peut-être, de retaper la salle de bains et la cuisine de fond en comble, mais Avraham avait décidé de prendre un peu d'avance et d'effectuer tout seul quelques aménagements. Il avait surtout jeté ses vieilleries. Des casseroles brûlées et des assiettes ébréchées, des vieux draps et des serviettes-éponges usées jusqu'à la corde. Il avait aussi fourré dans des sacs plastique les habits qu'il ne mettrait plus, ce qui avait libéré des étagères dans l'armoire de sa chambre à coucher.

Lorsqu'il était entré au commissariat ce matin-là, il avait été accueilli par David Ezra qui s'était empressé de quitter sa place derrière le guichet pour lui donner une chaleureuse accolade.

– Ça y est, tu es enfin de retour parmi nous ? lui avait-il demandé.

– Pas encore. Je viens juste rencontrer le nouveau chef. Tu l'as vu ? Il est comment ?

Le policier cligna des yeux dans une expression indéchiffrable.

– Tu verras toi-même, esquiva-t-il.

Avraham passa ensuite de bureau en bureau, frappa à des portes entrebâillées, répondit à des questions prévisibles sur ses vacances ou sur Marianka. C'est avec un indéniable plaisir qu'il retrouvait la plupart de ses collègues, un sentiment qui semblait réciproque.

Il alluma la lumière dans son bureau et s'étonna une fois de plus de son exiguïté. Mais l'atmosphère y était agréable, protectrice, et le fait qu'il n'ait pas de fenêtre contribuait à cette sensation de sécurité, de même que les murs nus et très rapprochés. Trois ans plus tôt, lorsqu'il avait eu envie de les décorer, il avait été incapable de choisir quoi que ce soit. À présent, il y avait accroché la reproduction du tableau foisonnant de détails et de couleurs qui l'avait ébloui le jour d'été où la pluie les avait surpris avec Marianka et où ils avaient couru se réfugier au Musée d'art moderne.

L'ordinateur était éteint. Il l'alluma.

Une couche de poussière recouvrait tout. Une couche grise, qui s'était formée sur sa table de travail, sur les étagères et sur sa lampe de bureau noire. Comment pouvait-elle entrer, puisqu'il n'y avait pas de fenêtre ? Dans la poubelle, il remarqua les morceaux d'une enveloppe brune déchirée et quelques papiers froissés qu'il ne se souvenait plus d'avoir jetés.

À midi tapant, Avraham s'arrêtait au troisième étage, devant la porte du bureau de Benny Seban, et on lui demandait d'attendre que le commissaire termine sa conversation téléphonique. Il en profita pour envoyer un SMS à Marianka : *J'attends de rencontrer mon nouveau chef. Te raconterai comment ça s'est passé. Bisous.* La secrétaire aussi était au téléphone et ce qu'elle racontait n'avait rien à voir avec le travail.

Le commissaire Seban émergea à midi et quart et invita Avraham à entrer tout en s'exclamant :

– Je n'arrive pas à m'y retrouver, si vous saviez le foutoir qu'on m'a laissé !

Il lui serra ensuite la main, l'enjoignit de s'asseoir, lui proposa un café et continua :

– La moitié du commissariat est malade, comme si on était en plein hiver. L'autre moitié est en vacances. Je travaille avec zéro effectif. Depuis ce matin, j'ai sur les bras un braquage à main armée dans la banque Igoud, une bombe déposée aux abords d'une crèche et un type qui a essayé de s'immoler par le feu sur le toit de l'agence de l'Assurance sociale. J'ai d'honnêtes citoyens qui attendent depuis cinq heures du matin de déposer une plainte et des suspects dont je ne sais absolument pas quoi faire parce que je n'ai aucun enquêteur à leur envoyer. Si je ne trouve personne rapidement, ce soir ils rentrent tous chez eux sans être inquiétés !

Avraham répondit qu'il avait déjà bu un café.

Avec son visage rond et poupin, ses cheveux bruns et raides, sa frange un peu puérile, Seban éveillait incontestablement sa curiosité, alimentée par l'ordre qui régnait sur le bureau : pas de dossiers ni de papiers épars, juste un petit paquet de feuilles sur lesquelles étaient imprimées de courtes lignes en grands caractères, prêtes à être lues. Le nouveau chef n'avait pas eu le temps d'apporter ses effets personnels, si bien que la pièce était telle que l'avait laissée son prédécesseur, avec aux murs les distinctions et les récompenses obtenues par les policiers du secteur.

– Est-ce que je peux vous être utile ? s'enquit Avraham.

– Oui, si vous arrivez à m'obtenir cinq postes supplémentaires d'ici ce soir ! lâcha Seban dans un petit rire.

La secrétaire entra dans le bureau sans frapper, posa une assiette en verre contenant deux petits gâteaux et une grande tasse d'eau bouillante devant le commissaire qui redemanda au commandant s'il voulait un café, attendit que la femme sorte et lança :

– Je finirai par l'envoyer, elle, interroger nos suspects !

Avraham était encore à Bruxelles lorsque Eliyahou Maaloul lui avait appris par téléphone la nomination du commissaire Seban, un homme qu'il n'avait jamais rencontré et dont il ne savait rien sinon qu'il avait passé les trois dernières années à la direction du secteur Amakim, dans le nord du pays, et qu'avant il occupait le poste de sous-directeur à la logistique. Ni enquêteur ni homme de terrain, il devait son avancement à un parcours effectué en majorité dans les services administratifs. Seban avait de petites mains lisses et les manches de sa chemise étaient parfaitement repassées. À plusieurs reprises, il se recula au fond de son siège mais, tout à coup, il se pencha en avant, posa les mains sur son bureau, se saisit d'un stylo et, d'un geste sec, traça des lignes nerveuses sur la feuille de papier posée devant lui. Avraham remarqua le tressaillement incontrôlé de ses paupières et, au moment où le commissaire essaya de le fixer, ses yeux se mirent à cligner, comme aveuglés soudainement par quelque chose, ce qui l'obligea à les rabaisser vers le bureau et à les frotter discrètement.

— Bon, revenons-en à nos moutons, déclara-t-il. Je sais que vos vacances ne sont pas terminées, mais je tenais à faire votre connaissance avant votre reprise officielle. Je voulais que vous me confirmiez votre retour de vive voix et en profiter pour m'assurer, de manière informelle, que tout allait bien et que les rumeurs prétendant que vous ne reviendriez pas étaient totalement infondées.

Avraham répondit qu'il n'avait jamais envisagé de ne pas revenir.

— Je suis ravi de vous l'entendre dire. J'ai des échos très positifs sur vous et nous avons besoin de bons éléments. Je suis aussi au courant de ce qui s'est passé au cours de votre précédent dossier et j'ai lu le rapport rédigé par la divisionnaire, Ilana Liss. Je ne pense pas avoir décelé le moindre dysfonctionnement dans la manière dont vous avez mené cette enquête. Soyez donc assuré de mon soutien le plus total. La page est tournée. Les coupables ont été arrêtés et on continue, conclut Seban qui cligna à nouveau des yeux et essaya de sourire.

Un rapport écrit par Ilana Liss sur sa précédente enquête? Première nouvelle! À la demande de qui l'avait-elle rédigé? Qui l'avait lu? Pourquoi ne lui en avait-elle rien dit?

Ils avaient discuté plusieurs fois au téléphone pendant qu'il était en vacances et à aucun moment elle n'avait mentionné de rapport.

— Merci, dit-il au commissaire. Je ne sais pas ce que vous avez lu, ni où vous avez trouvé ce compte rendu, mais l'enquête dont vous parlez est derrière moi.

— Parfait, parfait, je suis content de vous l'entendre dire, répéta le chef. À propos, puisque vous êtes là, pourquoi ne resteriez-vous pas au pot organisé cet après-midi en mon honneur? Ça me ferait plaisir. Vous pouvez? J'ai l'intention de définir les objectifs que je considère comme primordiaux pour un commissariat de secteur comme le nôtre.

Avraham promit qu'il s'efforcerait d'être là et l'autre reprit :

– Vous savez quoi ? Prenez donc ces feuilles, au pire, vous les lirez chez vous. Je vais les réimprimer. J'y définis ma vision du travail que, j'espère, nous mènerons ensemble au cours des années à venir.

À voir les cheveux brillantinés et bien peignés de Seban, Avraham se dit qu'il était peut-être passé chez le coiffeur le matin même, avant d'arriver au poste. Ses signes évidents de nervosité étaient-ils liés au discours qu'il s'apprêtait à prononcer dans l'après-midi ?

Après avoir remercié son nouveau chef, il plia les feuilles qu'il venait de recevoir et les glissa dans la poche de sa chemise.

– À propos, quand allons-nous nous rencontrer officiellement ? Je veux dire, quand est-ce que vous reprenez du service ?

– Après les fêtes, le lendemain de Rosh haShana. Mais je suis prêt à interroger un de vos suspects, si ça peut vous soulager. Rester quelques heures de plus ne me pose aucun problème.

– C'est que… vous êtes encore en vacances, non ? répondit Seban, dont l'hésitation évidente blessa aussitôt le commandant. Je pensais vous proposer de reprendre les activités progressivement. Peut-être vous intégrer d'abord à une équipe qui aurait déjà commencé une enquête… Ce serait dommage de gâcher vos derniers jours de tranquillité.

Ces mots eurent sur Avraham l'effet contraire : il éprouva justement une violente envie d'entrer tout de suite en salle d'interrogatoire. Justement à cause de l'hésitation de son nouveau chef.

– Je peux rester. Donnez-moi le dossier le plus urgent, répéta-t-il.

– Voyons voir… Je me demande si ce n'est pas le gars suspecté d'avoir déposé la bombe. Ça fait presque cinq heures qu'il attend et on n'a rien, à part des antécédents judiciaires.

– Parfait, j'ai besoin de quelques minutes pour prendre connaissance de l'affaire et j'y vais. Qu'est-ce que vous savez là-dessus?

– Pas grand-chose, répondit le commissaire qui ne paraissait toujours pas convaincu. Ça ressemble à un avertissement de type mafieux, mais on envisage aussi le conflit de voisinage. Deux questions : pourquoi un engin factice et pourquoi à côté d'une crèche? On dirait une menace, non? Donc deux autres questions : qui a-t-on voulu menacer et comment devons-nous interpréter cette menace? Mais la question essentielle qui se pose à nous est de savoir comment nous allons empêcher une récidive ou – pire – un vrai drame? Il nous faut clarifier d'urgence si cet acte de malveillance a ou non un rapport avec la crèche voisine. Notre suspect, ou quelqu'un d'autre, a réussi à abandonner une valise piégée – certes inoffensive, mais tout de même! – en plein jour, au moment où les parents déposaient leurs enfants dans un endroit ouvert au public, et ça, ça ne me plaît pas du tout, ou plutôt, ce qui me préoccupe, c'est de penser que la prochaine fois, ça risque d'être une bombe prête à exploser.

Bien qu'il ait promis à Marianka de lui raconter comment s'était déroulée son entrevue avec Seban, Avraham décida, en quittant le bureau du chef, de ne l'appeler que lorsqu'il sortirait de la salle d'interrogatoire. Mais les heures qui suivirent passèrent à une telle vitesse qu'il n'y pensa plus, et les rares fois où il s'en souvint, il n'eut pas la possibilité de lui téléphoner.

Au bout de la première heure d'interrogatoire du suspect, il n'avait pas avancé, peut-être même avait-il reculé : la contradiction évidente entre la claudication évoquée par la voisine et le pas souple d'Amos Rame le dérangeait, d'autant que ce dernier s'accrochait de plus en plus énergiquement à ses dénégations. Aucune empreinte digitale n'avait pu être relevée sur la valise, et les gars de la Scientifique n'avaient rien découvert sur les lieux qui aurait pu permettre d'établir un lien entre cet homme et la bombe. Rien non plus dans l'appartement qu'il habitait avec sa mère. Quant à la retraitée qui avait donné l'alerte, elle fut amenée au commissariat pour identification mais se montra beaucoup moins catégorique que lors de sa déposition.

– Évidemment, ça peut être lui, mais comment l'affirmer à cent pour cent? Vous savez à quelle distance j'étais? dit-elle à Avraham qui lui posa aussi des questions sur la claudication qu'elle avait constatée.

À ce sujet, elle resta ferme: la personne qui avait déposé la valise s'était éloignée vers la rue Aharonovich d'un pas lent et bancal.

À quinze heures trente, il transféra Rame dans une cellule et alla s'isoler dans son bureau pour réfléchir, comme il le faisait à chaque début d'enquête.

Il ne s'était pas encore déplacé sur le terrain et savait qu'il allait rapidement devoir le faire, c'était indispensable, surtout qu'il n'arrivait pas à se souvenir s'il y avait un feu tricolore dans cette rue: s'il y en avait un, des conducteurs à l'arrêt avaient peut-être vu l'homme déposer la valise ou quitter les lieux après.

Il s'étonna de découvrir, après s'être renseigné auprès de ses collègues, que personne n'avait encore interrogé la directrice de la crèche ni les voisins de l'immeuble sur d'éventuelles relations avec Amos Rame. Bref, il comprit que l'enquête n'avait pas encore démarré. Il fallait aussi recenser les endroits fréquentés par le suspect, essayer de dénicher des indices prouvant qu'il avait préparé cette bombe artisanale, interroger sa mère qui était pour l'instant à l'hôpital. Impossible de faire tout cela avant le soir, et de le faire seul, se dit-il. D'autant qu'il ne devait pas se fixer exclusivement sur cet individu. Il lui fallait aussi prendre en compte toutes les autres possibilités, et pas seulement à cause de cette histoire de claudication qui éveillait chez lui un sacré doute. Il se souvint des mots d'avertissement qu'Ilana Liss leur rabâchait: «Il ne faut jamais aborder une enquête avec une conclusion déjà prête, parce que dans ce cas certains détails nous échapperont obligatoirement tandis que d'autres nous sauteront trop facilement aux yeux.» La personne qui avait déposé la valise près de la crèche n'était peut-être pas, à cet instant précis, assise dans une cellule du commissariat, elle pouvait très bien se trouver ailleurs. Peut-être même était-elle déjà en train de passer à la vitesse supérieure, comme s'en était inquiété Seban.

Soudain, Avraham comprit qu'il ne regretterait pas d'avoir pris ce dossier.

Ce qu'il chercha tout d'abord dans les tiroirs et sur les étagères, il le trouva sur le sol de la petite pièce qui servait de réserve : une ramette de papier neuve, qu'il ouvrit avant même d'avoir regagné son bureau. Il en tira une feuille blanche, s'assit et inscrivit les premières lignes :

Crèche :
Distance exacte entre la crèche et la valise. Heure d'ouverture.
La directrice – des relations avec Amos Rame ?
La liste des parents. Rechercher des antécédents judiciaires.
Menace – peut-être sur l'un des parents ?
Environnement :
Sept heures moins le quart (exactement ?).
Passants éventuels dans la rue. Voisins susceptibles d'avoir vu quelque chose ?
Les feux de circulation. Caméra de surveillance ?
La valise – recherche de signes particuliers qui permettraient une certaine traçabilité ?
Est-il venu en voiture ?
Au cas où il y avait une voiture, quelqu'un attendait-il à l'intérieur pour le ramasser ?
Conflit de voisinage :
Liste des habitants de l'immeuble.
Voir s'il y a des délinquants connus des services dans le quartier.
S'il s'agit d'une intimidation – quel est le message ? À qui est-il destiné ? Que veut-il dire ?
Quelle sera la prochaine étape ?
Y a-t-il une épicerie dans la rue ?

À seize heures trente, il ramena Amos Rame en salle d'interrogatoire mais il savait que cela ne servirait à rien car il n'avait aucune nouvelle question à lui poser. Un sourire dans les yeux, l'homme se caressa la moustache et lança :

— J'ai bien mangé, j'ai bien bu, je me suis bien reposé. Nous avons eu une conversation intéressante. N'est-il pas temps pour vous de reconnaître que vous avez arrêté la mauvaise personne et de me laisser partir ?

— Pourquoi une telle précipitation ? demanda Avraham. Vous ne voulez donc pas dîner ici ?

Malgré ces derniers mots, il décida de le relâcher juste après être remonté de la cour du commissariat où il était arrivé avec un peu de retard, à dix-sept heures trente, pour le pot en l'honneur de la nomination de Seban et de la fête de Rosh haShana.

— Je vous garantis qu'on se reverra, lui dit-il tout de même.

— Vous perdez votre temps, mais ce sera avec plaisir, répondit Rame.

Le soir, après s'être rapidement douché à l'eau froide, il se prépara un café turc et, en slip, s'installa sur sa terrasse. Il ouvrit le dossier de l'enquête et relut le rapport qu'avait rédigé l'îlotière sur les événements de la matinée. Ensuite il se souvint du discours de Seban, toujours plié dans la poche de la chemise qu'il avait enlevée et accrochée dans la salle de bains – un discours que la plupart de ses collègues avaient trouvé ridicule, mais dans lequel il avait, lui, discerné au contraire une lueur d'espoir.

Il avait très envie de raconter sa journée à Marianka, mais n'arriva pas à la joindre. Il ne se souvenait plus si elle était censée être de service – un des derniers qu'elle accomplirait avec la police de Bruxelles, puisqu'elle allait quitter sa brigade pour venir vivre à Holon.

Il y avait quelque chose de mystérieux, de déroutant, dans la différence entre la détermination et la concentration avec lesquelles Benny Seban avait prononcé son premier discours devant ses nouveaux subordonnés, et la nervosité, le manque d'assurance qu'Avraham avait sentis tout au long de leur entrevue en tête à tête.

Dans la cour, le chef, debout derrière un pupitre improvisé, lisait sa feuille de papier. Malgré la chaleur, il ne transpirait pas. Et il avait commencé en parlant de la saison qui venait de s'écouler :

– L'été a été long, rude et difficile. En juin, les quartiers Sud de Tel-Aviv ont été secoués par des violences urbaines d'une rare intensité. Dans ces quartiers, en effet, nous avons constaté la présence en nombre de clandestins sans travail et sans toit, l'augmentation des plaintes de riverains pour agressions sexuelles et cambriolages, il y a eu des représailles, des cocktails Molotov, des incendies volontaires d'immeubles et de foyers pour étrangers. Bref, au Central, tout le monde avait conscience qu'à chaque instant le feu pouvait se propager jusqu'en banlieue et toucher Holon. Heureusement, nous avons réussi à éviter un embrasement.

Dire qu'il était alors à Bruxelles, à mille lieues de tout cela, en train de savourer des vacances qui semblaient ne jamais devoir se terminer ! Il se contentait de rester informé par Internet et de temps en temps de téléphoner à Eliyahou Maaloul ou à Ilana.

Son été à lui avait été heureux.

– Ensuite, on a eu droit à notre version des Indignés. Tous les samedis soir, les centaines de policiers du district ont reçu leurs instructions et se sont déployés dans Tel-Aviv pour maintenir l'ordre et éviter que leurs manifestations, autorisées ou non, ne dégénèrent. On a eu notre dose de barrages renversés et de vitrines de banque du centre-ville brisées, sans compter ce militant qui s'est immolé par le feu. Parmi les forces de l'ordre, tous ceux qui le pouvaient ont fait des heures supplémentaires.

Seban avait poursuivi son discours en communiquant les chiffres de la délinquance dans leur secteur :

– Les données montrent que vous avez fait un excellent travail cette année. Vous avez rempli tous les objectifs qui vous avaient été fixés, même au-delà. Vous avez réduit de cinq pour cent le nombre de cambriolages chez les particuliers et de vols en général. Il a même été constaté une baisse de plus de dix pour cent sur les vols de voitures. Grâce à votre engagement et à votre dévouement, le nombre d'agressions a diminué de sept pour cent et les accidents de la route de huit pour cent.

Dans l'auditoire, quelqu'un applaudit et Seban ajouta :

– Oui, vous le méritez effectivement.

Quelques collègues y allèrent eux aussi de leurs applaudissements, qui s'éteignirent rapidement car le nouveau chef reprenait déjà, d'une voix plus grave :

– Il ne faut cependant pas oublier les objectifs qui n'ont pas été atteints. La délinquance des mineurs a augmenté. Nous avons aussi constaté la hausse des fraudes et des infractions à caractère sexuel ou pornographique. Quand j'analyse les statistiques de votre secteur – pardon, je dois m'habituer –, de notre secteur, je vois un périmètre où les honnêtes citoyens peuvent de plus en plus dormir tranquilles chez eux, mais dès qu'ils sortent dans la rue, ils risquent davantage d'être confrontés à la prostitution et aux dealers.

Balayant du regard les policiers qui l'écoutaient en silence malgré la canicule, il haussa la voix :

– Ma vision – et je sais que pour une partie d'entre vous cela paraîtra utopique – est d'arriver à ce que tout citoyen qui n'a rien à se reprocher ne soit jamais confronté à la violence. Je veux que les honnêtes gens de Bat-Yam, de Holon ou de Rishon-leZion sortent le matin de chez eux, montent dans leur voiture, déposent leurs enfants à l'école ou au lycée, s'arrêtent boire un café et faire le plein, reprennent la route jusqu'à leur lieu de travail sans que, sur leur trajet quotidien, ils aient à subir la violence, sous quelque forme que ce soit. Qu'ils puissent vivre sans crainte. Mon but est de créer dans le secteur Ayalon un maximum de zones où la criminalité aura été éradiquée. Des zones tranquilles où nos administrés se sentiront en totale sécurité. Je sais que celui qui choisira de vivre du crime trouvera des lieux où la délinquance n'aura pas disparu, et nous continuerons à intervenir dans ces zones-là chaque fois qu'il le faudra. Mais, pour ma part, je me sens responsable des personnes normales qui respectent la loi, du M. Tout-le-Monde qui n'aspire qu'à la paix et ne doit vivre ni dans la violence ni dans l'angoisse de la violence. Ce sont ces gens-là que nous devons servir.

À la fin du discours, il y eut des applaudissements polis et beaucoup de sourires. Seban s'écarta du pupitre. Lorsqu'il croisa Avraham devant la table couverte de boissons non alcoolisées, il lui posa une main sur l'épaule et lui chuchota :

– Je suis ravi que vous soyez venu, Dani. Vous m'avez trouvé comment ?

Avraham ne réussit à localiser Eliyahou Maaloul qu'au bout de quelques minutes.

– Hé, c'est quoi ça, Avi, tu as maigri ? lui lança l'inspecteur dès qu'il s'approcha. On dirait un autre homme !

Il tenait à parler à Marianka avant de s'endormir. Lutta contre ses yeux qui se fermaient tout seuls. Essaya à plusieurs reprises de la joindre mais son téléphone était toujours éteint. Il finit par renoncer.

Dans son sommeil, il mixa des bribes du discours de Seban avec les dénégations d'Amos Rame. Assis dans la salle d'interrogatoire, le suspect le fixait de ses yeux noirs et disait en anglais : « Mon but est de créer à Las Vegas un maximum de zones où la criminalité sera éradiquée. » À trois heures du matin, il se réveilla en sursaut, toujours assis dans le fauteuil sur sa terrasse. Effrayé et en sueur. Il enleva son tricot de corps et alla s'essuyer dans la salle de bains. Quelque chose lui souffla que s'il regardait dehors il verrait l'homme à la valise boiter dans la nuit. Mais la rue était déserte.

2

Ce n'est que le soir, au moment de les coucher, que Haïm Sara comprit : ce qui s'était passé le matin avait apparemment effrayé ses enfants bien plus qu'il ne l'avait cru. Allongé sur le dos dans son lit, celui du haut, Ezer ne bougeait pas et fixait le plafond de ses yeux grands ouverts. Depuis plusieurs nuits, c'était dans cette étrange position que son fils aîné attendait le sommeil, il l'avait découvert non sans malaise. Quant au petit, à l'évidence plus énervé que d'habitude, il ne cessait de se tourner et se retourner sur le lit du dessous, ses jambes heurtaient la barre de sécurité, ses bras bataillaient avec sa couverture et son oreiller. Haïm se demanda si la chaleur le dérangeait.

Voilà déjà quelques jours qu'il se chargeait de les coucher, mais ils n'avaient posé aucune question sur Jenny avant ce soir. Ils s'étaient contentés des explications laconiques qu'il leur avait données le premier soir. N'avaient pas pleuré non plus.

Haïm s'assit à côté d'eux, sur la petite chaise en plastique bleue, et attendit en silence qu'ils s'endorment. La chambre n'était pas complètement obscure. Par les interstices des lamelles du store, laissées entrouvertes à cause de la chaleur et de l'humidité, les lumières qui s'allumaient alternativement dans l'immeuble voisin se reflétaient sur les murs et le sol de cette pièce dénuée de climatisation.

Ce fut le petit qui commença, il se retourna et, de dos, lui demanda :

– Pourquoi ce n'est pas maman qui nous couche ?

Haïm n'interpréta pas cette question comme l'expression d'un manque quelconque et ne la relia pas tout de suite aux événements du matin.

– Elle sera de retour pour te coucher dans quelques jours, le rassura-t-il.

Le gamin ne bougea plus et, quelques minutes plus tard, il dormait. Haïm se leva, persuadé que le grand aussi s'était endormi mais il le surprit à ouvrir les yeux.

– Pourquoi tu ne dors pas ? lui demanda-t-il.

Ezer ne répondit pas. Il n'avait pas desserré les dents de tout l'après-midi, préférant rester assis des heures, un regard prudent et soupçonneux tourné obstinément vers la télévision.

Haïm se rassit sur la chaise bleue et continua à attendre. Soudain, d'en haut, il eut l'impression de saisir les mots suivants : « Je sais qui a perdu sa valise à côté de la crèche de Shalom », mais comme il n'était pas sûr d'avoir bien compris, il préféra demander à Ezer :

– De quelle valise parles-tu ?

– Celle que quelqu'un a perdue et, à cause de lui, ils ont fermé la crèche de Shalom.

C'était ce que Haïm leur avait raconté ce matin-là.

Car il avait bien fallu trouver quelque chose à leur dire au moment où, arrivés au croisement, ils avaient découvert que la rue Lavon était bouclée. Dans l'attroupement qui s'était formé, il avait reconnu des parents de la crèche, dont un jeune père à lunettes qui portait son fils dans les bras. Une voiture de police bloquait la chaussée et, de chaque côté, des agents empêchaient les piétons d'avancer. Il n'avait pas compris tout de suite ce qui se passait et, un instant, s'était figé sans savoir à qui s'adresser. En fait, il avait eu tellement peur à la vue des policiers qu'il en avait oublié la présence de ses fils. Son premier réflexe avait été de se dire qu'il devait rentrer chez lui, de panique il crut avoir oublié ses clés sur la porte, palpa les côtés de son pantalon et les sentit dans sa poche.

– Venez, on rentre, avait-il dit en prenant les enfants par la main.

– Inutile, ils ne vont pas tarder à rouvrir le passage, déclara alors la jeune femme qui se tenait juste à côté d'eux.

Ces mots l'arrêtèrent dans son élan.

Sur le trottoir d'en face, il vit la directrice qui s'entretenait avec les forces de l'ordre.

Et soudain, il y eut un terrible remue-ménage.

Deux policiers se mirent à courir, se jetèrent sur un jeune homme, l'un d'eux le plaqua au sol, lui planta un genou dans le dos et lui replia le bras vers l'arrière. Il entendit un badaud, une femme, déclarer : «Oui, ça pourrait bien être lui», mais n'en fut pas rassuré pour autant.

– On va aller déposer Ezer en premier à l'école, dit-il après avoir resserré les doigts autour de la main des enfants.

Pour ne pas croiser la directrice, ils traversèrent la rue Aharo-novich qu'ils longèrent avant de tourner à droite dans la rue de l'Alya-Beth[1] et d'atteindre la rue Arlozoroff. Il regrettait à présent de n'avoir pas pu éviter de tant presser le pas et de tirer les garçons derrière lui, mais il n'avait pas imaginé que cette précipitation aurait de quoi les effrayer. Shalom avait juste demandé à plusieurs reprises : «Alors je ne vais pas à la crèche aujourd'hui?» Ce n'est qu'une fois arrivé devant le portail de l'école d'Ezer qu'il leur avait expliqué que les policiers cherchaient une personne ayant perdu sa valise rue Lavon parce qu'ils voulaient la lui rendre. Dès qu'ils l'auraient localisée, la crèche rouvrirait.

Sa frayeur s'était dissipée et il n'y avait pas repensé de la journée. Dans l'après-midi, ils n'en avaient pas reparlé, mais apparemment cela avait secoué les enfants et expliquait sans doute pourquoi Shalom avait été plus nerveux que d'habitude.

Se levant de la chaise bleue, Haïm se retrouva à la hauteur du lit d'Ezer.

1. L'Alya-Beth est le nom donné à la vague d'immigration illégale en Palestine, dans les années 1934-1948.

– Qui a perdu la valise? demanda-t-il à son fils.

– Je ne peux pas te le dire, répondit le garçon.

Il restait sur le dos sans bouger, à fixer le plafond.

– Comment le sais-tu?

– C'est mon papa d'avant qui me l'a dit.

La réponse avait été formulée après un instant d'hésitation. Haïm sursauta. Depuis quelques jours, son aîné s'était mis à évoquer son papa d'avant, et chaque fois, la chose lui donnait des frissons.

– Qu'est-ce qu'il t'a dit?

– Que c'était un grand secret.

Fallait-il continuer cette discussion ou laisser son fils tranquille? Shalom remua dans son lit du dessous. Surtout ne pas le réveiller.

– Comment il le sait? chuchota-t-il tout près de l'oreille d'Ezer... qui ne répondit pas; il avait les yeux fermés.

Tout en lavant les assiettes qu'il avait posées dans l'évier après le dîner, Haïm essaya de décrypter les paroles de son fils. Il prépara la cuisine pour commencer à travailler. Ce qui le préoccupait, c'était le besoin soudain qu'avait Ezer de se raccrocher à son «papa d'avant», comme si lui, Haïm, ne suffisait pas – ce que d'ailleurs Jenny prétendait bien trop souvent. Parce qu'il était trop renfermé. Peut-être trop vieux. Et pas assez courageux. Il savait qu'il ne parlait pas suffisamment avec ses enfants, surtout avec le grand, et que c'était une des choses qu'il allait devoir changer. Il allait aussi devoir afficher plus d'assurance. Ne montrer aucun signe d'angoisse ni de faiblesse. Tout faire pour les convaincre qu'il était capable de les protéger. C'était justement ce qu'il avait tenté de prouver la semaine précédente à la crèche – sauf que, en l'occurrence, il n'y était pas arrivé.

Par la fenêtre ouverte de la cuisine lui arrivaient tous les bruits de la rue.

Il entendit passer des voitures, soudain une sirène d'ambulance retentit. La peur allait et venait, imprévisible.

Et ça allait durer ainsi encore longtemps, songea-t-il.

Cette valise déposée à côté de la crèche, quelle poisse… Enfin, s'ils avaient arrêté un suspect, l'enquête allait peut-être se terminer rapidement.

Il savait qu'ils se débrouilleraient très bien sans Jenny, même si certains problèmes n'étaient pas encore résolus. Surtout les nuits. Il ramassa les vêtements sales restés dans la salle de bains dont il essuya le sol mouillé avec la serpillière. Les chaussettes ne sentaient pas mauvais, il les plia et les posa sur les petites chaussures, à côté de la porte, puis il mit les pantalons et les tee-shirts dans la machine.

Jusqu'à vingt-deux heures la radio diffusa des chansons de variété, ensuite ce fut les informations et enfin commença l'émission de dialogue avec les auditeurs.

En général, Jenny dormait à cette heure-là, ou bien elle s'installait dans le salon et regardait un film à la télévision sans s'intéresser à lui le moins du monde. À présent qu'il était seul, il aurait pu augmenter le volume de la radio, mais s'en abstint pour ne pas réveiller les enfants. Après avoir coupé en petits dés les oignons et les poivrons rouges, il les versa dans un saladier, ajouta dix boîtes de thon en conserve, quelques cuillerées à soupe de mayonnaise, un peu de moutarde et mélangea le tout. Il pressa un citron entier par-dessus, saupoudra de poivre et de sel, et pendant ce temps, à la radio, une femme qui habitait Beershéva racontait comment elle avait vaincu son cancer : les médecins avaient jugé son état désespéré, elle s'était alors adressée à un rabbin qui officiait à Ofakim, lui avait demandé sa bénédiction, et c'était lui, ce rabbin d'Ofakim, lui seul, qui l'avait aidée. « Excusez-moi, mais si tout va bien, je ne comprends pas pourquoi vous nous appelez », lui fit remarquer l'animateur de l'émission. « Je téléphone pour aider les autres, répondit la femme, et aussi pour souhaiter une bonne et heureuse année à tous les citoyens d'Israël ! » L'animateur refusa de la laisser donner à l'antenne le numéro de téléphone du fameux rabbin et passa à l'auditeur suivant, un homme qui avait perdu son fils dans un accident de voiture. Haïm coupa les tomates en fines tranches, les concombres en lamelles et les déposa sur deux assiettes différentes. Dans la casserole, l'eau avait bouilli, les œufs avaient durci ; il en écrasa cinq dans la salade de thon, puis prépara sa salade d'œufs durs dans un autre plat. L'auditeur suivant était un homme qui refusa de donner son nom et l'endroit d'où il appelait mais raconta qu'exactement au moment où il s'était découvert diabétique, sa femme l'avait quitté pour un collègue de travail avec qui elle le trompait. Là, c'en fut trop pour Haïm, il éteignit la radio sur cette terrible histoire et travailla quelques minutes en silence. Le papa d'avant mentionné par son fils continuait de le tarauder.

Que voulait-il dire en prétendant qu'ils s'étaient parlé ?

S'il n'avait pas été autant coincé avec les mots, il aurait pu téléphoner à la radio et demander conseil, mais c'était hors de question.

Il savait qu'on n'élevait pas les enfants dans le silence – même s'il avait réussi, en dépit de son mutisme, à donner beaucoup à ses fils. Dès le début, Shalom lui avait été très attaché et ça continuait. Ezer aussi. C'était juste ces derniers mois que les choses avaient changé. Avant, son aîné aimait rester avec lui et recherchait sa compagnie. Oui, la distance qui les séparait maintenant, le repli de l'enfant sur lui-même, c'était à cause d'elle.

Soudain, parce qu'il venait de capter les mouvements rapides de ses doigts, le souvenir de son propre père remonta dans sa mémoire. Un homme qui, exactement comme lui, se méfiait des mots. Il était tailleur et n'arrivait pas toujours à boucler les fins de mois, si bien qu'il donnait un peu dans le trafic de vêtements et se faisait parfois embaucher dans des grands ateliers industriels. Et il était tout le temps en train de fumer, oui, il avait toujours une cigarette à la bouche, voilà l'image qu'en gardait Haïm. Et aussi celle de ses doigts et de leur mouvement rapide quand il cousait. Quoi d'autre ? Le vendredi soir, il allait à la synagogue, le samedi matin et pendant les fêtes aussi. Il était grand et mince, toujours très élégant. Et il avait aussi un costume pour les occasions importantes. Quand ses enfants se réveillaient, il était déjà frais et dispos, réveillé, habillé et rasé de près. Il mangeait lentement. Terminait toujours son dîner après les autres. Quand les nuits étaient douces, il s'asseyait dans le petit jardin de la maison à Ness-Ziona, fumait et écoutait la radio.

Au moment de sa mort, c'était au mois d'avril, Haïm était à l'école. Étrangement, on n'avait envoyé personne pour le prévenir et le ramener à la maison, si bien qu'il n'avait appris la nouvelle qu'une fois rentré. Il avait huit ans et il semblerait que cet événement ait marqué le début de ses crises, car c'était quelques nuits plus tard qu'on l'avait trouvé pour la première fois en train de marcher et de parler en dormant, tout seul dans le jardin. Son premier-né avait évidemment reçu le prénom de son père.

À vingt-trois heures, il avait terminé son travail dans la cuisine. Il appela sa mère avec l'appareil qui se trouvait dans sa chambre à coucher et lui demanda comment elle se sentait. Elle répondit qu'elle avait les jambes lourdes.

– Tu es restée beaucoup debout aujourd'hui ?

– Non, j'étais assise.

Il insista en lui disant qu'elle devait se reposer davantage. Ne pas rester debout si ce n'était pas nécessaire. Elle lui demanda des nouvelles de la jambe qui le faisait souffrir, il la rassura et affirma que ça allait beaucoup mieux.

– Maman, as-tu eu la visite de quelqu'un aujourd'hui ?

– Oui. Adina.

– Qu'est-ce qu'elle voulait ?

– Voir comment j'allais.

Ils restèrent silencieux pendant un instant, mais n'en furent pas embarrassés. Parler avec sa mère ne lui demandait aucun effort. En général, c'était elle qui papotait et il se contentait d'écouter et de répondre de temps en temps. Tous les jours, elle se mettait au lit, attendait qu'il l'appelle et ce n'était qu'ensuite qu'elle éteignait la télévision et la lumière dans sa chambre pour essayer de dormir. Elle aussi passait ses nuits à lutter contre les insomnies et parfois elle ne fermait pas l'œil avant l'aube.

– Comment vont les enfants ? s'enquit-elle.

– Ils dorment.

– Tu leur as dit qu'elle était partie ?

– Pas vraiment. Je préfère attendre encore un peu.

– Pourquoi ? Plus vite tu le leur diras, plus vite ils se feront une raison.

Il ne réagit pas.

– Et comment est-ce que tu t'organises à la maison ? Veux-tu que je demande à Adina de venir te donner un coup de main ?

Il répondit que c'était inutile.

– Est-ce que tu as reparlé avec la directrice de la crèche ? reprit-elle après un court silence.

Il ne lui racontait jamais tout, pour ne pas l'inquiéter, mais son altercation avec cette mégère, il la lui avait relatée et elle lui avait donné raison, avait compris pourquoi il s'était énervé. En revanche, il ne lui avait rien dit de la bombe, il savait que si elle l'apprenait, elle n'en dormirait pas de la nuit.

– Je n'ai pas eu le temps, maman. On est arrivés à la crèche en retard.

– Et as-tu demandé à Shalom comment ça se passait maintenant ?

– Apparemment, ça va mieux, mentit-il.

– Tu vois ! C'est parce que tu as crié. Ce n'est qu'en criant qu'on obtient des choses.

Il n'avait aucune envie de s'appesantir sur le sujet et préféra lui demander si tout allait bien dans sa maison.

– Oui, juste qu'il fait chaud. Est-ce que tu viendras finir le jardin avant Rosh haShana ?

Qu'elle lui pose la question l'énerva tellement qu'il sentit une vague de colère le submerger, mais il se contint.

– Non, je le ferai pendant le week-end prolongé. Arrête de t'inquiéter.

– Alors, bonne nuit, lui souhaita-t-elle avant de raccrocher.

À côté de son lit étaient posés plusieurs livres pour enfants qu'il avait l'intention de lire pour pouvoir ensuite en faire la lecture aux garçons. Sans se tromper, avec fluidité et naturel. À la rentrée, la directrice leur avait demandé s'ils lisaient des histoires à Shalom et indéniablement la question l'avait blessé, il l'avait perçue comme l'expression d'un mépris envers son fils et indirectement envers lui. Ensuite, Jenny avait reçu une liste pour l'aider à faire son choix et, à la librairie, la vendeuse leur en avait conseillé encore deux.

Cette réflexion n'était peut-être pas étrangère à l'altercation qui avait suivi. Il n'avait jamais pensé devoir lire des histoires à Shalom. Son père ne lui en avait jamais lu et il n'en avait jamais lu à Ezer.

Mais après avoir acheté tous les livres recommandés, l'un d'entre eux avait particulièrement attiré son attention : il racontait l'histoire d'un enfant qui, la nuit, se promenait sur les murs de sa chambre. Ses parents le couchaient mais l'enfant ressortait du lit, marchait sur les murs et entrait dans les tableaux qui y étaient accrochés et qui, du coup, s'éveillaient. Il parlait alors avec les personnages peints. L'illustration sur la couverture montrait le héros avançant sur le mur, dos très droit, bras tendus en avant comme un somnambule, cheveux roux et teint clair. Il ne ressemblait pas du tout à ses enfants. Ni à lui, d'ailleurs.

Depuis qu'il se couchait sans Jenny, Haïm était presque certain de ne pas s'être relevé la nuit.

Il se mettait au lit très tard et se réveillait à quatre heures du matin pour ne pas trop dormir. Comme dans sa jeunesse, il avait recommencé à tendre un fil à coudre à hauteur de genoux entre les montants de la porte de sa chambre à coucher pour savoir, le matin, s'il était sorti. Il ne pouvait pas s'enfermer à clé à cause des enfants. Cela dit, depuis sa rencontre avec Jenny, ça allait beaucoup mieux. Elle avait le sommeil léger et se réveillait dès qu'il se relevait. À certaines périodes, cela se produisait toutes les nuits, à d'autres – qui pouvaient durer des mois –, il ne bougeait pas, en général quand il était moins tendu, quand son travail lui rapportait suffisamment d'argent.

Les fois où il se levait en dormant, sa femme le poussait jusqu'au salon et allumait la télévision, parce que ça l'aidait à se réveiller. Car dans son sommeil, lui avait-elle un jour révélé, il parlait beaucoup. « Qu'est-ce que je dis ? » avait-il voulu savoir et la réponse avait été : « Je ne comprends pas tout, mais tu n'arrêtes pas. »

Il restait encore quelques vêtements appartenant à Jenny, pliés sur les rayonnages de l'armoire dans la chambre à coucher, mais la majorité n'y était plus, de même que la grande valise.

À minuit passé, après un dernier contrôle pour s'assurer que les enfants dormaient, il s'habilla, éteignit la lumière dans sa chambre, baissa le store dans la leur mais laissa la fenêtre entrouverte, car tout à coup il y avait un peu d'air. Il remarqua qu'une croûte s'était formée sur la profonde entaille qui barrait le front de Shalom. Ezer n'était plus sur le dos, dans cette position figée tellement effrayante, mais couché sur le ventre, la joue bien enfoncée dans l'oreiller, et il avait retrouvé son allure de petit garçon. Ses deux fils ressemblaient à Jenny davantage qu'à lui, mais il décelait tout de même dans leurs traits quelque chose qu'il leur avait transmis, même s'il ne pouvait pas définir exactement quoi.

Depuis la naissance de ses deux garçons, Haïm ne cessait de se demander comment ils se souviendraient de lui. De la même manière qu'il se souvenait, lui, de son propre père ? Il espérait surtout que rien ne lui arriverait avant qu'Ezer n'ait atteint l'âge où les images du père s'incrustent dans la mémoire. Peut-être parce que le sien était parti vite, laissant un fils trop jeune ?

Peut-être parce qu'il avait plus de cinquante ans à la naissance de son aîné. Il aurait voulu être perçu comme un homme de poids, mais qui n'inspirait pas la peur. Et jusqu'à ces derniers temps, il avait été sûr que ce serait effectivement l'image que retiendrait Ezer.

Il aurait voulu lui murmurer à l'oreille : « Tu n'as pas de papa d'avant, je suis ton seul et unique père. » Mais il ne le fit pas.

Cette nuit-là, Haïm ne se leva pas ou du moins ne sortit pas de sa chambre. Le réveil sonna à quatre heures du matin, il sauta sur ses pieds et après avoir vérifié, grâce à la lueur qui filtrait de l'extérieur, que le fil de sécurité était intact, il alla allumer la lumière dans la cuisine et dans la salle de bains. Pas dans le salon, pour ne pas déranger les enfants. Dans leur chambre, il trouva Shalom recroquevillé en boule tout au bout du matelas et Ezer dans la même position que la nuit, enroulé dans la couverture qu'il avait remontée jusque sous son menton, comme s'il avait froid.

Haïm s'habilla dans l'obscurité de sa chambre à coucher et alla se raser. Avant de commencer à travailler, il ferma la porte de la cuisine, utilisa trois poêles pour faire cuire des omelettes nature et aux herbes (persil et aneth) et les déposa ensuite sous la fenêtre en attendant qu'elles refroidissent. L'arôme du café qu'il se prépara se mêla à l'odeur de friture et aux parfums de l'aube. Il étala sur la table les tranches de fromage jaune et posa à côté les salades préparées la veille. À cinq heures et quart, il ouvrit avec précaution la porte de son appartement, sortit et verrouilla derrière lui. Il attendit un instant sur le palier pour s'assurer qu'aucun des garçons ne s'était réveillé et descendit jusqu'à sa voiture. Encore un problème qu'il n'avait toujours pas résolu, ce qui l'obligeait à agir ainsi.

Il avait bien envisagé de demander à ce qu'on lui livre les petits pains, mais la différence de prix était énorme. De plus, à cette heure-là, le trajet prenait à peine dix minutes. Certes, il était stressé de devoir enfermer ses enfants dans l'appartement mais cela valait mieux que de les laisser avec une porte simplement claquée.

Il avait agi ainsi le premier matin sans Jenny.

Il prit la rue Weizmann jusqu'à Sokolov, tourna à gauche et s'arrêta place Struma. Il faisait déjà jour, mais la ville était encore déserte et, par chance, la majeure partie des feux clignotait. Tous les magasins de la place étaient fermés, à part la boulangerie Frères. Il entra par-derrière et fut saisi par la forte odeur de pâte.

– La commande de M. Sara! s'écria un des frères qui l'avait aperçu.

D'une des pièces intérieures, la voix d'un employé répondit aussitôt :

– Ça vient!

Une minute plus tard, il était de retour dans sa voiture.

Le monde dormait et seul Haïm avait commencé sa journée. Dans son travail, ces instants étaient ceux qu'il préférait, oui, il les aimait encore davantage que les heures silencieuses de la soirée. Sur les trottoirs livrés aux pigeons, aux chats et aux balayeurs municipaux, pas une seule parole n'était échangée. Il prit les rues Shenkar, Fichman, Émeraude, tourna finalement rue Lavon et passa devant la crèche.

Dans deux heures, il y déposerait Shalom en espérant ne pas croiser la directrice.

Depuis leur altercation de la semaine précédente, il n'avait eu aucun échange avec elle. Il entrait, évitait de la regarder, se hâtait vers le casier de son fils, y rangeait les vêtements de rechange de la journée, disait rapidement au revoir au petit et partait. Rien de nouveau dans son comportement, il avait toujours veillé à limiter ses rapports avec les autres parents, trop jeunes pour lui et qui le prenaient en général pour le grand-père du petit.

L'humiliation que lui avait infligée cette altercation était toujours aussi cuisante. De même que tout ce qu'il avait ressenti par la suite.

C'était elle, Jenny, qui l'avait obligé, et pourtant elle savait à quel point cela lui était pénible. Surmontant difficilement sa gêne, il avait donc expliqué tant bien que mal à Eva Cohen que son fils avait peur de venir à la crèche. Qu'il se plaignait d'être tapé par les autres enfants. Que sa femme trouvait régulièrement des traces de coups et des marques de violence sur le corps du gamin, sous ses vêtements, qu'il était dernièrement rentré à la maison avec une entaille sur le front. Il l'avait prise à partie le matin, la crèche était pleine de parents et elle l'avait vertement rembarré, avait même réfuté ses propos et refusé de l'écouter davantage. Il avait vu le mépris dans son regard et aurait mis sa main à couper qu'elle ne réagissait aussi sèchement qu'avec lui, à cause de son âge et de ses enfants. Sûr qu'avec les autres parents et les autres enfants, elle adoptait un comportement différent. Comme elle maniait facilement la parole, elle l'avait tellement déstabilisé qu'il n'avait pas pu lui répondre, même au moment où elle avait soutenu que Shalom mentait.

– Dans ma crèche, les enfants ne se tapent pas. Quant à l'entaille dont vous parlez, votre fils ne peut s'en prendre qu'à lui-même, il a fait le foufou et a atterri sur la brouette en bois, lui assena-t-elle en affirmant que si Shalom se plaignait de ses petits copains, eh bien, il mentait.

Sur ces mots, elle lui signifia que, pour elle, la discussion était close. Il vit la lueur apeurée passer dans les yeux de son fils debout à côté de lui et tenta une repartie, mais elle s'entêta dans son refus de continuer la discussion devant les enfants. À l'évidence, elle n'avait aucune envie que les autres parents l'entendent. Comme il insistait, elle finit par s'écrier :

– Monsieur Sara, je viens de vous dire que je n'avais rien à ajouter ! Il n'y a pas, chez nous, d'enfants bagarreurs, et si votre fils se plaint d'avoir reçu des coups, je vous conseille de vous interroger, vous et votre femme, et d'essayer de comprendre pourquoi.

À ces mots, incapable de se contrôler, il explosa et, de rage, menaça même de lui retirer son enfant.

– Je vous en prie, rétorqua-t-elle tout sourire. Vous croyez me faire peur?

Jenny avait raison, cette femme aurait préféré ne pas compter leur fils dans ses effectifs, aucun doute là-dessus. Mais il n'y avait pas d'autres crèches dans le quartier et, en plus, c'était la seule qu'ils pouvaient se permettre financièrement. Aucun parent n'intervint et il eut l'impression que c'était parce que, eux aussi, auraient préféré que son fils s'en aille. Une fois dehors, il fut submergé de honte et de dégoût, surtout envers sa lâcheté, car malgré cet accrochage, il n'avait pas ramené Shalom à la maison. Était-ce cela que son fils retiendrait de lui? Il l'avait laissé en pleurs et, ignorant ses lamentations, s'était éclipsé après l'avoir confié à l'assistante maternelle, une jeune Russe, qui s'était penchée vers lui et lui avait essuyé le visage avec ses mains.

Le soir, il avait raconté à Jenny que tout s'était bien passé. Et cela avait peut-être été la dernière fois qu'ils se parlaient.

Les enfants n'avaient pas senti son absence et ne s'étaient pas réveillés au moment où il avait ouvert la porte, à cinq heures et demie.

Il alluma la radio, tomba sur une station qui proposait autre chose que de la musique, mais être passé par la rue Lavon lui avait gâché sa matinée. Il n'arrivait à chasser ni le souvenir de son altercation avec la directrice, ni la peur provoquée le matin précédent par la présence de voitures de police en nombre. Il baissa le son et essaya de garder un peu de sérénité tout en coupant en deux les petits pains. Il en remplit une partie avec de la salade de thon, une partie avec de la salade d'œufs durs et, sur le reste, il tartina une couche de mayonnaise et y fourra les omelettes. Il agrémenta ensuite tous les sandwichs de rondelles de tomate et de concombre, les enveloppa de film alimentaire étirable et les glissa un par un dans des sachets individuels.

Shalom se réveilla à six heures et demie et entra dans la cuisine. Haïm le fit asseoir sur une chaise. Le petit l'observa en silence emballer les derniers sandwichs puis les caler en rangs serrés dans deux cartons, il eut besoin de quelques minutes supplémentaires pour être totalement réveillé, après quoi il demanda :

– Je ne vais pas à la crèche ?

– Bien sûr que si. Ezer va à l'école, et moi, je vais au travail.

Son fils ne pleura pas. Et ce matin-là, il ne posa aucune question sur Jenny. Il avait apparemment bien dormi et semblait apaisé.

– Pourquoi elle n'est pas fermée, aujourd'hui, la crèche ?

Haïm ne sut que répondre. Il habilla Shalom dans sa propre chambre à coucher et après ils allèrent ensemble dans la chambre des enfants, ouvrirent la fenêtre et relevèrent le store. La lumière inonda le lit supérieur où dormait encore Ezer, dont les vêtements du jour étaient pliés à même le sol.

– Je peux t'aider à t'habiller ? lança le petit en montrant le tas du doigt.

Le grand se réveillait lentement et en silence. Haïm le houspilla, il était déjà sept heures et lorsqu'il se leva enfin, son frère le suivit partout, même dans la salle de bains où il se brossa les dents.

Les cartons de sandwichs attendaient sagement dans le salon, posés l'un sur l'autre et il avait eu le temps de ranger la cuisine lorsqu'ils s'assirent pour le petit déjeuner. Ezer continuait à le regarder avec des yeux circonspects. Peut-être avait-il remarqué la tension de son père. Ils mangèrent un petit pain avec du fromage et du concombre.

– Tu sais, je me suis réveillé, je suis entré dans ta chambre, et même que c'était en pleine nuit.

Une immense perplexité envahit Haïm. Lorsqu'il s'était levé quelques heures auparavant, son fil à coudre était toujours en place, bien tendu entre les deux montants de sa porte.

– Je devais sûrement être en train de travailler. Tu es venu voir si j'étais dans la cuisine ? demanda-t-il.

– Non, tu n'étais pas là du tout, répondit Ezer.

Devant le regard interrogateur que le petit leva vers lui, il s'empressa de rétorquer qu'il n'avait pas bougé, et puis, soudain, il se souvint qu'il avait été chercher le pain à la boulangerie.

– C'était déjà le matin alors. Il faisait jour dehors?

– Non. C'était tout noir. Et je me suis levé une seule fois, pas plus.

Haïm continua à manger. Avait-il eu, cette nuit, une crise de somnambulisme? Mais alors comment expliquer que le fil ne s'était pas rompu? Et où était-il allé? Surmontant ses réticences à parler, il demanda à son aîné:

– Tu as eu peur quand tu ne m'as pas vu?

– Non. Mon papa d'avant m'attendait dans le salon.

Voilà bien une chose que Haïm ne pouvait plus entendre. Il se leva, déposa son assiette dans l'évier, éteignit la radio, demanda à Shalom s'il avait terminé de manger mais Ezer ne semblait pas du tout disposé à changer de sujet.

– Papa, tu te souviens de ce que je t'ai promis hier soir?

– Quoi?

– Que je te dirais aujourd'hui qui avait perdu sa valise à côté de la crèche de Shalom.

Haïm ouvrit le robinet et se concentra sur les deux assiettes qu'il lavait. Depuis la veille, il s'était efforcé de ne pas penser à cette valise.

– Alors voilà, je ne peux pas encore te le dire. Je lui ai parlé et il m'a demandé de ne rien dire.

Haïm augmenta le jet du robinet.

– Ton papa d'avant sait qui l'a perdue? demanda Shalom à son frère qui sourit et déclara fièrement:

– Et moi aussi, je le sais, parce qu'il me l'a dit. Et il m'a fait jurer de ne pas te le répéter, parce que c'est un très grand secret.

Sans un mot, Haïm se saisit de l'assiette d'Ezer qui, parce qu'il n'avait pas fini de manger, le regarda avec étonnement.

– Le petit déjeuner est terminé, on sort! lança-t-il avec
autorité. Et je ne veux plus que tu parles à Shalom de ton papa
d'avant ni de cette valise, ça suffit! C'est clair?

Pour arriver le plus tard possible à la crèche, il décida de
déposer d'abord Ezer à l'école, comme le jour précédent. Ils le
laissèrent devant le portail, attendirent à côté du vigile jusqu'à
ce que son grand cartable ait disparu dans le bâtiment et Shalom continua longtemps à agiter la main. Ils revinrent tous les
deux rue Lavon, on y circulait à présent librement. Ne restait
aucune trace de l'agitation de la veille.

3

Il reprit officiellement ses fonctions avant la date prévue. Comme le commissariat manquait d'effectifs, il travailla seul.

Le lundi matin très tôt, il se rendit rue Lavon pour être sur les lieux à l'heure où, la veille, la valise suspecte avait été déposée. À six heures quarante-quatre, le flot de voitures était encore clairsemé et il y avait peu de piétons. La rue tranquille d'un quartier résidentiel tranquille. Le soleil tardait à se lever dans un ciel couvert. Il remarqua une jeune femme qui promenait son chien en fumant et un adolescent qui arriverait sans doute en avance au lycée. Personne ne portait de sweat-shirt de couleur sombre à capuche. Personne ne boitait.

Son hypothèse de départ étant que si on avait déposé la valise à côté de la crèche, cela n'était pas un hasard, il lui fallait absolument boucler cette enquête au plus vite : impossible d'évacuer la pensée que cette bombe factice pouvait n'être que le prologue d'un acte beaucoup plus grave. Et à part Rame, il n'avait aucun suspect.

Sur les lieux, sa première surprise fut de découvrir un magasin qui vendait de l'alcool.

S'aidant des clichés pris la veille, le policier de l'équipe de démineurs qui arriva vers sept heures et demie lui indiqua l'endroit exact où avait été trouvée la valise, cachée derrière les buissons sur le chemin qui contournait l'immeuble au 6, rue Lavon et permettait d'accéder à l'arrière-cour, là où se situait la crèche. Avraham avait tout de suite remarqué qu'un peu plus à droite, au rez-de-chaussée du 4 de la même rue, à environ trois mètres de distance, il y avait ce magasin de vins et spiritueux. Certes, un muret de pierre le séparait du petit chemin mais, en fait, il était tout près de l'endroit où on avait découvert la valise. En tout cas, plus près que la crèche. Comment expliquer que Seban ne lui en ait rien dit ? Il demanda au démineur s'ils avaient envisagé la possibilité que la bombe soit plutôt liée à ce commerce qu'aux enfants, mais l'autre haussa les épaules :

– Nous n'avons pas interrogé la valise. On nous a convoqués pour un objet suspect à côté d'une crèche, alors nous avons désamorcé un objet suspect à côté d'une crèche. La suite, c'est ton boulot.

Sur les clichés de la valise avant explosion, il était évident que même si quelqu'un avait voulu la cacher, la haie n'était pas assez touffue pour la dissimuler réellement. Si la voisine zélée n'avait pas surpris l'homme en train de la déposer, n'importe qui avançant sur le chemin n'aurait pas manqué de la voir.

Sur la photo, il découvrit une vieille valise de petite taille, en toile rose avec une poignée en cuir dont la couleur verte s'était ternie – grossière imitation d'une marque à la mode.

Les parents commencèrent à arriver avec leurs bambins un peu avant huit heures, le sentier qui menait à la crèche fut envahi de poussettes et Avraham, qui suivit le mouvement, se retrouva derrière un homme d'un certain âge, qu'il eut même l'impression de voir boiter du pied droit, mais cela venait peut-être du poids du petit garçon qu'il portait dans les bras.

La directrice refusa tout net de s'entretenir avec lui et le pria de revenir dans l'après-midi.

– Les enfants ont eu leur dose de frayeur hier. Ce n'est vraiment pas le moment de laisser des policiers se balader ici ! maugréa-t-elle.

Il aurait pu insister mais renonça. Cette femme avait quelque chose de sévère et d'agressif, qui le mit tout de suite mal à l'aise. Ce n'est que plus tard dans la journée qu'il comprit pourquoi.

Il décida d'attendre l'ouverture du magasin d'alcool, en profita pour aller interroger les voisins qui étaient encore chez eux et leur posa à tous les mêmes questions de routine :

– Avez-vous eu vent d'un problème entre quelqu'un de l'immeuble et la directrice de la crèche ?

– Avez-vous, dans le passé, remarqué des choses bizarres liées à la crèche qui se trouve dans la cour ?

– Vous souvenez-vous d'actes criminels ou violents perpétrés dans le quartier que vous pourriez me signaler ?

– Auriez-vous, par hasard, vu la personne qui a déposé la valise hier matin ?

– Avez-vous remarqué, ces derniers jours, la présence d'un individu suspect dans l'immeuble ?

Cette liste de questions, il l'avait préparée chez lui la veille, et il y en ajouta une relative au magasin situé dans la rue. Il essaya de savoir si, récemment, quelqu'un avait noté des allées et venues louches dans les parages. Les habitants de l'immeuble répondirent par la négative à toutes ses questions, si bien qu'à un certain moment il inversa l'ordre dans lequel il les posait. À la fin, il présenta aussi une photo d'Amos Rame. Personne ne le reconnut, à part une femme au foyer, mère de quatre enfants, qui habitait au deuxième et affirma avoir vu, souvent, cet homme l'année précédente, elle pensait d'ailleurs que c'était le père d'un enfant de la crèche. Mais, ces derniers temps, elle ne l'avait pas croisé, et certainement pas la veille : elle ne s'était réveillée qu'après la découverte et l'explosion de la valise. Il nota tout de même son nom.

À dix heures et demie, il retourna au magasin de vins et spiritueux et interrogea longuement la jeune vendeuse. Celle-ci lui expliqua que le propriétaire n'arriverait que deux heures plus tard, qu'ils ouvraient tous les jours à dix heures et étaient donc fermés au moment où la bombe avait été découverte. Un client leur avait appris ce qui s'était passé ; quant à son patron, il ne pourrait certainement pas l'aider dans son enquête, il n'était jamais là avant midi. Des rectangles de bristol sur lesquels on avait écrit, au feutre de toutes les couleurs, des offres promotionnelles en hébreu et en russe, étaient accrochés un peu partout dans la vitrine. S'il avait voulu profiter des bonnes affaires de Rosh haShana, Avraham aurait pu acheter deux bouteilles de vin rouge chilien pour trente-cinq shekels et une bouteille de vodka Absolut pour cinquante-cinq. La vendeuse ne savait pas si son patron avait subi des menaces dans le passé ni si on le rackettait. Pour sa part, elle n'avait jamais été confrontée à la moindre violence pendant ses heures de travail.

Il déjeuna à la cafétéria du commissariat en compagnie d'Eliyahou Maaloul. Son collègue l'interrogea sur ses fiançailles et l'arrivée de Marianka.

– Elle quitte vraiment la police de Bruxelles pour venir vivre avec toi?

– Oui. C'est plus ou moins ce qu'on a prévu.

L'inspecteur émit un sifflement.

– C'est une décision lourde de conséquences. Et qu'est-ce qu'elle va faire ici? Apprendre l'hébreu?

– Je ne sais pas. On y réfléchira quand elle sera là.

Ni Ofer Sharabi ni rien d'autre de leur enquête précédente ne furent évoqués. Était-ce parce qu'il ignorait l'existence du rapport d'Ilana Liss que Maaloul ne lui en avait rien dit? Le vieux policier de la Brigade des mineurs posa sur lui ses yeux humides et profondément enfoncés, des yeux qui rappelaient toujours à Avraham ceux de son père.

– Tu n'imagines pas à quel point je suis content pour toi, Avi. Tu es métamorphosé, je te l'ai déjà dit. Et dès qu'elle atterrit, je vous veux tous les deux chez nous pour dîner.

Les différents responsables des Renseignements généraux qu'il contacta n'eurent rien à lui apprendre; quant au policier chargé de la filature d'Amos Rame, il n'avait rien non plus. Le suspect, domicilié au 26, rue du Sionisme, était apparemment resté seul chez lui et n'était pas sorti avant onze heures. Il avait pris sa voiture, une Honda Civic noire enregistrée à son nom, pour se rendre au chevet de sa mère à l'hôpital Wolfson et ne s'était pas arrêté en route. En y entrant, il avait acheté un journal et une boisson sans alcool avant de rejoindre le service d'oncologie. Il avait un grand sac avec lui, sans doute rempli de vêtements de rechange et de draps pour la maladie. Il était toujours là-bas.

De retour dans son bureau, Avraham songea à téléphoner à Ilana, il ne l'avait pas revue depuis qu'il avait repris du service et hésitait. Mais là, il avait enfin un bon prétexte pour l'appeler : il pouvait lui demander ce qu'elle savait sur le commerce d'alcool et le racket organisé dans ce milieu. Pourtant, au lieu de composer le numéro de la divisionnaire, il composa celui de Marianka. Son téléphone recevait les appels, mais elle ne répondit pas.

Il alluma son ordinateur. Sur l'écran apparut une vue de Bruxelles dans le soleil levant, une photo qu'il avait prise le jour de leur première rencontre en tête à tête, le jour où elle lui avait servi de guide. À l'époque, il n'avait pas imaginé que pendant trois mois il élirait domicile dans cette ville et pourtant, tous les matins de l'été qui venait de s'écouler, il s'était réveillé à côté de Marianka, dans son appartement à elle. La chambre à coucher donnait sur une petite place au centre de laquelle se dressait la statue en pierre, de plus en plus noire, d'un compositeur belge dont il n'avait jamais entendu parler. Il gardait, inscrite dans son calepin, l'adresse qu'il avait notée à son arrivée : *6, square Alfred-Bouvier, appartement 5, porte verte, pas de sonnette.*

L'après-midi, il revint sur les lieux.

— Vous n'avez rien d'autre à faire ? Et pourquoi m'interroger, moi, je ne comprends pas ! lui lança la directrice dès qu'il entra dans la crèche. J'ai expliqué hier à vos collègues que cela n'avait rien à voir avec moi. Et je les ai suppliés de ne pas venir ici au milieu de la journée pour ne pas affoler les enfants et leurs parents. Ils ont été suffisamment effrayés hier quand on ne les a pas laissés entrer.

Elle était seule, dominant les petites chaises en bois retournées sur la grande table basse qui occupait le centre de la pièce principale.

L'agressivité et la manière dont elle refusait de collaborer le mirent immédiatement en colère, mais ce ne fut que dans le courant de la conversation qu'il comprit d'où venait le malaise qu'elle lui inspirait. Eva Cohen lui demanda la permission de ranger la salle pendant qu'il lui posait ses questions, en retour il lui fit poliment comprendre qu'il pouvait la convoquer au commissariat pour interrogatoire si elle préférait. Le sol avait été lessivé, mais l'atmosphère restait oppressante et désagréable. Ils s'assirent l'un en face de l'autre sur deux chaises en plastique qu'elle avait prises dans la cour. De la haute pile de fins matelas le long d'un des murs se dégageait une forte odeur d'urine, et l'étroite fenêtre aux barreaux rouillés, située très en hauteur, ne laissait pas passer suffisamment d'air et de lumière. Le soir, Avraham noterait dans son calepin que Mme Cohen dirigeait la crèche de la rue Lavon depuis dix ans et qu'elle travaillait comme puéricultrice depuis plus de vingt ans. La quarantaine, petite et trapue, cette femme avait de larges mains fermes et un visage fatigué. Dans un coin, la grande poubelle noire qu'elle n'avait pas eu le temps de vider débordait de couches.

Il lui demanda si elle était en conflit avec quelqu'un et elle s'insurgea aussitôt :

– Avec qui ? Je m'occupe d'enfants en bas âge, tout de même ! Depuis hier, je ne cesse d'expliquer que ma crèche n'a rien à voir avec ce qui s'est passé.

– Peut-être pas votre crèche, mais peut-être vous, madame ? Avez-vous des problèmes familiaux ou professionnels ?

– Expliquez-moi pourquoi vous pensez que je peux être liée à ce genre de chose. Vous ne comprenez pas que ça porte préjudice à mon travail ? Pourquoi n'enquêtez-vous pas sur les habitants de l'immeuble ?

En entendant ses dénégations, il se souvint de sa conversation avec Rame.

– Je ne comprends pas vos réticences à m'aider, lui dit-il. Il se peut que cette valise ne soit qu'un avertissement, et que si nous n'agissons pas très vite, celui qui l'a déposée passe à la vitesse supérieure. Nous ne savons pas de combien de temps nous disposons et nous comptons sur la coopération de tous ceux qui peuvent nous aider.

– Mais je vous ai déjà expliqué, le coupa-t-elle, que je n'ai rien à voir là-dedans et que je ne peux absolument pas vous aider !

Ce fut alors qu'il comprit pourquoi.

Malgré lui, il se retrouva dans l'immeuble de la rue de l'Histadrout, dans l'appartement de Hannah Sharabi, au deuxième jour de l'enquête sur la disparition de son fils Ofer[1]. Elle l'avait invité à s'asseoir dans sa cuisine et lui avait servi un café noir. C'était un vendredi matin, il fêtait son anniversaire ce jour-là et il avait essayé de la faire parler du garçon. Elle aussi disait qu'elle ne pouvait pas l'aider. Qu'elle ne savait rien. Mais à la différence de la femme assise en face de lui à présent, la mère d'Ofer s'exprimait à voix si basse qu'Avraham peinait à entendre ses réponses entrecoupées de sanglots étouffés. Il ne s'était pas rendu compte qu'elle mentait. Qu'en réalité elle savait ce qu'était devenu son fils.

Et ce n'était que trois semaines plus tard, après les aveux de son mari, qu'elle avait enfin baissé la garde et explosé. En salle d'interrogatoire.

Dans la crèche, il faisait si lourd qu'Avraham se sentit presque pris de vertige. Il s'obligea à respirer calmement, posa son calepin par terre et dévisagea la femme assise en face de lui. S'il avait tiré une leçon de l'échec de son enquête précédente,

1. *Une disparition inquiétante* (Seuil, 2014).

c'était celle-ci : ouvrir les yeux et bien regarder. Ne rien croire. Eva Cohen avait quelques années de plus que Hannah Sharabi, elle était plus solide aussi et ses cheveux bouclaient. Il ne lui avait d'ailleurs toujours pas demandé de décliner son identité.

– J'exige de vous des réponses à mes questions. Sans faux-fuyants, dit-il tout bas.

Elle plaqua sa main ouverte sur son front.

– Mais je fais de mon mieux. Quelle est la question ?

– Je vous ai demandé si vous étiez en conflit avec quelqu'un.

Elle réitéra ses dénégations. Le mouvement de ses doigts pour rassembler ses cheveux et le regard qu'elle détourna au moment de répondre n'échappa pas au commandant.

– Rappelez-moi votre nom, reprit-il.

– Eva.

– Eva comment ?

– Eva Cohen.

– Des personnes de l'immeuble se seraient-elles plaintes de votre activité dans leur cour ?

– Certainement pas. La crèche existe depuis dix ans et j'ai toutes les autorisations.

– Voilà encore que vous ne répondez pas à ma question. Je vais perdre patience. Je ne vous ai pas demandé si vous étiez en règle, mais si un voisin n'appréciait pas d'avoir une crèche en bas de chez lui.

Si elle ne criait plus, c'était parce qu'elle avait senti que quelque chose en lui se glaçait.

– J'ai essayé de vous répondre. Mais pour autant que je sache, non. Je suis même sûre que non.

– Êtes-vous ou avez-vous été en conflit avec un des parents ?

– Absolument pas. Jamais. Dans notre crèche, monsieur, il n'y a pas de conflits. Vous pouvez remonter dix ans en arrière et vérifier auprès de tous les parents du quartier. Et ceux qui m'ont confié leur premier enfant me supplient de leur garder une place pour le prochain – avant qu'il soit né.

Avraham tira de son dossier en carton les clichés de la valise avant explosion et lui demanda si elle l'avait vue auparavant. Il lui présenta ensuite une photographie d'Amos Rame. Sans résultat.

– Regardez ce visage avec attention, insista-t-il. Vous êtes sûre de ne pas connaître cet homme? De ne pas l'avoir vu rôder autour de la crèche? Ce n'est pas le père d'un des enfants dont vous avez eu la garde?

La réponse resta négative.

– Avez-vous reçu des menaces ces derniers temps? Par lettre ou par téléphone?

Plus il l'observait, plus il était persuadé qu'elle mentait.

Un grand bouquet de fleurs dessiné sur le mur face à lui l'avait interpellé dès le début de leur conversation. Le cœur de chaque fleur avait été remplacé par la photo d'un enfant et autour on avait collé des pétales multicolores en papier crépon. Mais, de sa place, il n'arrivait pas à distinguer les petits visages.

– Ce que je vous demande maintenant ne sortira pas de cette pièce. Je veux savoir si vous avez repéré un enfant dont les parents seraient mêlés à une activité criminelle.

Eva Cohen le regarda, étonnée.

– Vous pensez qu'on a essayé d'intimider un parent?

– Je pose une question.

Elle était moins impatiente quand il ne s'agissait pas d'elle.

– Je n'ai aucun enfant issu des quartiers à problèmes. Pour autant que je sache, tous mes parents sont des gens honnêtes.

– Si je vous demande de me donner la profession de chacun d'entre eux, vous pourriez?

Elle se tourna et fixa le grand bouquet mural.

– Je ne crois pas. Je ne vois pas beaucoup les papas. C'est surtout les mamans. Certaines travaillent, d'autres pas, et comme nous sommes en début d'année, je ne les connais pas encore tous. Je peux juste vous dire que le père d'Arkadi est électricien, parce que la semaine dernière nous avons eu un problème d'électricité et il nous a bien aidés.

Avraham se leva et lui demanda qui, à part elle, travaillait dans la crèche.

– Personne. Enfin, il y a moi et l'assistante maternelle.

Au moment où il lui demanda le numéro de téléphone de cette assistance, il remarqua qu'elle se crispait à nouveau. Sous prétexte que sa jeune employée était difficilement joignable par téléphone, et malgré ce qu'elle avait dit au début de leur conversation, elle lui proposa de revenir le lendemain pour discuter avec elle.

– D'ailleurs, qu'est-ce qu'elle pourrait vous raconter de plus ? Ça fait à peine deux semaines qu'elle est là. Je l'ai embauchée la veille de la rentrée et elle ignore tout des parents et de l'immeuble.

Il ne parla avec Ilana que le lendemain en fin de journée, tant les urgences se succédèrent dès le matin.

Le lendemain, Rame quitta à nouveau son domicile à onze heures, prit sa Honda noire et roula jusqu'à l'hôpital sans s'arrêter en chemin. Lorsqu'il sortit de sa voiture, il avait comme la veille son grand sac avec des vêtements de rechange. Il quitta l'hôpital à seize heures, sans sac, et rentra chez lui. Avraham se demanda s'il devait le convoquer pour le réinterroger, mais il n'avait pas d'élément nouveau à part cette voisine qui pensait avoir reconnu en lui le père d'un des enfants de la crèche. Or Amos Rame n'avait pas d'enfants.

Il laissa deux messages sur le téléphone portable de l'assistante maternelle qui, comme Eva Cohen l'avait prévenu, ne le rappela pas rapidement. De toute façon, il avait décidé de la convoquer au commissariat pour ne pas l'interroger en présence de sa directrice. Décision qui allait se révéler excellente.

Malgré ses tâtonnements, il sentait que quelque chose était sur le point de se débloquer.

Pour la première fois depuis son retour au commissariat, il sortit fumer sur le perron du bâtiment, comme il avait toujours aimé le faire. La chaleur était supportable, avec même, de temps en temps, un léger souffle de vent. Il se dit qu'il devait faire des courses avant que les magasins ne ferment pour Rosh haShana.

De retour dans son bureau, il appela enfin Ilana.

— Tu es rentré de Bruxelles depuis deux semaines et tu n'es toujours pas venu me dire bonjour? lui lança la divisionnaire sans dissimuler son plaisir de l'entendre.

Il lui raconta qu'il avait repris ses fonctions et que pour l'instant il enquêtait seul sur la valise piégée de la rue Lavon.

Elle ne dit rien et son silence lui parut lourd de réticences.

— Et comment ça avance? finit-elle par demander.

— En fait, c'est pour ça que je te téléphone.

Il lui parla du magasin de vins et spiritueux situé au 4 de la même rue.

— Je croyais que la bombe avait été posée à côté d'une crèche.

— Ça, ce sont les premières constatations. Je n'ai découvert l'existence de ce magasin qu'en me rendant sur les lieux et je pense qu'il faut aussi prendre cette piste en compte.

Ilana approuva. Elle lui conseilla de vérifier si, dans ce quartier, des commerçants étaient rackettés, il répondit qu'il l'avait déjà fait et qu'aucun n'avait porté plainte pour ce genre de harcèlement. D'après les officiers des renseignements du secteur, cette zone n'était pas sous l'emprise d'un gang qui soutirait de l'argent aux propriétaires moyennant une «protection».

Il écoutait la voix familière de sa supérieure et se demandait quand elle mentionnerait le rapport qu'elle avait rédigé sur le dossier Ofer Sharabi.

Mais elle resta concentrée sur le sujet évoqué, lui apprit que depuis quelques mois une instruction visant l'importation d'alcool de contrefaçon avait été ouverte en toute discrétion et en collaboration avec les services de contrôle du ministère de l'Industrie, du Travail et du Commerce. Il s'agissait d'un vaste trafic dans lequel étaient apparemment impliquées plusieurs familles du crime organisé. Évidemment, si l'hypothèse d'Avraham s'avérait, la découverte de celui qui avait déposé la bombe factice pourrait mener les enquêteurs à ceux qui dirigeaient toute cette entreprise.

– Il se peut que tu aies vraiment mis le doigt sur quelque chose d'important, continua-t-elle. Mais d'après ce que je sais, ils écoulent leur alcool de préférence dans les kiosques ou les boîtes de nuit, les propriétaires sont de mèche et profitent des prix, dix fois moins chers que les bouteilles authentiques. J'ai du mal à croire que ce trafic s'étende aux commerçants qui ont pignon sur rue et que ces gens aient recours à la menace. Ce que tu peux faire, c'est demander qu'un inspecteur du ministère de l'Industrie, du Travail et du Commerce vienne procéder à un contrôle dans ce magasin. Oui, commence par là.

Il attendit jusqu'à la dernière minute, mais Ilana n'avait toujours pas soufflé mot de son rapport. Et ce ne fut qu'au moment de raccrocher qu'elle lui dit :

– Avi, il y a quelque chose que je dois te dire de vive voix, je ne veux pas que tu l'apprennes par hasard de quelqu'un d'autre. J'aimerais qu'on trouve un moment pour se rencontrer en dehors du boulot.

Le soir, lorsqu'elle décrocha enfin, Marianka lui parut aussi distante que la chef, et il lui demanda pourquoi il n'était pas arrivé à la joindre malgré ses tentatives incessantes. Il lui parla tout de même de son retour au commissariat et lui résuma aussi le discours de Seban. Elle eut une réaction qui le désarçonna.

– Marianka, pourquoi te semble-t-il si bête que ça ?

– Parce que ce n'est pas un discours de policier mais de politicien. Tu ne te rends pas compte qu'il brasse de l'air ? Les vrais policiers savent que ça n'existe pas d'éradiquer totalement la violence. Partout où il y a des êtres humains, il y a de la violence. On est tous déjà tellement abîmés !

Elle parlait avec une sorte de colère qu'il ne comprit pas.

Il lui demanda comment elle allait et comment avançaient les préparatifs de son départ, elle esquiva en lui demandant en retour comment il se sentait au travail. Il répondit que tout se passait très bien. Depuis qu'il avait repris, il était attentif à ce qui était dit et ce qui ne l'était pas, à ce qui était révélé et à ce qu'on cherchait à lui cacher. Pour l'instant, rien ne lui avait échappé : ni les mensonges d'Eva Cohen ni la peur dans la voix de l'assistante maternelle – il n'avait réussi à la joindre au téléphone qu'en fin de journée –, qui avait tout de même accepté de venir déposer le lendemain matin au commissariat.

– Comment vont tes parents ? s'enquit Marianka.

– Je les vois demain. Tu sais que c'est le nouvel an chez nous ? Elle l'ignorait. Il ajouta que c'était sa fête préférée.

– Je ne sais pas comment je peux te la décrire, dit-il. Il faudrait vraiment que tu sois là.

Une phrase se forma dans sa tête, comme un murmure, mais à cause de la distance qui les séparait, il ne la prononça pas à haute voix : en de tels soirs, lorsque le soleil se couche, on dirait qu'il a conscience que c'est pour la dernière fois.

– Je te manque ? lui demanda-t-il avant de raccrocher.

– Oui.

À huit heures et demie le lendemain matin, Natalie Pinkhasov entrait dans son bureau et quelques minutes plus tard, elle lui parlait de menaces téléphoniques. Âgée de vingt-deux ans, la jeune femme avait un visage gracieux, au teint clair. Avraham la remercia d'avoir accepté de venir témoigner en ce dernier jour de l'année. Elle garda les yeux baissés et chuchota pendant presque tout leur entretien. Son regard semblait chercher une personne supplémentaire, présente dans la pièce à son insu. Des mèches rouges striaient ses cheveux châtains. Il lui demanda depuis combien de temps elle travaillait dans la crèche de la rue Lavon et elle répondit qu'elle avait commencé à la rentrée, moins de trois semaines auparavant. Il remarqua une longue cicatrice sur sa nuque, sous ses cheveux.

– Comment avez-vous trouvé cette place ?

– C'est grâce à une de mes anciennes patronnes qui m'a recommandée. L'année dernière, comme je n'avais pas de poste fixe, j'ai fait des remplacements dans plusieurs crèches.

Une semaine ici, une semaine là. Il n'y a pas beaucoup d'embauches en ce moment dans le secteur de la petite enfance. Juste avant la rentrée, une directrice chez qui j'avais travaillé m'a téléphoné pour me dire que Mme Cohen cherchait quelqu'un d'urgence.

– Savez-vous pourquoi ?

– Parce que son assistante avait démissionné quelques jours avant la rentrée.

Il lui parla avec le plus de douceur possible, lui proposa un café ou un thé, voulut savoir où elle habitait. Pour se rendre au travail, elle devait prendre deux bus, si bien qu'elle quittait son domicile vers six heures et demie du matin. L'accueil des enfants se faisait à partir de huit heures moins le quart, mais elle devait arriver au moins quinze minutes plus tôt pour aider Mme Cohen à tout préparer. Ce fut à ce moment qu'il lui demanda si elle avait remarqué quelque chose d'inhabituel à la crèche.

– Qu'est-ce que vous entendez par inhabituel ?

– Ça peut être n'importe quoi, quelque chose qui vous a interpellée et que vous pourriez relier à la valise piégée.

Surprenant le regard qu'elle lança autour d'elle, il ajouta :

– Je vous garantis que tout ce que vous direz ici restera entre nous, pas un mot ne sortira de cette pièce.

Elle effleura sa cicatrice sur la nuque.

– Il y a bien deux parents… qui se sont disputés avec la directrice. Mais je ne pense pas que ça puisse avoir un rapport avec la bombe.

– Aucune importance. Je veux que vous me racontiez tout ce qui vous passe par la tête. Donc, des parents qui… ?

– Qui se sont disputés avec elle.

Intéressant, puisque Eva Cohen avait prétendu n'avoir de problème avec personne.

Au dire de l'assistante maternelle, une mère de la crèche, une certaine Orna Hamou, s'était mise à soupçonner – à juste titre – qu'on laissait son fils à l'écart des autres enfants, assis presque toute la journée sur une chaise, dans un coin, avec interdiction de bouger. Tout ça parce qu'il pleurait beaucoup. Alors, quelques jours après la rentrée, cette maman leur avait fait une visite surprise et le ton était tellement monté que les deux femmes en étaient presque venues aux mains. Aussitôt après, Mme Hamou avait retiré son fils de la crèche. Sinon, la semaine précédente, un père, un homme assez âgé nommé Haïm Sara, était venu se plaindre que des enfants frappaient apparemment son fils et, comme la directrice lui avait répondu avec rudesse, il avait, lui aussi, failli l'agresser physiquement. Le fils de ce monsieur continuait pour l'instant à venir, mais le petit était à présent toujours accompagné par son père, alors qu'avant, c'était sa mère qui venait. Peut-être une manière de faire pression sur Mme Cohen.

— Pensez-vous que l'un d'eux puisse être lié à la bombe? demanda Avraham.

— Je ne crois pas. Je ne sais pas, peut-être que...

Et soudain, elle se tut.

Il y avait encore une chose qu'elle n'avait pas dite.

— Natalie, je vais vous expliquer pourquoi vous devez tout me raconter. Nous craignons que cette valise ne soit qu'un avertissement, que celui qui l'a déposée ne prépare des actes beaucoup plus graves qui mettraient en danger les enfants. Je comprends que vous ayez peur de perdre votre emploi, mais je vous promets que rien de ce que vous direz ne filtrera.

Et là, Natalie Pinkhasov craqua.

— Il y a eu un coup de fil, chuchota-t-elle. Une femme a appelé le jour où on a trouvé la valise.

Il se raidit et planta la pointe de son stylo dans son calepin ouvert devant lui.

— Qu'a-t-elle dit?

— Que ce n'était que le début. Que la valise, ce n'était que le début, et elle m'a demandé de passer le message à Eva.

— Le début de quoi? Essayez de vous rappeler les mots exacts.

– «Cette valise, ce n'est que le début. Dites à cette salope d'Eva que ce n'est que le début», et après, elle a raccroché.

– Et c'est vous qui avez répondu au téléphone? Quelle heure était-il?

– Je ne me souviens plus, c'était après le déjeuner. Pendant la sieste des petits.

– À peu près vers quelle heure?

– Vers treize heures, je pense.

Il connaissait la réponse mais lui demanda cependant si elle s'était acquittée du message.

– Évidemment, je l'ai aussitôt répété à Mme Cohen. Elle m'a dit que c'était une erreur. Que ça n'avait rien à voir avec elle, que quelqu'un avait composé un mauvais numéro.

– Vous a-t-elle demandé de ne le répéter à personne?

Natalie blêmit et Avraham eut peur qu'elle n'éclate en sanglots.

– Elle m'a expliqué qu'elle craignait que ça effraie les parents. Hier après-midi aussi, elle m'a téléphoné pour me le répéter, elle a insisté, a parlé d'interrogatoires, de policiers qui viendraient sur place, bref, elle a dit que, tout ce bazar, ça angoisserait les parents.

À l'heure où le téléphone sonnait à la crèche, Rame se trouvait au commissariat, assis en face de lui. Il ne pouvait donc avoir contacté personne. De plus, il était peu probable que ce type soit capable d'imiter la voix d'une femme, même en supposant qu'il ait eu le moyen de passer ce coup de fil.

– Vous êtes sûre à cent pour cent qu'il s'agissait d'une femme?

– Oui. C'était une voix de femme.

Il lui montra tout de même la photo de son unique suspect. Elle la détailla longtemps avant de dire qu'elle n'avait jamais vu cet individu.

Il la raccompagna jusqu'à la sortie, demanda à la policière de l'accueil le numéro du portable de Benny Seban, puis alla allumer une cigarette sur le perron. En entendant la voix de son chef, il se rendit compte que c'était la première fois qu'ils se parlaient au téléphone et hésita sur la manière dont il devait s'adresser à lui.

– Benny ? choisit-il simplement.

– Oui. Qui est à l'appareil ?

– Commandant Avraham. Je vous prie de m'excuser si je vous dérange en cette journée écourtée, mais je voulais vous mettre au courant de ce que j'ai découvert concernant la valise.

– La crise ? Quelle crise ? Qui est à l'appareil ?

Avraham crut entendre des coups de marteau en arrière-fond et il eut l'impression que quelqu'un parlait arabe.

– La valise, reprit-il. La valise de la rue Lavon. À côté de la crèche. Commandant Avraham, je vous appelle du commissariat.

– Ah, oui, Avi. Comment allez-vous ? Je suis content de vous entendre. Oui… donc, quelles nouvelles concernant la valise ? La ligne est vraiment merdique !

– Je voulais vous annoncer que vous aviez raison. Il s'agit bien d'un avertissement. Je viens de découvrir que le jour même une femme a téléphoné à la crèche pour les prévenir que ce n'était que le début.

– Bravo, bravo. Je suis ravi de l'apprendre. Et maintenant, vous faites quoi avec ça ?

– Eh bien, j'en déduis que nous n'avions peut-être pas arrêté la bonne personne, dit Avraham qui n'avait pas compris la question. Rame était assis devant moi en salle d'interrogatoire au moment où cet appel a été passé. De plus, cela nous amène à rechercher une femme, pas un homme. Ou peut-être une femme et un homme. Et sachez que cette information ne m'a pas été communiquée par la directrice. Au contraire, celle-ci a tout fait pour me la cacher.

La conversation fut coupée et Seban ne le rappela pas. Il aurait pourtant bien voulu lui demander si, à son avis, il devait

68

immédiatement convoquer Eva Cohen ou attendre la fin du week-end prolongé.

Le commissariat était calme, la plupart des portes des bureaux déjà fermées. Il hésita jusqu'en début d'après-midi, resta à lire et à relire les notes consignées dans son calepin. Outre la menace téléphonique, il était en possession de deux éléments nouveaux, deux noms : Orna Hamou et Haïm Sara. Une jeune mère et un vieux père. À côté du nom de la jeune mère, il avait précisé : *presque venues aux mains.* À côté de Haïm Sara : *a failli l'agresser physiquement.* Deux personnes qu'il devait convoquer. En bas de sa liste, il avait écrit en grandes lettres : *une voix de femme.*

Avraham décida de n'agir qu'après les trois jours fériés. La crèche serait fermée et donc les enfants ne courraient aucun danger. Seban, qui ne le rappela que dans l'après-midi, alors qu'il était déjà rentré chez lui, approuva sa décision.

Lorsqu'il sortit enfin du commissariat, il n'y avait plus de magasins ouverts et il dut se rabattre sur un kiosque pour acheter un pack de Heineken et trois paquets de cigarettes.

Dernier jour de l'année hébraïque.

L'année où il avait rencontré Marianka.

Sans savoir pourquoi, il prit sa voiture pour aller revoir la mer.

La plage était déserte, le sable entre ses doigts doux et chaud. Il se dévêtit, entra dans l'eau jusqu'à la poitrine, resta un long moment à contempler la ligne d'horizon étincelante puis plongea en fermant les yeux.

Au crépuscule, lorsqu'il parcourut les quelques rues qui séparaient son domicile de celui de ses parents, il ne pensait ni à la vieille valise avec sa poignée en cuir vert ni à l'avertissement téléphonique qu'Eva Cohen lui avait caché. Pas non plus à Amos Rame, qui apparemment était effectivement sorti de chez lui ce fameux matin pour prendre l'air et faire quelques courses.

– Tu n'as pas froid avec cette chemise à manches courtes ? s'étonna sa mère au moment où il franchissait le seuil. Tu n'as donc pas remarqué que l'été était fini ?

– Pour ta mère, l'hiver commence dès le mois de juillet. Il devrait porter un pull, pas vrai, avec une doudoune par-dessus ! lança son père après l'avoir embrassé sur la joue.

Il constata que même leurs remarques ne l'énervaient plus comme avant. Ils mangèrent rapidement un repas de fête, mais se dispensèrent des bénédictions et du kiddoush. Comme chaque année, sa mère avait préparé du foie haché sur une rondelle de tomate, du bouillon de poule fade et un rôti de bœuf dont la consistance lui donnait toujours la nausée. Ils trinquèrent à la nouvelle année, se souhaitèrent mutuellement une bonne santé, rien de plus, c'était la seule chose qui importait, allèrent allumer la télévision et s'installèrent pour regarder une émission de circonstance où le public était invité à chanter en chœur des chansons du patrimoine folklorique israélien. Sa mère attendit que son père s'endorme dans son fauteuil pour lui poser des questions sur Marianka, quand arrivait-elle, l'appartement était-il prêt pour la recevoir, et d'ailleurs avaient-ils déjà décidé de se marier ? Il lui répondit laconiquement, pourtant il ne pensait qu'à ça, qu'aux semaines à venir, qu'à ce moment où elle atterrirait enfin et où il la ramènerait chez lui.

Il se souvint du jour où il l'avait rejointe à Bruxelles.

Son avion avait touché le sol à cinq heures du matin, elle l'attendait dans le hall des arrivées.

Ils n'étaient restés séparés qu'une semaine, pourtant un gouffre de perplexité s'était creusé entre eux, peut-être dû à une incrédulité partagée – quoi, tout cela leur arrivait vraiment ? Il avait vraiment pris un congé illimité pour être avec elle ? Pendant qu'ils étaient assis tout près l'un de l'autre dans le taxi qui roulait vers Bruxelles, leurs mains ne s'étaient pas touchées.

– Tu dois être fatiguée. À quelle heure t'es-tu réveillée ?

Marianka répondit qu'elle n'avait pas dormi. Il la dévisagea, déjà prêt à l'entendre dire qu'elle regrettait leur décision trop hâtive, mais elle lui sourit.

– J'attendais, dit-elle.

Ils entrèrent dans l'appartement sur la pointe des pieds pour ne pas réveiller la colocataire. La chambre de Marianka était grande, mais à cause des bagages, ils se retrouvèrent coincés entre le lit et l'armoire, à se demander si deux adultes comme eux pourraient vivre dans un tel espace pendant une période indéterminée. Pour économiser ses gestes, il ne s'assit sur le lit que lorsqu'elle l'y invita. Ses genoux heurtèrent la valise. Il secoua négativement la tête quand elle lui proposa de prendre un petit déjeuner, s'allongea sur le côté, toujours en chaussures et en manteau. Ce fut alors qu'elle le tira par le bras et approcha son visage du sien. Il crut qu'elle allait lui demander de l'embrasser, mais pas du tout.

– J'ai besoin de temps pour te regarder, avait-elle dit.

Il ne partagea évidemment rien de tout cela avec sa mère. Un peu après vingt-deux heures, il lui dit au revoir et rentra chez lui.

4

Le soir de Rosh haShana, les enfants s'endormirent facilement, après minuit, épuisés par les heures passées à jouer avec leurs cousins dans le jardin. Shalom s'était écroulé dans le salon, Haïm dut le porter dans la chambre où il lui enleva ses beaux habits sans qu'il se réveille. Ezer ôta seul sa chemise et son pantalon, il eut juste le temps de s'allonger sur le canapé recouvert d'un drap que ses yeux se fermaient déjà. Surexcités, ses deux garçons étaient ravis de se retrouver avec le reste de la famille, et même si son grand ne s'était pas totalement départi de l'expression distante et prudente qu'il arborait, il avait bien ri, participé aux jeux et surtout – Haïm le lui avait d'ailleurs interdit – il n'avait évoqué ni son papa d'avant ni la valise.

Il s'assura de leur respiration régulière avant de s'éclipser. Leurs cheveux étaient humides de transpiration, leur visage rougi. Ils dormaient dans la petite chambre qui avait été la sienne toute son enfance, avec la fenêtre rectangulaire qui donnait sur le jardin et était ornée du même rideau blanc qu'à l'époque. Quant à lui, on lui avait donné la chambre d'à côté, celle dans laquelle avaient grandi son jeune frère et sa jeune sœur.

Avait-il déjà un plan à ce moment-là?

Apparemment non. Tantôt il envisageait de s'enfuir, de disparaître avec les enfants le plus rapidement possible, tantôt il se disait que mieux valait se calmer et attendre. Il n'avait aucune raison de fuir. Il devait juste tenir le coup jusqu'à ce que la valise soit oubliée.

Il savait qu'il en était capable. Il avait vécu ainsi pendant de si nombreuses années. Oui, à ce moment-là, il n'avait qu'un seul plan : attendre. D'autres événements viendraient et balaieraient ce qui devait être effacé, il en était certain. Il écouta les informations, espérant apprendre que des actes de violence avaient été commis dans le secteur. La veille par exemple, il avait appris par la radio qu'un truand avait failli être abattu par balles rue Shenkar et qu'il en avait réchappé de justesse.

Ce soir-là, chez sa mère, il ne savait pas que la police continuait à chercher la personne responsable de la bombe factice, car il ne fut convoqué pour interrogatoire qu'ultérieurement. D'ailleurs, ce soir-là, il n'avait pas imaginé qu'on remonterait jusqu'à lui, d'abord parce qu'un homme avait été arrêté sous ses yeux en tentant de s'enfuir, ensuite parce que, à supposer qu'ils aient libéré ce suspect, combien de temps la police pouvait-elle enquêter sur une fausse bombe qui n'avait causé aucun dégât, même déposée à côté d'une crèche ?

Il essaya de ne pas penser à la poisse qui lui collait depuis toujours à la peau – ça ne servait à rien, sinon à le démoraliser. En ce qui concernait les enfants, il avait aussi misé sur une seule chose : le facteur temps. Il devait leur donner du temps. Il n'avait pas de plan, mais un but précis : les protéger. Faire en sorte qu'ils ne sachent rien. Jamais. Qu'on ne puisse jamais leur faire de mal. Jamais. Il voulait aussi leur éviter, autant que possible, le chagrin. Il voulait continuer à forger, dans leur mémoire, son personnage de père. Il voulait retrouver Ezer, dont il avait été si proche mais que Jenny s'était appliquée à écarter de lui.

Au fil des jours, les choses seraient oubliées.

La vie lui avait enseigné qu'on oubliait, même si lui, justement, n'oubliait rien.

Il sortit de la chambre des enfants et obligea sa mère à aller se reposer. Pendant qu'Adina faisait la vaisselle dans la cuisine, il rangea le salon, replia les tables d'appoint qui avaient été ajoutées à la grande et empila les chaises en plastique dans le jardin.

Il songea à sa sœur qui, au cours du dîner, ne lui avait posé qu'une seule question sur Jenny, question vite ravalée car leur mère était intervenue et l'avait priée en persan, leur langue, de ne pas évoquer le sujet devant les enfants. Dire que c'était lui qui, en tant qu'aîné de la famille, avait été chargé de réciter toutes les bénédictions de la fête!

Après le départ d'Adina, il prépara un verre de thé pour sa mère et ce fut la première fois de la soirée qu'ils eurent l'occasion de discuter ensemble.

– Ils ont l'air d'aller bien, remarqua-t-elle.

– Ils commencent à s'habituer.

Ezer avait même été plus souriant que d'habitude et avait fredonné avec ses cousins tous les chants du nouvel an.

Sa mère lui demanda pourquoi il ne buvait pas, lui aussi, quelque chose de chaud, il se releva et décida effectivement qu'il prendrait bien un verre de thé.

– Tu verras, Haïm, qu'ils iront beaucoup mieux maintenant. Elle ne s'est jamais occupée d'eux comme une mère doit le faire. Mets de la saccharine, pas du sucre!

Il attendit que l'eau bouille à nouveau sur le feu.

– Et à la crèche, tu es sûr que ça se passe bien? lança-t-elle.

– Oui.

– Tu as eu raison d'avoir secoué cette directrice. Ça lui apprendra. Et Ezer, il se sent bien à école?

– C'est un bon élève.

Il ne lui avait rien dit de la valise piégée parce qu'il savait qu'elle s'inquiéterait, ce qui ne ferait qu'augmenter son propre stress.

– Ils posent beaucoup de questions sur Jenny?

– Non. De temps en temps, c'est tout.

– Les enfants, qu'est-ce qu'ils comprennent? soupira-t-elle. Et pour l'argent?

– On se débrouillera.

Il n'ajouta rien.

La période des fêtes avait toujours été pénible pour lui. Beaucoup de jours fériés, et même lorsque la sous-préfecture de Holon et le centre des impôts étaient ouverts, une bonne partie des fonctionnaires – sa principale clientèle – en profitaient pour faire le pont. Sans compter que tout le monde apportait les restes des repas toujours trop copieux pour les manger au travail. Si bien que ce mois-là, Haïm préparait et vendait moitié moins de sandwichs qu'en temps normal.

Il avait plusieurs pistes pour augmenter la rentabilité de son entreprise mais préférait pour l'instant ne pas en parler à sa mère: il projetait de revenir à une formule qui avait bien marché à la création de son affaire, avant la crise. Oui, il recommencerait à proposer des repas chauds constitués d'un plat unique avec de la viande, du riz et de la salade. S'il demandait vingt-cinq shekels pour une telle assiette, il était sûr d'avoir des clients en nombre. Il pourrait aussi ajouter des boissons, à condition de les vendre froides et moins chères qu'aux distributeurs. Il avait aussi dans l'idée de solliciter à nouveau son cousin – celui qui l'avait introduit à la sous-préfecture de Holon – pour atteindre d'autres administrations des environs, pourquoi pas celles de Rishon-leZion ou de Ramat-Gan? Et, puisqu'il avait ses matinées libres, il avait pensé en profiter pour travailler comme livreur, mais il appréhendait les lourdes charges et les longues heures au volant. Une chose était certaine: il allait devoir travailler davantage pendant la journée et aussi chez lui le soir. Mais cela ne lui faisait pas peur. De toute façon, depuis quelque temps, Jenny ne travaillait plus et ils ne vivaient que sur ce qu'il gagnait.

– Adina va venir t'aider avec les enfants, déclara sa mère.

– Non, c'est inutile. J'ai décidé de passer plus de temps avec eux.

– Mais tu as vu comme elle se débrouille bien avec eux, non?

Il avait vu. Surtout que sa mère avait installé sa chouchoute à côté de Shalom. Pendant toute la soirée, la charmante invitée avait été aux petits soins pour lui, avait enlevé les arêtes de son poisson, lui avait lavé les mains quand elles étaient devenues collantes… tout ce que Jenny n'avait jamais fait. Et lorsqu'un cousin l'avait frappé, le petit, en larmes, s'était précipité vers elle. Âgée de quarante-cinq ans, divorcée sans enfants, Adina, qui n'habitait pas loin, avait commencé comme aide-ménagère chez la mère de Haïm trois ans plus tôt avant de devenir son amie. Pleine de reconnaissance d'avoir été invitée pour fêter Rosh haShana avec les Sara, elle se rendait aussi utile que possible.

– Dommage que Dieu ne lui ait pas donné d'enfants. Elle aurait été parfaite.

N'ayant rien à répondre, il se leva et alla déposer son verre de thé dans l'évier.

Lorsqu'il fut couché, il entendit encore la vieille femme ouvrir et fermer le robinet de la cuisine puis tirer la chasse des toilettes. Il se demanda s'il n'avait pas fait une erreur en lui confiant les enfants pour quatre jours, mais maintenant qu'il était seul, comment les aurait-il occupés tout ce temps? Et puis ils étaient contents, ses garçons, de dormir chez leur grand-mère, surtout le petit, qui avait juste demandé ce qui se passerait si Jenny revenait en leur absence. Haïm lui avait assuré qu'elle ne rentrerait pas au milieu du week-end. Mais, une fois de plus, il s'était reproché de ne pas arriver à mieux s'exprimer, lui qui ne cessait de se promettre de faire des efforts. Une fois de plus, silencieux, il avait laissé sa mère bavarder avec eux, comme s'il se sentait fragilisé quand elle était là. Pourtant, des deux, c'était elle la plus fragile, même si elle faisait tout pour l'aider. Elle avait quatre-vingts ans. Son père, beaucoup plus âgé que sa mère, était mort à cinquante-six ans.

Haïm savait qu'il pouvait compter sur elle, dont le sommeil était particulièrement léger, pour entendre les enfants au cas où ils se réveilleraient et auraient besoin de quelque chose. Il s'enferma donc à clé, conscient que dans cette maison, justement, il risquait de se relever en dormant.

Le lendemain, il se rendit à la synagogue que fréquentait jadis son père.

Il avait bien dormi, se sentait alerte, plus sûr de ses capacités et revigoré, comme s'il avait rajeuni. Persuadé qu'il aurait du mal à avoir une place assise parmi une foule désireuse de bien commencer l'année, il s'était préparé à rester debout pendant l'office. La petite salle de prière était loin d'être comble, et parmi les fidèles (pour la plupart des vieux sans doute de l'âge de sa mère), rares furent ceux qui le reconnurent, le saluèrent de la tête ou lui souhaitèrent une bonne fête. Il s'installa à côté du père de Shlomo Akhouan, voulut prier avec ferveur mais ne trouva pas la bonne page dans le rituel et puis ses fils, qui dormaient encore au moment où il était sorti, lui manquaient déjà. Il décida de les emmener en promenade dans le verger où, enfant, il jouait avec son propre père. À son retour, peu avant midi, il les trouva affalés sur le tapis en train de regarder la télévision en silence. Les stores du salon étaient baissés à cause du soleil, la maison baignait dans une douce pénombre, Ezer était assis en tailleur, Shalom allongé à côté de lui et sa mère, assise sur le canapé derrière les garçons, tenait une coupelle remplie de noix et d'amandes. Peut-être à cause de ce qu'il capta dans les yeux de son aîné, Haïm lança tout à coup :

– Et si on téléphonait à maman ?

Shalom bondit sur ses pieds, se précipita vers lui et, de la force de ses petits bras, lui enserra les jambes. Ezer leva vers lui des yeux distants mais non dénués de joie. Est-ce à ce moment-là que son plan prit forme, spontanément ? Il les entraîna dans la chambre à coucher de sa mère, composa le numéro. Et attendit, assis sur le lit, sous le regard ardent que les deux garçons, l'un debout à sa droite et l'autre à sa gauche, braquaient vers lui.

Au moment où il entendit le son de sa propre voix déclamer : «Vous êtes bien chez Haïm et Jenny Sara. Nous ne pouvons pas vous répondre pour le moment. Laissez-nous un message», il reposa le combiné.

– Elle ne répond pas, leur expliqua-t-il après avoir raccroché.

– Pourquoi ? demanda Shalom.

– Peut-être qu'elle dort, lâcha-t-il.

– Peut-être qu'elle ne veut pas nous parler ? s'alarma encore le petit.

– Ne t'inquiète pas, on va réessayer dans quelques minutes, promis.

Ezer, lui, n'avait pas prononcé le moindre mot.

Ce fut en voyant les larmes emplir les grands yeux de son fils, des yeux qui, la veille, avaient enfin réussi à sourire, que Haïm ajouta :

– Je lui ai parlé ce matin, pendant que vous dormiez. On va la rappeler.

Sa mère entra dans la chambre et, en prenant soin de s'adresser à lui en persan, elle le tança :

– Ça ne vaudrait pas mieux que tu les prépares au fait qu'elle ne reviendra plus jamais ?

Il ne répondit pas. À dire vrai, il n'avait rien planifié.

Et il n'était pas sûr d'avoir eu raison de leur raconter ça, même si, au début, ils avaient été drôlement contents.

Lorsqu'ils sortirent de la chambre à coucher, Shalom se tourna vers lui.

– C'est moi qui lui parle en premier à maman, d'accord ? Moi, avant Ezer !

– Vous lui parlerez tous les deux en même temps.

Les garçons reprirent leur place sur le tapis, dans le salon toujours plongé dans la pénombre.

Sa mère proposa alors à Shalom d'aller ramasser des feuilles dans le jardin.

– Non, je veux rester avec Ezer. Que avec lui.

Haïm savait, bien sûr, que Jenny ne répondrait pas, mais il retourna tout de même avec eux dans la chambre à coucher et les laissa se disputer pour savoir qui se placerait à côté de lui pendant qu'il composait le numéro. À nouveau il laissa sonner jusqu'à ce que, dans le combiné, au lieu de la voix de sa femme, monte la sienne : «Vous êtes bien chez Haïm et Jenny Sara… laissez-nous un message.» À la dernière tentative, seul Shalom le suivit dans la chambre. Ezer resta devant la télévision.

Au matin du deuxième jour de la fête, le vendredi, sa mère emmena sans peine les enfants chez Adina. Elle leur avait fait miroiter que son amie avait préparé des assiettes pleines de bonbons et de quartiers de pomme avec du miel, comme le voulait la tradition, qu'elle avait disposé des jouets partout et avait aussi invité son neveu, un garçon un peu plus âgé qu'Ezer, pour qu'ils puissent jouer au ballon. Et, bien sûr, ils resteraient déjeuner.

Shalom se montra ravi, surtout en pensant aux assiettes de bonbons que sa grand-mère lui avait promises, Ezer, lui, y alla sans mot dire, le visage totalement dénué d'expression, presque en somnambule. Haïm avait bien vu qu'il s'était refermé comme une huître dès qu'il avait compris qu'ils n'arriveraient pas à parler avec Jenny.

Il profita de leur absence pour réparer le mur de la salle de bains : il frotta au papier de verre la couche de peinture qui s'écaillait et sur laquelle les taches d'humidité avaient moisi. Une fois l'enduit séché, il étala une nouvelle couche de peinture, résistante à l'eau cette fois, déplora de ne trouver aucune station de radio qui diffuse autre chose que des chansons et chercha à nouveau à élaborer une stratégie pour resserrer les liens avec son aîné. Ensuite, il sortit dans le jardin avec le poste et termina de couler le béton sur le chemin qu'il avait creusé pour relier le portail extérieur au seuil de la maison. La chaleur devint rapidement insupportable, il ôta sa chemise et, malgré son mal de dos, travailla vite, tout en s'efforçant de ne pas trop réfléchir. Si cela avait été possible, eh bien, il aurait choisi de rester là. Loin de l'appartement qu'ils avaient partagé, loin de la petite chambre d'enfants qui, le soir, ne pouvait échapper aux lumières de l'immeuble voisin. Était-ce parce que cette maison gardait encore entre ses murs la présence tangible de son père, qu'il en sentait la force, qu'il avait moins peur? Il réchauffa du poulet avec du riz et mangea seul dans la cuisine. Ce fut alors qu'une sensation de perte totale s'abattit sur lui. Sans comprendre pourquoi, il entra une nouvelle fois dans la chambre à coucher de sa mère, se pencha au-dessus du lit, mais au lieu de prendre le téléphone, il s'allongea et s'endormit si profondément qu'il manqua l'office du soir auquel il avait pourtant prévu d'assister.

Le lendemain, dernier jour de ce week-end prolongé, son jeune frère débarqua avec ses enfants et emmena toute la marmaille à la piscine.

Ce fut lorsqu'ils rentrèrent à Holon, le samedi soir, qu'Ezer se mit soudain à parler.

Sur le chemin du retour, ils avaient fait un crochet par Jaffa où les magasins étaient ouverts et Haïm avait acheté des légumes, des œufs et du fromage. Ensuite, il avait appelé la boulangerie Frères et leur avait laissé un message sur le répondeur afin qu'ils n'oublient pas de lui préparer, pour le lendemain, seulement la moitié de sa commande habituelle. Shalom, qui n'avait pas fait de sieste, s'endormit dans la voiture et quand ils arrivèrent à Holon, Haïm le prit dans ses bras, le déposa sur son lit puis redescendit chercher ses courses. Il était encore tôt, et pendant qu'il mettait les œufs sur le feu et coupait les crudités, Ezer resta dans le salon à regarder la télévision. À la fin de son émission, il l'éteignit, alla se planter derrière la fenêtre et observa la rue à travers les fentes des volets. C'est ainsi que Haïm le trouva en sortant de la cuisine : corps menu dans un tee-shirt blanc que soutenaient deux jambes maigres à la peau mate.

– Tu as fait tes devoirs? lui demanda-t-il.

– Maman ne voulait plus rester avec nous, c'est ça?

Haïm eut l'impression qu'on le giflait.

– Elle est juste partie pour quelque temps mais elle va revenir.

Il comprit que cette fois il devait en dire plus. Ezer se tourna vers lui et le fixa de ses yeux à la forme si caractéristique.

– Pourquoi elle est partie?

– Sa maison lui manquait. Son pays. Ça fait longtemps qu'elle voulait y retourner.

Parce que la silhouette de son propre père se profila dans son esprit, il continua:

– Tu veux qu'on réessaye de lui téléphoner?

Shalom toussa dans son lit et Ezer répondit que non. L'eau des œufs frémit, Haïm alla dans la cuisine éteindre sous la casserole. De retour au salon, il posa la main sur l'épaule de son fils dans un geste qui remontait de son enfance, et lui dit qu'il était temps d'aller dormir.

– Si maman est née dans un autre pays, comment tu l'as rencontrée?

Comprit-il alors que pour leur épargner une trop grande souffrance, il devrait leur dire la vérité? Qu'il n'y avait aucune autre solution?

– Elle est venue travailler ici et c'est là que je l'ai rencontrée.

– Comment?

– À son travail. Elle travaillait dans un endroit, je suis entré et je l'ai vue.

– Et tu as décidé de l'épouser?

– Oui.

Ils s'étaient rencontrés à peu près un an après l'arrivée de Jenny en Israël. Elle était employée chez un voisin de sa mère, un veuf qui s'était fracturé le bassin et mourrait longtemps après d'une maladie cardiaque. Elle ne parlait pas encore très bien l'hébreu à l'époque. Haïm ne l'avait pas rencontrée sur son lieu de travail mais chez sa mère, lors d'un dîner où ils avaient été tous les deux invités. Le vieux vivait encore, mais sa famille avait décidé de le placer dans une institution, ce qui impliquait que la jeune Philippine perdait son travail, or elle se trouvait dans une situation délicate car son permis de séjour avait déjà expiré. Il ne se souvenait pas de ce qu'elle portait – ce genre de détails n'attirait jamais son attention –, mais de la bonne ambiance du repas, malgré l'embarras évident de Jenny qui, si elle avait accepté l'invitation sans savoir qu'il serait là, avait tout de suite compris le but de cette rencontre. Il ne se souvenait pas davantage de leur deuxième rendez-vous. En revanche, il n'avait pas oublié leur soirée, quelques semaines plus tard, dans un restaurant thaïlandais où elle avait dû lui expliquer le menu en détail. Elle s'était rapidement rendu compte qu'il était peu bavard et avait assuré une conversation pour deux, sur un rythme soutenu. À grand renfort de gestes. D'après ce qu'elle lui avait raconté, elle avait perdu ses deux parents toute petite, d'abord sa mère – de maladie – puis, deux ans plus tard, son père – de chagrin ; elle avait une sœur qui vivait à Berlin, mariée à un commerçant turc. Elle lui dit aussi qu'elle n'avait plus personne au pays et qu'elle appréciait le travail en Israël. Indéniablement, la gaîté qu'elle dégageait, aux antipodes de tout ce qu'il connaissait, ne le laissa pas indifférent. Et puis, plus elle parlait, plus il pouvait se taire. Ils n'avaient encore évoqué ni mariage ni enfants.

Ezer le regarda. Il vit dans ses yeux d'enfant que ce qu'il venait de lui raconter n'était pas suffisant.

Le salon n'était éclairé que par la lumière qui filtrait de la cuisine d'un côté et de la rue à travers les volets de l'autre.

Haïm pouvait rester des heures à contempler le visage de ses fils, mais pas pour la même raison que la majorité des parents – du moins le pensait-il. Lui, ce qu'il détaillait, c'était leurs yeux un peu bridés et leurs traits d'étrangers. Il essayait de déterminer avec exactitude ce qui les différenciait de son propre visage et ce qu'il pouvait tout de même y retrouver de lui, malgré l'origine asiatique de leur mère. Les gens disaient toujours que, des deux, Shalom lui ressemblait le plus. En revanche, c'était d'elle qu'il tenait son caractère. De l'énergie à revendre et sacrément bavard. Alors que justement Ezer, avec qui il partageait une même propension aux longs silences et un côté renfermé, ressemblait tellement à Jenny qu'il avait parfois l'impression de la voir!

De ce visage typé, les garçons ne se débarrasseraient jamais. Il l'avait compris à travers le regard des autres.

– Pourquoi tu as décidé de l'épouser? demanda Ezer.

– Peut-être parce qu'elle riait beaucoup et ça m'a plu.

– Et nous, on est nés quand?

– Tu es venu le premier, à peu près un an plus tard.

Il se souvenait parfaitement de l'accouchement. Des cris de Jenny. De l'inquiétude dans laquelle le plongeaient tous les risques qui guettaient son premier fils au cours de ce long processus. Malgré des contractions de plus en plus violentes, Jenny avait été renvoyée chez elle et la chef de service de la maternité leur avait demandé de ne revenir que quelques heures plus tard. Haïm, bien que persuadé d'être victime de discrimination due à l'origine de sa femme, n'avait pas réussi à protester. Il l'avait ramenée à la maison, pliée en deux de douleur.

Ezer éplucha les œufs durs, les écrasa dans le saladier et les mélangea au thon. Haïm coupa les oignons en petits dés et les y ajouta. C'est ainsi que cela doit être, songea-t-il, et c'est ainsi que cela sera. Plus le temps passait sans elle, plus il reprenait de l'assurance. Malgré la valise. Quant à Ezer, lui aussi paraissait s'apaiser. Au moment de se brosser les dents, il voulut savoir où se trouvait le pays des Philippins et Haïm lui expliqua que c'était très loin, à plus de dix heures d'avion. Une fois au lit, il ne resta pas sur le dos, dans la position figée qui l'avait tant effrayé, mais s'allongea sur le côté, visage tourné vers lui.

– Tu as envie que je reste un peu? lui demanda-t-il.

– Tu sais, j'ai cru que maman ne reviendrait plus.

– Elle reviendra. Dans un certain temps, chuchota-t-il en souriant.

– Maintenant, je le sais. Mais j'ai été voir dans son armoire. Pourquoi c'est vide ? Pourquoi elle a pris toutes ses affaires ?

Haïm réprima un sursaut. Il ne se souvenait pas qu'Ezer soit entré dans sa chambre à coucher et il ne les avait pas laissés seuls dans l'appartement.

– Quand est-ce que tu as vu ça ? s'étonna-t-il

– L'autre jour. J'ai juste trouvé son collier dans le tiroir. Un collier qu'elle voulait toujours prendre avec elle. Elle me l'a dit.

Haïm ne comprit pas de quoi il parlait.

– Son collier en perles. Qu'on a fait ensemble. Elle a dit qu'elle le prendrait partout où elle irait, mais là, elle ne l'a pas pris.

– Elle l'a sans doute oublié.

Haïm lui caressa la joue, s'apprêta à l'embrasser et à sortir, mais son fils reprit :

– Tu sais pourquoi j'ai cru qu'elle ne reviendrait pas ? Parce qu'elle est partie sans nous le dire, à moi et à Shalom.

Il avait une voix assurée, presque paisible.

– C'est parce qu'elle a pensé que ce serait plus facile comme ça, pour toi et ton frère.

– Tu sais, c'est mon papa d'avant qui m'a dit qu'elle ne reviendrait pas. Parce que lui, il l'a aidée à s'enfuir avec la valise.

Cette fois, Haïm ne perdit pas son sang-froid.

Une expression de crainte se peignit sur le visage d'Ezer au moment où il se souvint que le sujet était interdit, mais à sa grande surprise son père l'encouragea à parler :

– Il l'a vue ? demanda-t-il.

Le gamin eut un instant d'hésitation :

– Ben oui, pendant la nuit. Il l'a aidée à s'enfuir et il m'a dit qu'elle ne reviendrait pas.

– Mais maintenant, tu sais qu'elle reviendra, pas vrai ?

– Oui.

Ezer lui sourit.

Cette nuit-là, pour la première fois, Haïm tendit aussi un fil à coudre entre les montants de la porte de la chambre des enfants.

Il avait réussi à se contrôler sans rien laisser paraître, mais cette conversation l'avait mis dans tous ses états. Dès qu'il sortit de leur chambre, il alla directement dans la sienne pour regarder dans l'armoire. Ensuite il fouilla la commode à côté du lit mais ne trouva aucun collier.

C'était incompréhensible.

Il chercha dans tous les tiroirs. D'ailleurs, il ne se souvenait pas que Jenny ait jamais porté un collier de perles autour du cou. Ce fut à cet instant qu'il se demanda si son fils aîné ne souffrait pas, comme lui, de somnambulisme. Peut-être se promenait-il dans le noir sans en avoir conscience.

Il colla donc le fil à coudre avec du scotch entre les montants de la porte, un peu au-dessus du genou, pour que, si Shalom se réveillait, il ne trébuchât pas. Ensuite, il essaya de reprendre son travail – sans succès. Il alla se coucher tôt mais n'arriva pas à s'endormir. Le sommeil se refusait, ses yeux ne se fermaient pas. Signe prémonitoire, car le lendemain, en début d'après-midi, il reçut le coup de téléphone de la police.

5

La salle de réunion du deuxième étage était vide lorsque Avraham y entra, quelques minutes avant l'heure convenue.

Il prit un gobelet en polystyrène qu'il remplit d'eau bouillante, se fit un café et s'installa à sa place habituelle, à côté de la fenêtre qui donnait sur le parking réservé aux véhicules du commissariat.

Il s'était très bien préparé à cette réunion de travail, la première à laquelle il participait depuis son retour. Il avait passé ses quelques jours de congés à lire et à relire le dossier, à analyser méthodiquement toutes les pièces qu'il contenait ; le samedi, il avait pris sa voiture pour se rendre à nouveau rue Lavon, juste comme ça, au cas où il remarquerait quelque chose qui lui aurait échappé. Il y avait pris plusieurs décisions qu'il voulait faire avaliser pour application immédiate : cesser la filature d'Amos Rame, renforcer la présence policière aux abords de la crèche et obtenir qu'on lui adjoigne un policier supplémentaire, vu que cette enquête devait être considérée comme prioritaire. En réalité, la filature de Rame avait été interrompue avant le long week-end, simplement par manque d'enquêteurs. De toute façon, ce type paraissait être de moins en moins impliqué dans l'affaire.

Renforcer la présence policière autour de la crèche avait, à ses yeux, plusieurs avantages : le premier était d'inquiéter la ou les personnes qui avaient déposé la valise et menacé la directrice par téléphone ; voir que les lieux étaient sous surveillance les empêcherait de programmer une prochaine attaque. Le deuxième avantage était de rassurer les habitants du quartier. La présence de véhicules de patrouille augmenterait assurément leur sentiment de sécurité. Le troisième, et non des moindres, concernait Eva Cohen. Cette femme avait menti en lui cachant les menaces qu'elle avait reçues. Il comptait donc sur la présence policière pour avoir sur elle l'effet inverse et la déstabiliser. Il voulait qu'elle tombe sur un gyrophare chaque fois qu'elle entrait ou sortait de sa crèche. Pour l'instant, il avait aussi décidé de ne pas la réinterroger.

La valise n'était « que le début », selon la menace téléphonique. Il y avait donc urgence.

Tout en parlant, peut-être parce qu'il n'avait pas participé à une telle réunion depuis un certain temps, il fut frappé par l'intense concentration qui régnait autour de la table. Seul Benny Seban semblait nerveux, comme l'indiquait le tic de ses paupières qui l'obligeait à se couvrir discrètement les yeux d'une main tandis que de l'autre il n'arrêtait pas de tapoter sur ses feuilles avec son stylo. Il avait ouvert la séance en saluant chaleureusement le retour d'Avraham et en informant tous les enquêteurs présents qu'il n'avait pas attendu le retour officiel du commandant pour lui confier le dossier de la valise piégée. Ensuite, il avait demandé à Avraham d'être le premier intervenant.

– Comme on vient de vous le dire, il s'agit de trouver qui a déposé une valise contenant une vraie bombe, mais sans explosif, dimanche[1] dernier, à côté d'une crèche rue Lavon, à Holon, commença-t-il. Les recherches sur les lieux n'ont rien révélé de particulier, mais la patrouille dépêchée sur place a pu arrêter un suspect grâce au témoignage, certes imprécis,

1. Le repos hebdomadaire étant le shabbat, c'est-à-dire du vendredi au coucher du soleil jusqu'au samedi soir, le dimanche est, en Israël, le premier jour de la semaine *(NdT)*.

d'une voisine qui affirmait avoir vu le coupable commettre son forfait. Après avoir interrogé cet homme, j'ai décidé de le remettre en liberté, sous surveillance. En l'absence d'éléments matériels ou d'informations des Renseignements généraux, nous devons essayer de déterminer les mobiles d'un tel acte. Il y a plusieurs pistes, sur lesquelles je me suis concentré : la crèche, l'immeuble devant lequel la valise a été déposée et un magasin de vins et spiritueux situé au rez-de-chaussée de l'immeuble voisin.

– Quel magasin ? demanda Seban, et Avraham le regarda, étonné.

Eyal Sharpstein participait lui aussi à la réunion. C'était la première fois qu'ils se recroisaient depuis la fin de la précédente enquête. L'inspecteur, qui avait pris des vacances en famille, revenait de Toscane, bronzé et souriant, la chevelure éclaircie par le soleil. Lorsqu'il était entré dans la salle de réunion et avait vu Avraham, il lui avait lancé un « Bienvenue ! » et s'était assis tout naturellement sur la chaise libre à côté de lui.

– Juste avant ce long week-end, l'enquête a fait un pas en avant, puisque je peux à présent affirmer que la bombe a bien un rapport avec la crèche. La directrice a nié avoir reçu des menaces, mais en interrogeant son assistante maternelle, j'ai découvert que ce fameux dimanche, en début d'après-midi, une femme avait téléphoné à la crèche pour les avertir que ce n'était qu'un début.

– Une femme ? demanda Benny Seban qui cessa de tambouriner avec son stylo sur la table.

– Oui.

– Très étrange.

– C'est vrai, concéda Avraham, c'est très étrange. De plus, j'ai appris que la directrice avait des problèmes avec au moins deux parents, puisque, par deux fois, elle a été violemment prise à partie, menacée et agressée verbalement. Je vais demander à ces deux personnes de venir aujourd'hui même pour les interroger, cette piste est donc ma priorité et demain ou après-demain, après avoir entendu les deux parents, j'ai l'intention de convoquer la directrice pour qu'elle me donne des explications.

– Que savons-nous encore sur le contenu des menaces ? intervint Sharpstein.

– Rien d'autre. Juste les mots qui ont été prononcés par téléphone : « La valise, ce n'est que le début. » Voilà pourquoi je pense qu'il faut renforcer les patrouilles dans cette rue. D'une part, ça pourra peut-être dissuader le ou les criminels, d'autre part, ça rassurera les parents. J'aurais aussi besoin d'étoffer mon équipe, car il est urgent de résoudre cette affaire et de se débarrasser de la menace qui plane sur la crèche.

Sharpstein sourit. Avraham remarqua que l'inspecteur portait à son poignet droit une montre flambant neuve, avec cadre en or et bracelet en cuir.

– As-tu envisagé la possibilité que tout cela ne soit que du bluff ? Ce ne serait pas la première fois qu'un malade mental appelle après une telle découverte, dit-il.

Avraham allait lui répondre lorsque Seban, qui n'avait pas écouté la question, lui coupa la parole :

– Et si on faisait fermer la crèche ? Pourquoi est-ce que je devrais attendre bêtement que quelqu'un vienne déposer là-bas une vraie bombe un jour où il y a des enfants à l'intérieur ?

Avraham avait envisagé que le chef proposât une solution aussi radicale et répondit aussitôt :

– Je ne pense pas que ce soit une bonne idée. Les riverains ne se sentiront pas davantage en sécurité. Au contraire, ça risque de perturber leur vie quotidienne et d'accroître leurs angoisses.

Seban le gratifia d'un regard approbateur.

– Bien vu, dit-il.

– De plus, c'est la directrice que j'ai dans ma ligne de mire. J'ai l'impression qu'elle sait qui a déposé la valise. Je veux la mettre sur le gril, lui faire comprendre que nous l'avons à l'œil, et demain ou après-demain, dès que j'en saurai davantage, je la convoque pour un complément d'information.

Il n'était arrivé à cette conclusion que dans le courant du week-end : si Eva Cohen avait clamé avec autant de vigueur qu'il n'y avait aucun lien entre la bombe et sa crèche, ce n'était pas parce qu'elle le pensait, ni parce qu'elle avait peur du mauvais effet que de plus amples investigations auraient sur les parents. Non, elle l'avait clamé haut et fort justement parce qu'elle savait que le contraire était vrai et qu'elle connaissait l'identité de la personne qui avait déposé cette valise puis l'avait menacée par téléphone. Bref, elle avait menti. Ce qu'il n'arrivait pas encore à déterminer, c'était si elle avait menti par peur ou parce qu'elle avait elle-même quelque chose à se reprocher.

La secrétaire de Seban entra dans la salle de réunion, déposa devant son patron une tasse d'eau bouillante accompagnée d'une assiette de biscuits secs, et lui chuchota quelque chose à l'oreille. Mais celui-ci se tourna vers le commandant.

– Bien, parfait. Très bon travail. Continuons.

Tout cela fit qu'Avraham n'eut pas le temps de répondre à Sharpstein qui avait suggéré que la menace téléphonique n'était peut-être qu'une fausse alerte. Sa requête de se voir adjoindre un enquêteur supplémentaire fut repoussée temporairement, pour cause de manque d'effectifs.

La réunion continua et le commandant Eini leur annonça qu'il était sur le point de boucler l'enquête sur le braquage de la banque Igoud. L'un des deux suspects continuait à nier, mais l'autre avait craqué en garde à vue.

– Ça va prendre encore un ou deux jours, pas plus, assura-t-il.

Sharpstein fut désigné responsable de l'équipe d'investigation en charge de la tentative d'assassinat rue Shenkar. La victime, un homme bien connu des services de police, refusait de collaborer avec les enquêteurs. L'interrogatoire des témoins oculaires n'avait donné qu'une seule chose : le tireur conduisait un scooter gris de la marque T-Max, dont la plaque d'immatriculation avait été masquée. Il portait un tee-shirt noir avec un poulet dessiné dessus et le mot : POLSKA.

— Polska, c'est quoi ? demanda Seban.

— Eh bien, après vérification, répondit un autre enquêteur, on a découvert que ça voulait dire « Pologne ». En polonais.

Seban se mit à nouveau à cligner des yeux.

— « Pologne » ? Vous voulez dire la Pologne ? Le pays ? Combien de gens portent ce genre de tee-shirt ? Parfait, il ne vous reste plus qu'à vous renseigner pour savoir où on en achète et qui en a acheté.

Au cours de la réunion, Seban se tourna au moins deux fois vers Avraham pour lui demander son avis, même sur les dossiers dont il ne s'occupait pas.

Haïm Sara entra dans son bureau à midi et demi.

Mince, très droit, un peu plus grand que la moyenne, visage rasé de près, cheveux argentés, il était beaucoup plus âgé que ce que le commandant avait imaginé. Ses vêtements aussi lui parurent extrêmement datés : un pantalon de toile marron tenu par une ceinture de même couleur et une chemise au col élimé, dont le blanc virait au gris à force d'avoir été portée et lavée. Il était chaussé de souliers bruns en cuir, parfaitement cirés. M. Sara, patron d'une entreprise de restauration rapide, avait cinquante-sept ans et habitait rue Aharonovich, à deux cents mètres environ de l'endroit où on avait trouvé la valise. Avraham avait l'impression de l'avoir déjà vu quelque part, mais il ne se souvenait plus où ni quand.

À sa grande surprise, l'homme, contacté à midi, avait tout de suite accepté de venir au commissariat et assuré qu'il serait là dans la demi-heure. Autre chose intriguait le commandant sans qu'il puisse vraiment mettre le doigt dessus : son interlocuteur répondait très laconiquement à ses questions, par des phrases économes qu'il ne terminait pas, comme s'il n'arrivait jamais à décider comment les finir. Sa voix était à peine audible et, dans son regard, se reflétait à l'évidence un état d'extrême tension. Cependant, il ne mentit pas et ne cacha rien. Une seule fois, il donna une réponse plus longue et presque fluide.

– Je vous ai convoqué à cause de la bombe qui a été posée rue Lavon, à côté de la crèche. Votre fils y est inscrit, n'est-ce pas ?

– Oui, Shalom.

Malgré son envie, il décida de ne pas lui demander quelles circonstances l'avaient conduit à devenir père sur le tard.

– Je suis le commandant Avraham, en charge de l'enquête. Je rencontre tous les parents de la crèche pour voir avec eux s'ils se souviennent d'événements inhabituels, de choses qui auraient éveillé leur crainte ou leur méfiance.

Il n'avait pas l'intention de lui révéler qu'il était au courant de son altercation avec la directrice, curieux de voir s'il en parlerait spontanément. Il était persuadé que Sara, sans doute à cause de son âge, n'entretenait pas de relations amicales avec les autres parents, et que donc il ignorait être le seul, pour l'instant, à avoir été convoqué au commissariat.

L'homme secoua la tête. Il ne se souvenait de rien d'anormal. Il était assis bien droit sur la chaise, le dos plaqué au dossier comme s'il avait été ligoté, mains posées sur ses cuisses.

– Auriez-vous eu vent d'un problème quelconque entre la directrice et un habitant de l'immeuble ?

Il répondit que non.

– Pouvez-vous me dire, s'il vous plaît, qui accompagne votre fils à la crèche et qui vient le chercher ? Vous ou votre femme ?

– Maintenant, c'est moi. Ma femme est en voyage.

Avraham inscrivit sur la feuille de papier devant lui : *femme en voyage*. Il reviendrait là-dessus ultérieurement – ne cherchait-il pas une voix de femme ?

– Parfait. Les jours précédant ou suivant le dépôt de la bombe, en accompagnant ou en venant chercher votre fils, avez-vous vu un individu suspect rôder dans les parages, quelqu'un qui aurait attiré votre attention ?

À nouveau, la réponse fut négative mais ne vint qu'après un long silence.

– Vous en êtes sûr ? Rien d'étrange ? Peut-être quelqu'un qui portait un sweat-shirt à capuche ?

Haïm Sara avait une peau lisse, sans rides, et des dents jaunes, mais Avraham ne sentit aucune odeur de cigarette émaner de ses vêtements. Malgré des réponses formulées calmement, l'individu assis en face de lui était stressé et effrayé. Aucun doute là-dessus. Avraham renonça pour l'instant à lui poser la question la plus importante, préférant d'abord le mettre en confiance avec des sujets apparemment plus anodins :

– Habitez-vous le quartier depuis longtemps ?

À nouveau, Sara ne parla qu'au bout de quelques secondes, comme s'il ne connaissait pas la réponse :

– Vingt ans, peut-être.

– Et avant ?

– Avant quoi ?

Étrange : plus les questions étaient simples, plus l'homme bégayait et perdait ses moyens.

Avant de s'installer à Holon, il vivait à Ness-Ziona.

– Venons-en maintenant à la crèche. Que pouvez-vous m'en dire ? Que pensez-vous de la directrice ?

– La rentrée s'est faite il y a à peine quelques semaines, je ne sais pas…

Il se tut. Avraham attendit, puis ayant compris que Sara n'ajouterait rien il lui demanda :

– Savez-vous si l'un des parents a des problèmes avec elle ?

– Non.

– Et vous ?

Et justement sur ce point, Sara répondit rapidement. Sans rien cacher.

– J'ai eu une altercation avec elle il y a quelques jours, dit-il.

Et il raconta qu'avec sa femme ils avaient eu l'impression, apparemment fausse, que des enfants de la crèche tapaient leur fils, parce qu'il revenait souvent avec des traces de coups sur le corps, et un jour, il s'était même ouvert le front en tombant sur une brouette. D'ailleurs, le lendemain matin, il n'avait pas voulu retourner à la crèche. Il avait dit à ses parents qu'il avait peur. Sa femme avait parlé à la directrice, mais celle-ci avait tout réfuté en bloc. Il avait donc décidé de s'en mêler, lui aussi, mais sans davantage de succès : non seulement Eva Cohen avait continué à tout nier mais, en plus, elle avait laissé entendre – c'est du moins l'impression qu'il avait eue – devant les autres parents que c'était lui qui battait ses enfants. Ça l'avait tellement énervé qu'il avait crié mais il ne l'avait pas agressée, ni verbalement ni rien. Maintenant, de toute façon, il savait qu'il s'était trompé !

Avraham essaya d'imaginer la conversation entre ce taciturne d'âge mûr à l'élocution hésitante et la directrice. Quand il l'avait interrogée, elle n'avait pas hésité à élever la voix sur lui au point qu'il s'était senti agressé. Sans compter qu'elle lui avait menti comme un arracheur de dents. Tant au sujet des menaces reçues que des conflits avec les parents. Sara, lui, ne mentait pas.

Soudain, et pour la première fois depuis l'ouverture de l'enquête, Avraham pensa aux enfants.

Tous avaient entre un et trois ans.

Certains ne parlaient peut-être pas encore. Les maltraitait-elle ? En était-elle capable ? Possible, songea-t-il. Ce n'était sans doute pas par hasard qu'il s'était souvenu de Hannah Sharabi pendant qu'il l'interrogeait à la crèche. Malgré lui, se dessina dans son esprit la silhouette de l'adolescent squelettique, il essaya de repousser la vision du jeune corps sec projeté violemment contre le mur et qui, ensuite, gît sur le sol, immobile, mais elle s'imposa.

Ofer Sharabi. À moins que ce ne soit la présence de Sharpstein à la réunion du matin qui avait ravivé en lui le souvenir du garçon mort.

– C'était quand ? demanda-t-il à Haïm Sara.

– Quoi ?

Le commandant ne réussit à se secouer qu'au bout d'un instant.

– Votre dispute.

– Il y a environ une semaine et demie… peut-être…

– C'est-à-dire avant la valise ?

Haïm Sara ne répondit pas.

– À part vous, y a-t-il d'autres parents qui se sont bagarrés avec la directrice?

– Je ne sais pas. Ce n'est peut-être qu'avec mon fils que…

Encore une fois, il n'alla pas au bout de ce qu'il voulait dire.

– Pensez-vous qu'elle ait pu lui faire du mal?

– La directrice? Certainement pas! Non, non, nous n'avons jamais pensé que c'était elle, nous pensions aux autres enfants… Je n'aurais pas laissé Shalom là-bas si j'avais…

Sa phrase resta en suspens.

Y eut-il, au cours de cet interrogatoire, un moment où Avraham envisagea que Sara avait déposé la valise piégée? Si oui, ce fut un moment fugitif. Plus il avançait, plus l'antipathie qu'il éprouvait à l'égard d'Eva Cohen se renforçait. Mais il avait encore quelques questions à poser à M. Sara.

– Où étiez-vous le matin où on a découvert la bombe?

– Avec mes enfants.

– À la maison?

– Oui. Et on est partis ensemble pour la crèche.

– Mais avant huit heures du matin, étiez-vous tout le temps avec eux?

– Oui… euh, en fait non. Tous les matins, je vais chercher les petits pains dont j'ai besoin pour mon travail.

– À quelle heure?

– Cinq heures du matin… peut-être…

Avraham regarda l'heure affichée dans un coin de son écran d'ordinateur puis, en relisant ses notes, se souvint qu'il voulait revenir sur le voyage de la femme de Sara. Certes, la valise n'avait pas été déposée à cinq heures du matin, mais s'il avait laissé ses enfants seuls une fois, Haïm Sara, qui n'habitait qu'à trois minutes de la crèche, aurait aussi pu les laisser une seconde fois. Il essaya de l'imaginer en pantalon de jogging avec un sweat-shirt à capuche, mais n'y arriva pas. Et puis, il était un peu plus grand que la moyenne, alors que, d'après le témoin, la personne qui avait déposé la valise était de petite taille.

— Voulez-vous boire quelque chose ?

Sara refusa et Avraham se demanda s'il devait insister et l'obliger, comme avec Amos Rame, à se lever pour aller se servir un verre d'eau.

Il songea à ce père trop âgé qui, dans une heure, irait chercher son fils à la crèche. Lent, en total décalage avec les autres parents jeunes et dynamiques. Dirait-il à Eva Cohen qu'il avait été convoqué par la police ? Sans doute pas. Dommage, Avraham aurait bien aimé qu'il le fasse, d'autant qu'à quinze heures précises une voiture de police se garerait devant le 6 de la rue Lavon. Au moins, il ne demanderait pas à Haïm Sara de rester discret sur sa visite ici.

— Continuons. Où était votre femme ce matin-là ?

— Déjà partie. J'étais seul avec eux.

— J'aimerais bien lui parler. Où se trouve-t-elle ?

— Aux Philippines. Depuis près de deux semaines. Sa famille vit là-bas.

— Je comprends. Pouvez-vous me donner la date précise de son départ ?

— Ça fait deux semaines. Je peux vérifier.

— Et pourquoi est-elle partie ?

— Pour rendre visite à son père. Qui est malade.

— Quand rentre-t-elle ?

— Dans une ou deux semaines. À peu près. Tout dépendra de l'état de son père. Mais vous pouvez lui téléphoner là-bas si c'est indispensable.

Une fois seul, Avraham nota sur sa feuille de papier : *contrôler si la femme au téléphone avait un accent étranger.*

Après le déjeuner et sans prendre le temps de fumer une cigarette, il appela Orna Hamou, la mère qui, elle, avait retiré son fils de la crèche. Celle-ci, à la différence du précédent témoin, était bavarde, et il eut même l'impression qu'elle n'attendait qu'une chose : être convoquée par la police. Il n'eut pas besoin de lui poser de questions et elle non plus ne lui cacha rien.

D'ailleurs, lorsqu'il lui avait expliqué qu'il voulait la rencontrer à cause de la bombe déposée rue Lavon, elle s'était exclamée :

– Vous n'imaginez pas tout ce que j'ai à vous révéler !

Elle s'excusa de ne pas pouvoir se libérer rapidement parce qu'elle avait un bébé d'un mois à la maison, mais incapable de se retenir, elle continua aussitôt :

– Je peux déjà vous dire, avant même qu'on se rencontre, que cette femme est une criminelle et que j'aurais été capable de la tuer si j'avais été un tout petit peu plus violente.

Elle expliqua que dès le premier jour elle avait senti que quelque chose clochait. Son fils, un des plus petits de la crèche puisqu'il n'avait que vingt mois, ne parlait pas encore, il ne pouvait donc rien lui raconter. C'est pourquoi, une semaine après la rentrée, elle leur avait rendu visite à l'improviste. Tous les enfants étaient dehors dans la cour, se roulaient dans le bac à sable sans surveillance. Elle n'avait pas vu son fils, même après être entrée à l'intérieur de la crèche, mais elle l'avait entendu pleurer. Elle avait alors ouvert la porte des toilettes et c'était là qu'elle l'avait trouvé, assis sur une petite chaise, dans un coin de cet endroit répugnant. Eva Cohen, arrivée sur ces entrefaites, avait essayé de se justifier, mais d'après la discussion qui s'était engagée et très vite envenimée, elle avait compris que son fils restait toute la journée sur cette petite chaise, à l'écart dans la grande salle ou les toilettes, avec interdiction de bouger. Sous prétexte qu'il pleurait beaucoup et n'arrivait pas – toujours au dire de cette irresponsable ! – à suivre le rythme des autres. « Je n'ai pas levé la main sur elle, mais croyez bien que ce n'est pas l'envie qui me manquait », conclut-elle avant d'ajouter qu'à son avis, dans cette crèche, il se passait des choses qui exigeaient une enquête de police, des choses qui, elle en était persuadée, avaient un rapport avec la bombe.

Avraham alluma une cigarette sur les marches du commissariat après des heures d'abstinence.

Préoccupé par la conversation avec cette mère, il se représenta le bambin enfermé dans les toilettes avec interdiction d'en sortir, puis songea au fils de Haïm Sara dont le corps était couvert de bleus et qui s'était ouvert le front. Plus le temps passait, plus sa méfiance envers Eva Cohen se muait en aversion, et il dut se rappeler à l'ordre : ce n'était pas elle qu'il devait confondre mais la personne qui avait déposé la bombe factice. Peut-être devrait-il aussi demander à Seban l'autorisation d'ouvrir une enquête criminelle contre cette femme.

Et puis il restait perturbé par sa rencontre matinale avec Sharpstein qui s'était assis à côté de lui dans la salle de réunion comme si de rien n'était, comme s'il avait oublié leur précédent dossier... Sharpstein qui n'avait pas réprimé un sourire lorsque Avraham avait mentionné la menace téléphonique et demandé que son enquête soit prioritaire. Oui, malgré tous ses efforts, ce souvenir le rendait de plus en plus nerveux.

Il finit par craquer. S'il avait pu discuter avec Marianka, elle aurait certainement réussi à le dissuader d'appeler, mais elle se trouvait chez ses parents et ils étaient convenus de ne se parler que le soir, à son retour.

Il eut juste le temps de dire « Ilana » en entendant la voix féminine au bout du fil, que la divisionnaire s'exclama :

– Avi ! Comment vas-tu ? As-tu fêté dignement le nouvel an ?

Il s'efforça de lui répondre sur le ton le plus détaché possible :

– En toute tranquillité. As-tu une minute ? J'ai une question à te poser.

Quelques jours auparavant, il était persuadé que s'il y avait une personne dans la police sur laquelle il pouvait compter les yeux fermés, c'était elle, Ilana Liss, la femme qui l'avait accueilli à la Criminelle, qui avait guidé ses premiers pas et lui avait appris presque tout ce qu'il savait. Et s'il y avait sur terre une personne à qui il ne devait rien cacher, c'était elle. Il lui dit qu'il avait appris par hasard l'existence d'un rapport qu'elle aurait rédigé au sujet de l'enquête sur la disparition d'Ofer Sharabi, mais ne lui demanda ni pourquoi elle ne l'en avait pas averti, ni pourquoi elle ne lui en avait pas envoyé une copie. Il y eut un silence dans le combiné, puis elle répondit calmement :

– J'ai effectivement écrit un rapport. Tu n'es pas sans savoir que, au moment où l'affaire a éclaté, ça a fait un tel bruit qu'on nous a posé beaucoup de questions.

Il ne discerna aucune gêne dans sa voix, cependant, lorsqu'il lui demanda s'il pouvait lire ce qu'elle avait écrit, elle hésita.

– Je ne suis pas censée te le communiquer, mais d'accord, je vais te l'envoyer. Pas de problème. La seule chose que je te demande, c'est de me contacter après l'avoir lu, Avi. Je te connais, je veux qu'on en parle ensemble, je n'accepterai pas que tu te défiles.

Il retourna aussitôt s'asseoir devant son ordinateur et ouvrit sa boîte de réception.

En attendant l'arrivée du document, il relut les notes qu'il avait prises pendant l'interrogatoire de Sara et les conclusions de celui de Natalie Pinkhasov, juste avant le week-end prolongé. Si une enquête était diligentée pour maltraitances à la crèche, elle serait la première personne à qui il poserait des questions. Il était certain de pouvoir compter sur sa coopération. Il fut soudain interpellé par une information qu'elle lui avait donnée : elle avait été embauchée en catastrophe parce que *l'assistante maternelle précédente avait démissionné quelques jours avant la rentrée.* Peut-être y avait-il là une source à ne pas négliger, quelqu'un qui pourrait lui fournir des détails supplémentaires sur ce qui se passait dans cet endroit ? S'il y avait maltraitance, cela ne datait certainement pas de la veille. Pourquoi celui ou celle qui avait déposé la valise ne serait-il pas le père ou la mère d'un enfant qui avait souffert dans cette crèche l'année précédente ?

Il était seize heures trente lorsqu'il appela Natalie Pinkhasov. Elle était dans le bus qui la ramenait chez elle et s'affola en entendant sa voix. Elle ignorait comment s'appelait l'assistante maternelle qu'elle avait remplacée.

– J'ai encore une question, dit-il. Au sujet de l'appel téléphonique, le jour où la valise a été déposée. Vous souvenez-vous si la femme avait un accent?

– Non, je ne crois pas, répondit-elle tout en indiquant qu'elle n'était pas totalement sûre. À la rigueur un accent russe... Non, je n'ai pas l'impression. Mais au fond, peut-être que oui, peut-être y avait-il quelque chose de différent dans sa manière de parler.

Sans réfléchir, il lui demanda tout à coup :

– Et aujourd'hui, avez-vous remarqué quelque chose d'inhabituel à la crèche?

– Non, je ne pense pas. Dehors, il y avait une voiture de police mais je n'ai rien vu de bizarre.

– Si jamais il se passe quelque chose d'anormal, je compte sur vous pour m'en informer, d'accord? Même quelque chose d'insignifiant. Par exemple si Eva Cohen vous parle de ce coup de téléphone, ou si un parent fait allusion à la valise piégée, c'est important pour moi de le savoir. Prévenez-moi aussi si un des enfants s'absente, ou si vous voyez quelque chose de suspect dans les environs. Tout ce qui attirera votre attention.

Orna Hamou non plus ne connaissait pas le nom de l'assistante maternelle précédente, mais elle le rappela rapidement pour lui communiquer les coordonnées de cette personne.

Au lieu de rentrer chez lui en fin d'après-midi, il fit à nouveau un tour à la mer. S'arrêta à un kiosque sur la promenade et acheta une bouteille de Corona bien froide. Enleva ses chaussures, puis ses chaussettes, et s'assit sur le sable de la plage Bograshov. Non loin de lui, un homme chauve et torse nu exécutait une étrange chorégraphie au ralenti, sans accompagnement musical semblait-il. Deux femmes âgées faisaient des exercices de yoga. Quelques joggeurs passèrent devant lui.

Avant de quitter son bureau, il avait appelé le numéro de téléphone communiqué par Orna Hamou et demandé s'il pouvait parler à Ilanith Haddad. L'adolescente qui avait décroché lui dit que sa sœur était partie en voyage et lorsqu'il voulut savoir quand elle reviendrait, la jeune fille affirma l'ignorer, de même qu'elle ignorait où Ilanith était partie.

– Si c'est urgent, rappelez ma mère ce soir, ajouta-t-elle, très coopérative.

Le mail de la divisionnaire n'était toujours pas arrivé au moment où il avait quitté le commissariat.

Des petits points lumineux, signes de la présence de cargos au loin, clignotaient à l'horizon. La mer était sombre, agitée.

Juste ouvrir les yeux et observer, songea-t-il. À la fin, tu arriveras à relier tous les points disparates.

Dans chaque enquête, il y a un moment où l'on croit que jamais le tableau ne s'éclaircira. On pense qu'il y a trop de détails, trop différents, trop éloignés les uns des autres. Aussi éloignés que les gens assis sur cette plage. On a l'impression que tout est noir ou masqué par le brouillard. Mais au bout d'un certain temps, les connexions se font et l'image s'éclaircit. Toujours. Un point s'allume soudain dans l'obscurité, qui jette une nouvelle lumière sur le reste, les détails apparaissent sous un autre jour, prennent un sens, s'ordonnent. Les éléments qui semblaient sans rapport entre eux se révèlent au contraire étroitement liés. Là, en l'occurrence, il avait une petite valise contenant une bombe inoffensive. Un homme qui s'enfuyait en boitant. Un sweat-shirt à capuche et des menaces téléphoniques proférées par une voix féminine. Une directrice de crèche qui n'en avait pas fait état, qui peut-être maltraitait les enfants mais peut-être pas, et des bambins dont une partie ne parlaient pas encore. Il avait aussi d'autres faits étranges et impossibles à combiner pour l'instant : un suspect qui depuis qu'il avait été relâché n'avait quitté son appartement que pour aller à l'hôpital s'occuper de sa mère et une étrangère partie aux Philippines pour s'occuper de son père. En fait, il avait deux femmes en voyage, l'une était rentrée chez elle en Extrême-Orient, l'autre partie vers une destination inconnue.

À la différence de sa précédente enquête, la mer n'avait, cette fois, aucun rôle à jouer. Alors pourquoi y revenait-il presque tous les jours ? Le chauve s'arrêta de danser et s'approcha des deux femmes encore en plein yoga. Avraham les observa du coin de l'œil.

La mer avait tout de même son importance. Il le comprit subitement.

Oui, la mer continuait à compter parce que Ofer Sharabi y était toujours, prisonnier des abysses. Noyé. Invisible.

Tu veux le sauver des eaux ? se chuchota-t-il dans un sourire. Que tu es bête !

Quatre mois auparavant, l'honnête père de famille avait balancé dans la mer le cadavre de son fils replié dans une valise. Il l'avait balancé du pont d'un cargo au milieu de la Méditerranée. Quelles étaient les chances pour qu'on le retrouve maintenant ?

Le soir, il ne raconta pas à Marianka qu'il avait demandé à Ilana de lui envoyer le rapport qu'elle avait rédigé sur cette enquête. Il ne lui parla ni d'Ofer ni de la mer. Il lui raconta sa longue journée et sa première réunion de travail. Il était tard quand elle l'avait enfin appelé et elle était pressée parce qu'elle devait ressortir, mais elle voulut qu'il lui raconte tout.

— Est-ce que tu as l'impression de tenir une piste ? demanda-t-elle.

— Je ne sais pas. Pas vraiment.

— Et le père que tu as interrogé ?

— Je ne le vois pas déposer une bombe, mais qui sait. J'ai juste l'impression qu'il est trop grand par rapport à la description du témoin. Et trop vieux. Cela dit, après mon enquête précédente, je suis bien décidé à ne croire personne. Et pour l'instant, je n'ai que ce type à me mettre sous la dent.

Comme elle ne disait rien, il ajouta :

— Si tu l'avais vu, tu aurais compris.

En fait, après avoir interrogé Haïm Sara, la seule raison pour laquelle il ne l'avait pas rayé de la liste des suspects, c'était sa femme. Absente, elle ne pouvait pas venir déposer or, en l'occurrence, il recherchait une femme.

Il expliqua ensuite à Marianka que plus les choses avançaient, plus son antipathie envers la directrice augmentait et il lui fit part de sa volonté d'ouvrir une enquête pour maltraitance dès que le dossier de la bombe serait clos. Elle le mit en garde, estimant qu'une telle hostilité risquait de nuire à ses déductions. Étrange, cette phrase aurait pu être prononcée par Ilana, mais en anglais, de la bouche de Marianka, les mots n'étaient pas du tout convaincants. D'ailleurs, rien ne lui ferait croire qu'Eva Cohen ignorait l'identité de la personne qui avait déposé la valise et qui la menaçait.

Lorsqu'il demanda à Marianka si elle avait déjà acheté son billet, elle avoua que non. Elle cherchait encore un vol qui ne soit pas trop cher.

Pourtant, si tout se déroulait comme prévu, elle était censée entamer le lendemain sa dernière semaine de travail.

Il allait lui parler en détail des préparatifs pour sa venue mais elle le coupa sous prétexte qu'elle devait sortir. Il ne lui demanda pas où elle allait.

– Marianka, je te sens trop lointaine, lâcha-t-il tout de même juste avant de raccrocher.

– On a toujours eu du mal à communiquer par téléphone, non ?

– Peut-être. Tu me caches quelque chose ?

Au lieu de répondre, elle se contenta de dire :

– Avi, je dois vraiment sortir, excuse-moi. Je t'appelle demain, promis.

6

Lorsqu'il sortit du commissariat, il avait déjà son plan, même si les contours en étaient encore flous et que les choses ne lui apparaîtraient clairement que dans les heures et les jours suivants.

Au premier moment, Haïm ne se rappelait plus où il avait garé sa voiture.

Il se sentait tout faible tant son corps avait dû se mobiliser pour dissimuler ses pensées, et il avait les mains moites. Il eut même du mal à conduire, roula sans but – il était quatorze heures, ce qui lui laissait du temps avant d'aller chercher les enfants. Au moins une heure. Incapable de pousser plus loin, il se gara dans un coin ombragé du parking devant le centre commercial. Mangea un sandwich entier. Puis un autre. N'éteignit pas le moteur. Écouta la radio.

Aurait-il pu, à ce moment-là, envisager que son plan avait quelque chose de déraisonnable? Certes, il savait que ce qu'il échafaudait n'était pas le résultat mûrement réfléchi d'une analyse sur les dangers qui le guettaient et les moyens de les surmonter. Qu'il obéissait à une terrible angoisse et à des pulsions qu'il ne comprenait que partiellement, à des images qui le poursuivaient depuis le matin. Cependant, chaque fois qu'il pensait à ce qui s'était passé, il ne voyait pas comment il pourrait rester les bras ballants à attendre sans rien faire.

L'enquêteur le soupçonnait, pas de doute là-dessus. Pas de doute non plus sur ce qu'avait dit Eva Cohen contre lui. À cela venaient s'ajouter la conversation de la veille avec Ezer et les choses étranges que son fils prétendait avoir vues. Soudain, il se sentit observé de toute part. Depuis combien de temps cela durait-il sans qu'il s'en soit rendu compte ? L'homme en uniforme de vigile et casquette vissée sur la tête qui faisait sa ronde entre les voitures en stationnement le regarda à travers le pare-brise puis tapota sur la vitre :

– Hé, pépé, vous attendez quelqu'un ?

Dans un premier élan, son plan ne consista qu'à rentrer tout de suite chez lui et à appeler sa mère.

Il resta dans le parking encore quelques minutes avant de repartir, juste pour ne pas éveiller les soupçons.

Sa mère s'était allongée dans sa chambre pour se reposer, le téléphone à portée de main. Elle répondit immédiatement.

– Tout va bien ? s'inquiéta-t-elle dès qu'elle entendit sa voix.

– Je peux t'amener les enfants ?

Il savait que la question l'affolerait, mais il avait de toute façon l'intention de la mettre au courant.

– Pour dormir ? demanda-t-elle.

– Oui. Une ou deux nuits.

– Qu'est-ce qui se passe ?

– Pas par téléphone. Je te raconterai quand on se verra.

– D'accord. Je vais me lever et leur préparer à manger.

Les petits tee-shirts et les petits slips qu'il avait accrochés sur la corde à linge étaient secs, il les plia et les mit dans le sac qu'ils avaient pris pour le long week-end précédent. Ezer s'étonna en voyant que son père était venu le chercher en voiture, mais il resta silencieux pendant presque tout le trajet.

– Comment ça s'est passé à l'école ? demanda-t-il juste avant d'arriver à la crèche de Shalom.

– Bien.

Ezer sortait de gymnastique, il avait gardé son débardeur et son short, sa peau était chaude et salée.

– Vous avez appris quelque chose d'intéressant ?

En entendant le « non » laconique qui lui fut répondu, il renonça à poursuivre.

Il savait qu'il ne pourrait pas éviter de croiser Eva Cohen et envisagea un instant d'envoyer le grand chercher le petit à sa place. Lorsqu'il entra, il la vit aussitôt, assise dans la cour, en train de distribuer des quartiers de pomme épluchée aux enfants qui restaient. Elle le vit aussi, pas de doute, mais l'ignora, comme elle l'avait toujours fait. Avoir une conversation avec elle constituait un des points de son plan, mais ce n'était pas encore le moment. S'il avait été convoqué au commissariat, c'était à la suite du témoignage de cette femme. Elle l'avait certainement accusé d'avoir déposé la valise piégée ; sûr que si le policier l'avait interrogé, c'était à cause d'elle. Il passa sans lui dire un mot, détourna la tête ; à l'intérieur de la crèche, l'assistante maternelle russe était en train de changer une couche. En sortant, Haïm se dit qu'il avait bien fait de la prévenir, elle, qu'ils partaient en vacances et que Shalom serait absent pendant quelques jours. Lorsqu'il installa son fils dans le siège-auto sur la banquette arrière et ferma les sangles, celui-ci demanda à son frère où ils allaient mais ce fut lui qui répondit :

– Chez mamie. Vous dormirez là-bas cette nuit, et demain vous n'irez ni à l'école ni à la crèche. Vous allez bien vous amuser.

Ezer le regarda, très étonné ; quant à Shalom, il s'inquiéta aussitôt.

– Et si maman rentre à la maison ?

Comme son père ne répondait pas, il continua :

– Et toi, tu dormiras avec nous chez mamie ?

– Non, je vais rentrer parce que j'ai du travail, et aussi pour attendre maman, au cas où.

À peine arrivés, les enfants coururent dans le salon et s'assirent sur le tapis, happés par la télévision qui braillait et diffusait des dessins animés. Avec sa mère, il s'enferma dans la cuisine.

– Qu'est-ce qui se passe ? s'enquit-elle en persan.

– On va partir.

Elle avait l'air plus âgée que pendant le week-end, avec ses chaussettes grises et cette longue tunique blanche qu'elle mettait pour sa sieste et qui révélait des bras maigres, tachés de bleus. Les trois jours passés avec ses petits-enfants l'avaient fatiguée. Elle lui servit un thé qu'elle sucra comme d'habitude avec trois comprimés d'édulcorant et attendit qu'il continue. L'entière vérité, il ne l'avait racontée à personne, s'était arrangé pour n'en divulguer que des fragments, à chacun le sien, que ce soit aux enfants, au policier, ou même à sa mère. Oui, bien qu'elle fût pour lui la personne la plus proche au monde, il ne lui avait livré qu'un récit partiel. À présent, il avait besoin qu'elle le dépanne pour deux ou trois jours, pas plus.

– Quelqu'un a déposé une valise piégée à côté de la crèche de Shalom, commença-t-il, et la police me soupçonne. J'ai été convoqué ce matin au commissariat.

Elle le regarda, incrédule :

– Pourquoi toi ?

– À cause de ce qui s'est passé avec la directrice, c'est elle qui leur a donné mon nom. J'ai l'impression qu'elle me soupçonne. Je ne sais pas ce qu'elle leur a dit exactement.

– Elle a été déposée quand, cette valise ?

– La semaine dernière.

– Et c'est maintenant qu'ils t'interrogent ?

Elle seule pouvait mesurer la cruauté de ce qu'il endurait, et elle avait posé cette question superflue faute de paroles rassurantes. Il était beaucoup plus proche de sa mère que ne le sont généralement les parents et leurs enfants adultes, sans doute parce qu'il s'était marié sur le tard. Pendant de nombreuses années, elle avait été la seule à lui donner des conseils. Personne ne le connaissait mieux. Lui et sa poisse. Lui et les portes closes auxquelles il s'était heurté. «Dès que la chance nous aperçoit, elle s'en va voir ailleurs», lui disait-elle quand il était gamin. Oui, ils étaient très proches, sans avoir jamais réussi à établir entre eux un contact physique – c'était comme ça depuis l'enfance.

Il ne répondit pas à sa question, alors elle insista :

– Tu y étais aujourd'hui ? Ce matin ? Pourquoi tu ne m'as pas téléphoné pour me prévenir ?

– Je n'ai pas eu le temps.

Le policier l'avait appelé un peu avant midi, au moment où il finissait sa tournée à la sous-préfecture et au centre des impôts. Depuis quelques jours, bien qu'il n'ait pas eu la certitude qu'une enquête avait été ouverte, il avait envisagé la possibilité d'être convoqué. Dans le carton, il restait encore quelques sandwichs qu'il pensait écouler en faisant le tour des garages et des ateliers des environs, mais il avait répondu au commandant qu'il arrivait sur-le-champ. Aurait-il dû essayer de repousser l'échéance ? Sur le moment, il s'était dit que cela risquait d'éveiller les soupçons, alors que s'il acceptait tout de suite, cela plaiderait en sa faveur.

Au téléphone, l'homme lui avait expliqué qu'il enquêtait sur la bombe déposée à côté de la crèche et qu'il avait besoin de son témoignage.

Tout ce qu'il avait à faire était de dire la vérité.

En se rendant au commissariat, il n'avait cessé de se répéter qu'il n'avait rien à craindre. C'était juste sa poisse habituelle. Il se donna du courage en se persuadant que s'il arrivait à imaginer qu'au lieu d'un interrogatoire il répondait par exemple à une interview radiophonique, il pourrait donner des réponses suffisamment complètes et paraître serein.

Le commandant fut tout à fait aimable mais quelques minutes après le début de la conversation, Haïm sentit parfaitement qu'il était soupçonné d'avoir déposé la valise. Au début, peut-être pour le déstabiliser, le policier ne lui avait posé que des questions générales sur la crèche – avait-il remarqué des événements inhabituels ou vu un individu suspect rôder dans les parages ? –, mais rapidement il avait pris une autre direction, lui avait demandé ce qu'il pensait de la directrice et s'il était au courant de conflits entre elle et un parent en particulier. Haïm avait aussitôt affirmé qu'il ne savait rien, mais il avait compris dans la formulation de la question que ses démêlés avec Eva Cohen étaient connus – ce que la suite de l'entretien avait d'ailleurs confirmé.

– Et qu'est-ce que tu lui as dit ? demanda sa mère.

– J'ai raconté ce qui s'était passé. De toute façon, il le savait.

Après coup, il trouva qu'il avait agi intelligemment : au lieu de nier les faits, il avait simplement essayé de les minimiser. Il avait admis s'être disputé avec la directrice et l'avoir accusée par erreur, mais lorsque l'enquêteur avait insisté, lorsqu'il lui avait clairement demandé s'il pensait qu'Eva Cohen maltraitait les enfants, peut-être même Shalom, il avait vigoureusement protesté.

– Dans ce cas, ils devraient te laisser tranquille maintenant, non ?

– Oui, mais ensuite, il m'a demandé ce que je faisais le jour où la valise a été déposée. Et il a posé des questions sur Jenny.

Sa mère se leva et ouvrit le réfrigérateur.

À ce moment précis de l'interrogatoire, Haïm avait compris qu'il ne pouvait pas se contenter d'attendre la suite.

Elle mit une casserole sur le feu, et lorsqu'il vit qu'elle posait quatre assiettes sur la table, il lui annonça qu'il ne restait pas pour dîner.

– Qu'est-ce que tu as raconté au sujet de Jenny ?

– Qu'elle était partie.

– Tu ne crois pas que tu devrais leur expliquer comment elle est morte ? Ils comprendront peut-être.

Haïm donna un coup dans l'assiette vide qu'elle avait posée devant lui. Elle sursauta.

Sur le trajet du retour, il se sentit à nouveau pris de faiblesse, ses bras ne répondaient plus, ses mains restaient molles sur le volant et sa vision se troublait par intermittence. Tout ça à cause de sa mère, évidemment ! Pourquoi lui avait-il répété les questions que le policier avait posées sur Jenny ? Pourquoi s'était-il ensuite énervé contre elle ? Du coup, elle ne lui avait répondu que par quelques mots prononcés sur un ton las et désespéré, alors qu'il avait terriblement besoin qu'elle lui redonne des forces. Mais elle-même n'en avait plus. On aurait dit qu'elle avait presque aussi peur que lui, peut-être davantage, car au lieu de l'aider par un conseil, elle lui avait demandé :

– Alors qu'est-ce que tu comptes faire ?

– Partir quelques jours. Jusqu'à ce qu'ils arrêtent la personne qui a déposé la valise.

– Bonne idée. Et les enfants ?

– Je les prends avec moi. J'ai juste besoin que tu me les gardes ce soir et demain pour que je m'organise.

Il lui avait aussi dit qu'il pensait téléphoner à la directrice pour s'excuser, qu'il espérait que ça aurait un effet positif sur cette femme et qu'elle le blanchirait aux yeux de la police. Sa mère avait approuvé :

– Surtout reste poli. Et si tu allais carrément la voir, ce ne serait pas mieux ?

– Je préfère par téléphone. Mais si elle veut me voir, j'irai.

Avant qu'il ne parte, elle était allée chercher dans sa chambre à coucher l'enveloppe brune qu'elle gardait dans son tiroir à sous-vêtements et, de retour dans la cuisine, lui avait demandé de combien il avait besoin. Pour la première fois depuis long-temps, il n'avait pas refusé.

– Donne-moi autant que tu peux.

Chez lui, il fourra l'argent dans son sac en cuir qu'il cacha au fond de l'armoire, derrière les serviettes de bain. Il était à présent en possession de six mille dollars et de plus de vingt mille she-kels en liquide, prêt à passer aux étapes suivantes de son plan : procéder à une fouille et commencer les bagages.

Il se hissa jusqu'au *boydem* [1], trouva sa vieille valise derrière le ventilateur, la tira de là, nettoya la poussière qui s'était accumulée à l'intérieur et à l'extérieur, puis y déposa trois

---

1. Mot yiddish signifiant grenier, utilisé en hébreu pour indiquer un placard agencé dans un faux plafond, type de rangement très courant en Israël *(NdT)*.

pantalons, trois chemises, trois slips, deux maillots de corps et un pull. Il n'avait toujours pas décidé de la destination de leur voyage. Ensuite, il alla prendre des vêtements dans la chambre des enfants, principalement des tee-shirts à manches courtes pour Ezer qui n'aimait pas les manches longues, et choisit aussi quelques sweat-shirts pour Shalom. Toujours sans savoir pourquoi, il ajouta dans la valise les quelques vêtements de Jenny qui traînaient encore dans l'armoire.

Sur la valise, il découvrit les étiquettes jaunies d'un voyage précédent, et en les enlevant, il se rendit compte qu'elles dataient de leur mariage.

Effectivement, depuis, il n'était parti nulle part, et même avant, il n'avait pris l'avion que deux fois dans sa vie. Au cours de leurs années communes, Jenny, elle, avait fait un aller-retour aux Philippines, c'était au moment où ils l'avaient menacée de divorce. De toute façon, elle avait bien plus l'habitude de l'avion que lui et à l'aéroport, qu'il avait trouvé gigantesque, elle était comme un poisson dans l'eau. L'agent de la sûreté leur avait demandé en anglais quel était le but de leur voyage et elle avait répondu en toute simplicité : « On va se marier. » Après le contrôle des passeports, elle s'était précipitée vers le tapis roulant pour avoir le temps de faire ses emplettes au *duty free*. Elle avait acheté deux flacons de parfum et une ceinture pour elle, une bouteille de parfum pour la mère de Haïm et pour eux deux un appareil photo – cadeau de mariage qui leur permettrait d'immortaliser la cérémonie à Chypre [1]. Lorsqu'il ouvrit le tiroir de Jenny, il y trouva l'enveloppe contenant ces fameuses photos. En revanche, aucune trace du collier de perles dont avait parlé Ezer et qu'il continuait à chercher, sans toutefois comprendre pourquoi il y accordait une telle importance. Depuis que son fils

---

1. Le seul mariage reconnu en Israël étant religieux, si deux personnes de religions différentes veulent se marier, elles sont obligées de le faire à l'étranger : Chypre est la destination la plus courante, car la plus proche, choisie par les Israéliens confrontés à ce problème *(NdT)*.

l'avait mentionné, il s'était obstiné, avait fouillé la salle de bains, le buffet du salon, sous le lit… en vain. Quant au passeport de sa femme et à sa carte d'identité temporaire, ils n'étaient pas dans le tiroir non plus – là où elle rangeait ses plaquettes de pilules avant qu'il ne les découvre. À part l'enveloppe de photos, le tiroir contenait l'exemplaire du Nouveau Testament qu'elle y cachait ainsi que le sac en plastique transparent avec les lettres que sa sœur lui envoyait de Berlin, deux photos – des portraits de son père et de sa mère jeunes – et une croix en bambou très abîmée. Rien de plus. L'enveloppe, elle, ne contenait que les photos de mariage. Il les regarda, peut-être pour la première fois.

Ses yeux s'arrêtèrent sur un cliché pris à l'aéroport, juste avant de monter dans l'avion : il est assis sur un siège à côté de la porte d'embarquement, cerné de sacs en plastique.

Le vol avait été très court. Dès le début, saisi de nausée, il avait dit à Jenny qu'ils avaient bien fait de ne pas aller se marier aux Philippines, comme elle en avait d'abord émis le désir.

Un minibus les attendait à la sortie du petit aéroport de Larnaka – curieusement il s'y était senti bien plus à l'aise qu'à Ben-Gourion –, mais il fut déçu de constater qu'ils n'étaient pas les seuls clients du chauffeur, un homme jeune, mince et très énergique qui répondait au nom d'Agapitos et qui apparaissait sur une des photos, un bras autour des épaules de Jenny, un bras autour de celles d'une autre fiancée du groupe. Agapitos était bavard et parlait surtout avec les femmes. Il se baladait chemise ouverte sur un torse lisse et bronzé, Haïm lui avait trouvé une allure d'homosexuel mais n'avait pas osé demander à Jenny si elle pensait la même chose. L'homme leur expliqua posément qu'il y avait cinq autres couples en provenance d'Israël et profita du court trajet jusqu'au centre-ville pour expliquer à tout le groupe quelle serait la procédure : il les emmenait directement à la mairie de Larnaka où se dérouleraient les cérémonies – l'ordre des mariages avait été décidé à l'avance et ne pouvait pas être modifié, ils passeraient dans le bureau du maire les uns après les autres. Une Russe assise derrière eux demanda à son futur époux de se renseigner pour savoir s'ils auraient la possibilité de se doucher et de se changer. « Se changer oui, se doucher non », répondit le guide. Dans le souvenir de Haïm, les passagers n'avaient pas discuté entre eux, à part Jenny et une autre Philippine beaucoup plus jeune qu'elle, qui était assise devant.

Au dos de la photo, sa femme avait écrit le nom de cette personne en anglais, avec de jolies lettres rondes : *Maricel.* Après le mariage, celle-ci était censée partir avec son mari en Amérique du Sud.

C'est dans un débarras à l'intérieur du bâtiment municipal que Haïm troqua son pantalon et sa chemise pour le costume que sa mère lui avait acheté et qu'il enfila sur son maillot de corps. Jenny, encore en sous-vêtements, dut lui arranger sa cravate et, à cet instant, il vit la partie de son corps qu'il préférait : la fine bande de poils sombres et drus qui partaient du nombril et descendaient le long de son joli ventre brun et un peu rebondi, jusqu'à la petite culotte. Il attendit longtemps qu'elle termine de se maquiller, elle lui expliqua comment marchait l'appareil photo et il la prit vêtue de la robe qu'elle s'était achetée dans une boutique du sud de Tel-Aviv. Le cliché sortit trop sombre, on voyait à peine son visage. Maricel les photographia ensuite tous les deux avant qu'ils n'entrent dans le bureau du maire : sur cet instantané, il domine Jenny de toute sa hauteur malgré sa posture un peu voûtée et le costume lui va à merveille. Mais il a l'air beaucoup plus vieux, pourtant ils n'avaient que quinze ans de différence.

Après qu'ils eurent signé tous les documents obligatoires, le maire leur demanda s'ils voulaient se dire quelque chose, il répondit que non et lorsqu'ils entrèrent dans le bureau, ils trouvèrent leur guide-chauffeur qui les attendait et avait endossé le rôle de témoin, interprète et photographe. Pour finir, Agapitos leur demanda de s'embrasser dans le cadre de la grande fenêtre ouverte sur les dunes, les palmiers et la plage. Ils arrivèrent en début d'après-midi dans un hôtel désert, le Flamingo Beach, où, installés seuls sur la terrasse, ils se firent servir une bouteille de champagne et des macaronis à la crème. Sa mère lui téléphona pour les féliciter et Jenny assura que sa sœur appellerait de Berlin – ce qu'elle ne fit pas. Le soir, ils se déshabillèrent comme ils l'avaient déjà fait chez lui à plusieurs reprises, elle en premier, dans la salle de bains, avant de se glisser toute nue dans le lit et de l'y attendre. Il se brossa les dents après elle, prit un comprimé de Viagra, réintégra la chambre plongée dans l'obscurité et se glissa lui aussi dans le lit, mais en slip. À l'époque, ils voulaient tous les deux des enfants, c'est du moins ce qu'il croyait. Comme d'habitude, ils étaient restés allongés l'un à côté de l'autre pendant un long moment, tranquillement, sur le dos, puis Jenny lui avait doucement caressé le bas-ventre, la peau lisse des cuisses, sans regarder, jusqu'à ce qu'il se passe quelque chose.

Ils étaient rentrés en Israël le lendemain matin. Dans l'avion, il avait de nouveau eu la nausée.

Et voilà que maintenant, à cause d'elle, il allait être obligé de reprendre l'avion.

Lorsqu'il termina son travail, plus tôt que d'habitude – avant vingt et une heures trente –, il était loin d'imaginer que ce serait la dernière fois. Après avoir recouvert de papier d'aluminium les plats contenant les salades qu'il venait de préparer, il les rangea sur les rayonnages du réfrigérateur et nettoya la cuisine. Dans l'émission du soir dédiée aux appels des auditeurs, une femme qui habitait Mevassereth-Zion se plaignit de son mari qui avait eu la révélation, devenait de plus en plus pieux et se détournait d'elle sous prétexte qu'elle était impure, ensuite un habitant d'Ashdod intervint sur les ondes pour raconter que sa femme l'avait abandonné avec leur bébé de quatre mois. Haïm écouta cette histoire, perplexe. Il éteignit la radio, l'appartement silencieux était plongé dans l'obscurité. Il alluma la lumière dans toutes les chambres. Le silence ne le dérangeait pas. Voilà des années qu'il ne s'était pas retrouvé seul chez lui. Cette nuit, il ne tendrait pas de fil à coudre entre les montants de la porte de sa chambre à coucher, il lui suffirait de verrouiller la porte d'entrée.

Après avoir repris ses recherches qui n'aboutirent toujours à rien, il termina d'emballer leurs affaires pour le voyage. Cette agitation incessante l'aida à dissiper la tension qui montait en lui depuis le milieu de la journée. Comme il restait de la place dans la valise, il ajouta des jouets et des livres pour les enfants. Ce ne fut qu'une fois tout cela terminé qu'il appela sa mère. Les garçons étaient déjà au lit.

– Ils m'ont demandé quand tu revenais, lui dit-elle, et j'ai répondu que tu serais là demain, mais je n'ai rien dit au sujet du voyage.

– C'est inutile. Je le leur annoncerai moi-même.

Elle ne lui demanda pas où il avait l'intention de les emmener. Si elle lui avait posé la question, il ne lui aurait rien révélé, pourtant, sa décision était prise.

– Tu as tout ce dont tu as besoin? s'enquit-elle.

– Presque.

– Tu as parlé avec la directrice de la crèche?

– Pas encore. Je vais le faire maintenant.

– Tout de suite. N'attends pas, sinon ce sera trop tard.

Sa conversation avec Eva Cohen, il l'avait repoussée autant que possible, parce qu'il ne savait pas quoi lui dire exactement. Devait-il avouer qu'il avait été interrogé par la police et que c'était la raison de son appel? Elle était certainement au courant puisque, en allant chercher Shalom à la crèche, il avait vu une voiture avec gyrophare dans la rue. Devait-il l'informer des quelques jours de vacances qu'il prenait avec ses enfants et expliquer ainsi l'absence de son fils qu'elle constaterait le lendemain matin? Inutile, il avait prévenu l'assistante russe. Et puis, si c'était effectivement elle qui avait envoyé l'enquêteur à ses trousses, elle risquait de l'alerter à nouveau si elle avait vent de son intention de partir.

Malgré la honte que lui inspirait la seule pensée de devoir s'excuser, il savait qu'il n'avait pas le choix. Il ne le faisait pas pour lui mais pour ses garçons. Le problème, c'est qu'il n'avait pas encore décidé : allait-il lui spécifier qu'il n'avait rien à voir avec la valise piégée ou se contenter de lui dire qu'il ne lui en voulait plus, qu'il admettait s'être trompé. Il se souvint de ce jour où, en rentrant du travail, il avait vu le front blessé de Shalom. Il se souvint aussi de son impuissance. Jenny, pour sa part, avait refusé d'intervenir, ne voulait rien entendre et c'est ce qui l'avait obligé à se rendre, lui, le lendemain, à la crèche pour affronter la directrice. Oui, tout cela, c'était à cause d'elle.

Il alla étendre les couvertures sur les lits des enfants et les tira au maximum sur les draps, qu'elles soient bien aplaties. Ensuite, il appela Eva Cohen mais elle ne répondit pas.

Ils partiraient pour quelques jours. À leur retour, l'enquête serait close, ils reprendraient leur routine quotidienne, et avec le temps ses garçons ne l'interrogeraient plus sur leur mère. Oui, mais comment s'assurer que l'enquête serait bel et bien terminée ? Il songea à demander à sa mère de surveiller les journaux. Dès qu'il constaterait que la police ne le cherchait plus, il saurait qu'ils pouvaient rentrer. Peut-être aussi que grâce à ce voyage il regagnerait la confiance d'Ezer. Peut-être aussi qu'il lui raconterait ce qui s'était réellement passé cette fameuse nuit. Peut-être arriverait-il enfin à lui expliquer qui était son père et qui avait été sa mère.

Il attendit quelques minutes et rappela Eva Cohen, mais sans davantage de succès. Fugacement, il se dit qu'elle ne répondait pas parce qu'elle savait, d'après le numéro, que c'était lui, mais comment aurait-elle pu connaître son numéro de téléphone fixe ? Il se mit à la rappeler à intervalles de plus en plus rapprochés, oui, il garda longtemps le combiné en main avant de renoncer et de la laisser tranquille.

À vingt-trois heures trente, il fit une dernière tentative.

7

Il dut attendre le lundi matin – lorsqu'il se réveilla, un peu après cinq heures – pour trouver le rapport dans sa boîte mail. Sur la ligne «objet», Ilana avait spécifié : *strictement personnel.* Le message qui accompagnait la pièce jointe était laconique : *On m'a demandé un rapport et je ne pouvais pas écrire autre chose que ce que tu liras ci-joint. J'espère que tu comprendras. Ne me fais pas faux bond, s'il te plaît. Ilana.* Le message ne provenait pas du mail professionnel de la divisionnaire, mais d'un compte Hotmail nommé «rebeccajones21», et il avait été envoyé après minuit, donc apparemment de chez elle.

Avraham laissa mijoter le café sur le feu et alla se doucher avec une eau que les panneaux solaires n'avaient pas encore assez chauffée. Il pouvait effacer le document ou en retarder la lecture. C'est certainement ce que Marianka lui aurait conseillé de faire. Il venait de commencer une nouvelle enquête, mieux valait ne pas revenir sur ce maudit dossier qui était déjà derrière lui. Son portable sonna pendant qu'il lisait, mais il ne se leva pas pour voir qui l'appelait. Il savait. Si tôt, ça ne pouvait être qu'une seule personne.

Comment aurait-il pu imaginer ce qui s'était passé quelques heures auparavant ?

La menace avait été mise à exécution. La valise n'avait effectivement été qu'un début.

La première phrase qu'avait écrite Ilana dans son rapport était d'une douloureuse sécheresse : *Le mercredi 4 mai, en fin de journée, une mère de famille, Hannah Sharabi, est venue signaler au commissariat la disparition de son fils, Ofer. À ce moment, elle savait déjà que l'adolescent n'était plus de ce monde, qu'il avait trouvé la mort au cours d'une altercation violente avec son père, Raphaël Sharabi, la veille au soir.*

Et au fil de sa lecture, tout ce qu'Avraham espérait avoir oublié remonta à la surface.

Il revit cette fin de journée de printemps où Hannah Sharabi était venue dans son bureau lui raconter qu'Ofer n'était pas rentré du lycée. Elle s'était assise en face de lui, il avait senti sa panique et avait cru que c'était parce que la pauvre femme s'inquiétait pour son fils. Il lui avait proposé d'attendre un peu avant de déposer une plainte. Le lendemain, elle était revenue dans son bureau avec un sachet en plastique contenant des photos d'Ofer. Ce même jour, il s'était rendu au domicile des Sharabi et l'enquête avait été ouverte. Il avait cru chaque mot de ce que cette mère lui avait raconté, tout comme il avait ensuite cru le père, persuadé d'être en présence d'une fugue. Il avait continué, s'entêtant à protéger les parents même lorsque Ilana et Sharpstein pensaient déjà qu'il fallait vérifier leur version et les réinterroger.

Le portable continuait à sonner dans sa chambre à coucher mais il n'avait aucune intention de répondre à Ilana.

Sous le titre : *Travail de l'équipe d'investigation - évaluation,* elle avait écrit les lignes suivantes, qu'il lut lentement :

Le chef de l'équipe d'investigation, le commandant Avraham Avraham, a commis quelques erreurs qui ont retardé la résolution de l'enquête et ont rendu difficile l'élaboration d'un faisceau de preuves concrètes à l'encontre des suspects. Cela dit, je pense que l'analyse des erreurs, faite a posteriori, n'indique en aucun cas que cette enquête a été menée avec ce que nous qualifions de négligence.

Tout d'abord, nous avons constaté que le chef de l'équipe a commis une erreur de jugement en prenant la première déposition de la mère. Il est probable qu'un interrogatoire plus pertinent et surtout une perquisition de tout l'appartement dès ce stade auraient permis de découvrir sur les lieux des éléments compromettants pour les parents de la victime, ce qui aurait contredit la thèse de la disparition d'Ofer. En effet, à ce moment-là, le sac à dos de l'adolescent — qui, au dire de sa mère, était parti le matin pour le lycée et n'était pas revenu — se trouvait encore dans sa chambre. Nous savons à présent qu'il n'a été jeté dans une benne à ordures que quelques jours plus tard. De même, le chef de l'équipe d'investigation n'est pas entré dans toutes les pièces de l'appartement, dont celle qui, a posteriori, s'est révélée être une des scènes de crime possibles. Il se peut que si le commandant avait ordonné d'y faire immédiatement des prélèvements poussés, on aurait découvert des éléments nouveaux sur le déroulement des faits. Mais comme il s'est écoulé beaucoup de temps entre le crime et la résolution de l'enquête, et que la scène a été nettoyée, la collecte d'indices a été très difficile.

Deuxièmement, le chef de l'équipe a manqué de discernement au cours de l'interrogatoire du père, qui, au moment de l'ouverture de l'enquête, se trouvait à l'étranger. Le commandant n'a pas estimé urgent de le rappeler sans délai, a attendu son retour comme prévu cinq jours plus tard, un laps de temps qui a permis à M. Sharabi de se débarrasser du corps en pleine mer. Cela lui a aussi permis de brouiller les pistes par divers moyens. Sans cadavre, l'accusation, qui n'a pas pu déterminer les causes exactes de la mort d'Ofer Sharabi, a dû se contenter des aveux des parents et admettre qu'il s'agissait d'un accident. A posteriori, il semble aussi que le premier interrogatoire du père n'ait pas été mené avec suffisamment de pugnacité, puisque Raphaël Sharabi a craqué et avoué avoir tué son fils après un interrogatoire particulièrement court mené par un autre enquêteur de l'équipe (l'inspecteur Eyal Sharpstein).

La troisième erreur commise par le chef de l'équipe a été de ne pas prendre en compte le comportement étrange d'un des suspects interrogés au cours de l'enquête, Zeev Avni, un voisin de la famille Sharabi qui donnait des cours particuliers à la victime. Pendant trois semaines, Zeev Avni a berné la police et s'il n'était pas venu faire des aveux spontanés, il se peut que personne n'aurait jamais rien découvert. Deux jours après l'ouverture de l'enquête, M. Avni a téléphoné à la police et fait un faux témoignage en indiquant le lieu où soi-disant se trouvait Ofer. Par la suite, il a écrit à Raphaël et Hannah Sharabi des lettres qu'il a signées du nom du disparu. Ce sont ces lettres qui ont finalement mené à la résolution de l'enquête. À mon avis, l'équipe d'investigation n'a pas accordé suffisamment d'attention au comportement étrange de cet individu, ce qui a retardé la conclusion du dossier et a donc eu des conséquences déplorables sur les preuves et indices récoltés.

Cela dit, je tiens à souligner que c'est tout de même sous la direction du commandant Avraham que cette équipe d'investigation a résolu le dossier.

Le commandant Avraham est un enquêteur expérimenté et talentueux, qui a grandement contribué à résoudre de nombreuses enquêtes compliquées, et je reste persuadée que les erreurs commises au cours de ce dossier n'auront aucune incidence sur son avancement et la contribution qu'il apporte à la police de ce pays.

Il resta un long moment assis devant le rapport. Marianka le regardait du coin supérieur de son écran, là où il avait scotché sa photo d'identité. Il se remémora leur conversation de la veille et surtout son ton si distant. Son portable continuait à sonner, il alla dans sa chambre à coucher pour le fermer mais la divisionnaire ne renonça pas et se mit à appeler sur son fixe. Il débrancha l'appareil et ce fut soudain le silence, mais un silence très étrange, car à l'intérieur de son crâne de nombreuses voix se déchaînaient. Le plus douloureux était certainement d'être clairement accusé d'avoir, par ses erreurs, permis aux parents d'Ofer d'échapper à une peine beaucoup plus lourde. En effet, ses manquements étaient responsables d'au moins deux choses évidentes : les enquêteurs n'avaient pas réussi à mettre la main sur un cadavre et la scène du crime avait été nettoyée avant la visite de la police scientifique. Le procureur n'avait donc pu se fonder, pour rédiger l'acte d'accusation, que sur les aveux du père, lequel affirmait que la mort de son fils était accidentelle : il avait surpris Ofer dans la chambre de sa sœur en train d'abuser de la gamine et, pour la protéger, il était intervenu avec une brutalité qui, involontairement, avait causé la mort. La police n'avait eu aucun moyen de contredire cette version, d'autant que la mère s'était enfermée dans le silence.

Oui, tout cela n'était-il pas de la faute d'Avraham ? Bien sûr que si. Il l'avait d'ailleurs admis publiquement. Mais ce qu'il ressentait à cet instant précis, c'était une furieuse envie de répondre à Ilana… Comment ? Et pourquoi ? Il ne comprenait pas ce qui éveillait en lui une telle colère. La divisionnaire ? Les parents d'Ofer Sharabi ? Lui-même ? Et puis il se demandait qui, à part Benny Seban, avait lu ce rapport. Quand l'avait-elle rédigé ? Pourquoi n'en avait-il pas reçu une copie, pour information ? Plus il y pensait, plus il ressentait le besoin d'expliquer, d'accuser et en même temps de s'excuser.

Il cliqua sur « nouveau message » et inscrivit : *Ilana*. Il n'alla pas plus loin.

Ça n'a plus aucune importance, se chuchota-t-il. Laisse tomber.

Une nouvelle enquête l'attendait, y avait-il meilleure occasion de prouver, en priorité à lui-même, que l'échec du précédent dossier était fortuit ? Il fit glisser le message et sa pièce jointe dans la corbeille de son courrier électronique. Avait-il eu le temps de faire une erreur depuis qu'il avait repris le travail ? S'était-il, une fois encore, laissé duper par un ou plusieurs protagonistes, comme cela s'était passé avec les parents d'Ofer ?

Les mensonges d'Eva Cohen, il les avait immédiatement détectés. Il l'avait jaugée sans baisser les yeux et n'avait pas cru un traître mot de ce qu'elle lui racontait.

Il s'habilla rapidement. Peut-être pour défier Ilana qui l'avait supplié de ne pas lui faire faux bond, il ne ralluma pas son portable, qui était donc toujours éteint lorsqu'il arriva, en retard, au commissariat, et pénétra dans son bureau sans que personne l'intercepte. Dans le rapport de la divisionnaire, il y avait certaines phrases qui s'étaient incrustées dans sa mémoire : *le chef de l'équipe a commis une erreur de jugement en prenant la première déposition de la mère… A posteriori, il semble aussi que le premier interrogatoire du père n'ait pas été mené avec suffisamment de pugnacité, puisque Raphaël Sharabi a craqué et avoué avoir tué son fils après un interrogatoire particulièrement court mené par un autre enquêteur de l'équipe.*

Sans frapper, Benny Seban ouvrit soudain la porte de son bureau. Il était huit heures et demie. Le chef s'étonna de trouver son commandant assis derrière la table de travail, plongé dans le dossier qu'il avait ouvert devant lui.

— Qu'est-ce que vous faites là ? lui lança-t-il. Ilana Liss vous cherche depuis six heures du matin. Vous avez oublié que les vacances étaient finies ou quoi ?

Avraham le regarda, ahuri : Seban savait donc qu'Ilana lui avait envoyé son rapport ? À cet instant, il était encore persuadé que tel était le motif des appels insistants.

— Je ne me suis pas rendu compte que mon téléphone était éteint, se justifia-t-il. Pardon, vous a-t-elle dit pourquoi elle me cherchait ?

La réponse qu'il reçut le laissa sans voix.

— Votre directrice de crèche. Eva Cohen. On l'a passée à tabac. Elle a failli y rester et pour l'instant elle est dans le coma, hospitalisée à Wolfson. Ilana est sur place depuis sept heures du matin et elle voudrait que vous alliez la rejoindre.

Les rues vers Tel-Aviv étaient tellement encombrées que, pour la première fois depuis longtemps, Avraham actionna sa sirène. Il fonça dans l'avenue Kugel à contresens pour sortir au plus vite de Holon et arriva à Jaffa par Kyriat-Shalom. Ilana décrocha tout de suite et ne lui fit aucune remarque sur son silence en début de matinée. Lorsqu'elle entendit le vagissement de sa sirène, elle lui demanda s'il était en route.

– Oui. J'arrive dans cinq minutes.

Elle lui expliqua qu'elle avait déjà regagné son bureau au Central de Tel-Aviv et voulut savoir si quelqu'un lui avait fait un premier rapport. Il lui répéta les informations transmises par Seban : Eva Cohen avait été découverte inanimée un peu après trois heures du matin, allongée dans la boue du petit canal, sous le pont piétonnier de la promenade du bord de mer, celui qui se trouve à la limite entre Tel-Aviv et Jaffa, non loin du musée Etzel. Elle avait reçu des coups au niveau des côtes et de la poitrine, mais surtout avait été violemment frappée à la tête. Les trois Soudanais qui l'avaient trouvée, inconsciente, avaient aussitôt appelé la police. Combien de temps était-elle restée ainsi, et quel était son état, Seban ne le savait pas. Les Soudanais avaient été interrogés, on les retenait au commissariat, mais ils étaient hors de cause.

– Sommes-nous certains qu'il s'agisse bien de notre Eva Cohen ? demanda Avraham.

– Oui. On n'a trouvé sur elle ni portable ni papiers d'identité, mais elle a été identifiée d'après sa voiture. À cinq heures du matin, dit Ilana.

– Comment ça, d'après sa voiture ?

– Elle avait garé sa voiture dans un parking. Une patrouille s'est chargée de convoquer le gardien et ils ont visionné ensemble les bandes des caméras de surveillance. La victime est parfaitement reconnaissable au moment où elle sort d'une Subaru Justy rouge à une heure et demie du matin. Après, on a appelé à son domicile et on a réveillé son fils. Le pauvre, il ignorait que sa mère était sortie, il est allé dans la chambre à coucher et a pu constater qu'elle n'était pas là, on a envoyé une voiture de police qui l'a emmené à Wolfson et il l'a formellement identifiée. Elle était en salle d'opération.

Pourquoi fut-il tellement surpris d'apprendre qu'Eva Cohen avait un fils ? Peut-être parce que, jusqu'à cet instant, il ne l'avait considérée que comme une directrice de crèche qui, semblait-il, maltraitait les enfants. Une femme qui avait répondu à ses questions avec agressivité et lui avait caché les menaces téléphoniques qu'elle avait reçues. Il ne lui avait pas demandé si elle était mariée et si elle avait des enfants. Et il ne demanda pas à Ilana l'âge du fils.

– Est-ce qu'elle va s'en sortir ?

– Difficile de se prononcer, elle est encore au bloc opératoire et ses blessures à la tête sont très graves. On l'a frappée avec une pierre. Si j'ai bien compris, tout le côté gauche de son visage est en bouillie.

Il imagina soudain le masque aux traits sévères d'Eva Cohen et le vit se couvrir de sang. Sans doute n'était-ce pas loin du tableau qu'avait découvert le fils par-dessus les épaules des médecins. Mais chaque fois qu'Avraham visualisait cette femme, il n'arrivait pas à endiguer la haine qui l'assaillait.

– Avi, d'après les dires de Seban, elle aurait reçu des menaces, reprit Ilana. Est-ce qu'on a fait quelque chose à ce sujet ?

Il ne comprit pas tout de suite la question et se souvint que Benny Seban avait qualifié Eva Cohen de « votre directrice ».

– Ilana, ce n'est pas exact. Elle n'a reçu qu'un seul coup de téléphone menaçant et me l'a caché. En revanche, elle n'a pas cessé de répéter que la valise piégée n'avait aucun rapport avec elle. Je l'ai interrogée pendant des heures et je lui ai demandé si elle avait reçu des menaces, elle s'est entêtée à nier. Depuis hier, on a des voitures qui patrouillent en permanence autour de la crèche. On ne pouvait pas faire plus puisqu'elle n'a pas porté plainte.

Au loin, il vit le petit pont en bois qui enjambait le canal et, tout autour, les véhicules de police en travers de la route.

– Et maintenant, on fait quoi ? Je continue mon enquête ?

– Je veux entendre ce que tu as à dire sur cette affaire et après on pourra avancer, répondit Ilana. Les gars de la Scientifique sont sur zone depuis plusieurs heures, mais vas-y. Étant donné que tu connais le contexte, que tu es au courant des menaces reçues, tu repéreras peut-être quelque chose qui n'a pas attiré notre attention. Dès que tu auras terminé, je veux te voir ici, entendre tout ce que tu sais et analyser avec toi les indices récoltés sur place. Je t'attends dans mon bureau à onze heures.

La première chose qu'il demanda en arrivant sur les lieux fut qu'on lui montre la vidéo où apparaissait Eva Cohen.

On voyait la directrice au volant de sa Justy rouge à une heure trente-six du matin, elle avait fait plusieurs fois le tour du parking désert avant de se garer non loin de la guérite vide du gardien. Cherchait-elle une autre voiture ? Attendait-elle quelqu'un ? Aucun autre véhicule n'était entré dans le parking entre une heure et deux heures et demie du matin. Il trouva étrange qu'elle soit arrivée à un tel moment, et pas à une heure pile. Était-elle en avance ? En retard ? Elle portait un jean et un tee-shirt vert à manches courtes, tenait à la main un petit sac de toile. Après avoir verrouillé sa portière et regardé tout autour, elle avait aussi jeté un coup d'œil sur sa montre. Elle ne paraissait pas avoir peur. Aucun doute, c'était bien elle qui se dirigeait à petits pas rapides vers la promenade du bord de mer et finit par sortir du cadre de la caméra. Avraham fit le tour de la Subaru et ne constata rien d'inhabituel. Une vieille voiture, cabossée, qui n'avait pas été lavée depuis longtemps. Au milieu du pare-brise arrière, un doigt avait dessiné sur la poussière un cœur tordu traversé de deux flèches. Bien que personne n'ait fait le trajet avec la victime, le véhicule ne pouvait être exclu de la scène de crime. Il y entra donc avec précaution, les pieds glissés dans des chaussons de protection et les mains gantées. L'odeur qui régnait à l'intérieur lui parut familière. Sur le siège passager, il y avait un sac en plastique contenant des chaussures

Adidas de taille quarante-trois, apparemment celles du fils, et sur le sol traînait une serviette bleue. Dans la boîte à gants, il recensa une vieille carte routière, des factures de station-service, deux CD et un exemplaire des Pages jaunes.

Il inspecta la banquette arrière et ne trouva rien d'intéressant. Dans le coffre, il vit une vieille boîte à outils, une grande bouteille d'eau à moitié pleine et un carton rempli d'objets sans doute liés à la crèche : des ramettes de papier, des pots de peinture et de colle neufs. Sous les pots de peinture, il découvrit quelque chose qui l'intrigua : un lot de deux cassettes Philips, de celles dont on se servait dans les anciens dictaphones, mais là, il n'en restait qu'une.

La brève conversation téléphonique qu'il avait eue avec Ilana en se rendant sur les lieux avait encore augmenté son malaise. Suggérait-elle qu'il aurait dû en faire davantage pour protéger Eva Cohen ? L'agression ayant eu lieu à Tel-Aviv, l'enquête dépendait directement de la brigade régionale qu'elle dirigeait : si elle décidait de lui confier cette partie-là du dossier, il devrait à nouveau travailler directement sous ses ordres, malgré le rapport qu'elle avait rédigé. Il évalua la distance qui séparait le parking du canal. Trois cents mètres maximum. Le lieu de rendez-vous était-il le vieux bâtiment du musée dédié au Etzel, un endroit qui restait éclairé toute la nuit ? Ilana lui avait demandé d'observer les moindres détails. Il observait. Et soudain, il eut l'impression de voir. D'instant en instant, le scénario de l'agression se construisait dans sa tête. Après avoir noté quelques mots au stylo noir sur son calepin, il suivit l'officier de la Scientifique qui le guida avec précaution sur la scène de l'agression proprement dite. La pierre avec laquelle on avait frappé Eva Cohen à la tête avait été retrouvée à côté d'elle et envoyée au labo, elle pesait quatre kilos. Apparemment, la victime avait été agressée à l'endroit où on l'avait découverte : ils avaient relevé des traces de sang sur les cailloux en bordure du canal et sur deux des taches il y avait même une empreinte partielle de semelle (ils espéraient qu'elle ne correspondait pas aux chaussures des Soudanais). Sur le sol, aucun signe n'indiquait qu'un corps avait été tiré. Le sac en toile qu'elle tenait en sortant de sa voiture avait disparu.

À quelques mètres de là, une très haute vague se fracassa contre les rochers. Voilà qu'il se trouvait de nouveau face à la mer, songea Avraham. Il monta sur le petit pont en bois et engloba d'un seul regard toute la scène de crime, une vieille habitude qu'il ne négligeait jamais.

Dire que la veille il était venu s'asseoir tout seul sur le sable, à deux ou trois kilomètres de là, persuadé que dans cette enquête la mer ne jouerait aucun rôle.

Or ce petit canal se jetait dans la mer. La nuit, rien de mieux pour s'enfuir que de passer par la plage. Obscure, déserte. Sans se faire repérer, on pouvait la longer vers le nord et atteindre le centre de Tel-Aviv ou, vers le sud, arriver jusqu'à Jaffa.

Il se souvint aussi que la semaine précédente, à l'aube, un individu portant une valise avait longé la rue Lavon, déposé une fausse bombe à côté d'une crèche et s'était enfui. La nuit dernière, ce même individu avait agressé Eva Cohen et s'était à nouveau enfui, peut-être par la plage. Eva Cohen, qui s'était rendue à un rendez-vous fixé toujours par ce même individu, alors qu'elle prétendait ne pas le connaître. L'individu à la valise. Étrange qu'elle n'ait pas eu peur de le retrouver au milieu de la nuit dans un endroit aussi sombre et désert. Et si c'était une femme ?

L'officier de la Scientifique repoussa aussitôt une telle éventualité.

– Impossible. Quand vous verrez la victime, vous comprendrez la sauvagerie de l'agression. On lui a brisé la mâchoire à coups de pierre, un travail de brute.

Peut-être parce que, en discutant avec lui le matin, Ilana n'avait pas évoqué son fameux rapport, Avraham fut surpris du tour que prit leur deuxième conversation de la journée.

Il eut un instant d'hésitation glacée avant de frapper à la porte de la divisionnaire. Puis attendit. Il y eut un grincement de chaise à l'intérieur et la porte s'ouvrit.

Ils ne s'étaient pas vus depuis son retour de Bruxelles mais ils se contentèrent d'une poignée de main. Elle ouvrit la fenêtre qui surplombait la rue et posa sur son bureau le cendrier en verre qu'elle lui réservait.

– Il t'attendait dans le tiroir, dit-elle.

Comme chaque fois qu'il la voyait, il eut l'impression que ses cheveux châtains avaient encore blanchi. Elle portait une salopette mauve sur un chemisier noir et, au cou, un collier de petites perles d'un blanc ivoire. Il eut l'impression que rien n'avait changé dans la pièce, à part la pendule ronde Seiko qui, auparavant, était accrochée sur le mur au-dessus de la porte et se trouvait à présent dans un coin, posée bizarrement de travers à même le sol, comme si elle avait été punie et rétrogradée. Avraham voulut tout de suite lui présenter le dossier de l'enquête, mais elle l'arrêta :

– Un instant, Avi. Tu veux un café ou quelque chose à manger ? Je n'ai pas eu le temps de boire depuis ce matin.

En fait, les choses s'étaient toujours déroulées ainsi, songea-t-il.

Ils commençaient chacune de leurs rencontres très distants, et seul le travail en commun parvenait à les rapprocher. Mais cette fois, c'était différent, parce qu'ils avaient justement été séparés par le travail – ou plutôt par ce foutu rapport. Ilana revint avec les tasses de café, il ouvrit le dossier de l'enquête, mais à nouveau elle lui demanda d'attendre un peu.

– Comment vas-tu ? Ça fait plus de trois mois qu'on ne s'est pas vus, n'est-ce pas ?

Elle posa sur lui son regard bleu d'où émanait une telle sincérité qu'il fut obligé de baisser les yeux.

– Ça va.

– Juste « ça va » ? Tu es sur le point de te marier, non ? Est-ce que ton amie est déjà arrivée ?

Il ne répondit pas. Se demanda pourquoi elle n'avait pas prononcé le prénom de Marianka.

– Je sais que ce matin tu cherchais à m'éviter, et je sais aussi pourquoi.

Soudain, Avraham remarqua qu'autre chose avait changé dans la pièce : la photo encadrée de noir, sur laquelle Ilana, son mari et leurs quatre enfants posaient devant le Sacré-Cœur, un cliché pris quelques semaines avant que l'aîné ne soit tué dans un accident d'exercices à l'armée. Cette photo, Avraham l'avait toujours vue sur le bureau. À présent, elle n'y était plus.

– Qu'as-tu pensé de mon rapport ? demanda la divisionnaire.

– Ce ne serait pas mieux d'en parler à une autre occasion ? répondit-il pour éluder le sujet.

– Non, je ne crois pas. Parce qu'on va retravailler ensemble. On va s'occuper du dossier dès qu'on aura réglé ça.

Il avait oublié que les questions qu'elle posait pouvaient être aussi franches que son regard.

– Explique-moi ce qui t'a tellement blessé.

– Je ne suis pas blessé, Ilana.

– Alors qu'est-ce qui t'a rendu tellement furieux ?

Quoi, était-ce si difficile à deviner ? Il écarta les doigts de sa main droite sur le dossier. Il la connaissait suffisamment pour savoir qu'il était inutile de chercher à retarder cette confrontation.

– Ça me semble évident, non ? Ce qui m'a énervé, c'est que tu aies rédigé ce rapport sans me le dire. Tu m'accuses d'avoir détruit des indices et d'avoir peut-être épargné aux parents d'Ofer Sharabi la condamnation qu'ils méritaient, mais tu ne m'as averti de rien ! Pourtant, on est restés en contact, toi et moi. On s'est téléphoné plusieurs fois quand j'étais à Bruxelles.

– Ce qui te fâche, c'est ce que j'ai écrit ou le fait que je ne t'en aie pas parlé ?

Il n'avait pas la réponse à cette question. Il alluma une cigarette et s'étonna lorsqu'elle lui prit le paquet des mains et en tira une pour elle aussi.

– Tu as recommencé à fumer ? demanda-t-il.

– Pas vraiment. Disons plutôt que j'ai recommencé à fumer avec toi.

Lorsqu'ils s'étaient rencontrés, Ilana fumait plus que lui, et les briefings qu'elle dirigeait dans son bureau de l'époque, au commissariat du secteur Ayalon, se déroulaient sous un nuage de fumée. Elle avait arrêté le jour où son fils avait été tué. Au-dessus de la tombe ouverte, elle avait tendu à Avraham un paquet de Marlboro light à moitié plein et lui avait dit : « Tiens, je te le donne. »

Elle reprit :

– Est-ce que je peux t'expliquer ce qui s'est exactement passé ?

Il hocha la tête et pour la première fois leva les yeux vers elle. Il ne fumait pas de Marlboro light et le paquet qu'elle lui avait glissé dans la main ce jour-là au cimetière était toujours dans le même tiroir de son bureau.

– Quelques semaines après la fin de l'enquête, tu étais déjà à Bruxelles, le parquet nous a contactés. Comme tu le sais, Raphaël Sharabi a pu bénéficier de la procédure du plaider-coupable, puisque, à cause de toutes nos négligences, nous n'avions pas assez de preuves matérielles pour aller vers un procès en bonne et due forme. Le chef de la police a été saisi du dossier et a ordonné une enquête externe au commissariat de Holon. C'est le directeur régional qui m'a proposé de m'en charger. Il savait que nous étions proches, toi et moi, je lui ai aussi rappelé que j'avais participé à l'enquête, mais tu sais comment il m'a convaincue ? En m'expliquant que c'était le seul moyen pour éviter que quelqu'un de vraiment extérieur ne s'en charge. Est-ce que tu comprends que, dans un tel cas, ça aurait pu être pire pour toi ? Mais il y a mis une condition : je ne devais pas t'en parler et tu ne devais pas intervenir dans la rédaction des conclusions.

Elle se tut un instant, le dévisagea avec insistance, chercha à saisir son regard. Il resta silencieux. En fait, elle l'avait protégé, voilà ce qu'elle était en train de lui expliquer. Il ne devait pas oublier que cette discussion, certes entre deux personnes très proches et qui se connaissaient depuis des années, était aussi un dialogue entre deux fins limiers qui savaient exactement comment s'y prendre pour atteindre leur objectif.

– Voilà pourquoi j'ai été obligée d'écrire ce que j'ai écrit, Avi. Ça n'aurait jamais marché si j'avais passé nos erreurs sous silence. Et tu sais très bien qu'il y en a eu, des erreurs. Je l'ai donc écrit noir sur blanc, mais dans le même temps, j'ai insisté sur le fait que c'était toi qui avais élucidé le dossier et j'ai rappelé ton excellent palmarès. Ça a calmé tout le monde.

Dans son rapport, Ilana n'avait pas écrit « nous avons commis des erreurs ». Tous les ratés, elle les avait imputés au « chef de l'équipe d'investigation ». Mais peut-être n'avait-elle pas pu agir autrement. Et peut-être aussi était-elle dans le vrai.

Il alluma une cigarette. Regarda par la fenêtre ouverte. Il aurait voulu lui demander pourquoi la photo de sa famille avait disparu du bureau, mais elle reprit la parole sans lui en laisser le temps :

– Grâce à ce rapport, plus personne dans la police n'évoque Ofer Sharabi ni l'accord passé avec son père. L'affaire est close. Et quand on aura résolu le dossier de cette agression, on va faire un beau battage médiatique et personne ne te parlera plus d'Ofer. Tu dois tirer un trait là-dessus – or je sais que tu ne l'as pas encore fait, je te connais –, et te concentrer maintenant sur ta nouvelle enquête. Ce serait bien si on pouvait la boucler avant le jour de Kippour, non ?

Il continua à garder le silence.

Personne ne se souvenait plus d'Ofer Sharabi ? Vraiment ? Était-il le seul à ne pas avoir effacé l'adolescent mort de sa mémoire ? Il se raccrocha à l'image d'Eva Cohen qui coupait le moteur de sa Justy rouge dans l'obscurité du parking à une heure trente-six du matin, sortait de sa voiture sans crainte et regardait autour d'elle. Quelqu'un l'attendait en dehors du cadre de la caméra de surveillance. Ne la guettait pas, l'attendait. Quelqu'un qui, entre une heure trente-six et trois heures ce jour-là, l'avait tabassée à coups de pierre sur la tête.

– Je suis désolé pour ce matin, dit-il.

– Laisse tomber, ça n'aurait rien changé. Je suis ravie que tu sois revenu parmi nous. On s'y met ?

Il lui transmit toutes les informations qu'il avait récoltées depuis le début de l'enquête.

Elle savait qu'une valise piégée avait été déposée près de la crèche parce qu'il lui en avait parlé quelques jours auparavant, mais elle ne connaissait pas les autres détails de l'affaire. Elle l'écouta avec attention, prit quelques notes sur une feuille de papier puis, à son tour, lui communiqua ce qu'elle savait des événements de la nuit, ainsi qu'une première analyse des indices récoltés sur les lieux. Elle parla aussi du fils, qu'Eva Cohen n'avait pas prévenu, souligna qu'il était encore trop tôt pour savoir si c'était parce que son rendez-vous n'avait pas été programmé ou parce qu'elle ne voulait pas qu'il soit au courant. L'adolescent, âgé de quinze ans, vivait seul avec sa mère depuis le divorce de ses parents. Il avait affirmé que jamais elle ne quittait la maison sans le lui dire. Autre chose : le portable de la victime n'avait pas été retrouvé dans l'appartement, son portefeuille non plus, elle les avait apparemment mis dans le sac en toile qu'elle tenait à la main en sortant de la voiture et ils avaient disparu. L'opérateur téléphonique n'avait pour l'instant pas réussi à localiser l'appareil mais serait en mesure de leur communiquer la liste des derniers appels d'un instant à l'autre. La dernière utilisation de sa carte de crédit remontait à la veille dans l'après-midi, le montant tiré au distributeur – deux cents shekels – était habituel et devait être le seul argent liquide qu'elle avait sur elle au moment de l'agression.

– Est-ce que le fils se souvient de l'heure à laquelle il est allé se coucher ? demanda Avraham.

– Entre vingt-trois heures et vingt-trois heures trente.

Ce qui signifiait qu'Eva Cohen avait quitté son domicile entre vingt-trois heures trente et une heure et quart au plus tard. Soit parce qu'elle avait attendu que son fils s'endorme pour sortir, soit parce que ce rendez-vous n'avait été convenu qu'après…

— Es-tu certain, l'interrompit Ilana, de l'existence d'un lien entre la valise, la menace téléphonique et l'agression ? Es-tu certain qu'elle allait rencontrer son agresseur ? Je sais que tu vas arriver à me convaincre, mais je voudrais que nous envisagions aussi la possibilité qu'il s'agisse d'un acte fortuit, un vol à l'arraché par exemple.

Comme il la connaissait bien, en fait ! C'était la règle d'or de madame la divisionnaire Ilana Liss, première femme de l'histoire à diriger la Brigade criminelle du district de Tel-Aviv : donner une chance à toutes les pistes, surtout lorsque l'une d'elles paraissait la plus probable. Se raconter, pour chaque événement, le maximum de scénarios possibles et ne pas oublier que même si celui qui permettait d'agencer logiquement le plus d'éléments était souvent, mais pas toujours, avéré – l'important en l'occurrence étant le « pas toujours ».

— Totalement impossible, Ilana, lui répondit-il. Comment expliques-tu que cette femme se soit rendue de son plein gré, à une heure et demie du matin, dans un endroit totalement désert et aussi éloigné de chez elle, un endroit où elle n'a rien à faire, sauf si elle a rendez-vous avec son agresseur.

— Pourquoi ? Supposons qu'elle ait eu envie de voir la mer. Ou qu'elle ait fixé rendez-vous à une amie ou à un ami. L'agresseur la voit et ne peut pas résister : une femme seule, au milieu de la nuit, dans un parking vide. Il essaie de lui arracher son sac, elle résiste, ils se battent, dans le feu de l'action, il attrape une pierre, la frappe et s'enfuit. Tu sais bien que ce genre de chose arrive tous les jours.

— Mais ce n'est pas tous les jours qu'une victime reçoit des menaces téléphoniques dont elle ne parle pas à la police. Et ce n'est pas tous les jours non plus que quelqu'un dépose une valise avec une fausse bombe devant le lieu de travail de cette victime. Trop d'éléments ne collent pas dans ton histoire. Où est l'ami – ou l'amie – qu'elle était censée retrouver ? Pourquoi est-ce que personne ne s'est manifesté? Pourquoi Eva Cohen n'a-t-elle pas dit à son fils qu'elle sortait? Et un autre détail: je pense qu'elle s'est rendue à ce rendez-vous munie d'un enregistreur.

Avraham songea tout à coup au compte Hotmail dont Ilana s'était servie pour lui envoyer le rapport: « rebeccajones21 ».

Sortait-elle parfois seule au milieu de la nuit, elle aussi, pour rejoindre un ami – ou une amie – comme elle venait de le suggérer au sujet de la directrice? D'ailleurs, ne lui avait-elle pas dit quelques jours plus tôt qu'elle avait une chose à lui raconter avant qu'un autre s'en charge?

– D'où te vient cette hypothèse? demanda-t-elle.

– Il y avait dans le coffre de sa voiture l'emballage d'un lot de deux petites cassettes magnétiques et il en manquait une. Je pense que son agresseur lui a fixé rendez-vous et qu'elle avait l'intention de l'enregistrer parce qu'il la faisait chanter ou la menaçait. Mais que ça ne s'est pas passé comme prévu.

Ilana sembla réfléchir à ce qu'il venait de dire.

– Il n'aurait donc pas prémédité son geste.

– Non. Elle a été frappée avec une pierre qui se trouvait là. J'opterais pour une dispute qui a dégénéré. Peut-être même parce que l'agresseur a découvert le dictaphone.

– Mais pourquoi avoir emporté le portefeuille et le portable de la victime?

– Pourquoi? Pour faire croire à un vol ou parce qu'elle avait dans son sac quelque chose de compromettant. Il est probable qu'ils se sont envoyé des SMS ou appelés dans la soirée: ils ont bien dû le fixer, ce rendez-vous, non?

Ilana n'était toujours pas convaincue. Ou alors elle cherchait à corser les choses.

– Je pense que tu es sur la bonne voie mais que tu vas trop vite. Il y a deux éléments qui ne collent pas dans ton histoire: le premier, c'est que les menaces téléphoniques ont été proférées par une femme et que notre agresseur est apparemment un homme. Le second découle du premier: j'ai du mal à imaginer une femme comme Eva Cohen se rendant à un rendez-vous nocturne avec un homme qui la menace ou la fait chanter. Sauf si c'est quelqu'un qu'elle connaît bien. Or nous avons vérifié : son ex-mari a un alibi et, de toute façon, ils semblent être en bons termes. Je ne crois pas non plus que ça puisse être son fils – bien que, évidemment, s'il y a quelqu'un qu'elle serait venue rejoindre n'importe où et à n'importe quelle heure, c'est évidemment lui.

Il la regarda, hésitant et bien obligé de reconnaître que c'était exactement sur ce point qu'achoppait son raisonnement. Le seul qui ne collait pas avec les autres.

Une voix de femme. C'était ce qu'ils cherchaient. Et si Eva Cohen n'avait pas eu peur de ce rendez-vous nocturne, n'était-ce pas justement parce qu'elle pensait y rencontrer une femme, et pas un homme ? Le problème, c'était que l'agresseur était un homme. Aucun doute là-dessus.

Ilana jeta un coup d'œil à la pendule posée à même le sol et appela l'hôpital Wolfson.

La victime était toujours au bloc. Il était trop tôt pour savoir quand elle en sortirait et dans quel état. Avraham alluma une nouvelle cigarette et se mit à marcher dans le bureau tandis que la divisionnaire s'entretenait avec un des gars du labo.

– Il y a encore une possibilité, déclara-t-elle après avoir raccroché. Avant l'agression, si je comprends bien, tu avais surtout orienté ton enquête vers les parents des enfants de la crèche… alors pourquoi ne pas chercher un couple ? L'homme a posé la bombe et c'est la femme qui a passé le coup de fil. La femme a fixé rendez-vous à Eva Cohen et c'est l'homme qui a débarqué.

Rien à dire, les échanges de vues et les discussions avec Ilana déclenchaient toujours un déclic inattendu. Il la regarda et sourit.

– Brillantissime.

Il avait d'ailleurs l'impression que cette idée lui avait aussi effleuré l'esprit à un certain moment.

– Tu penses à quelqu'un en particulier ? demanda-t-elle.

– Peut-être.

C'est à cet instant précis qu'ils reçurent la liste des appels téléphoniques, apportée par un jeune policier qu'Avraham ne connaissait pas et à qui Ilana le présenta comme étant le chef de l'équipe d'investigation. Le sergent Lior Zitouni lui serra la main et lui tendit le fax.

– Aucun appel reçu ni émis dans un laps de temps proche de l'agression, mais regardez : à partir de vingt-deux heures, elle a reçu plus de dix appels auxquels elle n'a pas répondu. Tous émis d'un même numéro. À vingt-trois heures trente, elle a fini par décrocher et la conversation a duré quatre minutes.

Avraham sut tout de suite qu'il avait déjà vu ce numéro. Il ouvrit son calepin, le feuilleta mais le sergent le devança :

– Cette ligne est enregistrée au nom de Haïm Sara, un homme qui habite rue Aharonovich à Holon.

Ilana lança un regard interrogateur vers Avraham qui hocha la tête mais ne put ajouter aucun renseignement parce que Natalie Pinkhasov répondit à la première sonnerie.

Il lui demanda si elle savait ce qui s'était passé pendant la nuit et elle dit que oui : voyant qu'Eva Cohen n'était pas arrivée à la crèche, elle avait appelé au domicile de sa patronne et comme personne ne répondait, elle avait joint le fils, qui l'avait informée de l'agression. Pour l'instant, la crèche était ouverte parce que certains parents avaient assuré qu'ils ne pouvaient pas venir récupérer leur enfant dans l'immédiat mais elle espérait que, d'ici midi, ils viendraient tous et qu'elle pourrait fermer.

– Le fils de Haïm Sara est-il venu aujourd'hui ? s'enquit Avraham.

– Non. J'aurais peut-être dû vous téléphoner pour vous informer, mais j'ai oublié. Son père m'a prévenue que le petit ne viendrait pas pendant quelques jours parce qu'ils partaient en voyage.

Lorsqu'ils se retrouvèrent seuls dans le bureau, Ilana l'interrogea sur ce Haïm Sara, et il lui donna tous les détails de l'interrogatoire qu'il avait mené au commissariat avec cet homme.

En fait, il ne savait pas grand-chose. Pas encore.

Il le décrivit comme un père plutôt âgé – cinquante-sept ans – compte tenu des deux enfants en bas âge qu'il avait. Pas de casier judiciaire. S'était présenté comme traiteur-livreur, à son compte. Un homme qui, pendant toute leur conversation, avait montré des signes d'angoisse évidents, soulignés par des réponses courtes et laborieuses. On aurait dit qu'il avait du mal à s'exprimer.

Son comportement avait-il éveillé les soupçons du commandant ? Peut-être… mais juste un bref instant, au moment où, curieusement, il s'exprimait avec des phrases plus complètes. Oui, ce qui avait alerté Avraham était la différence entre l'espèce de bégaiement avec lequel l'homme avait répondu aux questions les plus simples et le débit fluide, presque calme, avec lequel il lui avait décrit sa dispute avec Eva Cohen. Comme si c'était une réponse qu'il avait préparée.

– Mais, à ce moment-là, j'étais surtout préoccupé par les mensonges de la directrice, il se peut donc que je n'aie pas été assez méfiant et attentif, admit-il.

Si effectivement Haïm Sara avait agressé Eva Cohen, son mobile était clair : il soupçonnait cette femme de maltraiter son fils. Et même si, au moment de sa déposition, il avait nié toute pensée dans ce sens, l'homme avait tout de même avoué avoir usé de la violence verbale. Pourquoi ne s'était-il pas adressé à la police ou aux services municipaux responsables de la petite enfance ? Peut-être parce qu'il ignorait comment s'y prendre. Ou même l'existence de telles procédures. Haïm Sara avait aussi affirmé que sa femme ne pouvait pas répondre aux questions de la police parce qu'elle était partie aux Philippines, mais il avait été incapable de dire quand elle reviendrait – encore une réponse extrêmement étrange. N'aurait-elle pris qu'un aller simple ? Cela dit, quelque chose dans la manière d'être de cet homme lui avait paru crédible et avait même, peut-être, éveillé sa pitié. Y avait-il dans tout cela de quoi expliquer pourquoi, soudain, Avraham sentit qu'il devait impérativement et immédiatement arrêter cet individu ?

Ilana posa son stylo.

Pendant plusieurs minutes, ils restèrent sans rien dire, à échanger des regards dans un silence qu'ils connaissaient bien : le silence d'avant la décision. Le foutu rapport ne se dressait plus entre eux, mais il songea qu'il n'aurait peut-être pas vu les choses sous cet angle si, quelques heures auparavant, il ne l'avait pas lu.

Finalement, la divisionnaire déclara d'une voix posée :

– Je veux qu'on l'ait à l'œil mais pas qu'on l'arrête. Pas encore.

– Pourquoi ? Ilana, il l'a appelée dix fois avant l'agression et elle est sortie juste après lui avoir parlé. À lui ou à sa femme. Laisse-moi le cuisiner quelques heures et je te boucle cette enquête.

Elle sourit.

– Je vois que tu as retrouvé toute ton assurance. On a le temps, Avi, et on a encore beaucoup de choses à faire avant de le réinterroger. Cette fois, je veux qu'on ne procède à l'arrestation qu'après avoir bétonné nos arrières, je veux une garde à vue qui débouche sur un dossier parfait à présenter au proc'. Un dossier sans la moindre faille. Attendons les résultats du labo. Ils ont fait des tas de prélèvements sur la scène de crime, nous aurons sans doute des empreintes digitales, des traces de semelles et de l'ADN. Et n'oublie pas qu'avec un peu de chance Eva Cohen finira par reprendre conscience et nous confirmera qu'il est bien l'agresseur. J'ai la même intuition que toi, mais je pense que l'arrêter maintenant, alors que nous n'avons que des indices circonstanciels, ce serait nous tirer une balle dans le pied. Je vais veiller à ce que le secret de l'instruction soit parfaitement respecté. Non seulement je vais m'arranger pour qu'on ne divulgue pas l'identité de la victime, mais aussi pour qu'on ne parle pas du tout de cette agression. Entre-temps, on va localiser Haïm Sara et le mettre sous surveillance. Vérifie cette histoire de voyage. Et la marque de sa voiture. Essaie de savoir s'il l'a déplacée pendant la nuit. Visionnez toutes les caméras de surveillance sur le trajet Holon-Tel-Aviv. Si on pouvait avoir une vidéo avec son véhicule qui se dirige vers la scène de crime, ce serait bingo. Essaie aussi d'éclaircir si sa femme est vraiment partie. S'il a menti et qu'elle est en Israël, ça fera encore un élément pour renforcer notre thèse. On pourra supposer que c'est elle qui a fixé le rendez-vous avec la directrice. Je te garantis qu'on l'arrêtera à la première preuve matérielle. Et entre-temps, eh bien, assurons-nous qu'il ne nous filera pas entre les doigts, d'accord ?

8

Dès son réveil le lendemain matin, Haïm pensa à Jenny, et dans ses pensées elle avait une telle présence physique que cela le troubla.

Il avait sans doute rêvé d'elle. C'était la seule explication, mais il ne se souvenait d'aucune péripétie, ni d'ailleurs du rêve dans sa globalité. Restait juste une vague sensation dans le corps et quelques flashes qui lui revenaient, morcelés : les épaisses plantes de pied de sa femme, ses cuisses brunes, la fine bande de poils qui naissait sous le nombril et descendait le long de son ventre, son visage caché par l'oreiller. Il eut l'impression d'avoir aussi vu le large sourire d'Agapitos, leur chauffeur. Et une autre image, mystérieuse, remonta de la nuit qu'il venait de passer : une large fenêtre rectangulaire en bois qui donnait sur un petit jardin d'où montaient des rires.

Savait-il déjà, en se réveillant ce jour-là, que la raison de son voyage n'était pas uniquement la volonté de se soustraire à l'enquête policière ? L'interrogatoire du commandant, cause première de sa décision précipitée, lui faisait déjà moins peur avec vingt-quatre heures de recul. Il était sorti du commissariat les mains tremblantes, mais depuis qu'il avait commencé à mettre son plan à exécution, les tremblements avaient cessé. En fait, ce n'étaient pas les questions de l'enquêteur qui l'avaient affolé, mais celles qu'il ne lui avait pas posées. Donc, il n'avait aucune raison rationnelle d'avoir peur. Tard dans la soirée, il avait parlé à Eva Cohen, leur conversation s'était bien passée, ce qui aurait certainement pour conséquence, immédiate ou presque, de le rayer de la liste des suspects. Il pouvait annuler son voyage – d'ailleurs, songea-t-il *a posteriori*, s'il l'avait fait, il n'aurait peut-être jamais été pris –, mais il avait trop envie de partir. Pas à cause de la police. Il voulait partir pour Ezer et Shalom. Pour recréer des liens avec Ezer. Pour que, là-bas, son fils aîné comprenne ce qui s'était réellement passé. Et, sans que cela soit encore très clair dans sa tête, il voulait aussi, par ce voyage, prouver quelque chose à Jenny. Ou l'enterrer une dernière fois.

Par habitude, il se dirigea d'abord vers la chambre des enfants. Les lits étaient vides et la pièce fraîche. S'était-il réveillé en pensant à Jenny parce qu'il avait dormi seul, sans Ezer et Shalom, pour la première fois depuis longtemps ? À moins que son étrange sensation ne vienne des recherches qu'il avait faites la veille au soir et des photos de mariage qu'il avait retrouvées. Il emporta le transistor de la cuisine dans la salle de bains afin d'écouter les informations pendant qu'il se rasait, mais les voix stridentes qui sortaient du poste entrèrent en conflit avec ses pensées. Il éteignit la radio. Lorsqu'il revint dans sa chambre à coucher pour s'habiller, ses yeux tombèrent sur la valise. Était-ce par cette brèche que Jenny s'était infiltrée dans son esprit ? Tout se passait selon le plan qu'il imaginait et qui, d'instant en instant, se clarifiait de plus en plus, gagnait en détail. Dans la valise, il restait de la place pour les vêtements qui séchaient sur la corde à linge. L'idée d'acheter un cadeau à sa femme lui vint à ce moment précis.

Une fois les omelettes frites, il les mit à refroidir sur le rebord de la fenêtre de la cuisine et sortit chercher ses petits pains. Nul besoin de rouler vite, il en profita, dans la rue Sokolov, pour ralentir et faillit presque s'arrêter parce qu'il examinait les devantures des agences de voyages et des boutiques de vêtements encore fermées à cette heure matinale. Il ne savait pas où Jenny achetait ses habits, mais il se souvint qu'elle lui avait un jour dit qu'au centre commercial les prix étaient plus élevés qu'en ville.

À la boulangerie Frères, la journée avait commencé sans rien d'exceptionnel. Une odeur de pâte cuite émanait des fours. Haïm expliqua au plus jeune des deux frères qu'il partait en vacances pour quelques jours avec ses enfants et qu'il les préviendrait à son retour pour renouveler sa commande quotidienne. Il fut surpris de la facilité avec laquelle il racontait son histoire. Exactement comme la nuit précédente, avec la directrice de la crèche, songea-t-il. Son discours était limpide, son fournisseur lui tapa sur l'épaule et lui souhaita de bonnes vacances. En retour, Haïm lui souhaita un jeûne de Kippour facile.

Le jour s'était déjà levé et éclairait les rues vides lorsqu'il reprit sa voiture pour rentrer chez lui. Il se souvint qu'il avait roulé exactement sous cette même lumière, le matin où il avait caché le cadavre. Après s'en être débarrassé, il était revenu chez lui sans avoir réussi à trouver ce qu'il dirait aux enfants. Il n'avait pas du tout pensé à la police.

Il n'appela sa mère que lorsque ses sandwichs furent enveloppés et soigneusement rangés dans les cartons. Les enfants n'étaient pas encore réveillés, dit-elle, et il les imagina, deux visages endormis qui creusaient l'épaisseur de l'oreiller, dans la chambre où il avait lui-même grandi.

— Tu as téléphoné à la directrice ? lui demanda-t-elle aussitôt.

— Tout est réglé, tu n'as plus à t'inquiéter. Comment ça s'est passé avec les garçons ?

— Shalom a eu du mal à s'endormir, mais aucun d'eux ne s'est levé pendant la nuit. Qu'est-ce que tu lui as dit ?

— Je te répète que tout est réglé. On a eu une aimable conversation. N'y pense plus.

Elle ne lui posa pas d'autres questions. À la lassitude de sa voix, il devina qu'elle, en revanche, avait mal dormi. Elle avait dû se tourner et se retourner dans son lit jusqu'au matin.

— Et si tu appelais Adina pour qu'elle vienne t'aider avec les enfants ? suggéra-t-il.

— C'est fait, elle va essayer de passer ce soir, après le travail.

Il aurait peut-être dû l'appeler la veille, sa mère. La rassurer après sa conversation avec Eva Cohen. Mais il n'avait réussi à joindre la directrice que très tard dans la soirée.

En effet, il était vingt-trois heures trente lorsqu'elle lui avait enfin répondu. Elle n'avait pas reconnu sa voix, et il avait senti, au moment où il lui donnait son nom, qu'elle ne le remettait pas tout de suite.

Au début de la conversation, elle s'était montrée impatiente, comme à la crèche, mais elle avait fini par s'adoucir.

– C'est vous qui essayez de me joindre depuis tout à l'heure ? demanda-t-elle.

– Oui, je suis désolé de vous déranger.

Elle voulut savoir comment il s'était procuré son numéro de portable et il expliqua que c'était inscrit sur la feuille de liaison de la crèche. Elle s'enquit alors du motif de son appel et il répondit sans détour, comme il l'avait décidé :

– Je tenais à m'excuser pour ce qui s'est passé. Je voulais profiter de cette période de fêtes pour vous souhaiter une bonne année et vous proposer de tourner la page.

Elle ne réagit pas tout de suite, il ne percevait que sa lourde respiration et songea qu'elle doutait peut-être de son identité.

– Mais pourquoi m'avoir appelée à une heure aussi tardive, monsieur Sara ?

– Comme je vous l'ai dit, pour m'excuser. Et aussi pour vous dire que je n'ai rien à voir avec la valise piégée qui a été déposée à côté de la crèche. Je n'aurais jamais fait une chose pareille. Si vous me connaissiez mieux, vous sauriez que ça ne peut pas être moi.

Il l'entendit à nouveau respirer dans le combiné avec, en arrière-fond sonore, une télévision allumée.

– Et vous m'appelez juste pour ça ?

Il confirma :

– Ce début d'année est aussi la période du pardon, non ?

Il sentait déjà que cette conversation se déroulait sans anicroche. Plus il lui parlait, moins il lui en voulait.

— Un policier vous a interrogé au sujet de la valise ? s'enquit-elle à brûle-pourpoint.

— Oui. J'ai été convoqué au commissariat aujourd'hui, admit-il tout en se demandant s'il ne faisait pas une bêtise.

Elle resta à nouveau quelques secondes silencieuse et lorsqu'elle reprit la parole, ce fut d'une voix polie, débarrassée de toute agressivité :

— Pouvez-vous me répéter les questions qu'on vous a posées ?

— Oui, le commandant voulait savoir si vous et moi étions en conflit et si vous vous étiez disputée avec d'autres parents de la crèche.

— Et qu'avez-vous dit ?

— Que ce qui s'est passé entre nous n'était pas un conflit et que je n'avais connaissance d'aucun autre problème.

— On ne vous a pas interrogé sur mes anciens employés ?

Il ne comprit pas sa question et répondit par la négative.

— Vous êtes sûr ? On ne vous a rien demandé au sujet de l'assistante maternelle qui travaillait avec moi l'année dernière ?

Elle lui avait posé encore d'autres questions sur l'interrogatoire et il avait veillé à souligner toutes les choses positives qu'il avait dites sur elle. Au moment de raccrocher, elle lui avait souhaité une bonne année et il avait répondu qu'ils se reverraient à la crèche, pas le lendemain, mais après la période des fêtes. Avant de raccrocher, elle avait prononcé la phrase qu'il espérait tant :

— À propos, je ne vous ai jamais soupçonné pour cette histoire de valise. D'ailleurs, cet objet suspect n'a rien à voir avec la crèche, monsieur Sara. Mais merci d'avoir appelé. Et embrassez votre petit Shalom de ma part.

Au fil des années, Haïm avait compris que s'il démarrait sa tournée avant dix heures et demie, il vendait moins de sandwichs que lorsqu'il commençait plus tard, mais ce jour-là, voulant être de retour chez lui avant treize heures pour continuer à suivre son plan, il sortit un peu plus tôt. Avant onze heures, les gens n'ont pas faim et ne pensent pas encore à leur déjeuner. Le meilleur moment pour ses affaires, c'était entre onze heures trente et midi et demi. Après avoir accueilli le public pendant trois heures, les fonctionnaires avaient un coup de barre mais ne voyaient pas encore la fin de leur matinée de travail. Ils n'avaient pas le droit de quitter leur poste pour sortir acheter quelque chose à grignoter car les guichets ne fermaient qu'à treize heures, sa venue leur donnait l'impression que la pause-déjeuner approchait. C'était le moment où il vendait un maximum de sandwichs.

Ses principaux clients, il les trouvait à la sous-préfecture. Au centre des impôts, il vendait moins parce que les fonctionnaires gagnaient beaucoup mieux leur vie et pouvaient se permettre de commander des repas plus élaborés ou de déjeuner dehors. De plus, là-bas, il ne connaissait pas grand monde et la plupart des employés ne lui avaient jamais adressé la parole.

Dans la grande salle des passeports et des cartes d'identité, la file d'attente n'était pas longue, à cause des fêtes. Il se rendit dans l'autre salle, plus petite, où l'on délivrait les permis de séjour. C'était là qu'il travaillait le mieux. La file d'attente était très longue. Les dizaines d'étrangers avec conjoints, ainsi que les nombreux employeurs qui s'y pressaient, ne pouvaient jamais savoir quand arriverait leur tour de passer au guichet. Certains, debout depuis sept heures du matin, n'avaient rien dans le ventre.

Haïm s'était lui aussi retrouvé à leur place. La première fois, c'était pour obtenir la prolongation du permis de séjour de Jenny, qui avait expiré avant leur mariage, au moment où elle avait perdu son emploi.

Par chance, ils n'avaient pas eu à attendre, avaient été reçus par la responsable dès leur arrivée – grâce à son cousin Ilan, qui travaillait dans les bureaux. Ce jour-là, Jenny avait par hasard recroisé Maricel, la Philippine qu'ils avaient connue à Chypre lors de leur mariage, et en avait été très émue. Son mari, un peintre en bâtiment, était bien plus jeune que Haïm et avait déjà divorcé deux fois. Le couple avait toujours l'intention de partir en Amérique du Sud, mais il leur fallait d'abord prolonger le permis de séjour de Maricel – ce qui posait des problèmes parce que le ministère de l'Intérieur les soupçonnait, malgré les photos de Larnaka, d'avoir contracté un mariage blanc. Jenny avait supplié Haïm de demander à son cousin d'intervenir.

Sa deuxième visite avait eu lieu cinq ans plus tard. La société high-tech qu'il fournissait en déjeuners chauds avait mis la clé sous la porte et une autre société avec laquelle il travaillait avait annulé son contrat pour des raisons financières. Après deux mois de chômage forcé, il avait eu l'idée de monter cette entreprise de traiteur-livreur et de travailler avec l'Administration. Sa mère en avait parlé à son cousin, lequel l'avait introduit. Depuis, le fameux cousin avait eu de l'avancement et avait été nommé directeur du département d'état civil.

Haïm frappa à sa porte et n'obtint pas de réponse. Une secrétaire l'informa qu'Ilan était en vacances et ne reviendrait qu'après le jour de Kippour, il lui raconta en retour qu'il partait lui aussi en vacances pour quelques jours.

– C'est super! s'exclama-t-elle. Avec Jenny et les garçons?

Il dit oui et sourit.

Après le travail, il rentra chez lui, fit une sieste, et à quinze heures trente se rendit à pied au centre-ville de Holon.

Il acheta les billets d'avion chez Magic Tours, une agence repérée place Weizmann. Il était seize heures trente.

La grande place grise, bordée de vieux immeubles assez hauts qui paraissaient déserts, baignait dans le calme d'un après-midi paisible, les boutiques de vêtements y étaient rares et il choisit la seule devanture où les destinations affichées ne vantaient pas, en caractères cyrilliques, la beauté des paysages de Russie et d'Ukraine. Cependant, là aussi, il tomba sur des vendeuses russes. La femme, râblée, qui l'invita à s'asseoir en face d'elle tapait sur le clavier avec un doigt et de la main gauche. La cinquantaine, elle portait un tailleur, des lunettes à verres étroits, et n'avait pas d'alliance. Elle lança la recherche selon la requête de Haïm et, en attendant le résultat, essaya d'engager la conversation.

– Vous faites des affaires là-bas?

– Je vais rejoindre ma femme. Avec nos enfants.

Au bureau voisin, un couple âgé commandait un voyage organisé en Espagne et en Italie. Haïm s'était préparé aux questions qui suivirent.

– Il faut signaler que deux des passagers sont des enfants. Quel âge?

– Le grand a sept ans et le petit trois.

– Ah, alors ils vont devoir payer quasiment plein pot, déplora-t-elle, mais lui ne vit qu'une chose: le moment où il brandirait les billets sous les yeux d'Ezer et de Shalom.

Il avait l'intention d'attendre la veille du départ pour les leur montrer. Peut-être commencerait-il par indiquer la valise déjà bouclée en leur lançant: «Est-ce que vous savez où nous partons demain?» Il supposa qu'ils connaîtraient la réponse, mais au cas où ils donneraient leur langue au chat, il leur dirait simplement: «On va retrouver maman.»

La femme s'excusa pour la lenteur de l'ordinateur.

– Ces derniers temps, ajouta-t-elle, les Israéliens ne vont plus aux Philippines. Et certainement pas en cette saison. Il y fait aussi chaud qu'ici, mais avec beaucoup de pluie.

Il nota de ne pas oublier d'emporter des parapluies. Après qu'ils seraient descendus tous les trois de l'avion par la passerelle, il serait obligé d'empêcher les garçons de s'élancer vers l'aéroport et leur mère. Une fois à l'extérieur du hall des arrivées, ils attendraient encore, sous la pluie, mais protégés par leurs parapluies. Et il n'y aurait finalement personne. Mais les enfants avaient l'habitude d'être déçus par Jenny. Et là, ce serait la déception ultime, définitive.

Les résultats de la recherche s'affichèrent enfin sur l'écran de l'ordinateur.

– J'ai un vol juste après Kippour, déclara la voyagiste. Un départ dimanche soir. Avec une escale à Hong Kong. Vous partez de Tel-Aviv sur El-Al à vingt et une heures et arrivez à Manille sur Cathay Pacific à six heures quarante.

– Avant Kippour, vous n'avez rien? demanda-t-il aussitôt.

La femme approcha son visage de l'écran et tapa à nouveau de l'index gauche sur son clavier, puis secoua négativement la tête.

– Avant Kippour, il n'y a qu'un vol de la Korean Air avec une escale à Séoul. Départ de Tel-Aviv le vendredi et arrivée à Manille le samedi. Le matin aussi. Mais vous avez six heures d'attente à Séoul, les billets sont plus chers et vous voyagez pendant la journée de jeûne.

– Vous n'avez vraiment rien plus tôt? insista Haïm, dépité de devoir attendre. Un vol demain ou après-demain?

Elle secoua la tête

C'était à prendre ou à laisser.

– Trois billets, c'est bien ça? s'assura-t-elle.

Mû par une impulsion subite, il précisa:

– Pour l'aller oui. Mais pour le retour, nous serons quatre, ma femme rentre avec nous.

Il ne connaissait pas le numéro de passeport de Jenny, mais son interlocutrice n'en avait pas besoin. Elle voulut juste savoir comment s'orthographiait son nom en caractères latins.

– Jenny. Jenny Sara, dit-il.

– Savez-vous ce qui est inscrit sur son passeport? Jenny ou Jennifer?

Il l'ignorait.

– Bon, alors j'enregistre Jennifer. Avec deux «n» et un «f». Je ne pense pas que ça posera de problèmes.

L'erreur, il la commit au moment où elle lui demanda s'il voulait aussi réserver un hôtel à Manille. Elle avait cru qu'ils n'en auraient pas besoin, mais il se justifia en expliquant que Jenny vivait en Israël depuis des années et qu'elle n'avait ni proches à Manille ni appartement pour les recevoir là-bas. Il avait oublié de prévoir l'hôtel pour la durée de leur séjour et s'inquiéta de la dépense supplémentaire. Elle finit par lui trouver quelque chose à un prix très raisonnable.

– Je vous réserve une chambre pour quatre ou deux chambres ? lui demanda-t-elle encore et c'est là qu'il se trompa.

– Pourquoi pour quatre puisqu'on est trois, moi et les deux enfants, répondit-il sans réfléchir.

À travers ses lunettes aux verres étroits, elle le dévisagea avec un regard lourd de perplexité.

– Et où dormira votre femme ?

Il s'excusa, prétexta un moment d'égarement et elle reprit :

– De toute façon, c'est le même prix. Vous aurez une chambre familiale standard, avec un canapé-lit double et deux petits lits d'enfant.

Lorsqu'il paya en liquide, avec des billets de deux cents shekels qu'il tira de l'enveloppe, la perplexité de la femme se mua en ahurissement.

La journée se terminait lorsqu'il prit le chemin de son domicile et, peut-être parce qu'il était à pied, il eut la nette impression d'être suivi. Il s'attarda à l'angle de Weizmann et de la rue Tour-et-Palissade, ne traversa pas, même au moment où le feu passa au vert pour les piétons et observa la femme qui le doubla en poussant un landau. Elle était plus grande et plus mince que Jenny. La peur resurgissait-elle à cause de sa bourde à l'agence de voyages ? Heureusement que dans la boutique de prêt-à-porter, il n'avait fait aucune erreur. Il ralentit le pas. Essaya de penser à autre chose. La femme au landau continua d'un bon pas et disparut rapidement. Il songea que depuis la veille il avait parlé à davantage de personnes qu'au cours d'une semaine normale de sa vie. D'abord, la veille au soir, sa très agréable conversation avec Eva Cohen, ensuite la discussion avec la jeune femme qui assurait la sécurité à l'entrée du centre des impôts, puis l'échange avec la secrétaire de la sous-préfecture. L'après-midi, il avait évoqué son voyage par deux fois, d'abord avec la Russe de l'agence, ensuite avec la vendeuse de Bella Donna, la boutique de prêt-à-porter. Il se souvint d'une phrase que Jenny lui répétait souvent : « Avec toi, on ne parle qu'en dormant. » De toute façon, quand il s'adressait à elle, elle ne l'écoutait pas. Parfois, le soir, il essayait d'engager la conversation, mais elle l'ignorait, concentrée qu'elle était sur une émission de télévision ou en train de relire les vieilles lettres de sa sœur. Comme si elle ne lui pardonnait pas les enfants. Comme si elle ne leur pardonnait pas, à eux. Jusqu'à ce fameux jour où, en rentrant du travail, il avait trouvé Shalom avec cette entaille sur le front, et qu'il avait essayé de la convaincre d'aller parler avec la directrice mais qu'elle était restée de marbre. Il se souvint du regard d'Ezer qui le fixait en silence, et au moment où leurs yeux s'étaient croisés, le gamin s'était éclipsé dans le salon comme s'il avait honte d'avoir un père aussi minable. Dire que cela avait été leur dernière discussion ! Lorsqu'il avait montré la photo de ses garçons à la vendeuse dans la boutique de vêtements, celle-ci s'était exclamée : « Qu'est-ce qu'ils sont mignons, ces enfants ! Et comme ils vous ressemblent, tous les deux ! » Peut-être que la mort de Jenny avait renforcé la ressemblance qu'il y avait entre eux trois, resserré leurs liens ? S'il était entré chez Bella Donna – après avoir passé en revue toutes les boutiques de la rue Sokolov –, c'était parce que cette vitrine était la seule où il avait vu des vêtements qui lui parurent dans le style de ce que portait sa femme. Au début, la vendeuse l'avait regardé de travers, sans doute peu d'hommes entraient-ils chez elle, à moins que ce ne soit parce qu'il avait hésité un instant sur le seuil. À côté de la porte, sur la droite, il vit des robes, fines et colorées, des tee-shirts à manches courtes et des chemisiers accrochés sur des cintres. Lorsqu'il pénétra plus avant dans le magasin, il découvrit aussi des robes du soir et des tailleurs.

Il expliqua à la vendeuse qu'il désirait acheter un cadeau pour son épouse et lui montra la photo de Chypre prise par Maricel : Jenny en robe blanche et lui en costume, juste avant de passer devant le maire.

– Cette photo date de quelques années, mais elle n'a pas changé. Elle a gardé la même taille en tout cas, expliqua-t-il.

– Elle est belle! Je pense qu'un trente-huit lui conviendra parfaitement.

Tout à coup, il se demanda pourquoi il était entré dans le magasin avec une photo sur laquelle il apparaissait lui aussi… D'ailleurs, qu'avait-il besoin d'une photo puisque de toute façon Jenny ne porterait jamais ces vêtements.

– Qu'est-ce qu'elle aime, en général? reprit la vendeuse.

– Les choses colorées.

– C'est un cadeau d'anniversaire?

– Non, je vais la rejoindre avec nos enfants. Elle est aux Philippines et, nous, on part vendredi, on prend quelques jours de vacances là-bas et on rentrera ensuite tous les quatre. Ce cadeau, c'est une surprise.

– Comme c'est gentil! Bon, eh bien, voyons voir, vous voulez quelque chose d'habillé ou plutôt pour tous les jours?

Il hésita.

– Peut-être les deux, finit-il par dire.

Il n'y avait pas réfléchi avant, mais il se rendit compte que l'idée était excellente. Les cadeaux viendraient des enfants. Un paquet offert par Ezer et l'autre par Shalom.

La vendeuse posa sur le comptoir deux robes, deux chemisiers et trois pantalons. Les robes et les chemisiers, elle les plaqua contre sa poitrine pour qu'il puisse se faire une idée. Elle était plus jeune et plus mince que Jenny, mais il n'y avait pas une grande différence de carrure entre les deux femmes.

Elle lui demanda depuis combien de temps ils étaient mariés et il répondit que cela faisait plus de huit ans.

– Et vous vous offrez encore des cadeaux? dit-elle en riant. Comme j'aimerais avoir cette chance!

Il s'était décidé pour un chemisier en soie violet et un jean blanc qui furent emballés dans deux paquets-cadeaux séparés.

Au moment où il s'approcha de la valise qui attendait toujours dans sa chambre à coucher pour y glisser le sac plastique noir, il eut l'impression que quelqu'un l'avait ouverte en son absence. Les vêtements des enfants n'étaient pas à la place où il se souvenait de les avoir mis, bien rangés les uns à côté des autres comme ses sandwichs dans leurs cartons. La porte de son armoire était ouverte, mais là, il ne se rappelait plus s'il l'avait refermée la veille après ses recherches infructueuses.

Il passa d'une pièce à l'autre, aux aguets.

La fenêtre de la chambre des enfants était ouverte, il la ferma. L'avait-il lui-même laissée ainsi avant de sortir, ouverte pendant sa sieste ? Pourtant non, il avait vraiment l'impression que quelqu'un se trouvait dans l'appartement, ou bien l'avait quitté à peine quelques minutes auparavant. Il essaya de se remémorer combien de tours de clé il avait dû donner en rentrant, un ou deux ? Ensuite il observa la rue et ne vit aucune femme qui ressemblait à la sienne. Exactement comme ce matin au réveil, c'était juste cette présence de Jenny qui faisait irruption dans ses pensées. Il l'en chassa. Peut-être était-ce normal que sa peur ne se soit pas totalement dissipée et peut-être ne se dissiperait-elle pas avant qu'il quitte le pays. Vendredi, ils embarqueraient dans un avion à destination de Manille, *via* Séoul. Pour Ezer et Shalom, ce serait un baptême de l'air. Ils dormiraient encore une nuit chez leur grand-mère, dans la chambre où il avait grandi, puis il irait les chercher. Et il attendrait le jeudi pour leur parler du voyage et les associer aux préparatifs.

Il s'imagina le sourire de plus en plus large qui illuminerait le visage sombre d'Ezer quand il apprendrait que Jenny les attendrait à l'aéroport.

*

Avraham reposa le combiné sur sa base, se mit à faire les cent pas dans son petit bureau, puis il se rassit et fixa les listes qu'il avait rédigées au stylo noir depuis le matin. Vingt et une heures, il était encore au commissariat.

Tant que la police des frontières ne l'avait pas rappelé, il avait cru tenir la bonne piste, être enfin parvenu à relier les divers points et à former une image un peu plus claire, mais à présent, l'élément qu'il venait d'obtenir ne concordait pas avec les autres : Jennifer Salazar avait quitté Israël le 12 septembre et n'était toujours pas rentrée. Les ordinateurs de la police des frontières avaient confirmé l'enregistrement de sa sortie du territoire quelques jours avant le dépôt de la valise piégée rue Lavon et le coup de téléphone menaçant reçu à la crèche. Mme Sara n'était toujours pas rentrée.

Il sortit son stylo noir de la poche de sa chemise et, sur une feuille vierge, dessina trois points, comme trois sommets d'un triangle sans côtés. Au-dessus du premier, il écrivit : *Holon*, au-dessus du deuxième : *Tel-Aviv*, et au-dessus du troisième, qu'il avait pris soin d'éloigner un peu des deux autres : *les Philippines*. Il resta un certain temps à contempler la feuille, attrapa son bloc et sortit fumer une cigarette sur les marches du perron.

Cela avait été une longue journée commencée très tôt le matin par la lecture du rapport sur sa précédente enquête et les appels téléphoniques d'Ilana qu'il avait ignorés. Ensuite, il y avait eu l'irruption de Benny Seban dans son bureau et l'annonce de l'agression. Il s'était précipité sur les lieux et de là s'était rendu à son rendez-vous avec la divisionnaire. Dès qu'il avait reçu la liste des appels téléphoniques d'Eva Cohen, il avait voulu mettre Sara en garde à vue – cet homme n'avait-il pas harcelé la directrice et n'était-il pas le dernier à lui avoir parlé avant qu'elle ne se rende au rendez-vous où on l'avait sauvagement agressée? Mais Ilana avait refusé sous prétexte qu'il leur fallait rassembler davantage de preuves matérielles. Depuis, ces preuves ne cessaient de s'accumuler.

Bien qu'une équipe de la brigade du district ait été diligentée pour surveiller chaque mouvement du suspect, Avraham avait décidé de le prendre lui aussi en filature et l'avait vu, vers midi, rentrer chez lui après avoir terminé son travail. Il avait suivi de loin son parcours de la rue Aharonovich jusqu'à la place Weizmann. Il l'avait vu entrer dans l'agence de voyages Magic

Tours. Il prenait peut-être là des risques inutiles, d'autant qu'il n'était pas un spécialiste et que Sara connaissait son visage, mais ayant été empêché de l'interroger, il voulait au moins l'observer. Peut-être aussi avait-il besoin de s'assurer personnellement que son homme ne prendrait pas la poudre d'escampette. Il avait attendu quelques minutes dans un coin de la place déserte après que Sara fut sorti de l'agence puis y était entré à son tour. Là aussi, il prenait un gros risque, le suspect pouvant revenir sur ses pas à tout moment.

La voyagiste hésita avant de lui communiquer les renseignements sur le vol et appela d'abord son patron, qui était déjà rentré chez lui.

C'est ainsi qu'il apprit que Sara avait acheté trois billets sur le vol KE 958, de Tel-Aviv à Séoul, puis sur le vol KE 626, en correspondance de Séoul à Manille. Son avion décollerait de l'aéroport Ben-Gourion la veille du jour de Kippour, le vendredi à huit heures trente. C'était le premier vol sur lequel il y avait de la place et le client tenait à partir le plus vite possible. Pour le retour, ils étaient censés être quatre puisque sa femme rentrait avec eux. La voyagiste put aussi confirmer que Mme Sara attendait son mari et ses fils aux Philippines, mais elle ne put dire quel jour celle-ci était partie. Sans doute avait-elle acheté son billet dans une autre agence. Avraham lui demanda de l'informer au cas où le client la recontacterait – même s'il était probable qu'il l'aurait su de toute façon car il avait obtenu du proc' de le mettre sur écoutes. En sortant de l'agence, il appela Ilana et lui annonça que leur suspect avait l'intention de s'enfuir et qu'il était déjà en possession de billets d'avion pour Manille. La divisionnaire hésita mais finit par décider de ne pas l'arrêter tant que ce n'était pas indispensable.

– D'après ce que tu viens de dire, on a jusqu'à vendredi matin pour rassembler contre lui le plus possible de preuves matérielles et le placer en garde à vue, n'est-ce pas ? Donc, attendons un peu, répéta-t-elle.

Avraham ne voulait pas attendre. D'autant qu'il était certain de pouvoir faire craquer ce type après un court interrogatoire.

Haïm Sara avait un mobile : sa violente altercation à la crèche avec la directrice qu'il soupçonnait, apparemment à juste titre, de maltraiter son fils. Il habitait à deux cents mètres de l'endroit où la bombe factice avait été déposée. Pendant son interrogatoire, il avait montré des signes évidents de stress. Il avait appelé Eva Cohen et lui avait parlé avant qu'elle ne sorte en pleine nuit retrouver son agresseur et il avait aussi prévenu l'assistante maternelle que son fils serait absent le lendemain matin. Après l'agression, il avait acheté des billets d'avion pour quitter le pays avec ses enfants. Nul doute qu'il était l'homme à la valise, celui qui avait guetté Eva Cohen la nuit précédente et qui, en veillant à ne pas être filmé par la caméra de surveillance du parking aux abords de la plage, l'avait frappée à la tête avec une pierre. Celui qui l'avait laissée pour morte dans le canal sous le petit pont.

Il l'avait observé de loin, l'avait vu entrer dans l'agence de voyages Magic Tours.

Exactement comme le jour de son interrogatoire au commissariat, Sara portait des vêtements qu'Avraham jugea démodés : le même pantalon en toile marron, maintenu par la même ceinture en cuir. Avant d'entrer dans l'agence, l'homme s'était assis quelques minutes sur un banc et avait lancé des miettes de pain sec aux pigeons. Le sentiment d'urgence qui taraudait Avraham venait-il du rapport sur sa précédente enquête ? Ce qu'il y avait lu le matin même le poussait-il à vouloir prouver, à lui et à Ilana, qu'il avait compris la leçon ? Qu'il était capable de diriger une équipe d'investigation agressive, déterminée et pouvait élucider une telle énigme en quelques heures ? Au cours de leur conversation, la divisionnaire lui avait dit : « Quand on aura résolu le dossier de cette agression, personne ne te parlera plus d'Ofer. La seule chose qui reste, c'est que toi aussi tu décides de tirer un trait là-dessus et que tu te concentres sur ta nouvelle enquête. »

Mais le problème n'était pas uniquement Ofer Sharabi.

Eva Cohen, qui reposait dans une chambre à l'hôpital depuis midi, n'avait toujours pas repris conscience. Pour sa part, il n'était pas encore allé la voir. Les jours qui avaient précédé l'agression, il avait douté de chaque mot prononcé par cette femme, et l'aversion qu'elle lui inspirait croissait chaque fois qu'il entendait son nom. Il restait persuadé qu'elle lui avait menti, qu'elle savait qui avait déposé la valise et qu'elle connaissait son agresseur, mais à présent il sentait qu'il lui devait quelque chose, peut-être même des excuses. Elle était la victime dans cette affaire. Et elle avait un fils qui n'était au courant de rien, un fils qui n'avait pas pu remarquer qu'elle ne rentrait pas. La journée avait été si intense en événements qu'Avraham avait presque oublié le maudit rapport, et ce ne fut qu'en soirée qu'il se souvint des appels téléphoniques affolés d'Ilana. Elle voulait l'avertir de ce qui venait de se passer mais lui, en vrai gamin qu'il était, avait fait la sourde oreille, assis à son bureau.

Du côté de Marianka, au contraire, c'était silence radio. Malgré ce qu'elle lui avait promis.

Et soudain il sentit son stylo glisser tout seul sur la feuille de papier posée devant lui et relier le point noir sous le mot *Philippines* aux deux autres, *Holon* et *Tel-Aviv*, avec des pointillés. Même si la femme de Sara se trouvait vraiment à l'étranger, en quoi cela disculpait-il son mari ? L'hypothèse qu'il avait forgée avec Ilana était qu'il s'agissait d'un homme et d'une femme. L'homme avait déposé la valise rue Lavon et la femme avait téléphoné pour proférer les menaces. La femme avait fixé rendez-vous à Eva Cohen et l'homme était venu à sa place. Oui, pour le premier coup de fil, ils savaient avec certitude que c'était une voix de femme, mais il avait pu être passé de n'importe où. Et si, jusqu'à présent, ils n'avaient pas réussi à localiser la provenance de l'appel, ils pourraient certainement savoir s'il avait été donné d'Israël ou de l'étranger. Il envisagea d'appeler Ilana pour lui communiquer sa conclusion, mais il savait qu'elle ne changerait pas d'avis au sujet de la garde à vue et, de toute façon, ils devaient se retrouver le lendemain matin au bureau.

Une jeune policière en uniforme était assise devant la porte de la chambre du service de réanimation postopératoire.

Dans le couloir, juste en face, un homme massif en maillot de corps, les bras couverts de tatouages, était affalé sur un banc. À côté de lui dormait un adolescent maigre, de grande taille, la tête posée sur l'épaule de l'adulte et recroquevillé sous une couverture. Avraham présuma que l'un était l'ex-mari d'Eva Cohen – il ne découvrit qu'ultérieurement qu'il s'agissait de son frère – et l'autre le fils, celui qui, en salle d'opération, avait dû regarder par-dessus l'épaule des chirurgiens pour identifier formellement sa mère et qui, depuis, n'était pas rentré chez lui. Avraham présenta sa carte de police et la jeune garde lui ouvrit la porte de la chambre.

– Voulez-vous que j'appelle une infirmière ? demanda-t-elle.

Il lui répondit que non. Il voulait être seul avec la directrice.

Difficile de reconnaître Eva Cohen sous le faible éclairage de la lampe de chevet. Une partie de son visage disparaissait sous les bandages, son corps était caché par une couverture. Le seul côté de son crâne qui apparaissait, le côté droit, avait été rasé. Des hématomes sombres tachaient son cou et les parties visibles de son visage, sa joue droite et son front. Elle gardait les yeux fermés. Il ne constata rien de nouveau par rapport à ce que lui avait décrit le chirurgien qui l'avait opérée. Il resta tout de même assis à côté d'elle un long moment, comme s'il espérait que sa présence suffirait à la réveiller. Le spécialiste lui avait expliqué qu'Eva Cohen pouvait aussi bien ouvrir les yeux d'un instant à l'autre que demeurer inconsciente pendant des jours. De plus, on ne pouvait pas prévoir dans quel état elle se réveillerait car il était impossible de mesurer les dégâts causés par le traumatisme crânien.

Lorsqu'il sortit de la pièce, il se présenta au frère comme étant le responsable de l'enquête. Le fils ne se réveilla pas, bien qu'ils aient parlé relativement fort, et Avraham se demanda si le jeune homme pourrait un jour oublier ce qu'il avait vu en salle d'opération. Il posa quelques questions de routine et ne reçut que des réponses sans intérêt : le frère ne savait rien de la crèche que dirigeait sa sœur ni d'un quelconque Haïm Sara. Il habitait à Haïfa, et la dernière fois qu'ils s'étaient croisés, c'était pour fêter le nouvel an.

— Vous ne savez toujours pas qui lui a fait ça ? s'enquit l'homme tatoué à la fin de leur entretien et Avraham secoua négativement la tête.

Le secret de l'instruction restait primordial. Même s'il était persuadé de connaître le nom du coupable.

En rentrant chez lui, il trouva le message de Marianka.

Il était plus de minuit.

Il enleva sa chemise, se versa un verre d'eau froide puis alla ouvrir sa boîte mail. Son regard se figea. Il avait senti qu'elle lui écrirait, parce qu'elle n'avait pas téléphoné, mais à aucun moment il ne s'était préparé au contenu du message. Des lignes courtes, comme un avis de décès.

Marianka avait écrit ceci :

Ne m'attends pas, Avi.
Pas maintenant.
Je sais que ce n'est pas le bon moment pour te l'annoncer, que tu es en pleine enquête. Essaie de rester concentré sur ton travail autant que tu le peux et ne pense pas trop à moi.
Peut-être qu'un jour tout sera différent.
Je t'appellerai pour t'expliquer dès que j'en serai capable.

SECONDE PARTIE

9

Cette nuit-là, l'automne arriva.

Certes, la chaleur accumulée pendant l'été à l'intérieur des appartements ou dans les espaces entre les immeubles ne s'était pas encore dissipée, mais des nuages d'une fraîcheur nouvelle avaient envahi le ciel. À l'aube, des gouttes d'une pluie froide se mirent à tomber sur les bâches en plastique dont on avait recouvert la scène de l'agression afin de protéger les indices qui s'y trouvaient encore.

Avraham n'arriva pas à dormir malgré tous ses efforts et lorsqu'il vit l'aube bleuir il comprit que c'était peine perdue, sortit du lit et s'habilla. Il prit sa voiture et se mit en quête d'un café – il avait besoin de se sentir entouré de gens –, mais aucun n'était ouvert au centre-ville. Il continua à rouler sans but et ce n'est qu'au bout d'un certain temps qu'il sut où il devait se rendre.

Par radio, il n'entendit ce matin-là que des signalements concernant des accidents de voiture. À cinq heures et demie, un camion qui livrait des laitages avait dérapé sur une flaque d'huile sèche, rendue glissante par la pluie, et heurté un motard qui venait en sens inverse.

Avraham proposa à la policière qui montait la garde devant la chambre d'Eva Cohen de prendre une pause.

– Vous êtes sûr? lui demanda-t-elle. Parce que dans ce cas j'en profite pour faire un saut chez moi, me doucher et organiser un petit déjeuner avec mes enfants ce matin. J'habite à deux pas.

Il lui répondit qu'il pouvait rester jusqu'à huit heures et demie – le briefing ayant été fixé à neuf heures au Central de Tel-Aviv.

Il attendit qu'elle parte, ouvrit la porte et vit qu'Eva Cohen était toujours inconsciente dans son lit. Son visage semblait cependant plus calme que la veille. Son fils dormait à l'extérieur, sur le banc du couloir plongé dans la pénombre. Nulle trace du frère et de ses multiples tatouages. Avraham alla prendre un café au distributeur puis regagna son poste, face à l'adolescent. Aucune raison de rester là, d'autant qu'il avait renoncé à l'idée de réveiller quelque chose en elle par sa simple présence, mais il comprit alors que s'il était venu à l'hôpital, ce n'était pas seulement pour veiller sur Eva Cohen mais aussi sur ce garçon qui dormait là, tout seul, pelotonné sous une couverture, devant la chambre de sa mère. Et, curieusement, ce fut face à lui, sur la chaise, qu'il sentit ses paupières se fermer lentement, oui, ce fut là qu'il vainquit son insomnie, dans cet endroit gris et silencieux, uniquement éclairé par la faible lumière provenant du poste des infirmières au bout du couloir.

Il se réveilla lorsqu'une aide-soignante lui effleura l'épaule et lui demanda s'il voulait manger quelque chose. Le banc sur lequel avait dormi le fils était vide et une seconde plus tard, il vit le garçon sortir des toilettes où il s'était passé de l'eau sur le visage.

Dans la salle de réunion numéro 3 du Central de Tel-Aviv, il rencontra pour la deuxième fois le sergent Lior Zitouni, le nouveau qu'il avait croisé dans le bureau d'Ilana. Le jeune homme, arrivé le premier, avait le bas de son pantalon trempé, comme s'il avait sauté dans les flaques pour arriver plus vite au briefing. En détaillant son visage lisse et poupin, Avraham, qui ne lui donna pas plus d'une vingtaine d'années, le trouva trop jeune pour remplir les fonctions d'enquêteur de police.

D'ailleurs, pendant la réunion, Zitouni n'ouvrit presque pas la bouche et lorsqu'il parla, sa voix tremblait d'émotion. Il n'arriva pas à connecter l'ordinateur portable au rétroprojecteur sans l'aide de la divisionnaire qui, elle, entra dans la pièce à neuf heures tapantes.

– Comment se fait-il qu'Eliyahou Maaloul ne soit pas encore là ? lança-t-elle aussitôt.

Eliyahou… qui arriva effectivement avec un léger retard, comme à son habitude – cette fois à cause des embouteillages dus à la pluie soudaine. Avraham avait insisté pour l'intégrer à l'équipe d'investigation, même si le dossier n'impliquait pas encore d'interrogatoires d'enfants ni d'adolescents et Ilana n'avait accepté qu'après s'être assurée à la Brigade des mineurs que l'inspecteur ne travaillait sur aucun dossier urgent. Maaloul posa sa sacoche en cuir brun sur la table et leur demanda la permission de grignoter pendant la réunion parce qu'il n'avait pas eu le temps de prendre son petit déjeuner. La secrétaire d'Ilana se chargea de servir à tout le monde du café insipide dans des gobelets en carton.

Maaloul sortit de son sac un mouchoir blanc avec lequel il essuya vigoureusement un bout de table devant lui puis y posa un sandwich à l'œuf dur, emballé dans du papier d'aluminium et un petit concombre déjà épluché.

– Vas-y, commence, Avi, ne m'attends pas. Je mange d'une oreille et j'écoute de l'autre, se hâta-t-il de dire au moment où il remarqua que le commandant hésitait à ouvrir la réunion.

À ces mots, le regard d'Avraham vacilla, mais comment l'inspecteur aurait-il pu deviner ?

Ne m'attends pas.

La phrase que lui avait écrite Marianka.

Ilana éclata de rire, mais l'autre remarqua apparemment que quelque chose se brisait dans les yeux de son collègue et ami. Il lui demanda en remuant les lèvres, sans voix :

– Tu vas bien ?

Sur l'écran défilait le diaporama des clichés pris juste après l'agression. On y voyait Eva Cohen allongée sur le ventre dans le fossé sous le pont, entre des bouteilles en plastique vides et des chiffons. Les gars de la Scientifique qui avaient fait les premières constatations sur place étaient certains qu'elle avait reçu les coups sur la tête alors qu'elle était inconsciente et gisait, immobile. Incroyable de penser à l'assurance qu'elle affichait au moment où, sur le parking, elle sortait de sa Justy rouge, environ une heure avant d'avoir été découverte dans cet état. Avraham songea à la différence criante entre ces deux moments. Oui, la vie peut basculer d'une seconde à l'autre. C'était vrai pour n'importe qui.

– Allez, Avi, on a intérêt à activer les choses, on est en retard. Explique-nous ce qui s'est passé.

Il en était toujours à essayer de comprendre.

La nuit, juste après avoir lu le message sur son écran d'ordinateur, il avait téléphoné à Marianka, alors qu'elle lui avait clairement demandé de s'en abstenir. Le téléphone avait sonné dans le petit appartement du square Alfred-Bouvier à Bruxelles, mais personne n'avait décroché. S'il avait pu aller à pied ou en voiture jusque chez elle, il l'aurait fait. Il aurait frappé à sa porte et exigé des explications, malgré la volonté qu'elle avait exprimée de ne pas lui en donner. Il avait fini par se résoudre à lui envoyer un message, une seule ligne : *Pourquoi tu ne me réponds pas ?*

Il s'était dit qu'il ne lui avait peut-être pas assez parlé depuis le début de l'enquête, mais il savait que cela n'avait rien à voir. Il l'avait sentie fuyante ces derniers temps, lui avait même demandé s'il s'était passé quelque chose, mais elle avait esquivé. Elle n'était restée chez lui qu'une semaine, en juin, plus de trois mois auparavant, et pourtant sa présence imprégnait chaque recoin : la terrasse, qui était devenue leur terrasse, à lui et à Marianka, le salon dont ils devaient ensemble repeindre les murs en blanc et en bleu, la chambre à coucher où l'armoire exhibait les vieux rayonnages qu'il avait à moitié vidés pour accueillir les vêtements qu'elle était censée y ranger. À l'aube, avant de sortir pour se rendre à l'hôpital, il avait rouvert sa boîte mail. Elle n'avait pas répondu au message qu'il lui avait envoyé.

Maaloul mastiquait son petit pain avec application, tout en se couvrant la bouche d'une main.

— Eva Cohen, domiciliée à Holon, âgée de quarante-deux ans, puéricultrice, commença Avraham, a été agressée dans la nuit de dimanche à lundi non loin de la plage de Tel-Aviv. Comme on peut le voir sur les photos, l'agression a été d'une grande sauvagerie, les coups ont été portés avec une grosse pierre ramassée sur les lieux. Cette agression a été précédée de menaces, et apparemment aussi du dépôt d'une valise contenant une fausse bombe à côté de la crèche de la victime, rue Lavon, à Holon. La scène de crime a été largement souillée, entre autres par le coupable, et le labo pourra sans doute exploiter de nombreux indices. On compte sur des empreintes digitales et aussi sur des empreintes de semelles de sorte à pouvoir, dès qu'on aura un suspect à se mettre sous la dent, faire des comparaisons immédiates.

Maaloul posa son sandwich sur la table et s'essuya le bout des doigts dans son mouchoir.

— Excuse-moi de te couper, dit-il, mais qu'est-ce que tu entends quand tu dis que l'agression a apparemment été précédée de menaces et d'une fausse bombe ?

— Pas apparemment, c'est avéré : nous avons une bombe sans explosif placée dans une valise et des menaces téléphoniques. Le problème, c'est que nous n'avons pas identifié le poseur de bombe ni la personne qui a passé l'appel téléphonique, mais on est sûrs qu'il y a un rapport entre ces faits – bien que la victime nous ait affirmé ne pas connaître l'identité de celui qui a laissé la valise à côté de sa crèche et nous ait carrément dissimulé les menaces téléphoniques.

Cette fois, ce fut Ilana qui l'interrompit :

– Je tiens à souligner qu'il s'agit là de l'hypothèse d'Avi uniquement. Et même si elle me paraît plausible et acceptable, ça ne reste qu'une hypothèse de travail parmi d'autres. Je ne veux pas que l'on considère la relation entre la bombe et l'agression comme quelque chose de déjà établi par l'enquête. Je veux qu'on puisse étudier aussi d'autres pistes.

– Lesquelles par exemple ? demanda Maaloul.

L'inspecteur était loin d'être jeune, et pourtant, avec son sandwich entamé, posé devant lui dans son papier d'aluminium, Avraham avait l'impression de voir un écolier pendant la récréation.

– Par exemple, une agression fortuite. Ou un vol. Son téléphone et son portefeuille ont disparu. Et même si nous savons sans aucun doute possible qu'il n'y a pas eu viol, on ne peut pas exclure une tentative de viol ou une agression sexuelle qui aurait mal tourné.

Le commandant attendit que la divisionnaire termine puis il reprit son exposé, sans réagir à ce qu'elle avait dit. La fatigue lui alourdissait la tête, malgré le petit somme qu'il avait réussi à voler à l'hôpital, assis sur la chaise en face du fils d'Eva Cohen.

– Notre principal suspect s'appelle Haïm Sara. Lui aussi habite Holon, il est âgé de cinquante-sept ans. L'homme a un mobile, que je vais tout de suite exposer, pas de casier judiciaire, mais un de ses fils, le plus petit, est inscrit à la crèche de la victime et apparemment il soupçonnait la directrice de maltraitance. On pourrait d'ailleurs presque interpréter le mode opératoire de cette agression comme un aveu : elle a été frappée à la tête, or, au cours de son interrogatoire, le suspect a raconté qu'un jour son fils était rentré de la crèche avec une blessure au front – un parallèle sur lequel il nous faudra réfléchir. Les preuves que nous avons rassemblées contre lui sont circonstancielles mais solides. Dans la soirée de l'agression, il a téléphoné à la directrice juste avant qu'elle ne sorte et le lendemain de l'agression, il a acheté des billets d'avion pour lui et ses enfants. Il a l'intention de quitter le pays vendredi matin.

Lorsque Zitouni prit la parole, son émotion se révélait autant sur son visage que dans sa voix :

— Avons-nous demandé une interdiction de sortie du territoire ? Si on ne l'a pas fait, il faudrait s'en occuper, non ?

Ce jeune se comportait comme si l'enquête sur l'agression d'Eva Cohen était l'affaire de sa vie, mais il était bien le seul autour de la table. Pour Ilana, il s'agissait d'un dossier parmi tous ceux dont elle avait la responsabilité, et pour Maaloul, d'une récréation dans sa routine à la Brigade des mineurs. Quant à Avraham, il sentait qu'il avait quelque chose à prouver, autant à lui-même qu'à la divisionnaire, mais il avait l'impression que, malgré ses efforts pour s'approprier ce dossier, il lui échappait de plus en plus. Le message de Marianka y avait bien sûr grandement contribué. La chef répondit à sa place :

— On demandera un mandat jeudi, si on juge que c'est nécessaire. On a encore deux jours et d'ici là j'espère qu'on aura des résultats du labo et qu'on pourra mettre notre suspect en garde à vue, prendre ses empreintes digitales, vérifier ses semelles et le confondre avec les preuves matérielles qu'on a récoltées sur les lieux. Surtout, j'espère que la victime se réveillera à temps et qu'elle sera en état de nous donner le nom de son agresseur ou, à défaut, de nous le décrire. En supposant, bien sûr, qu'elle l'ait vu.

Zitouni se hâta de noter quelque chose dans le carnet posé devant lui. Maaloul, qui avait terminé son petit déjeuner, lissa de la main le papier d'aluminium qui avait emballé son sandwich, le plia en quatre et le remit dans son sac.

— Il y a encore une chose au sujet du suspect. J'essaie de clarifier ça depuis hier, reprit Avraham. Notre hypothèse – ou plutôt la mienne, comme l'a précisé Ilana – est qu'un homme et une femme sont impliqués à la fois dans l'histoire de la valise et dans l'agression. Nous savons qu'une femme a proféré les menaces téléphoniques à la crèche, et nous supposons qu'Eva Cohen ne se serait jamais rendue en pleine nuit à l'endroit où elle a été découverte si elle pensait y rencontrer un homme – menaçant de surcroît. En revanche, elle y serait peut-être allée sans crainte si elle croyait avoir rendez-vous avec une femme. D'après les données qui nous ont été communiquées par la police des frontières, la femme du suspect, Jennifer Salazar – une citoyenne philippine en situation régulière –, aurait quitté le territoire le 12 septembre et ne serait toujours pas rentrée en Israël. Mais il y a quelque chose qui cloche dans cette affaire : j'ai vérifié auprès de la plupart des compagnies aériennes qui assurent la liaison avec les Philippines et je n'ai trouvé aucun passager du nom de Jennifer Salazar. Ni à cette date ni à une autre. Je vais essayer de joindre la police de là-bas pour voir si cette femme est bien arrivée dans son pays le 12 ou le 13 et me renseigner pour savoir si elle a un casier.

Ilana le regarda, étonnée. Il n'avait pas eu le temps de lui relater, avant la réunion, ses investigations auprès des compagnies aériennes.

Est-ce que les doutes qu'elle émettait sur le scénario proposé par Avraham ne lui étaient soufflés que par ses principes de travail ou bien la confiance qu'elle lui accordait avait-elle été trop ébranlée par les erreurs de sa précédente enquête ? En fait, le souvenir de ce qu'elle lui avait dit alors qu'ils recherchaient Ofer Sharabi lui avait donné l'idée de contacter les compagnies aériennes. Au bout d'une semaine d'enquête infructueuse, Avraham avait évoqué, dans un moment de lassitude, la possibilité qu'il ne soit rien arrivé à l'adolescent disparu. Que peut-être il avait embarqué sur un vol pour Rio de Janeiro et qu'il se dorait la pilule sur une plage. À l'époque, Ilana lui avait dit : « Tu sais qu'il n'est pas à Rio de Janeiro ou en tout cas tu peux le savoir. Il te suffit de contacter la police des frontières. Si tu apprends qu'il a quitté le pays, tu appelles les compagnies aériennes qui desservent le Brésil et tu regardes s'il apparaît sur un vol pertinent. Il n'a pas utilisé de faux passeport, n'est-ce pas ? Ce n'est pas un agent du Mossad, c'est un lycéen. »

Or voilà qu'elle lui demandait :

– Et si elle avait pris une autre destination ?

– Le suspect a déclaré au cours de son interrogatoire que sa femme était rentrée aux Philippines pour s'occuper de son père. C'est aussi ce qu'il a affirmé à l'agence de voyages quand il a acheté ses billets. Mais tu as peut-être raison. Quoi qu'il en soit, s'il a menti au sujet de ce voyage, ce serait une preuve supplémentaire de son implication dans l'agression et dans la menace à la valise piégée, non ? Sinon, pourquoi mentir ?

Il ne pensa pas à Marianka avant la fin de la réunion et ne vérifia que deux fois son téléphone, sous la table, pour voir s'il avait de nouveaux messages vocaux. La divisionnaire continua à demander avec insistance de ne pas se cantonner à Haïm Sara et Avraham ne fit pas d'efforts pour la contredire. Il but un autre café, elle aussi, et à dix heures et demie, les tâches furent réparties entre tous les participants. Elle confia à Zitouni la mission d'enquêter sur l'agression comme si c'était un vol fortuit : il devait chercher des similitudes avec d'autres agressions du même genre qui auraient été signalées au cours des derniers mois dans la même zone géographique, interroger à nouveau les Soudanais qui avaient découvert Eva Cohen dans le fossé, contrôler en permanence si quelqu'un se servait de la carte bancaire de la victime et si le téléphone volé était utilisé ou revendu. Maaloul devait, pour sa part, enquêter sur le personnel et les parents de la crèche, vérifier les soupçons de maltraitance et se renseigner pour savoir si d'autres parents pouvaient en vouloir à la directrice. Quant à Avraham, il continuerait à diriger l'enquête et la surveillance discrète sur Haïm Sara et sa femme. Depuis la veille au soir, après avoir acheté les billets d'avion, l'homme n'avait pas quitté son domicile de la rue Aharonovich et n'avait contacté personne.

– Surtout, croisons les doigts pour que la victime se réveille, ce qui nous simplifiera grandement la tâche, conclut Ilana. Si on n'a rien de nouveau d'ici jeudi matin, on se retrouve ici et on s'organise pour intercepter ce M. Sara avant son départ.

Maaloul demanda à reprendre la parole et se tourna vers Avraham :

— Avant de nous disperser, je voudrais que tu m'expliques pourquoi tu es tellement sûr que c'est lui. Parce que tu en es sûr, n'est-ce pas ? Et comme je fais confiance à ton sixième sens, j'ai besoin de précisions.

Quel argument pouvait-il encore avancer ? Sa certitude venait d'abord de ce que Haïm Sara avait appelé la directrice le soir de l'agression et acheté des billets d'avion le lendemain. Il y avait aussi sa nervosité pendant l'interrogatoire et le voyage de sa femme, qu'il trouvait bizarre. D'autres raisons venaient s'ajouter à cela, mais il n'arriverait à les exprimer clairement qu'*a posteriori*, une fois l'enquête terminée. Ilana, qui examinait l'expression et les grands yeux de Maaloul pendant qu'Avraham parlait, comprit que l'inspecteur n'était pas convaincu et lui demanda pourquoi.

— J'aurais abondé dans le sens d'Avi s'il s'était agi d'une agression spontanée, dit Maaloul. À l'intérieur de la crèche par exemple ou juste après la fermeture. Mais s'il y a effectivement un lien entre la valise et l'agression, j'y vois un type de comportement spécifique à la pègre : on pose une fausse bombe en guise d'avertissement, on profère des menaces par téléphone et ensuite on fixe un rendez-vous de nuit dans un endroit désert. C'est planifié comme chez les mafieux, rien à voir avec le pétage de plomb d'un parent inquiet. J'ai du mal à croire qu'un homme de cinquante-sept ans, sans casier judiciaire, soit l'auteur de tels actes. Les personnes comme lui peuvent avoir des accès de violence mais c'est rarement prémédité ou intentionnel. Je dirais plutôt qu'ils partent tout à coup en vrille. Bien sûr, ce n'est pas moi qui l'ai interrogé, je ne l'ai même pas vu, donc je suis prêt à te faire confiance, Avi.

Zitouni se hâta de noter à nouveau quelque chose dans son carnet. Quant au commandant, ce fut l'expression « les personnes comme lui » qui le fit réagir.

– Quelqu'un parmi nous a-t-il pensé que les parents d'Ofer Sharabi étaient capables de dissimuler la mort de leur fils et d'inventer une histoire abracadabrante de disparition pour se disculper ?

Agacé par le doute émis, il avait marmonné la question – et il la regretta aussitôt. C'était la première fois qu'il se retrouvait avec Ilana et Maaloul depuis le jour où le maudit dossier Sharabi avait été résolu. Et la première fois aussi qu'il évoquait les enseignements qu'il en avait tirés. Ne jamais baisser la garde. Ne croire personne. Mais ses deux collègues le dévisagèrent avec un drôle de regard.

– Ce n'est pas la même affaire et pas les mêmes protagonistes, Avi. Pour ma part, je serais plutôt d'accord avec Eliyahou, mais… qui vivra verra !

Ils avancèrent ensemble dans le long couloir qui menait à l'ascenseur, Zitouni et Maaloul devant, Avraham et Ilana derrière.

– On dirait que tu n'as pas dormi de la nuit, lui dit-elle. Tout va bien, Avi ?

– Je n'ai effectivement presque pas fermé l'œil, se contenta-t-il de répondre.

Et pendant qu'ils attendaient l'ascenseur, elle lança soudain :

– À propos, vous avez entendu parler de ce qui s'est passé à l'hôpital ce matin ?

Avraham se tourna vers elle, étonné, croyant qu'il était arrivé quelque chose au fils d'Eva Cohen, ou que quelqu'un avait remarqué qu'il s'était endormi pendant son tour de garde. Maaloul maintint la porte de l'ascenseur ouverte pendant qu'elle s'expliquait : un agent municipal, arrivé sur les lieux d'une collision entre un camion et une moto, avait remarqué que le motard allongé sur la chaussée portait, sous son blouson en cuir, un tee-shirt noir avec l'inscription : POLSKA – information qu'il avait transmise au Central avant que le blessé ne parte en ambulance. Grâce à quoi Sharpstein avait pu, un mandat d'amener à la main, réceptionner l'individu sur son brancard et peu de temps après enregistrer des aveux complets – la tentative de meurtre de la rue Shenkar était résolue.

Dire que tout cela s'était passé pendant qu'Avi somnolait sur une chaise, à quelques mètres des urgences de l'hôpital, devant la porte de la chambre d'Eva Cohen! Il n'avait d'ailleurs pas avoué à Ilana que s'il était allé voir la victime, c'était pour cause d'insomnie et qu'il s'était justement endormi à ce moment-là.

– D'où le proverbe : la chance sourit aux audacieux! commenta Maaloul.

Il fut tellement occupé tout au long de la journée qu'il arriva à ne pas penser à Marianka jusqu'à ce qu'il rentre chez lui en fin d'après-midi. De retour au commissariat de Holon, il écouta le bref rapport de l'équipe qui filait Haïm Sara : l'homme avait poursuivi ses préparatifs de voyage, à onze heures, il était sorti pour se rendre à nouveau à pied au centre-ville et, cette fois, il avait acheté un grand sac. Il n'avait toujours pas récupéré ses enfants, sa femme n'était pas réapparue et il n'avait rencontré personne. Un représentant de la Royal Jordanian, la dernière compagnie aérienne qu'Avraham devait encore interroger, confirma qu'ils n'avaient enregistré aucune Jennifer Salazar sur un vol à destination de Manille *via* Amman ou Hong Kong.

Il déjeuna tôt à la cafétéria et remonta dans son bureau.

En consultant sur Internet le site de l'horloge internationale, il apprit que lorsqu'il était midi à Holon, il était exactement dix-huit heures à Manille. Il appela les renseignements de la police de Manille et fut surpris d'entendre une voix masculine très grave lui répondre.

– Je suis le commandant Avraham Avraham, de la police israélienne, dit-il aussitôt en anglais. Je voudrais parler avec un responsable de la Brigade criminelle.

Au début, son interlocuteur ne comprit pas ce qu'il voulait et encore moins pourquoi quelqu'un demandait en anglais à parler avec la brigade criminelle, qui s'appelait chez eux «département d'enquêtes criminelles et d'investigation». Il fut donc obligé d'expliquer – à contrecœur – qu'il avait besoin de l'aide de la police philippine dans le cadre d'une enquête sur le dépôt d'une bombe factice suivi d'une agression perpétrée à Tel-Aviv. L'homme lui proposa de se mettre en rapport avec le service de sécurité aérienne ou, mieux, de s'adresser à la police des Philippines par le biais de la division des relations internationales.

– *My name is Avraham Avraham, I am a police officer from Israeli police and I investigate an attack and a dummy bomb*, répéta-t-il en ajoutant que l'affaire était urgente.

Le standardiste lui demanda de rester en ligne.

Le site Internet de la police philippine présentait un organigramme détaillé de tous les services, les différents postes et les grades, mais il n'y avait pas de photo du commissariat central, si bien qu'il n'arriva pas à imaginer dans quel bâtiment se trouvait le standardiste qui lui avait répondu, ni à quoi ressemblait le bureau de l'officier du département d'enquêtes criminelles et d'investigation qui lui répondrait quelques instants plus tard. Ce que l'on voyait sur les photos affichées, c'était des policiers philippins souriants et tirés à quatre épingles. Tous étaient minces et beaucoup portaient des lunettes, ce qui donnait à leur visage un air intelligent et sophistiqué. Avraham dut admettre qu'il en savait bien peu sur ce pays, ses connaissances se résumant à le situer quelque part en Asie et à imaginer une situation économique difficile, à en croire le nombre de Philippins qui venaient travailler en Israël. À quoi ressemblaient les rues que l'on voyait des fenêtres du Central de Manille ? Il regretta de ne pas s'être renseigné davantage avant d'appeler et il était en train d'ouvrir leur page Wikipédia lorsqu'il entendit au bout du fil une voix nouvelle, très fine, presque un gazouillis.

Le brigadier général Anselmo Garbo, qui dirigeait le département lui demanda, dans un anglais staccato :

– À qui ai-je l'honneur ?

Et Avraham, qui ne se présenta que comme commandant, espéra ne pas décevoir son interlocuteur, dont le grade éveilla sa jalousie.

– Sauf erreur de ma part, vous nous appelez au sujet d'une bombe, enchaîna Anselmo Garbo.

– Oui, absolument.

– À Manille ?

Avraham comprit soudain que le standardiste philippin avait mal interprété ses paroles et avait cru que la police israélienne les appelait pour les avertir d'une attaque terroriste sur leur territoire.

– Non, non, je ne vous appelle pas au sujet d'une menace terroriste, s'excusa-t-il. J'appartiens à la Brigade criminelle et – Avraham lut la suite sur la feuille de papier posée devant lui, une manière d'éviter, pensait-il, les malentendus – nous avons besoin de votre aide pour localiser une citoyenne philippine qui vit en Israël. D'après les informations que nous a transmises notre police des frontières, elle aurait quitté Israël le 12 septembre à destination des Philippines, mais nous n'arrivons pas à savoir sur quel vol elle a embarqué. Nous voudrions que vous nous confirmiez sa présence dans votre pays et nous aurions besoin de votre aide pour faire d'éventuelles recherches sur place.

Garbo écouta patiemment, demanda au commandant qu'il lui communique ses coordonnées, les nota certainement. Avraham avait l'impression, même si rien ne la justifiait, que le policier au bout du fil était un homme brillant et vif d'esprit. Il parlait d'une manière concise, d'une voix nette et précise.

– Êtes-vous en train de m'annoncer qu'une citoyenne philippine a disparu en Israël ?

– Non, non, se défendit-il aussitôt. Je veux juste savoir si elle est rentrée chez vous et à quelle date.

– Pouvez-vous me dire à partir de quand elle a disparu et qui a déposé plainte ?

– Personne n'a déposé plainte. Nous voulons juste la convoquer parce que nous avons besoin de son témoignage.

Garbo insista et Avraham fut obligé de lui expliquer qu'il voulait convoquer cette femme dans le cadre d'une enquête concernant une agression qui s'était produite à Tel-Aviv. Il lui assura qu'elle n'était pas suspecte mais que son témoignage était essentiel. Il lui donna le numéro de passeport de Jennifer Salazar. Étrangement, il sentait l'officier très sceptique.

– Je vais en référer à mes supérieurs et à la division des relations internationales et on vous contactera rapidement.

Sur cette phrase laconique, le Philippin raccrocha.

Grâce à Wikipédia, Avraham apprit que Manille était la ville la plus peuplée des Philippines et qu'elle comptait plus de quinze millions d'habitants. Il se demanda si, dans de telles conditions, les enquêteurs de là-bas auraient pu débusquer un agresseur anonyme ou un individu déposant une fausse bombe avant de se fondre dans la foule.

Lorsqu'il chercha sur Google le nom de l'officier philippin, il n'en crut pas ses yeux : le brigadier général était le policier le plus décoré de sa ville. Il accéda à un article du *Daily Tribune* qui relatait que, quatre ans auparavant, Anselmo Garbo avait arrêté un tueur en série qui avait terrorisé la ville pendant plus de six mois et assassiné onze personnes : il leur ouvrait le ventre pour déposer entre leurs organes internes une fleur rarissime appelée *Michauxia campanuloides* puis les recousait avec une précision chirurgicale. Le brigadier avait pris l'enquête en cours de route, car il revenait d'un an passé en stage de formation à la Brigade criminelle de Paris. Mais il lui avait suffi de deux semaines pour démasquer le meurtrier, après avoir élucidé la signification de ce rituel morbide.

Avraham se dit qu'il avait parlé avec un personnage de roman ou de film. Sur la photo qui illustrait l'article, il constata que Garbo avait un petit visage étroit, un nez aquilin et qu'il portait des lunettes rondes. Et aussi qu'il était chauve, comme lui.

Après une pause cigarette, il appela l'hôpital et eut une brève discussion avec la chef du service de traumatologie, une femme rude et désagréable. Il appela aussi le labo et on lui promit que d'ici au lendemain les analyses des éléments récoltés sur les lieux de l'agression seraient terminées.

Au moment où il ouvrait la porte de son appartement, en début de soirée, il entendit le téléphone résonner à l'intérieur. Il eut l'impression que cela faisait longtemps que l'appareil s'égosillait entre ses quatre murs vides et, persuadé qu'il s'agissait de Marianka, il se hâta de décrocher. Mais au bout du fil – rien. Le silence. Il attendit, on ne rappela pas. Il alla jusqu'à son ordinateur pour envoyer un nouveau message à Marianka : *Quoi, on ne se reparlera jamais ?* Un message de plus auquel elle ne répondit pas.

Cette nuit-là, il dormit longtemps, bien que toujours taraudé par l'enquête. Il rêva qu'il tombait en chute libre, qu'il tournoyait et peu importait à quoi il essayait de s'agripper, rien n'arrêtait sa chute. Il rêva aussi que Marianka était censée l'attendre à côté d'un arrêt de bus.

Il fut réveillé par la sonnerie de son portable, qu'il avait laissé à son chevet. Sur l'écran apparut un numéro étranger et il répondit, persuadé qu'elle le rappelait enfin. La voix cristalline d'Anselmo Garbo retentit :

– Commandant Avraham ? Brigadier général Anselmo Garbo, du département d'enquêtes criminelles et d'investigation de Manille. Est-ce que je vous appelle à une heure décente ?

Il dit que oui et s'assit sur son lit.

– À votre demande, nous avons fait des recherches et je viens de vous transmettre par mail le rapport d'enquête exhaustif que j'ai reçu. Mais je voulais vous informer dès à présent : Jennifer Salazar est rentrée aux Philippines pour la dernière fois il y a huit ans. Depuis, elle n'est pas revenue. Et encore une chose importante : au dire de son mari, elle s'est rendue aux Philippines pour s'occuper de son père, n'est-ce pas ? Eh bien, je suis au regret de vous annoncer que ses deux parents sont morts depuis des années. Vous m'entendez, commandant Avraham ? Les informations que vous nous avez transmises nous inquiètent au plus haut point, aussi je vous saurais gré de nous tenir au courant en continu des avancées de vos investigations.

Avraham ne se souvenait pas d'avoir précisé que Jennifer Salazar était partie s'occuper de son père, mais il avait sans doute dû le faire. À moins que cet illustre enquêteur n'ait lu dans ses pensées ? Il le remercia, promit de le recontacter très vite et se sentit gagné par une énergie inattendue. Curieusement, les informations de son confrère lui donnaient un sacré coup de fouet, stoppant d'un coup sa chute vertigineuse. Il alla allumer son ordinateur afin de lire le rapport détaillé que lui avait envoyé Garbo et décida d'informer Ilana. Mais avant cela, il téléphona à Maaloul, qu'il n'avait pas réussi à convaincre la veille.

– Okay, tu dois avoir raison, conclut le vieux limier.

Avraham avait l'intention de demander à la divisionnaire l'autorisation d'aller cueillir Haïm Sara et de le placer en garde à vue, mais il n'eut pas le temps de lui raconter quoi que ce soit. Avant qu'il ait pu ouvrir la bouche, elle le devança :

– Tu ne pouvais pas mieux tomber, Avi. Tu appelles exactement au bon moment. Il faut que tu fonces à Wolfson. Le service de traumatologie m'a informée il y a cinq minutes qu'Eva Cohen s'était réveillée au cours de la nuit.

Quelques instants plus tard, il était à l'hôpital, après avoir roulé comme un fou puis enfilé au pas de course les longs couloirs du service, mais le médecin de garde ne l'autorisa pas à entrer dans la chambre. L'équipe médicale avait décrété que la police ne pourrait pas voir Eva Cohen avant qu'elle n'ait totalement récupéré. Avraham voulut tout de même savoir si elle était en mesure de parler.

– Pour l'instant, la patiente ne dit rien. Elle ne fait que pleurer. Vous allez devoir attendre au moins jusqu'à cet après-midi.

Ilana déclara qu'elle tenait à assister à l'interrogatoire, même s'il avait lieu au beau milieu de la nuit et elle lui ordonna de convoquer une équipe vidéo pour le filmer. Il lui fit part en retour de sa conversation avec Garbo.

– Excellent, dit-elle. Donc, il suffit qu'Eva Cohen nous confirme que Haïm Sara est bien son agresseur pour qu'on puisse le confondre pendant sa garde à vue.

Ayant appris que le fils et le frère d'Eva Cohen avaient été autorisés à entrer dans la chambre pour un court moment, il décida de leur demander si elle avait dit quelque chose sur les circonstances de son agression, mais il ne les trouva pas dans le couloir. Une infirmière lui expliqua qu'ils étaient allés manger et il décida de prendre son mal en patience. Les médecins évitaient d'entrer dans la chambre pour laisser Eva Cohen se remettre à son rythme et il comprit après avoir un peu discuté avec eux qu'il n'aurait l'autorisation de s'entretenir avec elle qu'à l'arrivée du chef de service.

À onze heures et demie, Avraham vit le frère qui parlait au téléphone dans le couloir. Il attendit la fin de sa conversation pour l'interroger. L'homme déclara que sa sœur n'avait pas réussi à prononcer le moindre mot, qu'elle ne cessait de pleurer. Mais elle les avait reconnus, lui et son fils, elle avait même pris l'adolescent dans ses bras au moment où il se penchait vers elle pour l'embrasser et c'était le principal. Maaloul appela, voulut savoir s'il devait venir d'urgence, mais Avraham jugea que, pour l'instant, c'était inutile. De toute façon, il ne savait pas combien d'enquêteurs seraient autorisés à entrer dans la chambre au moment où ils pourraient enfin interroger la victime.

Il mangea un sandwich à l'omelette et au fromage à la crème, au café Aroma du rez-de-chaussée. Dans quelques heures, il en était persuadé, il installerait Haïm Sara dans une salle d'interrogatoire au commissariat. Mais il y avait autre chose, une étrange tension intérieure, qu'il sentait monter en lui. Le chef de service arriva à quatorze heures, examina Eva Cohen et demanda qu'on la laisse se reposer encore deux heures supplémentaires. Avraham informa Ilana de ce nouveau délai. Il était trop tôt pour évaluer précisément l'état de la directrice et se prononcer sur d'éventuelles séquelles, cependant, le premier examen laissait espérer qu'elle pourrait s'entretenir avec eux.

Il fuma deux cigarettes avant l'arrivée de l'équipe vidéo – deux hommes, un à la caméra et un au son – qui commença à préparer son matériel à l'extérieur de la chambre. Ilana arriva à seize heures quarante-cinq, exigea la présence du chef de service pendant l'interrogatoire et demanda aux infirmières une tablette avec une feuille de papier et deux crayons, au cas où la victime ne serait pas en mesure de parler.

À dix-sept heures dix, plus de dix heures après son réveil, Eva Cohen fut à nouveau examinée par le médecin-chef qui, rassuré sur son état, ouvrit la porte de la chambre puis, de la tête, fit signe aux enquêteurs qu'ils pouvaient entrer.

Ilana fut la première à pénétrer à l'intérieur, Avraham à sa suite. L'équipe vidéo se pressa devant le lit et le cameraman, qui déplora un éclairage trop faible, insista pour que toutes les lumières soient allumées. La divisionnaire s'assit sur une chaise au chevet d'Eva Cohen, Avraham, lui, resta debout derrière elle, à côté du pied à perfusion. Le chef de service prit place de l'autre côté du lit.

La directrice de la crèche avait les yeux ouverts mais ce n'était pas lui qu'elle regardait. Sa bouche aussi était ouverte, mais ses lèvres ne remuaient pas. Le commandant se demanda si elle avait remarqué sa présence et si elle l'avait reconnu. Ilana se pencha vers elle et commença d'une voix douce :

– Eva, je suis Ilana Liss de la Brigade criminelle. Tout d'abord, je voudrais vous dire que je suis très contente que vous vous soyez réveillée. Nous attendions tous ce moment avec impatience. Vos médecins m'ont dit que vous pourriez à présent répondre à quelques questions au sujet de votre agression. Vous sentez-vous en mesure de me parler ?

Ni les yeux ni la bouche ne bougèrent sur le visage tuméfié. Ilana interrogea du regard le chef de service qui lui fit signe de continuer.

– Eva, nous vous avons retrouvée dans la nuit de dimanche à lundi, sans connaissance, dans un fossé au sud de Tel-Aviv. Vous souvenez-vous comment vous êtes arrivée à cet endroit?

Avraham remarqua un léger signe de tête. Elle s'en souvenait et ses yeux se mirent aussitôt à briller. Il entendit les sanglots décrits auparavant par les médecins, cela ressemblait à des gémissements sourds qui jaillissaient de nulle part, car aucun muscle n'avait bougé. Ilana porta ses deux mains à sa bouche et attendit.

– Eva, vous souvenez-vous de la personne qui vous a agressée? redemanda-t-elle ensuite.

À nouveau, Eva Cohen remua la tête et émit son gémissement sourd. Avraham eut l'impression qu'elle essayait de lever la tête.

– Eva, pouvez-vous nous écrire son nom sur une feuille de papier? intervint le médecin en lui serrant légèrement le bras. Vous m'avez montré tout à l'heure que vous pouviez très bien bouger la main, n'est-ce pas? Venez, on va le faire ensemble. Je vais vous aider.

Il lui prit la main et la posa sur la tablette. Avraham ne vit pas les lettres qui apparaissaient lentement sur la feuille de papier parce que Ilana s'était penchée en avant, il ne pouvait que suivre le mouvement que la femme allongée s'efforçait d'exécuter avec l'aide du médecin.

– Rame? C'est bien ce que vous avez écrit? Une rame?

Un sanglot s'éleva à nouveau, tellement étouffé et profond qu'on aurait dit que tout ce corps meurtri s'exprimait à travers lui.

Ilana se tourna vers Avraham.

– Tu comprends ce que ça veut dire? Avons-nous une idée de quelle rame il s'agit? demanda-t-elle.

Il s'approcha du lit pour voir les lettres de ses propres yeux, s'assurer que c'était bien ce qu'elle avait écrit. Il n'arrivait pas à le croire.

Il hocha la tête et la divisionnaire se pencha vers la victime.

– Eva, pouvez-vous nous écrire sur cette feuille un nom complet ?

Ce qu'elle fit.

10

Tout était prêt lorsque les enfants se réveillèrent. Tout, sauf lui.

Au milieu du salon trônait la vieille valise et à côté le sac neuf acheté la veille et qu'ils prendraient avec eux dans l'avion. Sur le canapé, à côté du coussin bleu qui était toujours là, il posa le sac en papier de la boutique Bella Donna qui contenait les cadeaux pour Jenny et étala les billets d'avion en éventail sur la table basse. Le petit déjeuner aussi était prêt, des sandwichs au fromage et des rondelles de tomates attendaient les garçons, à côté d'une tasse de cacao froid.

Haïm buvait son café devant la fenêtre ouverte lorsqu'il entendit un bruissement en provenance de leur chambre. Il devina que Shalom s'était réveillé et attendait, assis dans son lit.

Il s'attarda un instant dans la cuisine à écouter le petit qui appelait son grand frère encore endormi dans le lit du dessus.

Bien que, dans sa tête, il se soit passé et repassé la scène un nombre incalculable de fois au cours des derniers jours, il ne se sentait pas totalement prêt. Surtout à cause des avertissements de sa mère. Ils avaient eu une vive discussion, et même s'il avait tenu bon et rejeté farouchement tous ses arguments, elle avait réussi à l'ébranler. Cette conversation lui avait indéniablement laissé un arrière-goût amer. Le lendemain, à cette heure-ci, il n'y aurait plus de place pour le doute. Ils seraient à l'aéroport. Assis dans l'avion, peut-être, ou à attendre l'appel annonçant aux passagers le début de l'embarquement. Il se vit avec ses deux enfants disparaître dans le couloir peu éclairé qui menait à l'avion. Ce dernier jour chez eux, il l'avait planifié dans ses moindres détails.

Il y avait encore certains points du voyage que Haïm n'avait pas résolus. Où iraient-ils après avoir atterri à Manille et avant de prendre la direction de l'hôtel? Que feraient-ils ensemble tous les trois, dans cette ville inconnue pendant presque deux semaines, après avoir épuisé toutes les tentatives pour retrouver Jenny? Dans un magasin de livres scolaires du centre-ville, il avait acheté un guide touristique des Philippines qu'il avait commencé à lire pendant la nuit – il voulait pouvoir répondre aux questions que ses garçons ne manqueraient pas de lui poser dès qu'il leur annoncerait le voyage. S'ils avaient pu ne rester là-bas que deux ou trois jours, cela aurait été plus facile. Au fond, ce qu'il désirait réellement, c'était être déjà de retour à la maison. Ce serait le début d'une nouvelle vie, sans elle, parce que là-bas il leur expliquerait ce qui s'était passé. Et les enfants cesseraient alors de poser des questions.

Ezer dormait en slip et comme il l'avait ôté pour aller aux toilettes, il était nu comme un ver lorsque son père le poussa dans le salon en compagnie de son frère. Shalom, lui, avait gardé son pyjama. Ses deux fils s'arrêtèrent au milieu de la pièce, devant les bagages, et ce fut le grand qui intervint:

– Ce sac, là, c'est pour quoi faire?

– Devinez, répondit Haïm. Quand est-ce qu'on prend une valise?

Le petit fixa le corps frêle du grand, l'entendit répondre que c'était quand on partait en voyage et demanda alors:

– Mais qui est-ce qui part en voyage?

– Nous, dit aussitôt Haïm. Et maintenant, vous devez deviner où on va.

Quel ne fut pas son étonnement en constatant que la réponse ne coulait pas de source.

183

Toutes les fois où il avait répété cette scène dans sa tête, les enfants trouvaient immédiatement leur destination et la criaient d'une même voix.

– On va chez mamie ? tenta Shalom.

– Non. Je vous laisse encore une chance.

Ezer, debout devant la valise, gardait le silence, comme s'il n'était pas concerné par ce jeu de devinettes ou peut-être simplement pas assez éveillé.

– On va chez tata Adina ?

Haïm secoua à nouveau la tête.

– Alors on va où ? demanda Shalom.

– Vous donnez votre langue au chat ?

S'il avait pu effacer de son esprit les paroles que sa mère avait prononcées la veille, il n'aurait pas hésité avant de leur répondre, mais il n'arrivait pas à étouffer les mots qu'elle lui avait chuchotés dans leur langue : « Pourquoi leur mentir ? Pourquoi les traîner jusque là-bas ? Tu peux très bien rester ici pour leur annoncer qu'ils ne la reverront plus. » Il était mortifié de ne pas avoir su comment lui expliquer que ce voyage était le contraire d'un mensonge, qu'ils partaient justement pour découvrir la vérité.

– On va retrouver maman. On va prendre un avion demain matin pour aller la rejoindre.

Shalom bondit de joie et Haïm eut l'impression de voir un petit sourire se dessiner sur le visage fermé d'Ezer. Ils étaient contents, pour de vrai, et même s'il savait que cette allégresse se transformerait en déception puis en désespoir, c'était exactement ce qu'il avait prévu. Les premiers jours seraient tristes, mais il arriverait à les consoler et lorsqu'ils rentreraient en Israël, le chagrin se serait dissipé. En tout cas, pour Shalom, c'était sûr. Ezer aurait besoin de plus de temps, mais il comprendrait lui aussi et reviendrait vers son père. Parce qu'il n'aurait personne d'autre. Chacun reçut son billet d'avion et il leur expliqua que les places étaient réservées : Ezer serait assis près du hublot, il pourrait voir l'avion décoller et s'élever au-dessus des nuages,

Shalom serait assis à côté, entre son grand frère et son père. Évidemment, le petit protesta, il voulait lui aussi avoir le hublot, mais Haïm lui promit que le vol étant long, ils pourraient changer de place. Ezer tourna son billet dans tous les sens puis lança un regard vers les deux billets restés sur la table.

– Oui, il y en a aussi un pour maman. Elle rentre avec nous. Et dans l'avion, elle sera assise à côté de vous.

Quand ils furent habillés et eurent pris le petit déjeuner, il leur montra ce qu'il avait mis dans la valise. Il leur expliqua qu'aux Philippines il faisait chaud mais que parfois il pleuvait, et que c'était pour cela qu'ils devaient prendre des impers et des parapluies. Shalom alla chercher un lion et un petit éléphant en plastique qu'il ajouta aux affaires déjà choisies et Ezer déposa deux petites voitures entre les vêtements. Ensuite, Haïm leur montra les deux paquets-cadeaux de Bella Donna, les enfants décidèrent que le grand offrirait le jean et le petit le chemisier. Cette répartition validée, ils s'installèrent devant la table basse du salon et reçurent les feuilles et les crayons de couleur que leur père avait achetés dans le magasin de fournitures scolaires.

– Faites-lui un beau dessin pour le lui donner avec les cadeaux, que ce soit une vraie surprise, leur expliqua-t-il.

– Je ne sais pas quoi dessiner, dit Shalom.

Il resta assis à côté d'eux et vit que le petit remplissait sa feuille d'épais traits bleus. Au milieu, il traça un carré tordu de couleur noire.

– C'est un avion, pour maman.

Ezer n'avait pas touché aux crayons, refusant de dessiner.

– Et si tu lui écrivais une lettre? proposa Haïm, qui se rendit compte que c'était la première fois qu'il s'asseyait ainsi avec ses enfants et les regardait faire.

Exactement comme ces jeunes parents qu'il voyait à la crèche, songea-t-il, oui, comme ce papa binoclard qui était si naturellement proche de son fils. L'excitation des garçons ne venait pas uniquement de l'idée de partir en avion, mais peut-être aussi de la présence d'un adulte qui, assis à côté d'eux, les regardait dessiner, une chose que Jenny n'avait jamais faite. Ce n'était pas faute de le lui avoir demandé mais, pleine de mépris, elle répliquait invariablement : « Ne te fais pas d'illusions, ils ne deviendront pas des artistes, ils finiront, comme toi, à préparer des sandwichs aux œufs. »

Il décida de montrer à Shalom comment dessiner un avion : entre les lignes bleues du ciel, il traça un long rectangle noir, tendit des ailes de part et d'autre, au milieu marqua une rangée de carrés pour les hublots, et c'est alors qu'il se rendit compte que le petit était jaloux du grand qui écrivait des vraies lettres sur sa feuille. Comme s'il voulait, lui aussi, écrire sa lettre, il se mit à remplir sa feuille de signes indéfinis censés former des mots mais finit par renoncer et demanda à son père d'écrire à sa place. Alors Haïm ajouta, en rouge, dans un coin de la feuille : *Pour ma maman chérie Jenny, c'est l'avion que nous allons prendre pour te rejoindre après beaucoup de temps.* Et il signa le nom de son fils.

Ezer s'appliqua longtemps sur ses grandes lettres, avec lenteur et concentration. Il refusa de montrer à son père et à son petit frère ce qu'il avait écrit. Haïm se promit qu'à leur retour de Manille, il les inscrirait à un atelier de dessin ou, si le grand préférait, à un atelier d'écriture.

– Dis-moi, Ezer, est-ce que tes copains de l'école vont à des ateliers ?

Ezer hocha la tête et il reprit :

– Et si je t'y inscrivais, toi aussi, quand on rentrera de voyage ? Ça te tenterait ?

En fin de matinée, il les laissa quelques minutes seuls dans l'appartement pour aller acheter de la viande hachée. Il prépara des spaghettis bolognaise tandis que toutes les cinq minutes Shalom se précipitait dans la cuisine en brandissant un nouveau dessin.

Les heures les plus calmes, en ce dernier jour, furent celles qui suivirent le déjeuner.

Une fois Shalom au lit pour sa sieste, Haïm revint dans le salon et s'assit sur le canapé à côté d'Ezer qui regardait des dessins animés. Sans parler, il lui caressa les cheveux. Le garçon se rapprocha soudain et appuya la tête contre son épaule. Le malaise qu'avaient engendré en lui les paroles de sa mère commença à se dissiper. Il savait qu'il faisait la chose la plus juste pour ses fils – peu importait que personne ne le comprenne, pas même elle. Il en voulait pour preuve cette matinée, toutes ces heures qui resteraient à jamais gravées dans sa mémoire. Jamais il ne s'était senti aussi proche de ses garçons, et cela faisait très longtemps qu'il ne les avait pas trouvés aussi apaisés. Ezer n'avait plus besoin de se raccrocher à quelque père imaginaire et plaquait contre lui son maigre corps avec la même confiance que lorsqu'il était bébé, avant que Jenny et ses dénigrements ne les écartent l'un de l'autre.

Il lui demanda s'il avait envie d'écouter une histoire, reçut une réponse positive, et alla chercher dans la chambre le livre avec cet enfant qui marchait dans son sommeil. Il éteignit la télévision et commença à lire à haute voix, comme il l'avait fait quelques jours auparavant, mais soudain, sans l'avoir prémédité, il intervint dans le déroulement du récit et continua, même lorsque son fils, en entendant le nom du héros, leva vers lui des yeux sombres et étonnés : effectivement, dans la bouche de Haïm, Itamar, le héros, était devenu Ezer... Ezer qui alla de surprise en surprise tout en suivant les aventures de l'enfant qui se levait la nuit, marchait sur les murs de sa chambre et entrait dans le tableau qui y était accroché, un tableau coloré représentant un avion. Haïm inventa que le protagoniste prenait l'avion avec son père et son frère pour aller à la recherche de leur mère disparue dans un autre tableau du mur qui, lui, représentait un pays lointain. Soudain, la respiration de son fils se fit chaude et de plus en plus lourde sur son épaule. Lorsqu'il arriva à la fin, il s'aperçut qu'Ezer dormait.

L'enfant ne retrouvait pas sa mère, dans l'histoire qu'il avait inventée, mais il trouvait son père, parti à sa recherche.

Il ne s'était pas formulé les choses aussi clairement, mais à cet instant, voilà que cela sautait aux yeux : pour la première fois, il entrait dans le tableau de sa propre vie et créait sa propre histoire. Tant de fois il avait eu l'impression de subir un destin qu'il ne contrôlait pas ! Quelque chose était en train de changer, et, à leur retour de Manille, ses enfants auraient droit à une nouvelle vie, une vie sans souffrances.

Il s'assura que son fils s'était bien endormi, se leva avec précaution et allongea lentement le petit corps sur le canapé. Ensuite il tira une feuille blanche de la pochette de papier à dessin qu'il leur avait achetée, prit un stylo dans le tiroir et s'installa dans la cuisine pour rédiger la lettre qu'ils liraient là-bas, une lettre censée avoir été laissée par Jenny à leur intention.

Qu'en aurait dit sa mère, si elle avait su ?

La veille, en fin de journée, lorsqu'il était venu chez elle récupérer les garçons, il lui avait enfin annoncé qu'ils partaient aux Philippines et qu'ils y resteraient deux semaines. Il lui avait expliqué que le prétexte était de retrouver Jenny et de la ramener avec eux en Israël. Bien sûr – il le savait parfaitement – ils ne la trouveraient pas et rentreraient sans elle. Sa mère, persuadée jusque-là qu'il avait simplement l'intention d'éviter l'enquête policière, le regarda, interloquée.

– Pourquoi aller si loin ?

Il n'arriva pas à le lui expliquer, non seulement à cause de ce qu'il lui avait raconté des circonstances de la mort de Jenny, mais aussi parce qu'elle ne comprendrait pas, il le savait.

– Pour qu'ils puissent vraiment se séparer d'elle, se contenta-t-il de dire, si bien qu'elle continua à le toiser d'un air désapprobateur.

– Il vaudrait mieux justement leur éviter une telle séparation. Tu vas les anéantir.

Il ne répliqua rien, mais elle continua à essayer de l'ébranler au point qu'il se demanda si elle n'avait pas peur qu'au cours de ce voyage ses fils, en découvrant l'existence d'autres enfants qui leur ressemblaient, n'en concluent que leur place était là-bas.

– La police ne t'a pas reconvoqué, alors ça suffit, laisse tomber! Il se peut qu'ils aient trouvé leur coupable. C'est mauvais pour les petits, un tel adieu!

Ce fut la goutte qui fit déborder le vase, il explosa, incapable de supporter davantage cet entêtement et ce ton péremptoire.

– Tu recommences à me dire ce que je dois faire! Tu sais mieux que moi ce qui est bien pour eux?

Sa mère ignorait que d'après son plan Ezer et Shalom étaient persuadés de retrouver Jenny dans le hall des arrivées de l'aéroport de Manille. Que ce serait leur première déception. Les enfants la chercheraient en vain, il leur expliquerait qu'elle avait sans doute été retardée, ou qu'elle s'était trompée d'horaire et ils attendraient sur place un long moment. Ils en profiteraient peut-être pour acheter quelque chose à boire ou à manger – s'ils avaient faim. Ensuite, il avait prévu de les emmener au domicile où elle était censée résider. En chemin, il lui téléphonerait mais n'obtiendrait pas de réponse et lorsqu'ils arriveraient, elle ne répondrait pas davantage. Ils attendraient encore, perplexes, devant un immeuble choisi au hasard, finiraient par prendre un taxi pour se rendre à l'hôtel où ils resteraient jusqu'à éclaircir pourquoi elle n'était pas venue les chercher à l'aéroport et pourquoi elle ne les avait pas attendus chez elle. Il continuerait à l'appeler sur son portable et elle continuerait à ne pas répondre. Tout ce temps, il ferait celui qui ne comprend pas. Le lendemain de leur arrivée, ils retourneraient à la fausse adresse de Jenny, elle ne serait pas là mais ils trouveraient la lettre qu'elle leur avait laissée. C'était un scénario possible. Il y en avait aussi un autre: que cette lettre leur soit apportée à l'hôtel.

La veille, lorsque les enfants avaient dit au revoir à leur grand-mère – ils ne savaient encore rien du voyage –, il avait quitté la vieille femme sans un mot et avait attendu, sur le sentier en béton qu'il avait lui-même coulé dans le jardin, qu'elle en finisse avec ses embrassades. Debout sur le seuil, elle pleurait, essayant de cacher ses larmes, mais Shalom lui avait demandé :

– Mamie, pourquoi tu as du mouillé dans les yeux ?

Elle lui avait répondu ce qu'elle avait toujours répondu à Haïm quand il était petit :

– Parce que je viens de couper des oignons.

Il resta un long moment dans la cuisine à écrire la lettre d'adieu de Jenny, puis encore un long moment à la contempler.

Ensuite, il entra dans sa chambre et la glissa au fond de la valise. Une fois de plus, il ouvrit les tiroirs de sa femme et, sans savoir pourquoi, en tira les photos de leur mariage à Chypre ainsi que les lettres envoyées de Berlin par sa sœur, des feuilles et des feuilles de papier rose couvertes d'une petite écriture serrée, ponctuée de cœurs et de points d'exclamation.

Soudain, une idée lui vint à l'esprit : l'adresse où ils se rendraient après avoir attendu à l'aéroport, celle du faux domicile de Jenny, ne devait pas nécessairement être fortuite. Pourquoi s'arrêter et faire semblant de lui téléphoner devant un immeuble choisi au hasard ? Pourquoi ne pas aller là où elle avait réellement grandi ? Il se souvint d'un dîner avec sa mère, sa sœur et son beau-frère, où elle avait parlé du quartier pauvre de son enfance à Manille. Elle avait expliqué qu'en comparaison, Holon, c'était l'Amérique. Dans son souvenir, l'endroit s'appelait Tondo, et elle l'avait aussi évoqué à une autre occasion. Oui, elle avait raconté que sa famille avait vécu à côté d'une gare où son père travaillait comme contrôleur. Sa mère, elle, était blanchisseuse. Elle avait aussi prononcé à plusieurs reprises le nom de Tutuban – une rue où elle avait habité petite ? Peut-être l'adresse figurait-elle dans ses papiers philippins. Aussitôt, il se vit avec ses deux fils, debout devant une vieille gare, disant adieu à Jenny sans qu'elle y soit. Un frisson le traversa de part en part : il venait de comprendre que ce voyage était aussi une manière de lui offrir des funérailles et cette constatation renforça encore en lui la certitude que son plan était juste. Jenny n'avait pas eu d'obsèques et n'en aurait jamais. Il l'avait enterrée de nuit, dans une grande précipitation et en s'efforçant de ne pas regarder son cadavre. Tout seul. Même sa mère n'était pas présente. Alors s'il arrivait à trouver la gare et la rue où elle avait grandi, s'ils s'y rendaient tous les trois pour un ultime adieu, ce serait comme des funérailles de rattrapage. Il sentait confusément que quelque chose avait déjà changé dans leur vie alors qu'ils n'étaient pas encore partis. Quelque chose qui s'était mis en marche dès que son plan avait pris forme. Le policier ne l'avait pas recontacté ; Ezer se rapprochait de lui, oui, il avait regagné la confiance de son fils aîné qui, en posant la tête sur son épaule, avait effacé toutes les insultes que Jenny lui assenait, tous ces mots blessants qui avaient grandement contribué à le faire passer, aux yeux de ses fils, pour un moins que rien. Il chercha la carte d'identité philippine de sa femme dans l'armoire, sans même se souvenir s'il l'avait déjà vue, ouvrit tous les tiroirs, mais soudain autre chose retint son attention : où donc était le passeport d'Ezer ? Il avait sous les yeux le sien et celui de Shalom, sagement rangés à leur place dans le tiroir des documents administratifs, mais pas celui d'Ezer. L'avait-il sorti pour en vérifier la validité ? Pris avec lui à l'agence de voyages ? Ce fut le seul point noir de cet après-midi-là, mais il n'en dit rien aux enfants, persuadé qu'il allait le retrouver… et effectivement, après la sieste, il le débusqua, sur le canapé du salon, caché sous le coussin bleu. Drôle de coïncidence !

Les heures de l'après-midi se passèrent dans un calme à peine troublé par une bagarre entre les deux petits, Shalom pleura parce qu'il avait changé d'avis, il voulait offrir le jean à Jenny et laisser le chemisier à Ezer. Finalement, ce fut l'aîné qui céda. Avec des épingles de sûreté, ils attachèrent dessins et lettres à l'emballage des cadeaux, mirent le sac en papier dans la valise qu'ils bouclèrent. Ils remplirent leur bagage à main de deux paquets de chips, d'albums de coloriage, de lingettes humides et de vêtements de rechange. Haïm prétendit avoir réussi à joindre Jenny dans l'après-midi, pendant la sieste, et leur assura qu'elle les attendrait à l'aéroport. Shalom insista pour parler à sa mère, il voulait lui raconter ce qu'il avait dessiné, Haïm essaya de l'en dissuader sous prétexte qu'aux Philippines il était tard et qu'elle dormait déjà et finit tout de même par faire une nouvelle tentative. Ils prirent le dîner de bonne heure, se douchèrent, choisirent ensemble les vêtements qu'ils porteraient le lendemain et les plièrent sur une chaise dans leur chambre. À sept heures du soir, en les mettant au lit, Haïm les prévint que, le lendemain, il les réveillerait avant le lever du soleil parce que le taxi pour l'aéroport les attendrait en bas de l'immeuble à cinq heures du matin. Ils n'arrivèrent pas à s'endormir rapidement et il resta assis à côté d'eux, sans rien dire, à attendre qu'ils ferment les yeux. Il se souvint qu'à peine quelques jours auparavant il était terrorisé chaque fois qu'ils lui demandaient pourquoi ce n'était pas leur mère qui les couchait, comme d'habitude. À présent, ils ne le lui demandaient plus, si bien qu'il était persuadé que lorsqu'ils rentreraient de voyage, cette question aurait disparu à jamais.

Il était en train de nettoyer la cuisine pour la dernière fois lorsque le téléphone sonna. Sa montre marquait vingt heures passées.

Aucun doute, ça ne pouvait être que sa mère. Il crut qu'elle l'appelait pour lui dire au revoir.

– Tu regardes les informations à la télévision ? lui demanda-t-elle.

– Non.

– Alors, mets la deux.

Il essuya ses mains mouillées sur son torchon de cuisine, alla allumer le téléviseur, baissa aussitôt le son – et s'arrêta, interdit.

Il n'y avait plus d'enquête, plus besoin de fuir : sur l'écran, un homme et une femme, menottés et encadrés par des policiers en civil, sortaient d'une voiture pour être présentés à un juge. Il ne voyait pas leur visage, la femme baissait la tête et se cachait sous une capuche, l'homme maintenait son tee-shirt relevé sur son visage. Comme il avait raté le début du reportage, il n'avait pas entendu le nom des suspects, mais il comprit que le couple avait été arrêté dans l'après-midi à Eilat après une course-poursuite et qu'il était soupçonné de tentative de meurtre sur la personne d'Eva Cohen. Les faits, qui n'avaient pas été divulgués plus tôt, avaient eu lieu à Tel-Aviv dans la nuit de dimanche à lundi. Eva Cohen était encore hospitalisée à Wolfson, dans un état qualifié de grave mais son pronostic vital n'était pas engagé. « La violente agression dont a été victime la directrice d'une crèche a été précédée d'un avertissement sous forme d'une valise contenant une bombe factice, de menaces et d'une tentative de chantage », disait la voix qui accompagnait les images. Le motif était apparemment le licenciement de la femme qui avait pour compagnon un délinquant connu des services de police.

Haïm alla fermer la porte de la chambre des enfants. Il avait parlé à Eva Cohen justement la nuit du dimanche au lundi. Il l'avait appelée à maintes reprises et elle lui avait répondu un peu avant minuit, c'était du moins ce dont il se souvenait. Donc, peu de temps après leur conversation, elle avait été agressée.

Bien qu'il ait dû se sentir soulagé, l'image de l'homme et de la femme qui dissimulaient leur visage lui donna la chair de poule.

Il aurait pu être à leur place.

Ensuite, sa première pensée fut : l'enquête est close. Sans qu'il le sache, la crèche était peut-être restée fermée depuis le lundi ! S'il n'avait pas été convoqué une nouvelle fois au commissariat, c'était donc que l'identité des agresseurs d'Eva Cohen avait tout de suite été découverte et que la police avait compris que c'était les mêmes personnes qui avaient déposé la valise piégée. Il s'étonna de ne pas voir le gradé qui l'avait interrogé parmi les forces de l'ordre ayant procédé à l'arrestation des suspects. Le téléphone sonna à nouveau et il devina ce que sa mère allait lui dire.

– Tu as vu ?

– Oui, répondit-il, laconique.

Pas un instant il n'envisagea d'annuler leur voyage. Au contraire, il regrettait qu'ils ne soient pas déjà en train d'embarquer.

– Tu les connais ? lui demanda-t-elle après un long moment de silence.

– Pourquoi veux-tu que je les connaisse ? lâcha-t-il, déjà énervé à la pensée que, dans un instant, elle lui suggérerait de renoncer à leur expédition puisqu'il n'avait plus de raison de fuir.

Il l'interrompit dès qu'elle amorça le sujet :

– Arrête ! Je t'ai expliqué qu'on part pour qu'ils puissent dire adieu à Jenny, lui répéta-t-il une dernière fois.

– Mais pourquoi partir ? Et de quel adieu parles-tu ? En plus, vous serez dans l'avion juste le jour de Kippour. Ça porte malheur. On n'a pas le droit de voyager un jour comme celui-là, Haïm. Maintenant, tu peux attendre, il ne se passera rien si tu décales.

Inutile de répondre à un tel argument. Il coupa court à la conversation et retourna dans la cuisine pour terminer le ménage. Il emballa ses affaires de toilette dans une trousse en toile noire et n'oublia pas de prendre des serviettes de bain. À vingt-trois heures – moins de dix heures avant le décollage –, il appela les taxis Argaman et commanda une voiture pour l'aéroport Ben-Gourion à cinq heures du matin. Ensuite, il ouvrit la porte de la chambre des enfants et s'assura qu'ils dormaient. Les nuits étaient déjà plus fraîches et Ezer, torse nu, se recroquevillait sous son édredon d'été tout fin. Quand ils rentreraient, il faudrait sortir des couvertures plus chaudes, songea-t-il.

Il vérifia une dernière fois que passeports et billets étaient toujours à leur place, à côté du portefeuille, et éteignit les lumières dans l'appartement.

11

L'arrestation rapide d'Amos Rame et d'Ilanith Haddad fut le résultat d'une action conjointe de la Brigade criminelle du district de Tel-Aviv dirigée par la commissaire divisionnaire Ilana Liss et des policiers du secteur d'Eilat.

Juste après avoir recueilli la déposition d'Eva Cohen dans sa chambre d'hôpital, Ilana rappela Eliyahou Maaloul et Lior Zitouni qui étaient déjà rentrés chez eux et leur demanda de venir la rejoindre dans un bureau que le service de traumatologie avait mis à sa disposition. À ce stade, ils n'avaient que les deux noms qui avaient été inscrits au crayon de la main mal assurée de la victime : *Amos Rame* – le premier nom écrit – et *Ilanith Haddad*, un nom qu'elle avait ajouté après les questions posées par Ilana à la demande d'Avraham, qui, en voyant sur la feuille de papier le nom d'Amos Rame, le suspect qu'il avait libéré au début de l'enquête, avait eu l'impression de recevoir un coup de poing dans la poitrine. Malgré cela, il continuait à croire que Haïm Sara était impliqué dans l'agression et, sans le refus sec et tranchant de sa chef, il aurait même posé directement la question. Mais la seule chose que la divisionnaire accepta de demander à Eva Cohen, ce fut si d'autres personnes étaient impliquées dans son agression. Elle dut répéter plusieurs fois la question avant que finalement ne s'ajoute le nom d'Ilanith Haddad.

Avraham fut obligé d'opiner à nouveau. Oui, il savait de qui il s'agissait.

Ces informations renvoyaient à un scénario totalement différent de ce qu'il s'était imaginé. Maigre compensation, il ne s'était pas trompé en supposant qu'un homme et une femme étaient impliqués dans l'agression et que la directrice connaissait ses agresseurs. Mais Haïm Sara n'était apparemment pas celui qui avait déposé la valise devant la crèche, ni celui qui avait attendu la directrice près du parking au sud de Tel-Aviv et l'avait frappée. Ilana demanda à Eva Cohen, par deux fois, si elle avait une explication à cette agression et, par deux fois, la victime secoua la tête sur l'oreiller. Ses sanglots étouffés s'arrêtèrent, elle ferma les yeux et le chef du service de traumatologie intervint aussitôt :

– Vous avez ce que vous voulez, alors, s'il vous plaît, arrêtez la caméra et éteignez la lumière. Il faut la laisser se reposer.

Une fois hors de la chambre, Ilana se tourna vers Avraham.

– Explique-moi rapidement qui sont ces deux personnes.

Il s'exécuta.

Elle s'arrêta au milieu du couloir et se planta devant lui. « En fait, tu es en train de me dire qu'on avait coincé Rame avant l'agression et qu'on l'a laissé partir ? Que tu savais qu'Ilanith Haddad avait été licenciée par Eva Cohen mais que tu ne l'as même pas interrogée ? » Telles étaient les questions qu'il lut dans son regard à cet instant. Elle ne dit cependant rien et reprit sa marche tandis qu'il lui racontait pourquoi il avait été obligé de relâcher le suspect : lorsqu'il avait présenté sa photo à Eva Cohen, celle-ci avait affirmé ne l'avoir jamais vu. Il ajouta qu'il ignorait que l'assistante maternelle licenciée une semaine avant la rentrée était la petite amie de ce type et il avait bien essayé d'interroger cette fille mais on lui avait dit qu'elle était partie en voyage.

– Donc voilà, d'après toi, on n'aurait rien pu faire, c'est bien ça ?

Cette phrase, Ilana l'avait prononcée tout bas, d'un ton qui avait quelque chose de désespéré.

Aurait-il pu agir autrement ? Relâché, Rame était resté sous surveillance pendant plusieurs jours, jusqu'à ce que l'équipe qui le filait soit réquisitionnée pour d'autres missions. Et l'agression ayant transformé Haïm Sara en principal suspect, il s'était focalisé sur lui – une erreur qu'il préféra ne pas partager avec la divisionnaire. D'autant qu'il continuait à être persuadé que l'homme n'était pas innocent, mais il jugea le moment peu opportun pour évoquer le sujet.

Il suivit Ilana encore quelques minutes dans les couloirs de l'hôpital. Elle cherchait la salle disponible qu'on avait mise à sa disposition tout en parlant au téléphone. Une fois la pièce trouvée, elle s'y engouffra et lui demanda de la laisser seule quelques minutes.

Il en profita pour aller fumer une cigarette.

Il était dix-neuf heures, le jour baissait et il savait que, cette nuit non plus, il ne dormirait pas. De loin, il vit Maaloul descendre du bus et se diriger vers l'hôpital, vêtu du même coupe-vent gris qu'il portait au début de l'été dernier, quand Ofer Sharabi avait disparu. Il était tiraillé par des sentiments contradictoires qui le laissaient perplexe : il se devait d'admettre que dans cette enquête aussi il avait fait fausse route. Sauf que cela ne l'ébranlait pas. Certes, il était embarrassé d'avoir libéré Amos Rame trop vite, mais en même temps, savoir que ce dossier allait être bouclé lui permettait d'entrevoir la possibilité de se concentrer enfin sur le vrai danger, un danger qu'il était pour l'instant le seul à pressentir. Il lui restait moins de trente-six heures pour arrêter Haïm Sara, l'empêcher de s'enfuir avec ses enfants jusqu'à Manille. Le problème, c'est qu'il n'avait plus de motif pour cela.

Quelque chose brûlait au fond de lui. Exactement comme quelques mois auparavant.

Dès cet instant, et bien qu'elle ne l'ait pas annoncé officiellement, la divisionnaire dirigea personnellement l'enquête. Elle commença par mettre Maaloul et Zitouni au courant des révélations qu'ils venaient d'obtenir de la main de la victime elle-même, puis fixa les opérations urgentes qu'ils allaient devoir se répartir. Rame n'avait sans doute pas attendu les policiers chez lui, mais elle envoya tout de même Zitouni, accompagné d'un groupe d'intervention des forces spéciales, avec l'ordre d'effectuer une perquisition approfondie dans l'appartement. Le modèle de la voiture du suspect et son numéro d'immatriculation furent transmis à toutes les patrouilles et à toutes les unités chargées de la circulation du pays. Maaloul, quant à lui, fut envoyé interroger la mère de Rame, une femme hospitalisée trois étages plus haut, dans le service d'oncologie.

La malade ignorait où se trouvait son fils : il lui avait juste annoncé le dimanche précédent – c'est-à-dire la veille de l'agression – qu'il ne viendrait pas la voir pendant quelques jours à cause de son travail. La semaine d'avant, précisa-t-elle, il était venu presque tous les jours en compagnie de sa petite amie. C'est ainsi que les policiers comprirent pourquoi l'équipe de surveillance n'avait rien découvert de ses contacts permanents avec Ilanith Haddad : le couple se donnait rendez-vous dans la chambre de la mère et veillait à arriver et à partir toujours séparément.

Avraham, chargé de l'interrogatoire de la famille Haddad, décida de s'y rendre en voiture sans les prévenir. Les parents ne cachèrent pas leur étonnement mais se montrèrent très coopératifs – pour ne pas les affoler, le commandant minimisa l'implication supposée de leur fille dans l'agression et chargea Amos Rame au maximum.

D'ailleurs, dès qu'il mentionna ce nom, il vit qu'il touchait un point sensible.

La famille habitait dans une des tours de Kyriat-Ben-Gourion, un quartier à forte densité de population. L'ascenseur ne fonctionnait pas et il dut monter à pied les six étages. Les parents, qui dînaient lorsqu'il sonna à la porte, l'invitèrent à se joindre à eux autour de la table dressée entre la cuisine et le salon, et à partager leur repas, composé d'une grosse miche de pain, d'un plat de crudités et d'un pot de fromage blanc. La sœur d'Ilanith Haddad, qu'il avait eue au téléphone quelques jours auparavant, n'était pas là. À la vue du policier, le père, âgé d'une petite cinquantaine d'années mais qui avait l'air beaucoup plus vieux, s'éclipsa dans sa chambre à coucher pour s'habiller plus correctement.

Avraham commença en leur expliquant qu'il devait les interroger au sujet de l'agression de quelqu'un dont, pour l'instant, il ne pouvait pas leur révéler l'identité. Un certain Amos Rame était soupçonné d'être impliqué dans cette affaire et, selon une information arrivée à la police, cet individu avait une liaison avec leur fille. Il voulait donc savoir quand ils avaient vu Rame pour la dernière fois et si Ilanith leur avait dit où il se trouvait, car l'homme, vraisemblablement en fuite, était recherché.

La mère éclata en sanglots avant même qu'il ait fini de parler. Également âgée d'une petite cinquantaine d'années, elle paraissait bien plus jeune que son mari. Elle portait un collant noir, un justaucorps blanc et des baskets, ce qui laissa supposer à Avraham qu'elle revenait d'un entraînement en salle de sport ou d'un cours de Pilates.

– Depuis qu'elle a fait sa connaissance, dit elle, ce n'est plus la même. Vous ne pouvez pas savoir combien nous avons insisté pour qu'elle le quitte. Ilanith est une fille sérieuse, elle n'a jamais fait de bêtises, mais depuis qu'elle l'a rencontré, je ne la reconnais plus.

Le père, qui intervint très peu dans la conversation, posa une main sur l'épaule de sa femme.

– Où est-elle en ce moment ? demanda Avraham d'une voix douce.

– Je vous jure que je ne sais pas. Ça fait quatre jours qu'elle n'est pas rentrée et n'a même pas téléphoné. Elle nous a juste prévenus qu'elle partait avec lui en voyage chez des amis mais n'a pas voulu nous dire où.

La mère continua en expliquant que sa fille avait pris son portable mais ne l'avait pas allumé, qu'ils n'avaient pas réussi à la joindre et qu'elle n'avait pas répondu à leurs SMS.

– Vous avez raison de vous inquiéter, madame, Rame est dangereux, reprit alors le commandant qui décida de bousculer la mère en augmentant encore ses craintes. C'est pourquoi nous voulons les retrouver le plus rapidement possible, lui et votre fille.

La réaction ne se fit pas attendre. Mme Haddad lui avoua qu'après le dernier passage de celle-ci, elle avait constaté la disparition d'une de ses cartes de crédit. Sans illusion quant à l'auteur du forfait, elle s'était simplement renseignée auprès de sa banque et on lui avait dit que la carte avait été utilisée dans un supermarché d'Eilat. Pour l'instant, elle n'avait pas fait opposition.

Avraham ne lui avait toujours pas révélé que la victime était Eva Cohen. Il préférait d'abord l'entendre parler de sa fille.

Ilanith, née en février 1990, avait vingt-trois ans, et elle avait toujours vécu avec eux jusqu'à l'hiver dernier et sa rencontre avec Amos Rame. Depuis, elle dormait chez lui des mois entiers et ne revenait à la maison que lorsqu'ils se disputaient ou lorsqu'il s'absentait de l'appartement. Elle avait été exemptée de l'armée à cause d'un problème à la jambe, un très léger handicap de naissance, mais elle s'était portée volontaire et avait fait son service comme soldate-enseignante. Après sa démobilisation, elle avait entrepris des études d'éducatrice de jeunes enfants et avait commencé à travailler en crèche, mais elle avait tout arrêté subitement, sous l'influence d'Amos Rame. D'ailleurs eux, ses parents, ne l'avaient appris qu'*a posteriori*. Elle avait aussi coupé les ponts avec ses anciennes amies du lycée ou de l'armée, et ne leur parlait jamais de sa relation avec ce garçon rencontré dans une boîte de nuit à Rishon-leZion. C'était son premier petit ami sérieux. Ils ne savaient pas qui elle fréquentait à présent, espéraient qu'elle n'était pas tombée dans la drogue et ce qu'ils redoutaient surtout, c'était qu'elle se retrouve enceinte. Avraham ne put s'empêcher de la couper :

— Où est-ce qu'elle travaille en ce moment ?

— Elle ne travaille pas. Elle a été licenciée d'une crèche juste avant la rentrée.

Il demanda la raison de ce licenciement et la mère ne sut quoi répondre. Avant de partir, il voulut voir la chambre de la jeune femme et fut conduit au bout d'un petit couloir. La pièce qu'il découvrit en allumant la lumière était quasiment vide. Il y entra sans trop savoir ce qu'il cherchait. Pas de draps sur le lit étroit d'adolescente et rien ne traînait sur le bureau, pas un papier, pas un livre ; il y avait juste un téléviseur accroché à un bras métallique et une armoire.

— On la lui garde au cas où, dit encore la mère, mais elle a pris presque toutes ses affaires.

Il demanda aux parents une photo de leur fille. La mère alla chercher sur le réfrigérateur de la cuisine un cliché datant de l'armée où l'on voyait Ilanith en uniforme avec un fusil M16. Il ne put s'empêcher d'être gêné de ne pas leur avoir dit qu'elle aussi était impliquée dans l'agression et serait arrêtée dès qu'ils la retrouveraient. Mais que pouvait-il faire d'autre ? Avant de prendre congé de Mme Haddad, il lui demanda de l'informer au cas où leur fille entrerait en contact avec eux, ce qu'elle lui promit après avoir inscrit sur le carnet qu'il lui tendait le numéro de sa carte bancaire volée.

En sortant de Kyriat-Ben-Gourion, Avraham s'arrêta et appela la divisionnaire.

— Ils sont à Eilat, lui dit-il.

— Comment le sais-tu ?

Il lui raconta rapidement sa conversation avec les parents et elle lui dit qu'elle se chargeait de contacter le secteur Sud.

— Il faut aussi avertir le poste-frontière de Taba au cas où ils essaieraient de passer par le Sinaï, ajouta-t-il.

— Est-ce que tu as l'impression d'avoir une image plus claire de la situation ?

– Non. Ses parents ne savent absolument pas pourquoi elle a été licenciée et ils ignorent tout de l'agression.

Elle lui demanda ce qu'il avait l'intention de faire, il répondit qu'il rentrait au commissariat pour scanner la photo, la transmettre à la police d'Eilat et attendre la suite des événements. Il avait parfaitement accompli les missions urgentes qu'on lui avait confiées, pouvait même se vanter d'avoir trouvé la piste des suspects, et pourtant il n'arrivait pas à se débarrasser de la sensation qu'il perdait son temps et ne travaillait pas sur le bon dossier. Amos Rame et sa petite amie n'étaient pas encore arrêtés, mais l'enquête était quasiment bouclée. Mais lui, il devait s'occuper du vrai drame qui menaçait et dont le compte à rebours était déjà enclenché, aucun doute là-dessus. Il n'y avait pas une minute à perdre. À vingt-deux heures, de son bureau du commissariat, il téléphona à l'officier chargé de filer Haïm Sara. Celui-ci lui apprit qu'en fin de journée le suspect était allé à Ness-Ziona et avait ramené ses enfants chez lui. En fait, il ne s'agissait plus d'un suspect, et Avraham devait lui donner l'ordre de lever la surveillance. Il n'en fit rien.

Les fils Sara savaient-ils où était leur mère ? L'homme avait affirmé au cours de son interrogatoire qu'elle était partie aux Philippines pour s'occuper de son père, mais elle n'était pas aux Philippines et son père était mort depuis des années. Si l'homme n'avait rien à voir avec la valise et l'agression, pourquoi avait-il menti ? Et pourquoi avait-il prévu d'emmener ses enfants, le lendemain, dans un pays où il prétendait retrouver sa femme alors qu'elle n'y était pas ? Avraham ne savait rien des deux garçons à part que l'un avait sept ans, l'autre trois – celui qui allait à la crèche d'Eva Cohen, rue Lavon. Il ne connaissait même pas leur prénom. Les petits savaient-ils où on les emmenait ? Il se dit que s'il les voyait, s'il arrivait à les observer tous les deux, il comprendrait ce qui, jusque-là, lui avait échappé.

Il pouvait simplement se rendre rue Aharonovich, frapper à la porte, demander à Haïm Sara pourquoi il avait menti au sujet de sa femme et exiger qu'il lui dise où elle se trouvait actuellement. Il pouvait aussi téléphoner à Ilana et essayer d'obtenir l'autorisation de continuer son enquête. Il décida que mieux valait attendre.

Et dans l'immédiat il ouvrit le mail que lui avait envoyé Anselmo Garbo et lut que Jennifer Salazar était née à Manille en 1970.

En haut du bref rapport s'affichait le logo de la police philippine : une étoile avec à l'intérieur un homme penché qui tenait à la main une sorte de batte.

Jennifer Salazar n'était pas fichée et n'avait jamais été interrogée par la police. À vingt ans, elle avait épousé Julius Andrade, mais son mariage n'avait tenu que quatre ans. En 2002, elle s'était rendue en Israël pour la première fois, y était restée un an et, après un bref retour à Manille, elle était repartie en Israël. La dernière fois qu'elle était entrée aux Philippines, c'était le 11 juillet 2005, et elle y était restée deux semaines. D'après le rapport de Garbo, Jennifer Salazar n'avait pas d'enfants. Avraham en déduisit qu'elle n'avait pas informé les autorités de son pays de la naissance de ses fils en Israël, de même qu'elle ne les avait pas informées de son mariage avec Haïm Sara. Depuis 2004, elle n'avait pas payé d'impôts aux Philippines.

Avraham contempla la photo, vieille de vingt ans, qui accompagnait le rapport et montrait une femme aux cheveux longs et noirs, au visage large. Il eut l'impression de distinguer un gros grain de beauté sous la lèvre inférieure, essaya de l'imaginer à côté de Haïm Sara… et n'y arriva pas, peut-être parce que sur la photo elle avait l'air tellement plus jeune que lui.

Un peu avant minuit, il reçut un dernier message, qui émanait de la banque : deux heures plus tôt, la carte de crédit volée à la mère d'Ilanith Haddad avait à nouveau été utilisée à Eilat, pour payer un restaurant de la plage Les Mouettes, situé dans la zone touristique. Donc les deux tourtereaux avaient fui jusqu'à Eilat, mais à part ça, ils se comportaient comme s'ils voulaient se faire attraper. Avraham se souvint de la désinvolture de Rame pendant sa garde à vue, de son indécrottable sourire sous sa moustache soignée. Cet homme était tout simplement trop sûr de lui. Il s'était mêlé aux curieux regroupés à côté de la valise suspecte, et quand l'îlotière avait voulu vérifier son identité, il avait tenté de lui fausser compagnie en prenant ses jambes à son cou. Il avait attendu pendant des heures en salle d'interrogatoire sans, à aucun moment, montrer la moindre inquiétude. Alors qu'il était retenu au commissariat, Ilanith Haddad téléphonait à la crèche et proférait ses menaces. Durant tout ce temps, l'homme ne s'était pas départi de son sourire.

Avraham se rendait au commissariat, le lendemain matin, après une courte nuit passée chez lui, lorsque l'information tomba : la Honda noire avait été repérée rue Barnea à Eilat.

Amos Rame avait continué à ne prendre aucune précaution. Il apparut qu'il avait passé la soirée avec Ilanith Haddad et deux autres hommes – dont l'un était connu de la police – dans le restaurant où il avait payé avec la carte de crédit volée. C'est ce qui était ressorti de l'interrogatoire du patron de l'établissement par les enquêteurs du secteur d'Eilat, qui se rendirent très tôt le lendemain matin à l'adresse de l'individu déjà fiché, rue Barnea, dans le quartier Dekel. Là, ils tombèrent sur la Honda de Rame, qui n'était même pas dissimulée.

Une telle désinvolture s'expliquait-elle par la certitude qu'Eva Cohen ne se réveillerait pas ? Ou que, même si elle se réveillait, elle ne dénoncerait pas ses agresseurs, puisqu'elle avait menti au sujet de la valise ? Il y avait vraiment quelque chose d'obscur dans les rapports violents entre la directrice et ce couple, mais lorsque Avraham appela l'hôpital, on lui annonça que la victime ne pouvait toujours pas s'exprimer. Ne lui restait plus qu'à espérer que l'arrestation ne tarde pas, surtout parce qu'il voulait parler à Ilana de Haïm Sara et de sa femme. Il pensait qu'une fois les agresseurs sous les verrous, elle serait plus disposée à l'écouter. Mais les policiers d'Eilat n'entrèrent pas tout de suite dans l'appartement parce qu'ils ne savaient ni combien de personnes s'y trouvaient, ni si les occupants étaient armés.

Avraham profita de cette attente pour appeler les renseignements de la police des frontières et leur poser une question qui le taraudait depuis la veille au soir : était-il possible que Jennifer Salazar n'ait pas quitté le pays alors qu'elle apparaissait sur leurs ordinateurs comme étant sortie du territoire ?

La fonctionnaire fut catégorique, c'était tout à fait impossible, et elle ajouta que ce genre d'enregistrement passait parfois par les instances chargées de l'immigration ou même par l'état civil. Elle lui conseilla donc de vérifier aussi auprès des sous-préfectures.

Il ne cessait d'entendre sous son crâne le tic-tac d'un compte à rebours, écho à la minuterie placée dans la valise déposée près de la crèche.

Il imaginait une sorte de chronomètre, le voyait branché à la photo de Jennifer Salazar que lui avait envoyée Garbo la nuit précédente, au visage de Haïm Sara ainsi qu'à l'avion qui allait décoller pour Manille le lendemain avec à son bord cet homme étrange et ses deux enfants.

Maaloul entra dans son bureau pour lui raconter ce qui s'était passé à Eilat au moment où Ilana l'appelait pour lui annoncer qu'Amos Rame et Ilanith Haddad étaient sortis de l'appartement de la rue Barnea. Une Citroën banalisée les avait suivis et trois voitures chargées du contrôle de la circulation routière les avaient bloqués à la sortie de la ville, juste après l'échangeur d'Eylot, au moment où ils s'engageaient sur la route 90.

À onze heures, elle le rappela : la traque était terminée. En voyant le barrage, Rame avait tenté de faire demi-tour pour s'enfuir vers le sud, mais il avait été pris en chasse et rapidement rattrapé.

– Ça a été vite. On a fait du beau travail, conclut la divisionnaire.

— Je peux passer te voir dans une heure ? lui demanda aussitôt Avraham.

Elle voulut savoir si c'était au sujet de la poursuite de l'enquête et il confirma, même s'il avait conscience que ce n'était pas exactement le cas.

Si bien qu'elle le regarda, aussi ahurie que la veille dans le couloir de l'hôpital, lorsqu'il lui présenta sa requête.

Elle mangeait une salade de crudités quand il entra dans son bureau. La photo de famille avec ses enfants et son mari n'avait pas refait surface et la pendule était toujours posée de guingois sur le sol. La divisionnaire était de bonne humeur, peut-être grâce à l'arrestation rapide des suspects, une bonne humeur qui se gâta dès qu'Avraham lui annonça qu'il voulait interpeller Haïm Sara et le placer d'urgence en garde à vue.

— Pour quoi, Avi ? Il y a deux heures à peine, nous avons coincé les agresseurs d'Eva Cohen et le labo m'a déjà confirmé que les empreintes digitales de Rame sont identiques à celles relevées sur les lieux. Que cherches-tu avec ce type ?

Il savait qu'elle lui poserait cette question et qu'il n'aurait pas de réponse claire à lui donner. Il voulait interroger Haïm Sara parce que la minuterie imaginaire qu'il avait raccordée à la photo de Jennifer Salazar signalait que le temps avançait dangereusement et que l'homme avait menti. Et puis il y avait toujours cette contradiction entre la sortie du territoire de Jennifer Salazar enregistrée en Israël et le rapport de Garbo selon lequel cette femme n'était pas retournée aux Philippines depuis son court séjour de 2005. Mais surtout, s'il voulait mettre la main sur Haïm Sara, c'était parce qu'il ne supportait pas l'idée que le lendemain cet homme s'envolerait pour Manille avec ses deux enfants, sans lui laisser le temps de clarifier ce qu'il dissimulait, ni pourquoi. Ilana continuait à piocher des crudités dans sa boîte en plastique rouge tout en l'écoutant. Au début de la conversation, elle resta patiente.

– On ne peut pas l'arrêter parce qu'il a menti en interrogatoire, Avi. Il n'est pour l'instant suspect d'aucun délit. À part ça, j'avais l'intention de t'envoyer à Eilat pour interroger Amos Rame et Ilanith Haddad. Ils refusent de parler et tu es celui qui connaît le mieux cette affaire. Peut-être pourras-tu tirer quelque chose de ces deux individus. Ou au moins de la fille.

Elle se tut, examina l'expression surprise qu'il affichait puis ajouta :

– Je veux que la résolution de l'affaire te revienne. Du début à la fin. Or le dossier n'est pas encore bouclé. Nous ne savons pas quel était le mobile de l'agression, ni pourquoi Eva Cohen nous a caché l'identité de ceux qui ont déposé la valise. Pas davantage pourquoi elle a accepté de les rencontrer en pleine nuit. Tu te souviens qu'on voulait terminer avant le jour de Kippour ? On y est presque. Et je tiens à ce que cette victoire soit intégralement la tienne.

Il n'avait pas l'intention de prendre un avion pour Eilat. Ni d'interroger qui que ce soit à part Haïm Sara – du moins pas avant d'avoir découvert où se trouvait sa femme. La «victoire», s'agissant du dossier de l'agression, ne l'intéressait pas.

– Pourquoi devrais-je aller à Eilat ?

Peut-être arriverait-il à convaincre Ilana qu'il restait concentré sur l'agression de la directrice mais que quelques heures de battement lui permettraient d'interroger Haïm Sara.

– Et si on les ramenait ici ? Tu sais quoi ? Si on veut vraiment obtenir des aveux bien que ce soit inutile vu toutes les preuves accumulées contre eux, ce transfèrement pourrait être l'occasion rêvée de leur faire le coup de l'accident. Il suffirait de les ramener en voiture.

Elle le regarda en souriant.

– Effectivement, ça pourrait être une bonne idée. Mais tu crois que Rame tombera dans le panneau, il doit connaître le truc.

Lui peut-être, mais Ilanith Haddad certainement pas. Et on pouvait en concocter une nouvelle version : au lieu de prétexter un accident de la route, on n'avait qu'à parler d'un terroriste dans les parages.

Ilana souleva le combiné, mais ne composa aucun numéro.

Il fallait donner à Rame et à sa petite amie l'impression que la police d'Eilat se fichait d'eux. Prolonger leur garde à vue là-bas et leur dire qu'on ne les interrogeait pas parce que les preuves contre eux étaient accablantes. Les prévenir qu'ils ne verraient aucun enquêteur avant et pendant Kippour mais qu'après le jeûne, soit le dimanche matin, on les embarquerait, chacun dans une voiture, pour les transférer à Tel-Aviv. En route, on leur ferait le coup du terroriste. Ilana discuta avec son homologue d'Eilat tandis qu'Avraham attendait en rongeant son frein. Au milieu de sa conversation, elle lui demanda une cigarette et il en alluma une aussi pour lui.

– Donc moi, je n'ai plus rien à faire du week-end, on est bien d'accord? D'autant qu'on ne peut toujours pas interroger Eva Cohen, précisa-t-il sur un ton qu'il s'efforça de maîtriser. Ce qui veut dire que tu m'autorises à convoquer Haïm Sara, n'est-ce pas?

Elle s'entêta dans son refus.

– Tu viendras m'en reparler quand tu pourras m'expliquer de quel crime tu le soupçonnes, dit-elle.

Et il répondit sans réfléchir, peut-être à cause de sa conversation téléphonique avec Garbo:

– Je le soupçonne de nous cacher la disparition de sa femme. Est-ce un motif suffisant?

Elle ne souriait plus du tout.

– Personne n'a déposé de plainte pour disparition inquiétante.

Elle éteignit sa cigarette.

– Ilana, je sens qu'il va faire du mal à ses enfants, dit-il soudain.

Comprit-il à cet instant la résonance de ses paroles et la manière dont elle allait les interpréter? Sans doute, car il n'ajouta rien. Ils restèrent silencieux quelques instants. Finalement, ce fut elle qui reprit :

— Je ne te donne pas l'autorisation de l'interroger, Avi. Je pense que tu comprends tout seul ce qui est en train de t'arriver et je ne peux pas le cautionner.

— Cautionner quoi ?

— Le fait que tu t'inventes un nouveau dossier de disparition inquiétante pour réparer le précédent. Tu le sais très bien, je le vois dans tes yeux. Je n'aurais peut-être pas dû t'envoyer mon rapport. Tu es en train de forger de toutes pièces un personnage de père qui va faire du mal à ses enfants uniquement parce que, à l'époque, tu as peut-être analysé les choses d'une manière erronée. Mais Haïm Sara n'est pas le père d'Ofer et aucun de ses enfants n'est Ofer. Quant à Ofer lui-même, tu ne peux plus le sauver. Ça, tu le comprends tout de même !

Son tic-tac intérieur resta un instant en suspens.

Le silence s'instaura dans la pièce.

Ilana avait-elle raison quand elle disait qu'il était conscient de l'amalgame qu'il faisait entre les deux affaires ?

— Tu n'y es pas du tout, Ilana. Je n'essaie pas de sauver Ofer Sharabi. J'essaie de sauver les enfants de Haïm Sara.

— Mais les sauver de quoi ? D'un voyage dont le but est de retrouver leur mère aux Philippines ? Leur père ne t'a peut-être pas menti lors de son interrogatoire, l'as-tu seulement envisagé ? À cause du dossier Sharabi, tu n'es même pas capable de prendre cela en ligne de compte !

Il ne comprit pas ce qu'elle sous-entendait. Il était évident que Haïm Sara avait menti, ne serait-ce que sur la destination du voyage de sa femme.

— Non, Avi, il se peut qu'il n'ait pas menti. Il se peut qu'*elle* lui ait menti. Tu n'as pas pensé à cette possibilité ? Peut-être lui a-t-elle dit qu'elle partait aux Philippines s'occuper de ses parents mais qu'en fait elle partait ailleurs retrouver son amant ? Ça aussi, c'est plausible, non ? Je dirais même que c'est fort probable. Et ça explique pourquoi tu as la preuve de sa sortie

d'Israël mais pas de son entrée aux Philippines. C'est une adulte
– elle a le droit de mentir à son mari, tu es d'accord avec moi ?
Elle a même le droit de mentir à ses enfants. Vrai ou pas ? Ça
n'a pour l'instant rien d'illégal.

Il la regarda, ahuri. Elle avait raison, un tel scénario ne lui
était pas du tout venu à l'esprit.

Son suspect pouvait-il simplement ne pas savoir la vérité ?

Et pourquoi avait-elle, elle, été capable d'y penser et lui
pas ? Il se souvint du compte Hotmail personnel au nom de
rebeccajones21 qu'elle avait utilisé pour lui envoyer son rapport. Il pensa aussi à la photo de famille enlevée du bureau
de la divisionnaire. Mentait-elle, elle aussi, à son mari et à
ses enfants ? Était-elle, elle aussi, partie quelque part tout en
racontant à ses proches qu'elle allait au travail ? Était-ce cela
qu'elle voulait lui révéler lorsque, quelques jours auparavant,
elle lui avait dit qu'elle devait lui parler avant qu'une certaine
rumeur ne lui parvienne ? À cet instant, pour la première fois
ce jour-là, Marianka se fraya un chemin dans ses pensées. Il se
hâta de la repousser.

– C'est vrai, Ilana, dit-il. Tu as peut-être raison. Mais tu
as peut-être tort. Peut-être qu'il est arrivé quelque chose de
totalement différent.

– Quoi par exemple ?

Il n'avait pas l'intention de lui révéler le tableau qui se for-
mait dans son esprit : il savait exactement de quoi cela aurait
l'air et comment elle interpréterait ses paroles.

Lorsqu'il sortit du bureau de la divisionnaire, à quatorze
heures passées, Avraham n'avait donc pas réussi à obtenir l'autorisation ne serait-ce que d'interroger Haïm Sara et il ne savait
pas comment continuer. Il essaya à plusieurs reprises d'appeler
Marianka, mais elle ne répondait pas. Il déjeuna dans un restaurant iranien rue Levinsky, au sud de Tel-Aviv, en prenant son
temps car rien ne le pressait. La prolongation de la détention
d'Amos Rame et d'Ilanith avait déjà été décidée par le parquet

d'Eilat, et d'après le plan qu'ils avaient conçu, ces deux-là ne seraient pas à Tel-Aviv avant dimanche. Sa minuterie intérieure se remit en marche, mais, à la suite de sa conversation avec Ilana, les images auxquelles le mécanisme était raccordé avaient changé ; au lieu de voir le visage de Jennifer Salazar, il voyait un visage juvénile qu'il aurait préféré refouler. Est-ce que, à l'inverse de ce qu'il s'était juré, il n'arrivait pas à mener cette enquête correctement, les yeux bien en face des trous ? Pourtant, il sentait que c'était justement ce qu'il avait fait. Il se rendit compte qu'il ne pouvait demander conseil à personne, pas même à Maaloul. Triste constat. Ne restaient que quelques heures avant la tombée de la nuit. Et après, ce serait trop tard.

Kippour, le jour du Grand Pardon, commencerait le lendemain soir. Il songea aux rues qui se videraient, puis à la conversation téléphonique qu'il avait eue avec le brigadier général Anselmo Garbo. Le grand flic à l'impressionnante perspicacité attendait des informations sur l'évolution de son enquête. Et s'il lui demandait d'intercepter Haïm Sara dès qu'il arriverait à Manille avec ses enfants ? De l'interroger là-bas ? Soudain, cet homme qu'il ne connaissait pas vraiment lui apparut comme son ultime recours. Mais accepterait-il ? Avraham dut se rendre à l'évidence : si, avant la fin de la journée, il ne trouvait aucun prétexte pour convoquer son suspect, il serait obligé de téléphoner à Garbo et de le prévenir que Haïm Sara était en route pour les Philippines.

12

Une fois qu'ils furent arrivés dans le hall des départs, leur voyage devint réel et, un quart de seconde, Haïm fut pris de panique à la vue de la masse de gens, de valises, de chariots qui avaient envahi le terminal 3.

Il ne s'attendait pas à une telle agitation.

La dernière fois qu'il était venu à cet endroit, il partait avec Jenny pour Chypre. À l'époque, ils avaient trouvé le hall des départs quasiment vide – peut-être parce que c'était déjà l'hiver – et, sans doute à cause de ce souvenir, il fut surpris de voir des files d'attente aussi longues. Ses deux fils avaient l'air encore plus affolés que lui dans cet immense espace inondé de lumière, et il leur ordonna de bien se tenir au chariot pour qu'ils ne se perdent pas. Shalom se mit à geindre qu'il voulait rentrer à la maison.

Les jours qui suivraient, Haïm repenserait souvent à cet instant où ils étaient entrés dans l'aéroport.

Certes, il avait bien vite surmonté son vertige, et ils s'étaient aussitôt mis en quête des guichets de la Korean Air, mais au fond de lui, n'avait-il pas brièvement espéré qu'une force majeure les oblige à annuler leur voyage? Peut-être aurait-il voulu tout avouer. Il n'en fit rien. Sur le tableau d'affichage accroché très haut dans le hall, il vit que le vol KE 958 n'était pas annulé et que l'avion partirait à l'heure.

Quels autres éléments de cette matinée Haïm grava-t-il dans sa mémoire ? Les vêtements que portaient ses enfants. Le trajet jusqu'à l'aéroport, le calme sur l'autoroute plongée dans l'obscurité. Et surtout Ezer.

Ce jour-là, son fils avait quelque chose de différent. Haïm s'en rendit compte tout de suite, même s'il était absorbé par tout ce qu'il devait faire, et il se dit que cela venait certainement de leur intimité de la veille. Comme si son aîné avait, en vingt-quatre heures, mûri de plusieurs années. Il était toujours aussi posé et circonspect, mais il avait tenu à aider son père et se comporta vis-à-vis de son petit frère en adulte. Dès le réveil, il descendit de son lit en vitesse, à quatre heures et quart du matin, aussi vif que s'il n'avait pas dormi du tout. Il enleva immédiatement son slip blanc et enfila sur son maigre corps les vêtements qui resteraient à jamais gravés dans la mémoire de Haïm : un slip rouge, un pantalon de jogging et ce tee-shirt avec le dessin de bateau que Jenny lui avait offert pour son anniversaire.

Manille était encore loin, et le chemin pour l'atteindre jonché d'une série de petites tâches à effectuer les unes après les autres. Réveiller les enfants et les habiller. Descendre avec eux et les bagages jusqu'en bas de l'immeuble. Les faire monter dans le taxi. Vérifier qu'aucune fenêtre n'était restée ouverte. Fermer le robinet du gaz. Ne rien oublier à la maison. Arriver entiers et à l'heure à l'aéroport.

Ne rien oublier à la maison.

Le taxi se gara en bas de chez eux à cinq heures moins trois. Ezer, debout derrière la grande fenêtre, guettait son arrivée à travers les volets lorsque le téléphone sonna et qu'un numéro inconnu apparut sur l'écran.

– Bonjour, lança le chauffeur.

Haïm se tourna alors vers les enfants.

– Allez, on y va, le taxi est là !

– Je le vois en bas, répondit d'une voix émue Ezer, qui se retourna et insista aussitôt pour porter le sac de voyage dans les escaliers, fier de prouver qu'il y parviendrait tout seul.

Haïm souleva la valise et la déposa sur le palier. Lorsqu'il verrouilla sa porte pour la dernière fois, il ne trouva pas que le salon obscur rétrécissait à vue d'œil et ne prêta aucune attention à ses doigts qui tournaient la clé dans la serrure d'un geste naturel et rapide. La lumière dans la cage d'escalier s'éteignit et lorsqu'il la ralluma, il vit Ezer qui s'escrimait avec sa lourde charge mais descendait vaillamment.

Le jour n'était pas levé au moment où ils débouchèrent sur le trottoir. Ezer s'entêta à mettre tout seul le sac dans le coffre du taxi pendant que Haïm installait Shalom sur la banquette arrière. À la demande du chauffeur, il boucla la ceinture de sécurité du petit puis du grand.

Il y avait très peu de voitures sur la route. En passant rue Lavon, il se remémora la matinée où on avait découvert la valise piégée à côté de la crèche. En fait, c'était là qu'avait commencé leur périple, même s'ils ne le savaient pas encore. Sans l'homme et la femme qui avaient été arrêtés la veille à Eilat et conduits au tribunal le visage masqué, ils ne seraient pas à présent dans ce taxi en route pour l'aéroport. À la radio, il entendit les informations de cinq heures.

– Ça vous dérange, la fenêtre ouverte ? Vous avez trop d'air ?

Et sans attendre de réponse, le conducteur enchaîna en lui demandant où ils se rendaient.

L'homme, plus jeune que Haïm, devait avoir dans les quarante-cinq ou cinquante ans, mais n'avait rien en commun avec lui. Son oreille droite, celle qu'il voyait, au lobe épais, rouge et enflé, était ornée d'un minuscule anneau en or.

– Aux Philippines.

– Voilà un pays où je ne suis pas encore allé. C'est votre première fois là-bas ?

Haïm lui expliqua qu'ils partaient rejoindre sa femme, qu'elle les avait devancés de quelques semaines pour voir sa famille à Manille et qu'elle rentrerait avec eux.

– Ah, c'est pour ça que vos enfants ont cette tête-là ! s'exclama encore le chauffeur. Moi, j'ai failli épouser une Russe il y a six mois, mais j'ai changé d'avis à la dernière minute. Et avant, je suis resté marié vingt ans.

Sur la route numéro 1, avant l'échangeur de Ganot, ils virent un train qui se dirigeait vers le sud. Une quinzaine de minutes plus tard, ils s'arrêtaient devant l'aéroport.

Jenny marchait devant, à petits pas rapides, et il avait eu du mal à la suivre avec leur chariot parce qu'une des roues était tordue. Voilà ce dont il se souvenait. De ce qu'elle portait aussi, du petit sac brun qu'elle avait en bandoulière et dans lequel étaient rangés leurs papiers et leurs alliances. Il se souvenait encore qu'elle savait parfaitement où aller et quel document montrer à chaque étape ; qu'elle tenait sa robe de mariée sur un cintre, dissimulée sous une housse bleue alors que lui avait plié son costume gris dans la valise.

Aurait-il pu, à ce moment-là, deviner comment tout cela se terminerait ? Peut-être. Il s'était habitué à vivre seul et ne rêvait pas de mariage. En revanche, il souhaitait ardemment avoir des enfants. Sa mère le savait, même s'ils n'évoquaient jamais le sujet. Elle avait cru que Jenny partageait ce désir. C'est d'ailleurs ce que la jeune femme avait prétendu à l'époque. Mentait-elle ? Lors de leur première rencontre, à ce fameux dîner organisé à Ness-Ziona, personne n'en avait parlé, mais le sujet planait au-dessus de la conversation. À leur troisième ou quatrième rencontre, ils avaient réglé tous les détails. Au bout d'un certain temps, comme Jenny ne tombait pas enceinte, sa mère lui avait conseillé de fouiller dans ses affaires et, effectivement, il avait trouvé la plaquette de pilules, cachée dans son tiroir de l'armoire de la chambre à coucher. Il avait exigé des explications, mais cela n'avait servi à rien. Alors sa mère s'en était mêlée, elle avait eu une discussion en tête à tête avec la bru récalcitrante et avait même fini par la menacer d'un divorce immédiat qui lui ferait perdre ses chances d'obtenir une régularisation administrative. Après cela, Jenny était partie aux Philippines pour de courtes vacances, et à son retour, elle avait cessé d'avaler ses maudits comprimés.

Pourtant, ils s'entendaient sur certains points, et sans avoir jamais eu besoin d'en parler. Jenny était aussi méticuleuse que lui, elle aimait travailler, et sa volubilité compensait parfaitement le mutisme de Haïm. À l'aéroport, lors de leur départ pour Chypre, c'était elle qui avait discuté en hébreu avec les agents de la sécurité et les hôtesses.

L'angoisse qui avait saisi Haïm au moment où ils entraient dans le hall se dissipait enfin.

Il ne leur restait qu'à localiser le comptoir de la Korean Air, se mettre dans la queue pour les contrôles, déposer la valise sur le tapis roulant et recevoir leurs cartes d'embarquement. Ensuite, ils chercheraient le couloir qui les mènerait à l'endroit où l'on passait hommes et bagages à main au détecteur de métaux, puis la douane où l'on tamponnerait leurs passeports, après quoi ils devraient juste trouver la bonne porte d'embarquement. Fatigué de rester debout dans la file d'attente, Shalom s'assit sur le chariot. Ils se tenaient en bout de ligne pour les contrôles de sécurité de la zone E, derrière un groupe de touristes étrangers. Un jeune homme en uniforme s'approcha d'eux.

– Passeport israélien ? s'enquit-il avant de répéter en anglais : *Israeli passport ?*

Haïm confirma et l'homme leur demanda de sortir du rang et de le suivre.

Aurait-il pu se comporter différemment ? Il était tellement concentré sur ses enfants et toutes les formalités à accomplir qu'il réagit vite, sans réfléchir.

Shalom se plaignit qu'il avait faim, et Haïm lui promit qu'après les contrôles, lorsqu'ils se seraient débarrassés de la valise, ils s'assiéraient quelque part pour manger. En pratique, il continua simplement à raconter la même histoire, à répéter les mêmes mots, ceux qu'il utilisait depuis quelques jours pour répondre aux questions qu'on lui posait. L'agent de la sûreté, poli et charmant, avait un sourire qui lui rappela le jeune père binoclard de la crèche. Il caressa les cheveux de Shalom lorsqu'il compara le visage du garçon, dont l'expression devint soudain très sérieuse, à celui qui figurait sur le passeport.

– C'est une vieille photo, s'excusa Haïm, on aurait dû la changer.

– On le reconnaît bien, aucun problème. Vous allez tous à Séoul?

– Pas à Séoul, à Manille.

– Je ne m'occupe que du vol jusqu'à Séoul, répondit l'homme en riant. À l'escale, vous devrez repasser les contrôles de sécurité. N'oubliez pas de préciser à l'hôtesse au guichet que vous continuez sur Manille, qu'elle veille à ce que vos bagages vous suivent.

Pendant que son passeport était examiné, Ezer rougit mais fixa l'agent sans ciller.

– Tu es sûr que c'est bien toi? lui demanda ce dernier.

Interceptant le regard soudain affolé du gamin, il reprit:

– Je blaguais, jeune homme. Jolie photo.

L'agent voulut savoir dans quel but ils partaient et Haïm le lui expliqua, utilisant les mêmes mots que le matin dans le taxi.

– Votre femme habite là-bas?

– Elle habite ici. Elle a juste été s'occuper de son père malade.

– Elle a une carte d'identité israélienne ou philippine?

– Elle a une carte de séjour temporaire, oui. Israélienne. Tous ses papiers sont en règle.

– Et si je ne me trompe pas, elle est la mère des enfants?

Haïm était tendu, bien qu'il se soit préparé aux questions qu'on lui poserait. L'agent de la sûreté lui demanda encore depuis combien de temps Jenny habitait en Israël et quelle était la date de leur mariage, après quoi il s'excusa et s'éloigna pour se concerter avec un autre agent, plus âgé, qui se tenait à côté du scanner de bagages.

– Je suis désolé, dit-il en revenant auprès d'eux, mais les contrôles vont être un peu longs aujourd'hui, nous avons reçu de nouvelles instructions. Pouvez-vous me dire où vous résiderez à Manille, le nom de votre hôtel et le téléphone de votre femme?

Haïm sentit la main chaude d'Ezer qui se glissait dans la sienne, comme si le garçon sentait qu'il se passait quelque chose, mais il dut aussitôt la retirer pour se saisir de la pochette que lui avait donnée la voyagiste. Il en tira la feuille où était imprimée la confirmation de réservation de l'hôtel, avec l'adresse et le numéro de téléphone en bas de la page.

– Pourquoi avez-vous besoin de savoir tout ça? demanda-t-il d'une voix rauque.

L'agent lui expliqua qu'il s'agissait d'un contrôle de routine sur une ligne qu'empruntaient beaucoup de travailleurs étrangers.

– Je peux vous donner son numéro de portable mais je ne pense pas qu'elle réponde, reprit-il, elle l'a certainement coupé après notre conversation, il y a une demi-heure.

– Pas de problème. Elle parle hébreu ou anglais?

Ezer suivit des yeux l'homme qui s'éloignait à nouveau pour discuter avec son collègue plus âgé, muni d'une oreillette. Shalom se plaignit à nouveau qu'il avait faim. Haïm ouvrit le sac de voyage, en sortit de la poche droite la boîte en plastique contenant les sandwichs au fromage qu'il avait préparés et il leur en proposa un à chacun. Son aîné n'en voulut pas.

Haïm avait répondu que Jenny parlait anglais et hébreu.

Il était là, au milieu de l'immense hall des départs avec ses deux fils et le chariot sur lequel étaient posés une valise et un sac de voyage.

Comme ils avaient beaucoup d'avance, il restait plus de deux heures et demie avant le décollage.

Il se dit qu'on ne les empêcherait pas de partir sous prétexte que Jenny ne répondait pas au téléphone, mais en même temps il songea que si tel était le cas, ce ne serait pas une catastrophe. L'enquête de police liée à la crèche étant close, ils pouvaient rentrer chez eux sans crainte. Peut-être même éprouvait-il un certain soulagement en imaginant cette possibilité. Une tranche de fromage jaune tomba du sandwich de Shalom. Haïm se penchait pour la ramasser lorsqu'il vit l'agent revenir vers lui, un portable à la main et un grand sourire sur le visage. Il discutait avec quelqu'un tout en s'approchant, Haïm l'entendit dire en anglais : « *Yes, of course they are here. They are wonderful. You want to talk to them ? Okay, thank you very much for talking to me, Jennifer. I will pass them to you.* » Il ne comprit ni ce que disait le jeune homme ni avec qui il parlait.

– Tenez, prenez-la, vous pouvez lui donner des nouvelles fraîches si vous voulez. Monsieur Sara, vous avez une femme charmante.

L'agent lui tendit l'appareil, commença à coller sur la valise les étiquettes prouvant un contrôle en bonne et due forme, et prit encore le temps de demander :

– Est-ce que vous envoyez le sac en soute ou il monte avec vous dans l'avion ?

Ezer, silencieux, fixait son père d'un air perplexe. Lorsque Haïm plaqua le portable à son oreille, Shalom s'écria :

– C'est maman ? Moi aussi je veux lui parler !

Le portable de Jenny se trouvait dans le débarras de la maison familiale de Ness-Ziona, sans batterie, à côté du passeport et d'autres documents qu'il avait cachés là-bas quelques jours après avoir transporté puis enterré le cadavre dans le jardin.

L'agent de sûreté était toujours là, mais ne le regardait pas. Haïm murmura un : « *Yes.* » La voix qui résonna à son oreille s'adressa à lui en hébreu :

– Haïm, tu m'entends ?

– Oui.

– Alors, comment vas-tu ? continua la voix. Vous êtes prêts pour le départ ? Comment vont les enfants ?

– Bien. (Ses jambes faillirent le lâcher mais il continua, tout bas :) Et toi, comment tu vas ?

Pas de doute, ce n'était pas la voix de sa vieille mère. Mais ce n'était pas non plus celle de Jenny, encore que si on lui avait demandé d'expliquer les différences, il n'en aurait pas été capable. Certes, il reconnaissait l'accent et, très bizarrement, cette inconnue parlait comme sa femme, avec un débit très rapide – mais ce n'était pas sa femme.

– Je vais très bien, Haïm. Surtout, n'oublie pas de m'acheter ce que je t'ai demandé au *duty free*, je compte sur toi. Tu t'en souviens, n'est-ce pas ?

Inexplicablement, il répéta un nouveau *« yes »* puis il entendit la voix qui demandait :

– Haïm, tu peux me passer les enfants en vitesse ?

Sans répondre, il rendit l'appareil à l'agent.

– *Okay, Jennifer, thanks again for…*

L'homme écarta le téléphone de son oreille.

– Elle a raccroché, l'informa-t-il.

Ce fut encore cet homme qui pointa un doigt vers les scanners en les engageant à s'y rendre. Haïm poussa le chariot, ses deux fils sur ses talons, mais il ne les voyait pas. Il s'arrêta derrière un jeune couple qui voyageait avec un sac à dos et un bébé dans un kangourou. Lorsque ce fut son tour, il souleva sa valise, la posa dans la gueule de la machine et resta planté sans bouger jusqu'à ce que l'homme en charge du contrôle lui indique d'aller attendre de l'autre côté. Shalom pleurnichait parce qu'on ne l'avait pas laissé parler à sa mère. Haïm entendit Ezer lui expliquer :

– Peut-être qu'on va bientôt la voir, Shalom. Quand on descendra de l'avion.

Sa valise émergea, il la reprit et se dirigea vers le comptoir de la Korean Air.

Il ne se demandait pas, à ce moment-là, qui était au bout du fil, mais uniquement pourquoi il n'avait pas immédiatement rendu son téléphone à l'agent en lui disant que la voix dans l'appareil n'était pas celle de Jenny. Parce qu'il n'en revenait pas ? À cause de la présence tétanisante du jeune homme et des regards de ses enfants ? Pendant cette étrange conversation, il s'était demandé si sa mère avait par hasard décidé d'utiliser le portable et si, comprenant ce qui se passait, elle avait fait semblant d'être Jenny – c'était pour cela qu'il avait voulu en entendre davantage. Évidemment, il était improbable qu'une femme de son âge ait récupéré le téléphone dans le débarras, y ait introduit une batterie et l'ait remis en marche… mais ce qui était encore plus improbable, c'était sa vague impression d'avoir peut-être tout de même parlé avec Jenny, une impression qu'il expliqua *a posteriori* par ce qu'il avait raconté aux enfants, à l'enquêteur de police et ensuite à de si nombreuses personnes. Il se revit, le combiné du vieux téléphone à la main dans la chambre à coucher de sa mère. Il avait composé le numéro de Jenny pour qu'elle dise quelques mots aux garçons, mais n'avait obtenu aucune réponse. C'était pendant le week-end du nouvel an. Et il avait répété cette tentative de chez eux. Quelques jours auparavant, dans la rue, il avait même eu la sensation qu'elle le suivait et qu'elle était revenue dans l'appartement en son absence. Devait-il prendre cela pour un espoir?

– Monsieur, s'il vous plaît, j'ai besoin de vos passeports et de vos billets, entendit-il soudain l'hôtesse lui demander derrière le comptoir.

Il les lui tendit machinalement. Ensuite, il posa la valise sur le tapis roulant et reçut leurs cartes d'embarquement, sur lesquelles la femme entoura au stylo bleu les informations importantes: la porte d'embarquement pour ce vol – B9 – ainsi que l'heure où l'embarquement commencerait – 7 h 45.

Et peut-être y avait-il une autre raison qui expliquait pourquoi il n'avait pas rendu immédiatement le téléphone à l'agent: la sensation d'avoir été rattrapé. Et de ne rien pouvoir y changer.

Quelque chose allait arriver. Mais rien ne se produisit.

Rien.

Ils restèrent deux ou trois minutes dans le hall, sans la valise qu'ils venaient d'enregistrer. À attendre l'arrivée de quelqu'un qui ne venait pas.

– Donne-le-moi, papa, c'est lourd, proposa Ezer en indiquant le grand sac.

Haïm lui posa une main sur la tête et se laissa décharger de la bandoulière qui lui tiraillait l'épaule. Un instant, il eut envie de sortir de ce lieu clos pour respirer un peu d'air frais à l'extérieur. Si effectivement ils étaient sortis, ils ne seraient peut-être pas revenus sur leurs pas.

Des milliers de passagers circulaient autour d'eux, personne ne les regardait.

Il chercha dans la foule des yeux soupçonneux mais n'en vit pas.

Soudain il aperçut, au loin, l'agent en train d'interroger deux jeunes gens ; il prit leur passeport et alla à nouveau consulter son collègue plus âgé, puis revint vers eux avec un téléphone plaqué à l'oreille. Mais Haïm, lui, luttait contre la voix inconnue qui continuait à lui demander : « Haïm, tu m'entends ? Comment vas-tu ? »

Jamais Jenny ne lui avait posé cette question, et même si elle s'était effectivement trouvée aux Philippines, elle ne la lui aurait pas posée.

– Papa, on bouge ? lança Ezer.

Il répondit « oui » mais décida d'appeler d'abord sa mère pour vérifier si un policier de l'aéroport l'avait contactée. Elle lui répondit que non, voulut savoir pourquoi il l'appelait, il lui dit que cela n'avait pas d'importance.

– Où est le téléphone de Jenny ? demanda-t-il encore.

– Où veux-tu qu'il soit ? chuchota-t-elle, étonnée.

Il aurait pu lui dire d'aller vérifier dans le débarras, mais s'en abstint et la rassura en affirmant que tout allait bien.

– Vous êtes déjà dans l'avion ?

– Oui, on décolle bientôt.

Ils continuèrent à franchir toutes les étapes comme si de rien n'était, mais Haïm savait qu'au bout de ce parcours ce ne serait pas un avion qui les accueillerait. La voix de la femme qui n'était pas Jenny continuait à résonner en lui, joyeuse et souriante, comme celle d'une vie qu'il n'avait jamais vécue. Juste avant le détecteur de métaux pour les bagages à main et les voyageurs, on lui demanda de présenter à nouveau les passeports. La femme chargée de les contrôler chercha l'étiquette apposée par l'agent de sûreté et les laissa avancer sans même les regarder. Il se plaça au bout d'une file de passagers qui attendaient de s'engager sous le portique et resserra les mains autour de celles de ses enfants. Même si rien ne s'était produit et qu'une longue demi-heure s'était écoulée depuis sa conversion téléphonique, il avait de plus en plus la certitude qu'on l'attendrait au bout de ce chemin. Il pensait aux garçons. À eux uniquement. Essayerait-on de les lui enlever ? Il pourrait téléphoner à sa mère, lui demander de venir à l'aéroport en taxi pour les récupérer et s'en occuper, au cas où. Ce fut la première fois qu'il se dit que quoi qu'il arrive il devrait leur raconter la vérité sur Jenny.

Ezer déposa le sac sur le tapis roulant du scanner et franchit le portique avec Shalom sans déclencher de sifflement. On demanda à Haïm d'enlever ses chaussures et sa ceinture, il sortit de la poche de son pantalon son trousseau de clés et son portable, les posa avec son portefeuille et la pochette de l'agence de voyages sur un plateau qui passa lui aussi au contrôle. Toujours rien. Les clés, le portefeuille, le téléphone et les documents ressortirent de l'autre côté et une voix anonyme lui lança un « Bon voyage ! ».

La jeune femme de la police des frontières qui contrôlait les passeports fit elle aussi son travail avec indifférence. Elle examina les documents et demanda :

– Qui est Ezer Sara ?

Ezer se dressa sur la pointe des pieds devant le guichet trop haut pour lui.

– C'est moi.

Dans sa guérite, elle fut obligée de se lever et de se pencher en avant pour voir Shalom, debout à côté de son père. Haïm attendit le bruit du tampon apposé sur le passeport mais cela tardait à venir. Et, soudain, la jeune femme se releva, ouvrit la porte et murmura :

– Pouvez-vous, s'il vous plaît, me suivre, tous les trois ?

Il sut alors que le moment était arrivé.

Fin du parcours.

Il demanda aux enfants de venir avec lui dans la direction indiquée.

– Papa, qu'est-ce qui se passe ? s'inquiéta Ezer.

La policière marchait derrière eux.

– Il y a apparemment un contrôle supplémentaire, rassura-t-il son fils.

La distance jusqu'à la porte fermée vers laquelle ils se dirigeaient était courte, une quinzaine ou une vingtaine de pas, mais il prit Shalom dans ses bras pour la parcourir, de sorte que lorsqu'ils eurent atteint leur but, la femme fut obligée de lui demander de le reposer à terre.

– J'ai besoin que vous entriez ici tout seul, précisa-t-elle. Je vais rester avec les enfants.

Il avait déjà compris, mais Ezer l'avait-il lui aussi compris ?

– Je veux rester avec eux, déclara-t-il.

– Monsieur, je vous conseille de ne pas discuter. Les enfants vont vous attendre ici, répliqua la femme d'une voix qui se durcit.

Shalom éclata en sanglots au moment où Haïm le lâcha ; quant à Ezer, ses yeux étaient écarquillés de terreur.

– Occupe-toi de ton frère pour une seconde, d'accord ? lui dit-il.

Sur ces mots, il ouvrit... pour aussitôt faire demi-tour : il venait de reconnaître, tapi dans la pièce, l'enquêteur qui l'avait interrogé au commissariat de Holon. Mais la policière refermait déjà la porte, et il n'eut que le temps de voir Ezer prendre la main de Shalom.

13

Lorsque le dossier fut bouclé et le cadavre de Jennifer Salazar enfin découvert, Avraham songea que, ce fameux matin, Haïm Sara aurait pu leur échapper et revenir de Manille quelques jours plus tard sans ses enfants.

S'il réussit à le rattraper à la dernière minute, ce fut uniquement grâce à un coup de poker, et malgré l'opposition tenace d'Ilana. D'ailleurs, tout au long de l'interrogatoire à l'aéroport, il y eut des moments où le commandant crut s'être trompé et faillit relâcher son suspect. À un certain point, il fut tellement ébranlé dans ses convictions qu'il envisagea de jeter l'éponge et, sans la terrible crainte de faire courir un danger réel aux deux petits garçons, peut-être aurait-il effectivement laissé tomber. Mais cette fois, quelque chose en lui refusait de baisser les bras.

La veille, ses nerfs avaient été mis à rude épreuve et il n'avait à nouveau pas fermé l'œil de la nuit.

À la fin de la journée, toujours incapable d'avancer le moindre motif pour arrêter le bonhomme, il s'était battu contre l'image de ce père qui disparaissait avec ses fils sur la passerelle menant à l'avion. Le compte à rebours continuait inexorablement. Il revoyait aussi Haïm Sara répondre à ses questions au commissariat, lors de son premier interrogatoire, qui correspondait aussi à leur première rencontre. À ce moment-là, il ne s'agissait que de l'audition d'un témoin dans le cadre d'une autre affaire. Avraham se souvenait d'avoir été interpellé par le fait que son interlocuteur lui avait révélé spontanément, sans avoir été questionné à ce sujet, que sa femme était à Manille. Ce même soir, Marianka lui avait demandé s'il pensait que Haïm Sara était impliqué dans l'affaire de la valise piégée et il avait hésité. Il ne savait pas. Il se souvenait aussi d'avoir déclaré à Marianka qu'il avait l'intention de ne faire confiance à personne. Il ne croyait pas si bien dire ! Même si, à l'époque, il était loin de soupçonner cet individu louche d'avoir attenté aux jours de sa femme et encore moins d'avoir l'intention d'attenter à ceux de ses enfants. Ce n'est qu'à vingt heures trente, alors qu'il était en train de dîner à côté du commissariat, à la terrasse du café Cup o'Joe du centre commercial, qu'il avait résolu son problème et s'était hâté de remonter dans son bureau pour téléphoner à Anselmo Garbo. À Manille, il était deux heures du matin. Il réveilla le brigadier, s'excusa de le déranger à une heure aussi tardive et lui expliqua la raison de son appel. Garbo lui demanda d'attendre en ligne et, pour ne pas réveiller sa compagne, il se glissa dans son bureau, alluma une pipe et reprit la conversation. C'est du moins ce qu'Avraham imagina, se le représentant drapé d'un léger peignoir et enfoncé dans un fauteuil en cuir face à une table de travail en bois sombre. Après l'avoir écouté patiemment, le policier abonda dans son sens. Il jugeait l'idée excellente.

– Je vous envoie le document dans quelques minutes. Et je vous remercie d'avoir pris cette initiative.

Il la tenait enfin, son illumination géniale ! Peu d'opérations avaient suscité en lui autant de fierté.

Ilana protesta violemment. Il s'y attendait.

– Tu as fait quelque chose d'inadmissible, Avi, lui assena-t-elle d'une voix glaciale.

Elle était toujours persuadée qu'il inventait un dossier de disparition inquiétante et elle lui répéta ce qu'elle lui avait dit lors de leur précédente discussion. Il la laissa vider entièrement son sac avant de reprendre la parole :

– Tu as peut-être raison, Ilana, mais c'est trop tard maintenant. La plainte a été déposée. Et je te promets qu'on n'aura pas à s'excuser. Tu préfères que Haïm Sara soit arrêté à Manille ?

Il l'avait mise devant le fait accompli, certes. Elle était maintenant obligée de l'autoriser à intercepter le suspect à l'aéroport, si bien qu'avant même de l'avoir appelée, il avait convoqué Zitouni et Maaloul pour préparer le piège. Au début, il avait pensé devoir mobiliser quelqu'un de l'aéroport, mais il apparut que Zitouni y avait travaillé, justement comme agent de sûreté, pendant ses études. Ce fut donc lui qui contacta les responsables de la sécurité aérienne, obtint l'autorisation de se déguiser en agent et de prendre Haïm Sara en charge dès son arrivée dans le hall des départs. Cet uniforme lui allait incontestablement mieux que celui de policier et Maaloul le photographia avec son portable pour en immortaliser le souvenir.

Tout cela fut mis en place dans le courant de la nuit du jeudi au vendredi. Il était une heure du matin et personne ne rentra dormir.

La demande officielle de la division des relations internationales de la police des Philippines arriva par fax et par mail : *Anselmo Garbo, chef du département d'enquêtes criminelles et d'investigation de la police de Manille, demande par la présente à la police israélienne d'ouvrir une information immédiate au sujet de la disparition d'une ressortissante philippine du nom de Jennifer Salazar.*

Cette demande officielle fut le premier document qu'Avraham plaça dans un nouveau dossier appelé : *Jennifer Salazar.* Constitués en cellule de crise avec Zitouni et Maaloul, ils se penchèrent sur le peu de matériel récolté dans cette affaire. L'inspecteur de la Brigade des mineurs lui fit alors une remarque surprenante :

– Tu te souviens de l'étrange voisin qui habitait dans l'immeuble d'Ofer Sharabi ? Zeev Avni ? Ton idée de piège téléphonique, ça me rappelle la manière dont on l'a manipulé, tu ne trouves pas ?

Avraham sourit et ne répondit pas. S'il n'avait pas lu le rapport écrit par Ilana sur les erreurs commises dans sa précédente enquête, aurait-il arrêté Haïm Sara?

Zitouni se présenta à l'aéroport à cinq heures moins le quart, et prit place entre les agents de sûreté affectés à la zone E, face au comptoir de la Korean Air. Avraham et Maaloul attendaient au commissariat le message leur confirmant que Sara et ses enfants avaient quitté leur domicile pour Ben-Gourion.

Ils se rendirent à l'aéroport dans la voiture du commandant et pénétrèrent dans le terminal par-derrière, quelques minutes après l'arrivée du suspect. Ils s'installèrent dans le petit bureau d'interrogatoire en compagnie de Charito, la Philippine qui devait se faire passer pour Jennifer Salazar. Tendus, ils attendirent l'appel de Zitouni. La jeune femme interpella son «mari» comme convenu: «Surtout, n'oublie pas de m'acheter ce que je t'ai demandé au *duty free*, je compte sur toi? Tu t'en souviens, n'est-ce pas?» À ce moment, Maaloul l'avait d'ailleurs prié d'un signe circulaire de la main de prolonger au maximum la conversation. Charito était la femme du frère d'un des policiers du secteur, elle servait de temps en temps d'interprète à la police et les aidait parfois à décrypter certains documents.

– C'était comment? Vous avez trouvé ça bien? leur demanda-t-elle en hébreu au moment de rendre le téléphone au commandant.

Elle paraissait aussi embarrassée que si elle venait de chanter devant le public de *Star Academy*.

– Pourquoi ne nous envolerions-nous pas pour les Philippines à leur place, toi, Zitouni et moi? lança Maaloul.

Avraham savourait sa première victoire: cette conversation téléphonique, preuve évidente des mensonges de Haïm Sara, devrait lui assurer le feu vert pour continuer son enquête... sauf qu'Ilana, tenue informée en permanence, écouta son rapport sans enthousiasme.

Tous les policiers postés aux points de contrôle avaient été prévenus et sourirent au suspect et à ses fils.

Maaloul s'installa dans une salle adjacente, où il s'apprêta à accueillir les enfants pendant l'interrogatoire de leur père. Il devait essayer de les faire parler d'une manière informelle afin de récolter un maximum d'informations. Il prépara des feuilles de papier à dessin et des feutres pour les occuper pendant le temps que tout cela prendrait.

Avraham but un café noir et alluma en vitesse une cigarette dans l'espace fumeur réservé aux employés de l'aéroport. À côté de lui, une femme de ménage appuyée sur son balai secouait lentement sa cendre dans le seau rempli d'eau. L'attente se prolongea, parce que Haïm Sara s'attarda dans le hall après avoir enregistré sa valise. À sept heures, ils le virent enfin sur l'écran de contrôle s'approcher d'un des guichets de la police des frontières. Avraham réintégra la salle d'interrogatoire, fin prêt.

Cette petite pièce était aveugle, exactement comme son bureau au commissariat. Elle avait pour tout mobilier une table grise avec, de part et d'autre, de simples chaises métallisées, tapissées d'un tissu violet. Un des coins était occupé par un paravent pliable. Pour l'instant, il n'y avait sur la table qu'un enregistreur et le dossier en carton contenant le rapport envoyé par Garbo, sa demande officielle d'ouverture d'enquête et une feuille sur laquelle Avraham avait résumé au feutre noir tout ce qu'il savait.

Jennifer Salazar a quitté le pays le 12 septembre et n'est pas rentrée, avait-il écrit en haut de la feuille.

Elle est âgée de quarante-deux ans et réside en Israël depuis 2005 sans interruption.

Au cours de sa précédente déposition, Haïm Sara avait affirmé qu'elle était retournée à Manille pour s'occuper de son père malade, or d'après la police des Philippines, elle n'était pas dans son pays et son père était mort depuis des années. De plus, son mari venait de faire semblant de lui parler au téléphone alors qu'il s'entretenait avec une autre femme. Avraham tenait donc une preuve, certes unique pour l'instant, mais qui étayait sa théorie : le menteur était le mari, et non la femme qui aurait donné une fausse destination, comme l'avait suggéré la divisionnaire.

Il était sept heures neuf exactement, ce vendredi matin, lorsque Haïm Sara ouvrit la porte de la salle d'interrogatoire située dans les locaux de la police des frontières de l'aéroport Ben-Gourion. Dans quelques heures, les magasins fermeraient et le jeûne de Kippour débuterait. Avraham vit la poignée s'abaisser puis l'expression qui se peignit sur le visage de l'homme qui tourna les talons dès qu'il le reconnut. Trop tard, la porte s'était refermée, Avraham réussit juste à entrapercevoir les deux garçons. C'était la première fois qu'il les voyait. L'aîné, grand et maigre, le teint mat et des yeux en amande, avait presque une allure d'adolescent. Le petit avait des cheveux longs, bruns et lisses et des yeux qui indiquaient eux aussi une origine asiatique, mais moins appuyée que chez son frère.

Ce n'était pas ainsi qu'il les avait imaginés dans son cauchemar de la veille, petits bouts de chou qu'on poussait vers l'avion, alors qu'il tendait vers eux des bras trop courts pour les atteindre.

Assis sur la chaise face à l'entrée, il piégea le regard de Haïm Sara au moment où celui-ci poussait la porte. Ce qu'il y vit fut de l'ahurissement et de la peur – des signes que le commandant interpréta aussitôt comme un aveu.

Il n'était pas dans la salle d'interrogatoire au moment où, sous la terrible pression exercée par Sharpstein, le père d'Ofer Sharabi avait craqué et avoué le meurtre de son fils, mais il ne doutait pas que ses yeux avaient alors eu la même expression. Voilà, son suspect ne pouvait plus lui échapper. Il était tombé dans le piège qu'ils lui avaient tendu et, maintenant qu'il était à leur merci, Avraham n'avait pas l'intention de le lâcher avant d'avoir compris ce que cet homme avait infligé à sa femme et ce qu'il avait l'intention d'infliger à ses enfants. Et surtout pourquoi. Sans réponse satisfaisante à cette question – primordiale –, il ne pourrait jamais le blanchir d'un terrible soupçon.

Il attendit que l'homme ahuri comprenne qu'il devait s'asseoir en face de lui puis il sortit du dossier en carton, d'un geste très lent, parfaitement contrôlé, l'agrandissement de la photo de Jennifer Salazar et le posa sur la table. Sans un mot. Il se souvint de la première fois qu'ils s'étaient retrouvés face à face, dans son bureau du commissariat : il avait éprouvé une certaine pitié envers son interlocuteur. Il avait imaginé ce père trop vieux qui devait affronter des parents beaucoup plus jeunes que lui chaque fois qu'il accompagnait son fils à la crèche et qui, lorsque son petit était revenu à la maison blessé, avait essayé d'en parler à la directrice mais s'était vu humilié et rabroué devant tout le monde. À peine quelques jours plus tard, avec cette histoire de valise piégée et d'agression, il était devenu le principal suspect. Avraham avait commencé à le regarder différemment et à le suivre, grâce à quoi il l'avait vu entrer dans l'agence de voyages. De là, l'imaginer en train de guetter une femme seule en pleine nuit, sur un parking du sud de Tel-Aviv et l'attaquer avec violence avait été plus aisé, car Haïm Sara avait un mobile. Or, il s'était trompé : cet homme n'était pas l'agresseur puisque la victime elle-même avait révélé le nom du coupable – Amos Rame. À présent, il devait imaginer ce même homme accomplissant un acte radicalement différent. Se demander s'il était capable de faire du mal à sa femme et pourquoi. Mais Avraham devait surtout clarifier ses intentions envers ses enfants. Peut-être parce qu'il estima en savoir trop peu, il sentit le besoin d'afficher de l'assurance. Dès le début de l'interrogatoire, il opta pour une stratégie agressive, avec des mots sans détours qu'il assena sur Haïm Sara dans le but de le déstabiliser au maximum. Il multiplia les silences, les étira le plus possible, tout cela afin d'augmenter les craintes et les incertitudes du suspect qu'il voulait coincer. La première question, qu'il finit par poser à sept heures treize, fut :

– Où est votre femme ?

Sara ne répondit pas. Ils restèrent tous les deux silencieux un long moment, puis Avraham reprit :

– Je suis persuadé que vous savez où elle se trouve.

Il attendit à nouveau.

En face de lui, l'autre gardait un visage hermétique et figé. Son regard errait sur la table entre eux, mais évitait la photo posée devant lui.

La deuxième question, Avraham la posa à sept heures seize.

– Vous ne vous préoccupez donc pas de vos enfants ? Vous avez l'intention de les laisser attendre longtemps ? dit-il calmement.

L'homme leva vers lui des yeux étonnés, comme s'il avait oublié que, quelques minutes auparavant, ses garçons lui donnaient encore la main.

Ce fut l'une des choses qui troublèrent Avraham, ce matin-là.

Une fois le premier étonnement passé, Haïm Sara apparut soudain moins tendu que lors de son premier interrogatoire au commissariat. À l'époque, la nervosité se lisait facilement sur ses traits alors qu'à présent, c'était presque de la sérénité qui en émanait. Il portait son pantalon en toile marron, tenu par une ceinture, et un pull fin de couleur vert foncé sous lequel pointait le col usé d'une chemise blanche qui avait jauni avec le temps et il ignora la plupart des questions, toutes liées directement à sa femme, que lui posa d'entrée de jeu Avraham. En revanche, il répondit, laconiquement et sans peur, aux questions plus générales qui relevaient de leur vie de couple. Le commandant vit dans ces contrastes une preuve supplémentaire de ce qu'il soupçonnait. L'homme ne protesta pas une seule fois d'avoir été retenu, même lorsque l'interrogatoire s'éternisa et qu'à l'évidence le vol de Korean Air partirait sans eux. Il ne demanda pas non plus à savoir ce qu'on lui reprochait ni où étaient ses enfants. À l'évidence, il avait atteint cet état pacifié qui gagne souvent les coupables au moment de leur arrestation. Le moment où ils comprennent qu'ils ne doivent plus fuir. Haïm Sara, claquemuré dans son mutisme comme dans une grotte, attendait que la tempête s'abatte sur lui. Mais Avraham n'arriva pas à le déloger. Pas ce jour-là en tout cas.

Évidemment, Ilana avait peut-être raison et il s'était peut-être à nouveau trompé sur toute la ligne, y compris sur la manière dont il interprétait l'attitude du suspect. Oui, presque jusqu'à la fin de ce premier interrogatoire, Avraham n'arriva pas à éteindre totalement les doutes que la divisionnaire avait réussi à lui communiquer. Il se souvint de ce qu'elle lui avait demandé lorsqu'ils avaient démêlé ensemble un de leurs premiers dossiers, une enquête liée à des soupçons de maltraitance sur des personnes âgées pensionnaires d'une institution à Holon : «Tu sais quelle est la différence entre les êtres humains et les animaux ? Les êtres humains parlent. Le contraire n'existe pas, tu comprends ? Donc, si tu es suffisamment patient et que tu poses des questions pertinentes, tout le monde finit par se mettre à table.»

Haïm Sara était de ces rares individus pour lesquels parler n'était pas naturel.

– Je ne vous connais pas assez, monsieur Sara, déclara Avraham, et peut-être n'avez-vous pas saisi dans quelle situation vous vous trouvez. Alors, je vais vous l'expliquer : nous cherchons votre femme et essayons de comprendre pourquoi vous nous avez menti à son sujet.

L'homme leva un instant les yeux de la table et le commandant en profita pour pousser la photo vers lui. Incroyable comme elle ressemblait au garçon qu'il avait vu derrière la porte, songea-t-il. Oui, le fils aîné avait le même visage, les mêmes sourcils noirs et épais, au-dessus d'yeux sombres au regard franc et intense.

– Je voudrais savoir pourquoi vous avez menti à l'agent de sûreté en prétendant parler à votre femme alors que ce n'était pas avec elle que vous discutiez au téléphone.

Comme Haïm Sara ne réagit pas, il continua à le secouer.

– Et ce n'est pas la première fois que vous nous racontez n'importe quoi. Vous m'avez déjà donné plusieurs informations erronées. Mais commençons par le téléphone. Pourquoi avoir fait semblant de lui parler ?

Comme Haïm Sara ne répondait toujours pas, il réitéra sa question. En vain. Il se saisit de la photo et la lui mit sous le nez.

– Regardez-la, s'il vous plaît, monsieur Sara. C'est un vieux cliché. Savez-vous comment je l'ai obtenu ?

Haïm Sara ne remua même pas la tête.

– C'est la police des Philippines qui me l'a envoyée. Et ce sont les autorités philippines qui exigent que nous enquêtions sur votre femme. Savez-vous pourquoi ? Parce que, lors de votre précédent interrogatoire, vous m'avez dit qu'elle était partie à Manille et que c'était pour cela que je ne pouvais pas la convoquer et la questionner au sujet de la valise piégée, vous vous en souvenez ? Vous m'avez aussi proposé de l'appeler. J'ai là le procès-verbal de la déposition que vous avez signée.

– Je m'en souviens.

Tels furent les premiers mots prononcés par Haïm Sara. Et ils furent prononcés si doucement que le micro de l'enregistreur ne les capta pas. Dans la voix, il n'y avait ni excuses ni regrets.

– Et vous assumez ce que vous avez dit ?

Comme le suspect ne répondait pas, Avraham continua :

– Parce que c'est un mensonge. Nous avons vérifié avec la police philippine et votre femme n'est pas entrée sur leur territoire le 12 septembre de cette année. Ni à aucune autre date. Alors, pourquoi avez-vous menti ? Qu'avez-vous essayé de nous dissimuler ?

Si Ilana avait raison et si le menteur n'était pas le mari mais la femme, eh bien, cet homme venait d'apprendre à l'instant qu'il avait été trompé, au moins sur la destination du voyage de sa femme. Et il aurait dû réagir différemment. Parce qu'il n'avait pas du tout l'air étonné.

– Et vous avez menti sur un autre point, continua Avraham. Vous avez dit qu'elle était partie là-bas s'occuper de son père.

Or, regardez ce qui figure sur ce document officiel que j'ai reçu avant-hier des Philippines. Vous lisez l'anglais ? Risaldo Salazar – le père de Jennifer – est décédé en 1985. Quel âge avait-elle alors ? Quinze ans ? J'en conclus que vous avez inventé cette histoire de père malade. Je ne sais pas pourquoi, je ne sais pas pourquoi vous avez choisi justement ce prétexte, mais tout ça n'est que pure invention.

Il se leva et alla se placer derrière Haïm Sara qui, lui, ne se retourna pas et resta à fixer le mur. Alors Avraham se pencha et lui chuchota à l'oreille :

– Vous savez où se trouve votre femme, n'est-ce pas ? Je sais que je ne me trompe pas.

Il était huit heures passées lorsqu'on frappa à la porte. Le commandant sortit de la salle d'interrogatoire.

Zitouni l'attendait dans le hall, encore vêtu de son uniforme d'agent, les mains gantées de latex blanc.

– Il faudrait que tu viennes voir sa valise, dit-il d'un air inquiet.

Avraham le suivit, ils entrèrent dans une petite pièce remplie de sacs et de valises, il y en avait partout, sur les étagères, le long des murs. Le bagage de Haïm Sara était ouvert sur la table qui occupait un coin.

– Tu as trouvé quelque chose à l'intérieur ? demanda le commandant.

Zitouni en tira un sac en papier :

– Regarde ça.

Ce fut le moment où Avraham sentit sa belle assurance se fissurer et envisagea même de relâcher l'homme sans plus attendre pour qu'il puisse embarquer.

– Je n'avais pas le choix, j'ai été obligé de déchirer le papier cadeau, s'excusa le jeune inspecteur qui agita un jean blanc et un fin chemisier violet du bout de ses doigts gantés, comme s'il tenait un rat par la queue.

– Des cadeaux pour sa femme. Et regardez, il y a aussi des papiers.

Les lettres, écrites sur des feuilles arrachées à un bloc, étaient pliées au fond du sac. Sur la première, il vit un dessin d'avion, noir dans un ciel bleu, et à côté, quelqu'un avait ajouté, en rouge, d'une écriture enfantine : *Pour ma maman chérie Jenny, c'est l'avion que nous allons prendre pour te rejoindre après beaucoup de temps.* Sur la deuxième lettre, il n'y avait pas de dessin, mais une phrase en caractères majuscules bleus : *Maman chérie tu m'as manqué et je suis trop content parce que papa nous emmène dans le pays des Philippines. Je veux que tu rentres avec nous à la maison et que tu restes avec nous, comme avant. Ton fils aîné, Ezer.*

Sans prendre la peine d'enfiler de gants, Avraham fouilla dans la valise et trouva au fond deux chemisiers supplémentaires et une combinaison dans un sac plastique orange.

– À part ça ?

– Rien d'autre, répondit Zitouni. Seulement des vêtements pour les garçons, quelques jouets et ses propres habits. Et aussi des serviettes de bain et des affaires de toilette.

Avraham contempla encore un instant les deux feuilles, les replia et les glissa délicatement dans le sac en papier. L'inspecteur, qui le suivit ensuite jusqu'au fumoir – bien qu'il ne fumât pas –, voulut savoir ce qu'il comptait faire.

Il l'ignorait et demanda en retour à son collègue s'il avait déjà informé Ilana de ce qu'il avait découvert dans la valise.

Zitouni secoua négativement la tête.

S'il appelait maintenant la divisionnaire, elle lui ordonnerait de relâcher Sara ; ce fut la raison pour laquelle il s'en abstint. Il décida de demander conseil à Maaloul et aussi, surtout, d'observer les enfants. Il espérait qu'en les voyant il retrouverait toute sa détermination. Le plus jeune, celui aux cheveux longs, était assis à une table, dos à la porte, dessinait sur une feuille de papier, tandis que l'inspecteur, penché sur le côté, lui avait posé une main sur l'épaule. Ils avaient tous les deux les doigts tachés d'encre et se tournèrent en même temps vers Avraham qui entrait. Ezer, installé sur une chaise face à la porte, ne leva même pas les yeux de sa feuille, comme s'il n'avait pas remarqué l'entrée du commandant.

Ils s'isolèrent à l'extérieur de la pièce, mais laissèrent la porte ouverte.

– Du nouveau ? chuchota Maaloul.

– Rien pour l'instant. Il continue à se taire, mais je suis persuadé qu'il sait où elle est.

Ensuite, en entendant la description de ce qu'ils avaient trouvé dans la valise, Maaloul soupira. Et ce fut à cet instant, justement au moment où personne ne le regardait, qu'Ezer tourna la tête vers eux et les détailla à travers le cadre de la porte.

– Et les petits ? demanda Avraham.

– Ils s'adoucissent. Au début, ils ne voulaient pas me parler mais maintenant ils m'ont déjà raconté qu'ils allaient retrouver leur mère. Qu'elle les attendrait à l'aéroport. Le petit est plus bavard. Le grand plus méfiant.

– Tu leur as demandé quand elle était partie ?

– Je pense qu'ils ne s'en souviennent pas. Le petit a dit que c'était il y a deux jours. Mais ne t'inquiète pas, Avi, je vais revenir sur ce point, il me faut juste un peu de temps. Tu peux me les laisser encore une ou deux heures ?

– Oui. Il est exclu que je le relâche aujourd'hui, répondit fermement Avraham qui avait d'un coup récupéré toute sa détermination.

Et pourtant, de retour dans la pièce où l'attentait Haïm Sara, il l'interrogea sur un autre ton. Peut-être à cause de ce qu'il avait trouvé dans la valise. Le vol 958 de la Korean Air à destination de Séoul reçut l'autorisation de décoller et prit la direction de la piste d'envol. Il avait au moins réussi à éviter qu'ils embarquent. Il reprit sa place en face de son suspect.

– Je viens de voir vos enfants, commença-t-il, et il eut l'impression que quelque chose avait bougé sur le visage du père.

Il continua, s'exprimant avec plus de douceur, presque tendrement :

— Vous savez pourquoi j'ai décidé de vous retenir pour les besoins de l'enquête ? Vous voulez le savoir ? À cause d'eux. Parce que sinon vous auriez été arrêté au moment où votre avion atterrissait à Manille. Et vos enfants se seraient retrouvés là-bas tout seuls, sans personne pour s'occuper d'eux. Vous comprenez ?

Sara leva la tête et lui dit soudain merci.

Avraham comprit que c'était la bonne tactique et poursuivit dans ce sens :

— Il me semble que vous avez décidé de ne pas répondre à mes questions. C'est votre droit, bien qu'à mon avis vous ayez tort. Je ne fais qu'essayer d'éclaircir ce qui se passe avec votre femme. Je ne vous veux aucun mal. Vous avez dit qu'elle était aux Philippines, or elle n'y est pas. Mais elle n'est pas non plus en Israël. Alors supposons un instant que je me sois trompé et que vous dites vrai en affirmant ignorer où elle est réellement, n'allez-vous pas m'aider à lever le voile sur ce mystère ? Pourquoi ne pas collaborer et me raconter tout ce que vous savez ? Ça faciliterait les choses, ça m'aiderait certainement à vous faire confiance et, surtout, j'arriverais plus facilement à savoir où la chercher.

Il ne pensait pas un mot de ce qu'il disait, mais son interlocuteur ne s'en rendit pas compte.

— Comment vont mes enfants ? s'enquit-il dans un premier temps.

— Ils sont dans la pièce d'à côté et vous attendent.

Sara posa alors la main sur la table, près de la photo de sa femme.

— Dites-moi ce que vous voulez savoir sur elle et je vais essayer de vous aider.

Avraham s'engouffra aussitôt dans la petite brèche qui s'ouvrait à l'entrée de la grotte au fond de laquelle l'homme s'était retranché.

– Depuis combien de temps vit-elle en Israël ?

– Neuf ans, peut-être dix.

– Où l'avez-vous rencontrée ?

– À Ness-Ziona.

– Dans quelles circonstances ?

– Chez ma mère.

– Elle travaille chez votre mère ?

– Elle travaillait chez un voisin. Jusqu'au jour où le vieil homme a été placé en gériatrie dans un hôpital et qu'elle s'est retrouvée sans travail.

Avraham lui demanda les coordonnées de sa mère et eut l'impression qu'il les communiquait à contrecœur.

– Pouvez-vous me dire qui sont les gens qu'elle fréquente ?

– Comment ça, les gens qu'elle fréquente ? Elle ne fréquente personne.

– Elle n'a pas d'amis en Israël ? De connaissances ? Elle ne sort jamais de la maison ?

– Elle sort avec les enfants. Et parfois, elle va à l'église.

– Quelle église ?

– À Jaffa. Dans la vieille ville.

– A-t-elle de la famille ici à part vous ?

– Non. Elle a gardé des contacts avec sa sœur qui vit en Allemagne.

Il ne savait pas où habitait cette sœur et assura ne pas connaître son numéro de téléphone – peut-être ne voulait-il simplement pas le donner –, mais Avraham avait tout de même réussi à le faire sortir de son silence. Il lui demanda s'il voulait boire ou manger quelque chose – Sara refusa –, puis il lui promit de l'emmener bientôt voir ses enfants. Force lui était de constater que toutes ces informations ne l'avaient pas rapproché d'un iota de Jennifer Salazar. Son mari n'avait encore rien dit d'important à son sujet, pourtant le commandant avait l'impression que lentement il cernait ce dont Haïm Sara s'était rendu coupable.

Effectivement, il ne se trompait pas.

– Comment cela ? Au travail, elle n'a de relations avec personne ? Pas d'amis ? reprit-il.

– Elle ne travaille pas en ce moment. Au début, elle s'occupait de personnes âgées, ensuite elle a un peu travaillé avec moi, dans mon entreprise.

Comme Avraham ne se souvenait plus de quelle entreprise il s'agissait, Sara lui expliqua qu'il était dans la restauration rapide.

– C'est-à-dire que vous vendez des repas ?

– Oui. Des sandwichs et des plats chauds.

– Vous avez un restaurant ?

– Non. Je me déplace à Holon. Je fais les bureaux, surtout dans la zone industrielle, les usines du coin et je travaille aussi aux impôts et à la sous-préfecture.

Avraham écrivit dans son calepin le mot : *sous-préfecture.* Il se souvenait avoir déjà croisé ce terme pendant l'enquête, mais quand ? Qui lui en avait parlé ? La réponse n'émergea qu'au bout de quelques minutes, et ce fut la percée qu'il attendait.

Haïm Sara n'avait rien à ajouter. Avraham ne savait pas quoi lui demander d'autre.

– Et qu'est-ce que, vous, vous en pensez ? Où imaginez-vous que se trouve votre femme ? Accepteriez-vous de me le dire ?

Il avait lancé ces mots presque en désespoir de cause. La réaction qui suivit l'étonna.

– Vous affirmez qu'elle n'est pas aux Philippines. Dans ce cas, je ne sais pas où elle est. Pour nous aussi, c'est une énigme, on avait l'intention d'aller la chercher là-bas.

L'homme mentait, Avraham le savait mais il fut troublé par ce prétexte auquel il ne s'attendait pas du tout. Voilà qui était nouveau.

– Que voulez-vous dire ? demanda-t-il.

– Qu'elle est partie sans nous prévenir, déclara Sara d'une voix qui se raffermit. Un jour on est rentrés à la maison et elle n'était plus là. Elle n'a pas laissé de lettre pour dire qu'elle partait, elle a seulement téléphoné quelques jours plus tard. On a essayé de la convaincre de revenir.

– Et elle ne vous a pas dit d'où elle vous appelait ?

– Si, elle a dit qu'elle était rentrée chez elle, aux Philippines. Mais, maintenant, vous affirmez que ce n'est pas vrai. Ensuite, on n'a plus réussi à la joindre. Elle ne répondait jamais. C'est pour ça que je n'ai pas su comment réagir quand l'agent de sûreté m'a dit que c'était elle au téléphone. J'ai pensé que peut-être je ne reconnaissais plus sa voix après tout ce temps, vous comprenez ? Elle n'a même pas dit au revoir aux enfants. Elle s'est évaporée un beau jour, sans leur donner d'explications. J'étais certain qu'elle était là-bas.

Cette histoire concordait avec le scénario d'Ilana et expliquait ce qu'ils avaient trouvé dans la valise. Cependant, Avraham n'en croyait pas un mot.

– C'est la première fois qu'elle disparaît comme ça ou l'a-t-elle déjà fait ? demanda-t-il.

– La première fois, répondit Haïm Sara en le regardant droit dans les yeux. Elle nous avait déjà menacés de partir, à plusieurs reprises, elle disait qu'elle ne voulait plus rester ici, mais elle ne l'a jamais fait. Je ne sais pas pourquoi elle est partie maintenant.

– Elle ne vous a rien expliqué ? Et au téléphone, que vous a-t-elle dit ?

– Qu'elle ne voulait plus vivre avec moi. Et qu'elle ne voulait plus des enfants. Je sais qu'elle avait du mal avec nous trois, mais jamais je n'aurais imaginé qu'un jour elle nous quitterait.

L'aéroport était vide lorsque, à onze heures passées, Avraham sortit de la salle d'interrogatoire.

Il se mit en quête de Zitouni, ne le trouva pas, l'appela sur son portable et entendit une sonnerie juste derrière lui. Le jeune enquêteur surgit de la pièce des bagages suspects. Avraham lui demanda de contacter la mère de Haïm Sara pour savoir si elle pouvait accueillir les garçons chez elle. Comme il ignorait son âge et surtout son état de santé, il décida que le jeune homme irait la chercher dans un véhicule de police pour l'amener à l'aéroport et la ramener si besoin chez elle avec les enfants.

Étrange de voir ce lieu ainsi vide, alors que trois heures plus tôt il était encore envahi par une foule très dense. Tous les postes de contrôle de passeports étaient fermés, excepté deux, et dans l'une des guérites, il reconnut la policière qui avait accompagné Haïm Sara le matin même jusqu'à la salle d'interrogatoire. Dans deux heures, l'espace aérien d'Israël serait fermé. Le dernier avion prévu avant le début de Kippour devait décoller de Ben-Gourion pour Varsovie à douze heures cinquante-cinq et le dernier avion qui se poserait, un vol en provenance de Bruxelles, atterrirait à douze heures vingt-cinq.

Il demanda à Zitouni d'essayer de contacter le responsable du secteur de Holon au ministère de l'Intérieur, mais c'était quasiment mission impossible, il se doutait que toutes les administrations étaient déjà fermées. Il frappa à la porte de l'autre pièce et l'ouvrit sans attendre de réponse. Le plus jeune fils de Haïm Sara dormait à même le sol dans un coin, un sweat-shirt bleu lui servant de couverture. Ezer et Maaloul, assis à la table l'un à côté de l'autre, se turent en l'entendant entrer et l'inspecteur lui fit signe de ressortir – il viendrait le rejoindre dans un instant. Lorsqu'il émergea, il paraissait très secoué.

– Je crois que tu as tapé dans le mille, chuchota-t-il à Avraham. Il est arrivé quelque chose à la mère et j'ai comme l'impression que le fils a tout vu.

Il n'en fallut pas davantage à Avraham pour décider irrévocablement que son suspect resterait écroué tout le week-end. Pourtant, c'est plus tard, dans la soirée, qu'il se formula nettement ce qui aurait pu arriver aux deux garçons s'il avait relâché leur père et les avait tous laissés rentrer à la maison. Pour contourner la divisionnaire, il avait déjà décidé d'appeler Benny Seban. Il savait qu'il obtiendrait facilement du chef frais émoulu l'autorisation de placer Haïm Sara en garde à vue pour vingt-quatre heures, de le transférer dans une cellule au commissariat et de l'y laisser jusqu'à la fin du jeûne.

– Comment ça ? L'aîné aurait vu quoi ? demanda-t-il avec insistance à Maaloul.

– Je suis revenu à plusieurs reprises sur le jour où Jennifer a disparu. Je lui ai demandé s'il se souvenait quand elle était partie en voyage ou depuis combien de temps. Après que son petit frère s'est endormi, j'ai senti qu'il se décontractait, et il a commencé à me raconter que, pendant la nuit, son père avait emmené sa mère et lui avait dit, à lui, qu'elle ne reviendrait plus jamais. Que c'était ce qu'il avait vu.

Avraham ne fut pas surpris. Et si son cœur s'accéléra, c'est parce qu'il venait de se souvenir à quelle occasion il avait entendu quelqu'un mentionner la sous-préfecture. Et il eut l'impression que tout s'éclaircissait. Haïm Sara l'attendait dans l'autre pièce, certain d'être relâché grâce aux détails mensongers qu'il avait fournis sur le voyage de sa femme.

Or Jennifer Salazar n'avait jamais quitté Israël.

– Tu penses que le gamin a vraiment vu quelque chose ? demanda-t-il encore au vieil inspecteur.

– C'est possible. Mais il ajoute un truc étrange. Il ne cesse de répéter que ce n'est pas Haïm Sara.

Avraham ne comprit pas.

– Moi non plus, je ne comprends pas, continua Maaloul. Il dit que ce n'est pas ce papa-là qui a emmené sa maman. Que c'est son papa d'avant. As-tu une idée de ce que ça signifie ? Est-ce qu'il y a un autre père dans ce dossier ?

– Pour autant que je sache, non.

D'après le rapport envoyé par Garbo, Jennifer Salazar avait bien été mariée à un autre homme avant Haïm Sara, mais elle en avait divorcé après quatre ans de mariage et le couple n'avait pas eu d'enfants. De plus, des années s'étaient écoulées depuis.

Y avait-il, dans cette histoire, un protagoniste supplémentaire dont il ignorait tout ?

Le soir, après le début du jeûne de Kippour, le tableau se dessina enfin. L'obscurité avait envahi les rues calmes, les fenêtres n'étaient éclairées que de faibles lumières, mais le scénario qu'il cherchait à reconstituer émergea soudain de la pénombre, les éléments épars fusionnèrent, comme il l'avait espéré. Il comprit alors non seulement comment avait disparu la femme de Haïm Sara mais surtout pourquoi cet homme allait sans aucun doute tuer aussi ses propres enfants.

Il était impossible de joindre un responsable du ministère de l'Intérieur avant le début du jeûne, mais c'était devenu inutile. Comme il le faisait depuis son enfance à chaque Kippour, Avraham alla se promener à travers la ville déserte et marcha au milieu de la chaussée sans être dérangé, puisque c'était le seul jour de l'année où les voitures ne roulaient quasiment pas. Enfant, avant qu'il n'apprenne à faire du vélo et ne profite de cette journée pour faire de longues balades avec ses copains, il suivait son père en ville et revenait avec l'impression d'avoir parcouru la terre entière. De Kyriat-Sharet, ils prenaient vers l'ouest et marchaient jusqu'à la frontière de Bat-Yam. Il se souvenait qu'en chemin il lui posait des questions sur cette étrange journée où les voitures restaient dans les garages, où les adultes ne mangeaient ni ne buvaient. Son père essayait d'expliquer mais n'y arrivait jamais, peut-être parce que lui-même ne jeûnait pas. Lorsqu'ils rentraient à la maison, ils s'installaient avec sa mère devant un repas festif. Une fois, il était encore petit, il avait demandé à son père : «Si tu manges à Kippour, ça veut dire que tu mourras cette année?», et il se souvint de ne pas avoir reçu de réponse. Cette question avait même énervé sa mère qui avait exigé qu'il s'excuse tout en lançant avec colère : «Pourquoi dis-tu de telles bêtises sur ton père?»

Si Marianka avait été là, ils auraient longuement marché et sans doute dans une autre direction.

Elle s'obstinait à le fuir, il l'avait appelée à plusieurs reprises, mais n'avait pas obtenu de réponse.

Un jeune homme qui serrait sous le bras la trousse en velours contenant son châle de prière le dépassa exactement au moment où il arrivait devant le fameux immeuble de la rue de l'Histadrout. Les fenêtres de l'appartement où, quelques mois auparavant, Ofer Sharabi avait été assassiné, étaient closes.

Et s'il se retrouvait là en ce jour, ce n'était certainement pas un hasard. La boucle était enfin bouclée. Les enfants de Haïm Sara étaient en sécurité, séparés de leur père qui, lui, se morfondait dans une cellule du commissariat. Avraham pouvait d'ailleurs s'y rendre à tout moment et continuer son interrogatoire, mais il préférait attendre. Ce soir-là, il ne marcha pas jusqu'à Bat-Yam pour ensuite revenir sur ses pas. Il fit demi-tour et rentra chez lui.

14

De ce qui arriva la nuit où il passa aux aveux, Haïm n'était pas certain d'avoir tout saisi. Les policiers avaient-ils dit la vérité ou menti ? Il s'embrouillait peut-être encore dans la chronologie des faits, les événements s'étaient un peu mélangés dans sa tête, mais il se souvenait parfaitement des petites choses qu'il avait vues et qui, toutes, lui avaient paru empreintes d'un sens indéchiffrable. En tout cas, indéchiffrable cette nuit-là. Par exemple, la chaise sur laquelle on l'avait assis. Ou la violente explosion de colère de l'enquêteur, le coup de poing qu'il avait donné dans la porte de la salle d'interrogatoire. Cela faisait-il partie d'un plan ? Il n'avait personne à qui le demander. Et peut-être que ce n'était pas très important. Une seule question ne cessait de le tarauder : les policiers lui avaient-ils dit la vérité sur Ezer ? Là-dessus non plus, il ne reçut pas de réponse et n'en recevrait peut-être d'ailleurs jamais.

Il comprit que le jeûne était terminé aux bruits témoignant que le commissariat sortait de son engourdissement.

Quelque part, le téléphone se remit à sonner, des gens s'exclamèrent bruyamment. Quelqu'un alluma une radio réglée sur la Voix d'Israël et il put même entendre les informations, à peine couvertes par le vrombissement des moteurs des voitures qui démarraient sur le parking, sous l'unique fenêtre de sa cellule.

Toute cette agitation annonçait que son interrogatoire reprendrait bientôt.

Son compagnon d'infortune resta allongé sur sa couchette. Haïm, lui, préféra se mettre debout derrière les barreaux pour mieux saisir la vie qui reprenait. De longues minutes s'écoulèrent avant que la porte ne s'ouvre sur une policière qui ordonna à son codétenu de la suivre. Haïm lui demanda s'il était possible d'avoir de l'eau chaude et quelque chose à manger afin de casser le jeûne, lui aussi.

– Le commandant Avraham est en route, dit-elle. Il veillera à vous faire apporter une collation.

Si les deux hommes qui avaient passé la nuit côte à côte ne se dirent pas adieu, c'est parce qu'ils n'avaient quasiment échangé aucune parole au cours de ces longues heures enfermés ensemble. En fait, le codétenu amené au milieu de la nuit avait réveillé Haïm, qui l'avait aussitôt soupçonné d'être un mouchard chargé de lui délier la langue. Ce type avait une vingtaine d'années de moins que lui et ses lunettes lui donnaient un air cultivé et distingué. D'après les bribes de conversation qu'il saisit au moment où on lui apporta à boire et à manger, Haïm comprit qu'il avait utilisé sa voiture malgré Kippour, et heurté une cycliste avant de prendre la tangente. S'était-il ensuite dénoncé ou avait-il été rattrapé dans sa fuite ? Haïm n'osa pas le lui demander et ne réussit pas à se rendormir – peut-être avait-il peur que, dans une crise de somnambulisme, il ne révèle à cette oreille indiscrète des choses qu'il devait impérativement taire ? Peut-être simplement parce qu'il ne pouvait pas faire abstraction des sanglots de son voisin ? Heureusement, celui-ci n'essaya de nouer la conversation ni la nuit ni le matin. Une seule fois, lorsqu'il reçut son repas, il lui demanda poliment si cela ne le dérangeait pas qu'il mange devant lui et Haïm répondit que non.

Il se passa encore un très long moment entre le départ de cet homme et l'arrivée du commandant Avraham qui, dans un premier temps, ouvrit la porte, regarda sans mot dire à l'intérieur de la cellule et repartit.

Il s'était trompé au sujet de cet enquêteur, et il n'eut pas besoin d'attendre la suite des événements pour s'en rendre compte. La veille, à l'aéroport, lorsqu'il lui parlait de Jenny, de son voyage soudain et de la manière dont elle les avait quittés, lui et les enfants, sans avertissement, il avait eu l'impression de saisir de la compréhension dans son regard. Et peut-être aussi d'avoir été cru lorsqu'il avait prétendu que s'il n'avait pas avoué tout de suite qu'il ne reconnaissait pas la voix au téléphone, c'était parce qu'il n'avait pas entendu Jenny depuis longtemps et qu'il avait préféré continuer à lui parler, au lieu de prévenir tout de suite l'agent que la voix n'était pas celle de sa femme. Espérait-il encore, en son for intérieur, pouvoir échapper à la justice, même s'il avait compris que la police la recherchait ? Pourtant, il s'était senti pris au piège bien avant d'avoir ouvert la porte de la petite pièce à l'aéroport, avant d'avoir vu le commandant Avraham. Justement, à cet instant, il avait eu un sursaut d'espoir et c'était ce qui lui avait donné la force de raconter que Jenny les avait quittés. Cet espoir venait des questions moins agressives que lui avait posées le policier, de son visage qui s'était adouci. Lentement, l'affolement dans lequel l'avait plongé cet interrogatoire inattendu s'était mué en un calme intérieur. Et, soudain, il considéra Avraham, qui était plus petit que lui, comme un homme ordinaire. Et cette constatation le détendit miraculeusement, à l'inverse de ce qu'il avait éprouvé lors de son premier interrogatoire, quelques jours auparavant, et des difficultés qu'il avait eues pour se blanchir de cette histoire de valise piégée. Cette fois, le commandant s'intéressa à la manière dont il avait rencontré Jenny, à ce qu'elle faisait comme travail, qui elle rencontrait en Israël, mais ne l'accusa pas – comme précédemment – de savoir où elle se trouvait. Mais après, Avraham sortit de la pièce et lorsqu'il revint, il lui annonça sa décision de le transférer au commissariat et de reprendre l'interrogatoire après Kippour. C'en était fini, Haïm perdit tout espoir. Il voulut savoir ce que la police comptait faire avec ses enfants, et en apprenant que sa mère était en route pour l'aéroport, il s'affola. Ezer et Shalom furent introduits dans la petite pièce pour qu'il leur dise au revoir.

– Vous allez dormir chez mamie, expliqua-t-il à son grand, d'accord ? On ne peut pas aller chercher maman aujourd'hui parce qu'il y a un problème avec notre avion et que, moi, je dois rester ici encore un peu pour aider la police.

Shalom, qui avait l'air de s'être tout juste réveillé, lui demanda, en larmes :

– Ah bon, c'est toi qui dois les aider ?

Ezer était fatigué lui aussi mais faisait des efforts pour ne pas pleurer comme son frère. Dans sa cellule, pendant tout le temps que dura le jeûne de Kippour, Haïm ne cessa de penser à eux. De temps en temps à sa mère aussi. À l'angoisse dans laquelle allaient la plonger ces derniers événements. Pourvu que les enfants aient cru la raison qu'il avait invoquée pour expliquer ce faux départ, songea-t-il.

Avraham revint avec une grande bouteille d'eau et une portion sous vide de couscous aux légumes. Il resta debout dans un coin de la cellule, mains dans les poches du pantalon, à l'observer sans dire un mot pendant qu'il mangeait, assis sur la couchette. Lorsqu'il eut terminé son repas, le policier, qui portait un jean bleu et un tee-shirt noir, lui ordonna de le suivre. Jusque-là, Haïm n'avait pas encore identifié dans ses yeux le regard fou qu'il y verrait ultérieurement. Avraham ouvrit la salle d'interrogatoire, le fit entrer en premier mais lorsque Haïm voulut s'asseoir sur la chaise la plus proche, il lui indiqua de passer de l'autre côté de la table et de s'installer sur le siège le plus éloigné, en face de la porte. Cela ne pouvait être fortuit.

– Voulez-vous voir un avocat ? demanda le commandant après avoir allumé l'enregistreur.

Haïm répondit que non. Avraham ouvrit le dossier posé devant lui, regarda sa montre et inscrivit quelque chose au stylo noir sur une feuille de papier.

L'explosion de colère avait apparemment été préméditée, parce que, au début de l'interrogatoire, l'enquêteur était calme, il posait ses questions d'une voix tranquille, sans la moindre agressivité. Son large visage paraissait fatigué, il n'était pas rasé et son regard chercha les yeux de Haïm pendant presque tout leur échange. Il commença par lui demander s'il persistait à prétendre que son épouse avait quitté le pays le 12 septembre. Il ne répondit pas. Comme à l'aéroport, le policier ne l'avait pas appelée Jenny mais Jennifer Salazar.

– C'est dommage, monsieur, parce que je sais que ce n'est pas vrai, reprit-il après un court instant. Voulez-vous savoir comment je le sais ?

Haïm essaya d'éviter son regard. Il ne voulait pas savoir, se concentra sur les voix de l'autre côté de la porte, peut-être une radio allumée.

Depuis qu'on l'avait transféré au commissariat, il avait un peu mal au ventre et à la poitrine. La douleur s'intensifia lorsqu'il entendit les paroles d'Avraham.

– Je vais quand même vous l'expliquer, je suis sûr que vous êtes curieux, même si vous n'osez pas le dire. Savez-vous pourquoi je ne suis pas venu plus tôt ce soir ? Parce que j'ai eu une longue conversation avec quelqu'un que vous connaissez bien. Ilan Babakhian. Vous connaissez Ilan, ça, vous n'allez pas le nier, au moins, monsieur Sara ? C'est votre cousin, le fils de votre tante, si je ne m'abuse. Et vous avez une petite idée de ce qu'il m'a révélé, non ?

Ce fut là que s'envola son dernier espoir, mais il n'avait toujours pas l'intention de parler. Sa douleur abdominale redoubla, il se mura dans son silence, resta les yeux baissés et ne les releva furtivement que lorsque Avraham lui fit la lecture de la feuille griffonnée qu'il tenait à la main.

– Ilan Babakhian a avoué les faits suivants : vous lui avez demandé, dans le cadre de son travail à l'état civil qui lui donnait accès aux fichiers du ministère de l'Intérieur, d'enregistrer la fausse sortie du territoire de Jennifer Salazar le 12 septembre.

Vous avez prétexté un problème lié à son titre de séjour qui aurait expiré alors que vous étiez en attente des documents à fournir pour faire sa demande de naturalisation – ce qui était exact d'après ce qu'il a vérifié. Vous lui avez expliqué que si elle n'était pas enregistrée comme ayant quitté Israël, elle perdrait son statut et deviendrait clandestine. Confirmez-vous ses dires ?

Une lame lui transperça le ventre et la poitrine, mais la douleur restait supportable, comme si elle n'avait pas encore atteint son paroxysme.

Ce n'était pas son idée à lui mais celle de sa mère. Et elle n'y avait pensé que deux jours après le meurtre. Lui, il avait trouvé dès le début que c'était une erreur. Il estimait qu'il suffirait de dire à tout le monde que Jenny était partie, et pour cela, il était inutile de falsifier quoi que ce soit. Et il avait eu raison. Sans cette fausse sortie du territoire, Avraham n'aurait jamais eu la preuve que quelque chose clochait, songea-t-il à ce moment-là. Mais le commandant lui assena un nouveau coup.

Non, sa douleur n'était pas causée par une sourde colère. Il n'en voulait ni à sa mère ni à lui-même. Lorsque les élancements atteindraient leur point culminant, ce serait autre chose qui exploserait en lui, pas de la colère. Il n'accusait personne d'avoir été démasqué, ni maintenant ni plus tard. Il ne s'agissait que de la poisse qui lui collait à la peau depuis toujours. Sa mère l'avait convaincu que ce faux enregistrement de sortie était incontournable, sans quoi, avait-elle assuré, les policiers des services de l'immigration finiraient par débarquer chez eux à la recherche de Jenny, et il s'était dit qu'elle avait peut-être raison.

Il resta silencieux.

– Vous n'êtes pas obligé de confirmer, monsieur Sara, reprit alors Avraham. Je comprends que vous ayez du mal à parler. Moi aussi j'éprouverais la même chose dans votre situation. Quoi qu'il en soit, Ilan Babakhian a proposé, pour vous aider, de prolonger le titre de séjour de Jennifer Salazar même si vous n'aviez pas tous les documents requis. Cependant, d'après ses aveux, vous avez refusé et l'avez supplié de falsifier cette preuve de sortie du territoire. Vous avez dit qu'il n'aurait ensuite qu'à l'enregistrer rapidement comme étant de retour. Votre cousin affirme que c'est l'explication que vous lui avez donnée – le risque qu'elle devienne une clandestine –, et il a juré ses grands dieux qu'il ignorait la disparition de votre femme. Nous devons encore vérifier sa déposition avant de décider quel sera son chef d'inculpation.

Soudain, Avraham leva les yeux de sa feuille, le regarda et ajouta d'une voix moins officielle :

– Mais, vous, vous aviez l'intention de nous faire croire qu'elle était retournée aux Philippines pour toujours, n'est-ce pas ? Dans ce cas, vous allez devoir vous expliquer, parce que je voudrais comprendre comment fonctionne votre cerveau. À supposer qu'il fonctionne : vous n'avez pas pensé qu'Ilan vous poserait des questions ? Qu'au bout de quelques semaines maximum, il vous demanderait s'il pouvait enregistrer le prétendu retour de votre femme ? Ou bien qu'il vous demanderait ce qu'elle était effectivement devenue parce qu'il ne la voyait plus ?

Les paroles blessantes du commandant lui glissaient dessus. Il entendit, venant de l'extérieur, une vive discussion entre un homme et une femme, puis des éclats de rire. Il n'avait pas l'intention d'expliquer qu'il avait cru que tout le monde oublierait. Que les premiers jours, il n'avait pas eu d'autres plans que celui-là : Ilan oublierait, d'autant que son cousin n'avait vu sa femme que très rarement. Il n'avait pas non plus l'intention d'expliquer au policier qu'au début il avait même pensé que les enfants oublieraient petit à petit. Oui, il s'était dit que, le temps passant, les choses tomberaient dans l'oubli, comme tout. Mais il s'était trompé. Pourquoi cette fois, justement, personne n'avait oublié ?

S'il ne se trompait pas, peu de temps après les questions vexantes posées par le commandant, la porte de la salle d'interrogatoire s'ouvrit soudain et il vit, l'espace d'une seconde, son fils Ezer debout sur le seuil de la pièce en compagnie d'un policier qu'il ne connaissait pas. Ce fut assurément le pire moment de sa garde à vue. Cela se passa tellement vite que s'il avait été assis sur l'autre chaise, il ne l'aurait pas remarqué, même en se retournant.

Son fils aîné portait toujours les beaux habits que Haïm lui avait choisis pour le voyage : son pantalon bleu et son tee-shirt blanc avec le dessin du bateau. Et il vit tout de suite qu'il avait les cheveux en bataille et les yeux rouges. L'homme à côté de lui, d'un certain âge, posa sa grande main sur la maigre épaule du garçon pour l'empêcher de courir vers son père et de se réfugier dans ses bras, comme il allait le faire. Étrange cette intimité entre les deux, étrange qu'Ezer se laisse ainsi toucher par cet inconnu alors qu'il était si réfractaire à tout contact venant d'une personne non familière. Cette constatation lui fit du mal, il sentit qu'on essayait de lui arracher son fils, de l'en séparer. Il n'eut pas le temps de lui parler, la porte se referma avec précipitation. Quant au commandant Avraham, il voulut reprendre le cours de l'interrogatoire comme si de rien n'était, après s'être excusé et avoir admis qu'une telle rencontre n'aurait jamais dû se produire.

– Qu'est-ce que mon fils fait là ?

Avraham ne répondit pas.

Tels furent les premiers mots qu'il prononça et la première fois aussi que son regard croisa celui de l'enquêteur.

– Pourquoi est-ce que vous avez fait venir mon fils ici ? répéta-t-il.

– Monsieur Sara, dans cette pièce, c'est moi qui pose les questions.

La phrase avait été prononcée avec douceur.

À partir de cet instant, la seule chose que vit Haïm dans son esprit, ce fut son fils, le regard figé, avec cette grosse main posée sur son épaule. Dans son ventre et sa poitrine, la douleur avait explosé, mais au lieu d'être couvert de sang comme il l'avait cru, il s'était retrouvé submergé de souvenirs. Il n'entendait plus qu'à travers un épais brouillard les questions d'Avraham qui devenaient agressives et impitoyables, accroché qu'il était à la vision d'Ezer endormi sur le canapé tout contre lui la veille de leur départ, la tête posée sur son épaule à écouter l'histoire qu'il lui lisait en la déformant un peu. Un bandeau d'événements récents se noua autour de ses yeux, les contours du policier devinrent flous, lointains, et la voix qui le pressait semblait venir d'une autre pièce… jusqu'au moment où Avraham haussa le ton et lui assena :

— Je sais que vous l'avez tuée. Alors je vous demande, s'il vous plaît, de me raconter ce que vous avez fait et de me dire où vous l'avez enterrée.

Tout cela n'avait apparemment duré que quelques minutes qui furent suivies d'un court silence.

C'est alors que la tempête éclata dans la pièce. Elle aussi relevait peut-être d'une stratégie planifiée, mais sur le moment, comment Haïm aurait-il pu s'en douter ? Saisissant par-delà son brouillard le regard dément qui brillait dans les yeux de son interlocuteur, il pensa que celui-ci avait perdu patience. Lorsque le policier se leva soudain et s'approcha de lui par-derrière, comme il l'avait fait à l'aéroport, il ne chuchota pas. Au contraire, il lui hurla dans l'oreille, d'une voix horriblement stridente :

— Elle vous trompait, monsieur Sara ? C'est ça ? Avec combien d'hommes a-t-elle couché avant que vous ne vous en soyez rendu compte ? Ce jour-là, vous l'avez surprise au lit avec son amant ? Avec un jeune homme ? Vous ne bandez plus, c'est ça ? C'est ça votre problème ? Alors elle était bien obligée d'aller chercher des jeunes pour s'envoyer en l'air, non ? Et quand elle vous a vu, elle vous a dit qu'elle prenait les enfants et vous quittait ?

Sur ces mots, Avraham se tourna, s'éloigna et frappa violemment la porte de son poing fermé, comme s'il ne pouvait plus contenir sa rage.

Rien de ce qui venait d'être dit n'était vrai.

Mais ce n'est pas à cause de ces hurlements qu'il sortit de son mutisme. Jenny ne l'avait jamais trompé, et même si elle l'avait fait, jamais il n'aurait levé la main sur elle.

Une ou deux minutes passèrent avant que la porte ne s'ouvre. Le policier qui avait posé la main sur l'épaule d'Ezer apparut à nouveau sur le seuil. *A posteriori*, Haïm comprendrait pourquoi le commandant avait donné un coup si violent dans la porte : c'était certainement un signal.

– Tu dois venir un instant.

– Pas maintenant, répondit Avraham, mais son collègue entra dans la pièce et lui chuchota quelque chose à l'oreille.

Haïm se retrouva seul. Les questions grossières qui venaient d'être posées au sujet de Jenny planaient encore dans la pièce.

Quant aux spasmes qui lui étreignaient les entrailles, ils avaient changé de nature mais étaient encore plus douloureux parce qu'il venait de comprendre que s'il continuait à se taire, ses enfants entendraient ces mêmes paroles odieuses.

«Ce jour-là, vous l'avez surprise au lit avec son amant? Vous ne bandez plus, c'est ça?»

Il aurait été incapable de dire exactement au bout de combien de temps Avraham revint, il n'y avait pas de pendule murale. Cette fois, le policier s'assit sur la table, face à sa chaise de sorte que, du pied, il lui effleurait presque le genou. Il paraissait s'être calmé. Soudain il tendit la main et, du bout des doigts, lui toucha le menton pour l'obliger à relever la tête.

– Haïm, ne comprenez-vous pas que rien ne peut plus vous sauver? Que vous êtes perdu? dit-il d'une voix presque douce.

Il essaya d'empêcher ces mots de l'atteindre sans se boucher les oreilles et, au lieu de demander à Avraham de ne pas le toucher, il répéta sa question, d'une voix étranglée par la honte :

– Pourquoi avez-vous fait venir Ezer ici?

– Votre fils nous a tout raconté. Vous m'entendez? Il nous a tout raconté. Vous savez depuis le début qu'il a tout vu, inutile de le nier.

Dans un premier élan, Haïm aurait voulu attraper cet homme, l'aplatir sur la table et le frapper, mais son corps, paralysé d'incrédulité, ne lui répondait pas. Il ne parvint qu'à lever le regard.

– Qui a vu quoi ?

– Vous saviez qu'Ezer vous avait vu descendre votre femme ainsi que la valise. Ne faites pas semblant de tomber des nues. C'est pour ça qu'il vous était urgent de partir avec eux aux Philippines. J'ai mis du temps à comprendre pourquoi vous vouliez tant les emmener à Manille, mais j'ai fini par trouver.

Avraham lui avait lâché le menton.

Et sa douleur dans l'abdomen et la poitrine s'était volatilisée.

À partir de cet instant, Haïm ne pensa qu'à une seule chose : qu'avait vu Ezer cette terrible nuit ? C'est pourquoi, au début, il ne réfléchit pas du tout à ce qu'avait dit l'enquêteur au sujet du voyage. Était-ce du bluff ? Comment savoir ? Peut-être que c'était du bluff, mais peut-être pas. Ezer n'avait-il pas tenu d'étranges propos après la découverte de la valise aux abords de la crèche ? Haïm revit son fils ce soir-là, allongé sur le dos dans la position figée qui lui avait fait si peur. Il se souvint aussi que ce soir-là, pour la première fois, le gamin avait mentionné son papa d'avant et prétendu que celui-ci savait qui avait déposé la valise mais ne l'avait pas autorisé à le révéler. Haïm avait pensé que la sourde angoisse éveillée en lui par ces paroles était liée à cette histoire de « papa d'avant », et non à la valise. Les jours suivants, Ezer n'avait quasiment pas parlé, presque hostile à son égard et puis soudain il avait raconté que c'était « son papa d'avant » qui avait aidé Jenny à s'enfuir la nuit avec la valise et lui avait aussi assuré qu'elle ne reviendrait plus. Comme au bout de deux jours son fils avait cessé d'évoquer ce « papa d'avant » et que, de plus, le fil tendu plusieurs nuits d'affilée en travers de la porte de la chambre des enfants lui avait prouvé qu'il ne se levait pas en dormant, Haïm avait jugé cette affaire réglée.

La nuit où il avait tué Jenny, il avait vérifié qu'aucun des garçons ne s'était réveillé.

– Il ne peut pas avoir vu quoi que ce soit, dit-il à Avraham sans réfléchir.

– C'est pourtant ce qui s'est passé, monsieur Sara. Pas de chance! Et vous saviez pertinemment qu'il vous avait vu. Alors inutile de vous obstiner à nier, votre fils nous a tout raconté, et pas seulement ce qu'il avait vu. Il nous a aussi dit qu'il vous en avait parlé.

Qu'y avait-il de vrai dans tout cela? S'il avait pu avoir une réponse claire à cette question, peut-être aurait-il tout avoué, tout de suite.

Et pourtant, cette nuit-là, il avait eu l'impression d'avoir été très silencieux. Il avait ouvert les volets pour qu'un peu de lumière pénètre dans la chambre obscure, avait rassemblé les vêtements de Jenny dans une valise et l'avait descendue en premier puis mise dans le coffre. En passant, il avait vérifié que ses deux fils dormaient, chacun dans son lit. Avait-il fait du bruit et réveillé Ezer en refermant la porte derrière lui? Il se souvenait pourtant qu'elle n'avait pas grincé. À ce moment-là, Jenny gisait toujours sur le sol de la chambre à coucher, enveloppée dans la couverture qu'il avait tirée du fond de l'armoire. Et n'avait-il pas jeté un deuxième coup d'œil dans leur chambre en remontant? Il lui semblait que si: les petits n'avaient pas bougé. Était-ce lorsqu'il était redescendu avec le corps? Parce que là, après avoir verrouillé l'appartement, il était tellement pressé d'atteindre sa voiture qu'il n'avait pas attendu derrière la porte, oreille tendue. Après avoir démarré, lorsqu'il avait vu l'heure tardive, presque le matin, il avait donné un coup d'accélérateur pour être de retour avant le lever des enfants, mais il s'était rapidement modéré de peur de se faire arrêter par des agents de la circulation; du coup, il était revenu à Holon à sept heures moins le quart. Et celui qu'il avait trouvé éveillé, c'était Shalom. Pas Ezer. Le petit avait allumé la télévision et, assis par terre dans le salon, il regardait une émission.

– Papa, elle est où, maman? avait-il demandé.

Haïm n'avait pas répondu.

Avraham réintégra sa place derrière la table et attendit en silence. Haïm se souvint qu'Ezer s'était levé en retard ce jour-là et qu'à cause de lui ils étaient arrivés tard à l'école et à la crèche. Fallait-il y voir le signe que son aîné s'était réveillé pendant la nuit ? Il n'avait rien dit le matin même et n'avait commencé à parler de son papa d'avant et de ce qu'il avait vu qu'au bout de quelques jours, après la découverte de la valise piégée et un nouveau retard à l'école. Il se souvint qu'au matin de cette nuit fatidique, en constatant que Jenny n'était pas là, Ezer aussi avait demandé où elle était. Et pour la première fois, Haïm avait raconté qu'elle était partie en voyage. À ce moment-là, il n'avait aucun plan précis, et certainement pas l'idée de s'envoler pour Manille. Cela lui était venu bien plus tard.

– Bon, voulez-vous enfin me dire comment vous avez tué votre femme, reprit Avraham, ou devrais-je me contenter du témoignage de votre fils ?

À cet instant seulement il comprit pourquoi le policier voulait à tout prix lui faire avouer qu'il savait qu'Ezer l'avait vu et que c'était la raison pour laquelle il avait décidé d'emmener ses enfants à Manille. Au lieu de répondre à la question, il s'exclama :

– Quoi ? Vous pensez que j'ai voulu partir avec Ezer pour qu'il ne parle pas à la police ? Parce qu'il m'avait vu ?

– Je ne le pense pas, monsieur Sara, je le sais. J'ai la certitude que vous aviez l'intention de les tuer tous les deux là-bas. Et pour ça aussi, vous allez devoir rendre des comptes.

On n'avait pas le droit de dire une chose pareille ! Haïm le cria d'une voix qui se brisa et ne ressemblait pas à la sienne.

Quelques jours plus tard, en lisant l'acte d'accusation rédigé contre lui, il comprit cependant que le commandant croyait vraiment les horreurs qu'il avait énoncées.

– Non, on n'a pas le droit de dire une chose pareille ! cria-t-il une seconde fois. Je n'avais l'intention de tuer personne !

– N'élevez pas la voix sur moi, monsieur Sara, répliqua aussitôt le policier en le fixant de son regard fou. Vous aviez l'intention de tuer vos propres enfants puis de rentrer en Israël en expliquant qu'ils avaient décidé de rester avec leur mère aux Philippines, c'est clair ! Peut-être d'ailleurs que ça aurait marché. Votre femme était censée y être, non ? Qui serait allé vérifier ? Leur mère partie, quoi de plus naturel pour des enfants que d'aller la rejoindre et de rester avec elle ? Quant à vous, vous auriez prétendu vous être contenté de les avoir accompagnés à Manille. De n'avoir joué qu'un rôle de livreur. Et lorsqu'on aurait découvert là-bas deux petits corps sans vie, personne n'aurait pu les identifier puisque, pour les autorités philippines, vos enfants n'existent pas. C'est exactement ce que vous aviez l'intention de faire, je me trompe ?

Haïm vit le feu dément qui brûlait dans les yeux de son interlocuteur, alors pourquoi essaya-t-il tant de le convaincre ? Pourquoi n'exigea-t-il pas d'arrêter immédiatement l'interrogatoire ou de le poursuivre avec quelqu'un d'autre et en présence d'un avocat ? Comment osait-on l'accuser d'avoir voulu tuer ses propres enfants ? Il se couvrit le visage des mains, puis les écarta. La seule chose qu'il arriva à bredouiller, ce fut une justification ridicule.

– Ezer et Shalom, c'est tout ce que j'ai au monde. Vous pensez que j'aurais été capable de renoncer à eux ? Jamais je n'aurais été capable de leur faire le moindre mal.

– Alors pourquoi vouliez-vous les emmener à Manille ? réattaqua aussitôt Avraham. Comment l'expliquez-vous ?

Comment l'expliquer ? En arrivant à Manille, elle n'aurait pas été à l'aéroport et, déçus, ils se seraient rendus à l'adresse où elle était censée habiter. Là non plus, ils ne l'auraient pas trouvée. Alors là-bas ou à l'hôtel, ils auraient reçu la lettre d'adieu qu'il avait écrite et signée du nom de Jenny, une lettre qu'il avait cachée dans la valise et qui leur aurait appris non pas qu'elle était morte, mais juste qu'elle ne voulait plus d'eux. Qu'il était, lui, Haïm, la seule chose qu'il leur restait. Ces dernières semaines, que de fois il avait imaginé leur vie à leur retour en Israël ! Une vie sans souffrances. Il ne désirait rien d'autre. Ni pour lui ni pour eux. Mais Avraham ne le laissa ni répondre ni expliquer pourquoi il avait décidé ce voyage avec eux. Il n'eut pas le temps non plus de lui parler de la lettre d'adieu, le commandant continuait à hurler comme s'il avait perdu tout contrôle :

— Inutile de me donner comme argument le fait que vous ayez acheté des billets de retour pour les enfants, puisque vous en avez aussi acheté un pour votre femme ! Vous avez obéi à une seule et même logique ! Où aviez-vous l'intention de les enterrer là-bas ? À moins que vous ayez prévu de jeter les cadavres à la mer ? C'est ce que vous aviez prévu, n'est-ce pas ? Oui, vous auriez simplement jeté les cadavres à la mer !

Peut-être à cause de la répétition de ce mot horrible, « cadavres », Haïm ne put en entendre davantage.

— Vous n'avez pas le droit de dire ça, le coupa-t-il, vous ne comprenez donc pas que si je l'ai tuée, elle, c'était pour eux ? Pour les protéger ?

Avraham sourit en le regardant.

Il comprit immédiatement qu'il venait d'avouer, mais cela lui était presque égal.

— Les protéger de qui ?

Le sourire resta sur les lèvres du commandant lorsqu'il lui dit :

— D'elle.

— D'elle ? Elle les battait ? C'est ça votre baratin ? Vous avez dû la tuer à cause de ça ? Et vous pensez vraiment que je vais gober cette histoire ?

Haïm murmura alors, pas pour lui-même, pas non plus pour le policier à qui ces paroles n'étaient pas destinées :

— Non, elle ne les battait pas. C'est juste qu'elle ne les aimait pas.

L'interrogatoire se termina à cet instant, même si le commandant ne s'en rendit pas compte tout de suite.

Parce que Haïm se préparait déjà à une autre conversation, une conversation où il ne parlerait qu'à ses enfants et où il leur raconterait toute la vérité.

C'était la première fois qu'il prononçait ces mots-là à haute voix. Il avait dit autre chose à sa mère. Et dès qu'il les eut formulés explicitement, il comprit qu'il n'aurait pas d'autres occasions de les répéter, pas même à ses enfants.

Avraham, qui ne l'avait absolument pas écouté, s'entêta.

– Monsieur Sara, je ne crois pas un mot de ce que vous dites. Et j'exige que vous me révéliez ce que vous avez fait du corps de votre femme.

Haïm se surprit lui-même en répondant :

– Je veux d'abord voir Ezer.

Il sentit que l'équilibre s'était renversé dans la pièce, sans doute parce qu'il n'avait plus rien à cacher. Et il était persuadé d'une chose : il suffirait qu'Avraham voie la lettre d'adieu qu'il avait écrite au nom de Jenny pour qu'il comprenne que jamais il n'avait eu l'intention de toucher au moindre cheveu de ses enfants. Que le but du voyage était tout autre.

– Voir qui ? demanda le policier.

Il répondit, encore plus déterminé que la première fois :

– Mes enfants. Si vous voulez que je vous dise où elle se trouve, laissez-moi voir mes enfants. Après, je vous raconterai tout.

Avraham commença par refuser mais Haïm s'entêta et, à nouveau muré dans le silence, il sentit que l'autre fléchissait. Sa détermination en fut décuplée. Le commandant finit par jeter un coup d'œil à sa montre puis il sortit de la salle d'interrogatoire, le laissant seul, une fois de plus.

Il en profita pour préparer ce qu'il dirait à ses garçons.

Il avait imaginé avoir cette conversation avec eux à Manille, seulement voilà, ils n'iraient pas à Manille.

S'ils avaient eu le temps et s'il n'y avait eu qu'eux trois dans la pièce, peut-être aurait-il commencé par leur raconter l'histoire depuis le début. Depuis le jour où ils étaient venus au monde.

Ezer était né en automne et Shalom en été, sous une chaleur torride. Il se souvenait de chaque minute à l'hôpital, du premier contact, de la première fois où il avait pris son aîné dans ses bras. C'était lui qui portait le couffin quand ils l'avaient ramené à la maison, Ezer avec ses yeux de bébé grands ouverts qui regardait autour de lui comme si, déjà à l'époque, il captait tout. De l'avis général, le nouveau-né ressemblait beaucoup à sa mère, et pas du tout à son père, mais Haïm s'était immédiatement reconnu en lui. Jenny n'avait pas voulu l'allaiter, et dès le premier jour, c'était lui qui avait donné le biberon. S'était levé la nuit quand il pleurait parce qu'il avait mal quelque part. L'endormait sur la chaise à bascule du salon, sans chanter, en silence, comme le faisait son propre père, d'après ce qu'on lui avait raconté. Il continua aussi à réfléchir à ce qu'Ezer avait bien pu voir cette nuit-là, à supposer qu'il ait vraiment vu quelque chose. Il se repassait la scène, lui qui soulevait Jenny enroulée dans la couverture et franchissait le seuil de l'appartement avec ce fardeau. Le jour où ils étaient rentrés de Chypre, elle lui avait demandé de la porter pour franchir ainsi le seuil et il avait refusé. Il se souvint aussi qu'au moment où il enveloppait son cadavre dans la couverture, son haut de pyjama s'était soulevé jusqu'à sa poitrine et qu'il avait vu pour la dernière fois la ligne duveteuse le long de son ventre. Le lendemain, il n'avait cessé de se répéter que c'était inéluctable. Qu'il n'avait pas eu le choix. Elle faisait souffrir les enfants et était en train de lui ravir Ezer. Qui, à part elle, avait pu encourager son garçon à s'inventer un «papa d'avant», un papa imaginaire, rien que pour lui faire du mal, à lui. Ce jour-là, le lendemain du meurtre, il avait travaillé comme d'habitude mais était rentré tôt pour ranger l'appartement. Tout était calme, les pièces vides, exactement dans l'état où il les avait laissées, et c'est sans doute à cet instant qu'il avait vraiment compris ce qui s'était passé. Sans pouvoir se l'expliquer, il avait attrapé un chiffon et avait épousseté les meubles du salon et de la chambre à coucher. Il avait lessivé le sol à l'eau chaude mais sans détergent.

Étrangement, il se fit soudain la réflexion qu'il n'habillerait plus ses enfants le matin, à présent quelqu'un d'autre s'en chargerait. Y pensait-il parce que, depuis la disparition de Jenny, c'était lui qui tous les soirs à cette heure-là préparait les tee-shirts et les petits pantalons sur la chaise bleue de leur chambre avant de s'éclipser dans la cuisine et de travailler une ou deux heures au calme ?

Il ne traverserait plus tous les matins les rues obscures où l'on ne croisait personne à part les balayeurs municipaux.

Haïm ignorait s'il avait eu gain de cause… jusqu'au moment où le grincement de la porte qui s'ouvrait l'arracha à ses pensées et où il vit ses deux garçons debout devant lui.

Et là, il ne sut plus quoi dire.

15

L'entreprise de terrassement commença à creuser vers cinq heures du matin, lentement et avec précaution : il fallait préserver au maximum l'intégrité du corps. Jennifer Salazar avait été enterrée dans le jardin de la maison de Ness-Ziona, sous le petit chemin qu'il avait lui-même recouvert de béton après l'y avoir enfouie. Un premier examen des indices trouvés sur le cadavre ne put contredire la version donnée par le suspect au cours de sa garde à vue. Aucun signe de violence ni de blessure ne fut relevé, et les différents gonflements indiquaient que le meurtre avait effectivement eu lieu trois semaines auparavant. Le court rapport que Maaloul rédigea sur les lieux, en petites lettres rondes et avec son vocabulaire précis, stipulait que : *Salazar a été enterrée tout habillée et a été emballée des pieds à la tête dans plusieurs couches de film plastique, sans doute dans le but d'éviter des remontées d'odeur. Ses effets personnels ont été retrouvés dans le débarras au fond du jardin, comme l'avait indiqué le suspect dans ses aveux.*

Avraham n'assista pas à l'exhumation du corps, ce qu'il regretta par la suite.

Après avoir obtenu du juge de permanence ce soir-là la prolongation de la garde à vue du suspect, il avait tenu à organiser la reconstitution du meurtre dans la foulée pour éviter que Sara ne change de version, voire ne se rétracte. Il l'avait lui-même dirigée.

L'immeuble de la rue Aharonovich était silencieux et plongé dans l'obscurité lorsqu'ils y étaient arrivés à trois heures du matin.

Aucun voisin ne se réveilla – en tout cas personne ne jeta un coup d'œil dans les escaliers lorsque la troupe de policiers monta puis s'attarda devant la porte du deuxième étage. Le poignet gauche du suspect était menotté au poignet droit de Zitouni. De sa main libre, Sara indiqua la bonne clé et Avraham ouvrit.

C'était sa première visite dans l'appartement et pourtant le lieu lui sembla familier. Il entra dans toutes les pièces, alluma toutes les lumières. L'endroit était propre et bien rangé, peut-être en raison de leur départ en voyage. Du sol montait une odeur sucrée de produit d'entretien. Cette fois, il n'avait pas l'intention de laisser la moindre porte fermée.

Haïm Sara paraissait hagard avant même que l'équipe vidéo n'allume la caméra, comme si ses pensées vagabondaient ailleurs. Pourtant, avant de se rendre dans l'appartement, et après s'être littéralement effondré devant ses fils en salle d'interrogatoire, il s'était calmé et avait fait à Avraham des aveux détaillés, d'une voix paisible, tout en buvant le thé qu'on lui avait apporté à sa demande.

Lorsqu'ils étaient arrivés sur place, l'homme s'était à nouveau tendu et refermé, ses yeux agités semblaient exprimer une grande surprise, comme si, en acceptant cette reconstitution, il n'avait pas compris qu'on le ramènerait sur la scène du crime. Debout à côté de Zitouni dans l'étroit hall d'entrée, il suivit du regard les déplacements d'Avraham qui ouvrit la porte des toilettes, celle de la salle de bains, entra dans la petite cuisine aux vieux placards et à la table en formica rouge entourée de quatre chaises, revint ensuite dans le hall et lui demanda où était la chambre des enfants. Il indiqua de sa main libre le petit réduit occupé par les lits superposés sur lesquels étaient pliés draps et couvertures.

D'après les aveux de Sara, le meurtre avait été commis à peu près à l'heure où ils commencèrent la reconstitution.

Zitouni lui ôta les menottes et le commandant lui demanda de leur montrer de quel côté du lit était allongée sa femme et dans quelle position. Zitouni fut désigné pour tenir le rôle de la victime.

Jennifer Salazar était allongée sur le dos, du côté droit, le plus proche de l'armoire, et avait les yeux fermés lorsque son mari s'était levé de son lit, écrirait-il dans ses conclusions d'enquête.

Pendant la reconstitution, il suivit Sara, un microphone noir à la main, le cameraman sur ses talons : le suspect refit les gestes d'alors, entra dans la chambre des enfants pour s'assurer qu'ils dormaient tous les deux ; en revenant vers sa chambre, il alla dans le salon prendre le coussin bleu du canapé – Avraham espéra qu'il ne refermerait pas la porte de la chambre derrière lui – et ce fut effectivement ce qui se passa, Haïm Sara oublia de la refermer.

Allongé sur le lit, Zitouni attendait les yeux ouverts. Sara posa le grand coussin sur le visage de Jennifer Salazar et pressa très fort, à deux mains. D'après ses aveux, il n'avait pas pu voir si sa femme s'était réveillée puisqu'il lui couvrait le visage avec le coussin, mais il indiqua qu'elle avait levé les bras vers lui, essayé de l'attraper par les cheveux et donné des coups de pied dans le matelas à plusieurs reprises. Ensuite, tout avait cessé. Il avait laissé le coussin sur son visage quelques minutes de plus avant de le retirer. Pendant tout ce temps, la porte de la chambre à coucher était restée ouverte.

Avraham lui demanda de répéter l'action, ordonna à Zitouni de donner des coups de pied sur le lit. Quant à lui, il sortit et se plaça sur le seuil de la chambre des enfants. L'angle ne lui permit pas de voir quoi que ce soit, mais le bruit des pieds frappant le matelas était parfaitement audible.

Environ deux heures plus tard, à six heures du matin, le dimanche, lendemain de Kippour, Amos Rame et Ilanith Haddad furent embarqués, chacun dans une voiture, pour être transférés du poste d'Eilat au commissariat de Holon. Haïm

Sara avait déjà été placé dans une cellule de la prison d'Abbou-Kabir, et Avraham, de retour au bureau, attendait.

Vingt minutes après leur départ, les policiers qui accompagnaient les suspects entendirent un message radio leur annonçant qu'un groupe de clandestins s'était infiltré dans le pays par la frontière égyptienne. Toutes les forces de police de la région Sud étaient immédiatement réquisitionnées pour les recherches, le groupe étant constitué de Bédouins soupçonnés de se livrer au trafic d'armes dans le Sinaï. Les agents qui accompagnaient Amos Rame et son amie demandèrent si cela les concernait aussi et reçurent une réponse claire – par radio et de manière à ce que tous les passagers des véhicules l'entendent. Le convoi s'arrêta donc à la station-service la plus proche, qui se trouvait à l'embranchement de Timna. Ilanith Haddad fut transférée dans la même voiture qu'Amos Rame. L'autre véhicule, libéré, fit demi-tour pour participer aux recherches. En fait, il se gara deux kilomètres plus loin et attendit les instructions d'Avraham… lequel, pendant ce temps, prenait son premier café depuis la veille au soir et grignotait un gâteau à la cannelle trop sec. Il sortit ensuite fumer une cigarette sur les marches du commissariat. Un premier bus passa rue Fichman, phares allumés parce qu'il faisait encore nuit, avec trois passagers à bord. Était-ce vraiment la fin ? Les images de la reconstitution et des aveux sibyllins de Haïm Sara ne cessaient de le tarauder. Il regagna son bureau et rouvrit le dossier pour relire une nouvelle fois ses notes. Étrange, mais l'ancienne photo de Jennifer Salazar, celle envoyée par Garbo, avait disparu. Non qu'il en ait encore besoin, mais il la chercha tout de même entre les différents documents, puis sur son bureau. Le cliché resta introuvable. Il demanda à Zitouni d'aller regarder dans la valise de Sara, qui, à cause de la lettre que l'homme prétendait avoir écrite pour ses enfants et cachée sous ses vêtements, avait été placée dans la salle des scellés du commissariat dès le vendredi.

Le policier qui était resté à Timna avec Amos Rame et Ila-nith Haddad fut soudain pris d'un besoin pressant, il demanda donc aux deux suspects de sortir de la voiture et les attacha à un poteau électrique devant la boutique de la station-service, avec l'ordre de ne pas communiquer entre eux. Lorsqu'il revint des toilettes, il les installa à nouveau dans la voiture. Un quart d'heure plus tard, il apprit, par radio, que tous les infiltrés avaient été attrapés. L'autre voiture revint et le transfèrement vers Holon reprit.

Amos Rame eut un large sourire lorsque Avraham pénétra dans la salle d'interrogatoire où, quelques heures auparavant, Haïm Sara avait fait ses aveux. L'homme paraissait détendu.

– Je vous avais promis qu'on se reverrait, vous vous souvenez ? lança-t-il en s'asseyant face à son nouveau suspect.

Dire que la première fois qu'il avait eu affaire à lui, il n'était pas du tout censé l'interroger ! Il ne se trouvait au poste que pour rencontrer Benny Seban et portait encore son pantalon de toile blanc et la ridicule chemise couleur pêche que Marianka lui avait achetée et qu'il n'avait plus remise depuis.

– C'est vrai, ricana Rame. Alors regardez-moi bien, pour ne pas dire après que je vous manque. Parce que maintenant non plus, je n'ai pas l'intention de m'attarder dans vos locaux. Je peux vous demander quelque chose de frais à boire ? enchaîna-t-il, toujours avec son large sourire… qui s'effaça d'un coup au moment où Avraham actionna l'enregistreur et lui fit entendre sa propre voix, quelques phrases très nettes qu'il avait échangées avec Ilanith Haddad alors qu'ils étaient tous les deux attachés au poteau électrique anodin de la station-service.

– Fils de pute, susurra-t-il. De toute façon, ce n'est pas rece-vable au tribunal, alors, vous pouvez vous la foutre au cul, cette bande, bien profondément, avec de la vaseline.

Sur l'enregistrement, on entendait Rame ordonner à sa copine de se taire pendant l'interrogatoire. Il la menaçait, si elle parlait, de lui faire porter le chapeau et de dire que c'était elle qui lui avait demandé d'agresser Eva Cohen.

Pendant ce court échange, Ilanith Haddad n'avait pas prononcé la moindre parole tant elle pleurait. D'ailleurs, les derniers mots de Rame avaient été : « Arrête de chialer. Si tu fermes ta gueule, tu n'as rien à craindre. »

C'était à présent au tour d'Avraham de sourire, mais il n'y arriva pas.

À bien des égards, il se sentait reconnaissant envers l'homme assis en face de lui. Si ce type avait craqué dès le premier interrogatoire et avoué être impliqué dans l'affaire de la valise piégée, Sara serait actuellement à Manille avec ses deux fils – à supposer qu'il ne leur ait encore fait aucun mal – et personne n'aurait songé à chercher le cadavre de leur mère.

– Ça, c'est ce qu'on verra au procès, répondit-il. Mais j'aimerais bien que vous m'expliquiez, s'il vous plaît, pourquoi vous avez tabassé Eva Cohen. Est-ce uniquement parce qu'elle avait renvoyé votre copine ou aviez-vous d'autres raisons ?

Rame le dévisagea sans ciller et demanda :

– Qui est Eva Cohen ?

Inutile d'insister.

Dans la salle d'interrogatoire voisine, Lior Zitouni présentait le même enregistrement à Ilanith Haddad et la persuadait sans difficulté de parler. Elle raconta tout : Rame avait imaginé un plan pour faire chanter Eva Cohen, mais la directrice de la crèche ne s'était pas laissé intimider et l'avait renvoyée, malgré les menaces. C'était elle qui avait déposé la valise préparée par Rame à côté de la crèche et elle encore qui avait arrangé, comme Rame le lui avait demandé, le rendez-vous avec Eva Cohen à côté de la plage à Tel-Aviv. Elle ne se doutait pas qu'il avait l'intention de la tabasser. D'ailleurs, elle ne pensait pas qu'il était venu au rendez-vous avec cette intention-là, mais la discussion avait mal tourné et elle n'avait pas réussi à l'empêcher de frapper Eva Cohen à la poitrine et à la tête avec la lourde pierre qu'il avait ramassée dans le fossé.

Avraham se leva. Au moment où il franchissait le seuil, le suspect lui cria dans le dos :

– Vous baissez les bras ? On va se séparer comme ça, sans un petit bisou ?

Les parents d'Ilanith Haddad attendaient dans le hall du commissariat. Il ne les reconnut que lorsque la mère s'approcha de lui en larmes et lui attrapa les mains.

– Relâchez ma fille, s'il vous plaît, le supplia-t-elle. Il l'a ensorcelée, je vous le jure, il m'a pris ma fille et en a fait son jouet. Elle n'y est pour rien.

Le père, debout à côté de sa femme, ne dit pas un mot, exactement comme à leur première rencontre chez eux.

Avraham prit alors la mesure de tout ce qui s'était passé depuis la veille.

Ses collègues s'arrêtaient dans les couloirs pour lui serrer la main et comme son portable sonnait beaucoup plus que d'habitude, il finit par l'éteindre. Même Sharpstein frappa à sa porte et lui lança un «Bravo!». À midi, la secrétaire de Benny Seban le convoqua dans le bureau du chef où il fut accueilli sur le seuil par une tape un peu maladroite sur l'épaule.

– Vous avez fait un super-boulot, Avi. D'ailleurs si vous recevez un coup de fil du directeur des services, jouez l'étonné. Inutile de lui dire que je vous en ai parlé… Et préparez-vous à devenir la star du secteur.

Avraham le remercia et sourit d'embarras.

Les deux enquêtes qui, de fait, avaient commencé en même temps et sans qu'il s'en rende compte tout de suite furent bouclées le même jour. Leur point de départ, une valise contenant une bombe factice, déposée devant la crèche de la rue Lavon à Holon, une valise à partir de laquelle il avait été le seul à déduire l'existence d'une autre valise où avaient été pliés les vêtements et les jouets de deux enfants qui avaient failli être assassinés à Manille. Et puis il y avait eu une troisième valise, cachée dans le débarras d'une maison de Ness-Ziona, où avaient été jetées avec précipitation les affaires d'une morte.

S'il était allé déjeuner à la cafétéria, le flot d'éloges aurait continué. Il préféra donc commander un plateau-repas et s'enferma dans son bureau pour essayer de retranscrire les aveux complets faits par Haïm Sara au cours de la nuit. Il devait les ajouter aux conclusions qu'il avait déjà rédigées. Il n'y arriva pas. Mangea lentement. Sentit la fatigue envahir son corps. Trouva la viande tendre, mais avec un drôle de goût et en laissa la plus grande partie dans l'assiette. Certains épisodes de l'enquête repassaient en boucle dans son cerveau sans qu'il puisse écrire le moindre mot. Il voulait rentrer chez lui et dormir, mais sa journée était loin d'être terminée. Il chercha à nouveau la photo de Jennifer Salazar dans le dossier, entre les papiers étalés sur son bureau. En vain. Songea à téléphoner aux gardiens de la prison pour leur demander de la chercher parmi les effets personnels de Haïm Sara. Quelque chose d'autre manquait, à part la photo, il le sentait. Comme si l'une des valises possédait un double fond qu'il n'avait pas découvert, ou un compartiment caché dans la doublure. Il alla dans la salle des scellés, là où la valise de Haïm Sara avait été entreposée et la vida sur la table. Il fouilla dans les vêtements des enfants, ouvrit la trousse de toilette. Rien. La lettre que Sara prétendait avoir écrite au nom de Jenny n'y était pas. Avait-il menti à ce sujet aussi? Parce que, sinon, comment expliquer cette absence?

Le téléphone sonna dans son bureau. En ligne, Anselmo Garbo semblait très ému.

– Commandant Avraham? C'est vous? Vous m'entendez? lança la voix acérée et déjà familière.

Avraham se rendit compte qu'il avait oublié sa promesse et n'avait pas informé régulièrement son confrère philippin des avancées de l'enquête.

– J'ai des bonnes nouvelles. Nous avons réussi à mettre la main sur la sœur de Jennifer Salazar à Berlin.

– Nous l'avons retrouvée, dit-il tout bas après un bref silence.

– La sœur? demanda l'autre qui n'avait pas compris.

– Non, je voulais dire Jennifer Salazar, précisa-t-il alors en haussant un peu le ton. La disparue. Nous avons exhumé son cadavre ce matin.

Il s'excusa de ne pas lui avoir annoncé la nouvelle plus tôt, tant il était occupé par ce dernier rebondissement. La ligne téléphonique grésilla, le brigadier appelait sans doute d'un endroit où il y avait peu de réseau, car pendant plusieurs secondes ils ne s'entendirent plus.

– Comment est-elle morte ?

– Elle a été assassinée. Par son mari.

Garbo lui demanda de rester en ligne, mais à nouveau sa voix se perdit. Il était vingt heures à Manille, le policier avait appelé Avraham au milieu d'un dîner organisé par le ministre de l'Intérieur à l'hôtel Makati Shangri-La avec quelques hauts gradés de la police. Il sortit dans un salon annexe qui servait de fumoir et put enfin continuer la conversation sans être dérangé.

– Est-ce que vous m'entendez mieux, commandant Avraham ? Vous avez dit qu'elle avait été assassinée par son mari ?

Avraham confirma : Jennifer Salazar avait été tuée, étouffée pendant son sommeil, dans ce qui fut sa chambre à coucher ces huit dernières années, le temps qu'avait duré son mariage avec Haïm Sara.

– Alors pourquoi voulait-il entrer aux Philippines ?

– Pour y assassiner ses deux enfants. En fait, il avait découvert que son aîné l'avait vu commettre son crime. Il nie avoir eu comme plan d'attenter à leur vie, mais nous pensons qu'il prévoyait de les liquider et de revenir en Israël sans eux. De prétendre qu'ils étaient restés avec leur mère à Manille.

Il y eut de nouveau un silence. Il entendit, dans le haut-parleur du téléphone, une allumette qu'on craquait, puis le crépitement du tabac dans une pipe. Garbo renifla plusieurs fois. Pleurait-il ?

– Dans un ou deux jours, reprit Avraham, je pourrai vous envoyer les conclusions du dossier, en anglais si vous voulez.

– Avez-vous identifié formellement le corps ? Avez-vous vu cette femme de vos yeux ?

Pour une raison bien mystérieuse, Avraham mentit et affirma que oui.

– Et qu'allez-vous faire du cadavre?

Il n'y avait pas pensé. Jennifer Salazar avait été transférée à l'institut médico-légal, mais il n'avait pas la moindre idée de ce qu'ils en feraient ensuite. Garbo proposait-il de la rapatrier pour l'enterrer à Manille?

– Je vais tout de même vous donner les coordonnées de la sœur, reprit le Philippin. Elle s'appelle Grace Yilmaz et habite à Berlin. Peut-être pourra-t-elle vous aider avec les enfants. À part ça, j'ai réussi à joindre le premier mari de Jennifer. Il s'appelle Andrade. Ils ont divorcé en 1994, après quatre ans de mariage, parce qu'il est parti travailler au Qatar. Mais ils sont restés en contact téléphonique et se sont même écrit pendant plusieurs années. Il dit qu'ils s'aimaient toujours. Lorsqu'elle est rentrée pour la dernière fois à Manille, en 2005, ils se sont revus et elle a découvert qu'il s'était remarié et avait des enfants. Depuis, elle avait coupé les ponts. Il ignorait qu'elle aussi s'était remariée et avait donné naissance à deux enfants en Israël.

Avraham se demanda pourquoi son collègue lui racontait tout cela maintenant, alors que l'enquête était bouclée. Garbo termina leur conversation sur un ton officiel.

– Commandant Avraham, je tiens à vous remercier pour tous vos efforts. Au nom de la police de mon pays. Chez nous, il est d'usage de dire: « Tant qu'il y a de la vie, il y a de l'espoir. » Eh bien moi, je crois que même lorsque la vie s'achève, il faut continuer à espérer. Ne pensez-vous pas la même chose?

Ils se promirent de rester en contact.

Avraham décida de repousser jusqu'au soir la retranscription de l'interrogatoire de Haïm Sara. Il se rendit donc dans le bureau d'Ilana au Central de Tel-Aviv avec un dossier incomplet. Il roulait vitres fermées, le trafic en ce lendemain de Kippour était encore fluide, et soudain il se sentit cerné par un mur de silence. Il ouvrit la fenêtre, un vent sec pénétra dans l'habitacle.

Ilana avait ses lunettes rectangulaires et portait son uniforme lorsqu'il arriva au Central. Elle se leva lentement de sa chaise pour aller fermer la porte derrière lui au lieu de lui demander de le faire.

– Comme te sens-tu ? s'enquit-elle.

– Surtout fatigué.

– Tu dois te réjouir, non ?

– Eh bien, voilà, c'est mon air réjoui, répondit-il.

Elle lâcha un petit rire.

Il se souviendrait de nombreux moments de ce jour-là, des images qui l'accompagneraient ultérieurement. Ce fut pourtant sa dernière conversation avec Ilana qui se grava vraiment dans sa mémoire. Elle attendit qu'ils soient assis l'un en face de l'autre. Lorsqu'elle enleva ses lunettes, il ne remarqua pas les taches autour de ses yeux bleus. Elle posa sur lui ce regard qui faisait si mal et commença sans attendre.

– Je te dois des excuses.

– Pourquoi ? demanda-t-il bien que la réponse soit évidente.

– Parce que j'ai douté de ton intuition.

Il s'était imaginé cet instant différemment. Ses excuses, il les attendait, mais lorsqu'elles vinrent, il n'en retira aucune joie. Dire que trois jours plus tôt, ici, dans ce même bureau, elle l'accusait de fabriquer de toutes pièces une nouvelle affaire de disparition inquiétante et un nouvel infanticide ! Dire qu'elle avait même réussi, à un certain moment, à ébranler ses convictions ! Mais maintenant qu'il revenait en vainqueur, il ne sentait qu'une chose : à quel point elle était tendue. Il mit cela sur le compte d'une certaine difficulté à reconnaître qu'elle s'était trompée et qu'il avait eu raison. Par la suite, comme il eut honte de cette pensée ! Il essaya d'échapper à son regard brûlant en affirmant que cela n'avait aucune importance.

– Justement si, Avi. Je suis contente que tu aies suivi ton sixième sens, même si c'était à l'encontre de ce que je t'avais ordonné. Tu as mené cette enquête tout seul et parfois derrière mon dos. Je sais que je suis censée t'en vouloir, mais ce que j'y vois, c'est ton évolution en tant qu'enquêteur. Et surtout, ça veut dire que tu as surmonté le traumatisme de ta précédente enquête.

Même *a posteriori*, Avraham ne comprendrait pas pourquoi ces mots-là justement avaient déchiré un voile en lui. Quoi qu'il en soit, à cet instant, étrangement, il revit la confrontation organisée en salle d'interrogatoire entre Haïm Sara et ses enfants.

Il s'était passé et repassé un grand nombre de fois la vidéo de cette rencontre pendant qu'il déjeunait dans son bureau. Il en connaissait les mots par cœur, même s'il ne les avait pas encore retranscrits.

Les enfants s'étaient arrêtés sur le seuil de la pièce, ils n'avaient pas osé entrer avant qu'Avraham ne les y invite. Le petit s'était précipité vers son père. Le grand était resté cloué sur place, à côté de Maaloul.

Ignorant ce que Sara avait l'intention de dire à ses garçons, il l'avait averti que si ses paroles lui paraissaient susceptibles de leur nuire ou d'entraver l'enquête, il les ferait sortir sur-le-champ. La respiration du prévenu sifflait lourdement, il avait caressé les cheveux de son jeune fils, recroquevillé entre ses genoux, mais lorsqu'il avait commencé à parler, il s'était tourné vers la porte, là où était resté l'aîné. Malgré la distance qui les séparait, s'était adressé à lui comme s'il n'y avait personne d'autre dans la pièce.

– Ezer, mon grand, toi et ton frère, vous allez entendre des tas de choses sur moi. N'en crois rien. La seule personne que tu dois croire, c'est moi. Et tu sais que je n'avais pas le choix, n'est-ce pas ? Shalom ne comprend pas parce qu'il est trop petit. À partir de maintenant, c'est toi qui vas devoir le protéger. Tu seras comme son papa et sa maman, d'accord ? Comme si j'étais…

À cet instant, il s'était écroulé et sa bouche n'avait plus lâché que des sons étranges, profonds et étouffés.

– Ça suffit, Avi, ça suffit, était intervenu Maaloul.

Avraham avait tiré Shalom par la main et fait sortir les deux enfants de la pièce.

Comme d'habitude, Ilana capta tout de suite qu'il lui arrivait quelque chose.

– Avi, ça va? s'inquiéta-t-elle.

– Il y a un truc qui ne colle pas, Ilana, répondit-il sans réfléchir. Je sens qu'il manque un maillon.

Il n'avait pas l'intention de lui en parler, mais comme il avait toujours tout partagé avec elle, depuis des années, non seulement dans ce bureau mais aussi dans celui d'avant, au deuxième étage du commissariat du secteur Ayalon, les mots étaient sortis malgré lui.

– C'est encore ce dossier qui te tracasse? demanda-t-elle, et il hocha la tête. Tu as des aveux complets, une reconstitution filmée et un cadavre, que te faut-il de plus?

Elle voulut savoir si ce qui le dérangeait était le témoignage de la grand-mère. Il dit que non. Le matin, tandis que le terrassier exhumait le cadavre, Maaloul avait interrogé Mme Sara et celle-ci avait prétendu que son fils avait tué sa bru dans une crise de somnambulisme. Ou du moins que c'était ce qu'il lui avait raconté le matin, quand il avait débarqué chez elle avec le corps. Depuis tout petit, Haïm était somnambule, avait-elle raconté, il se levait la nuit et agissait sans en avoir conscience, en dormant. Mais là n'était pas ce qui perturbait Avraham, parce qu'il n'avait pas du tout prêté foi à cette histoire.

D'autant que Haïm Sara avait formellement avoué un meurtre avec préméditation. À aucun moment, il n'avait suggéré avoir agi sans s'en rendre compte. Quant au nouveau témoignage d'Ezer, qui avait mentionné un «papa d'avant», Avraham n'y voyait pas non plus une source de problèmes. Et même si l'enfant avait répété que, cette nuit-là, ce qu'il avait vu, c'était son «papa d'avant» descendre de l'appartement en portant sa maman et une valise, même s'il s'était entêté à dire que son papa d'avant n'était pas Haïm et que, pendant ce temps, son vrai papa dormait dans le lit, cette version ne tenait pas après les aveux formels de l'accusé. À l'évidence, le garçon, qui avait du mal à supporter ce qu'il avait vu, faisait porter la responsabilité du meurtre à un père imaginaire qu'il n'avait pas, uniquement dans le but de disculper le sien. Sur le procès-verbal d'interrogatoire que Maaloul avait rédigé, Avraham avait pu lire qu'à la question du policier : *Est-ce que tu sais où ton papa a emmené ta maman ?* l'enfant avait répondu : *Oui. Dans son pays.* Et à la question : *Pourquoi ?* il avait dit : *Parce que sa maison lui manquait. Elle voulait retourner là-bas avec le papa d'avant et avoir des nouveaux enfants.*

– Alors en fait, qu'est-ce qui ne colle pas ? lui demanda Ilana qui ne comprenait pas ses hésitations.

Ce qui le préoccupait, ce n'était pas seulement la disparition de la photo de Jennifer Salazar. Pas non plus cette lettre prétendument écrite par Haïm Sara et qu'ils auraient dû trouver dans la valise si elle avait existé.

– Je n'arrive pas à le comprendre, finit-il par avouer.

– Qui ?

– Sara. Je ne le comprends pas. Pourquoi a-t-il tué sa femme ?

– Il ne te l'a pas expliqué ?

L'homme avait bien essayé, il y avait mis du sien, mais Avraham n'avait toujours pas compris. Et malgré des aveux détaillés, quelque chose de fondamental demeurait non élucidé. Il avait la sensation que, justement, moins il restait de zones d'ombre sur les faits, plus l'image globale se brouillait.

– Il a dit qu'il l'avait fait pour protéger ses enfants. Parce qu'elle ne les aimait pas.

L'enregistrement indiquait que le premier aveu, spontané, avait été fait à vingt-deux heures trente-huit. Avraham répétait une fois de plus des questions concernant les intentions du suspect d'enlever ses enfants puis de les tuer à Manille, et ce dernier, qui continuait à tout nier avec véhémence, s'était soudain écrié : « Vous ne comprenez donc pas que si je l'ai tuée, elle, c'était pour eux ? Pour les protéger ? »

En revisionnant l'interrogatoire, Avraham avait vu, incrédule, le sourire qu'il avait lui-même laissé échapper à ce moment-là. Était-ce parce que, enfin, il entendait les mots qu'il essayait d'extorquer à Sara depuis des heures ? Parce que sa stratégie payait ? Parce qu'il venait d'avoir la confirmation indéniable de ne pas s'être trompé ? Oui, sans doute, mais n'avait-il pas aussi souri parce que quelque chose l'avait fait tressaillir ?

Et exactement à ce moment-là, son interlocuteur s'était tu.

– Alors, qu'est-ce qui n'est pas clair ? insista Ilana.

– Je ne sais pas. Toi, ça te paraît logique, comme explication ?

– Pourquoi pas ?

– Alors pourquoi voulait-il les tuer, eux aussi ? Pourquoi s'obstine-t-il à le nier après avoir avoué le meurtre de sa femme ? Et si elle ne les aimait pas, pourquoi avait-elle leurs photos dans son portefeuille ?

Elle ne comprit pas de qui il parlait.

– Jennifer Salazar. Il y avait des photos de ses fils dans son portefeuille, celui que Sara a caché dans le débarras.

Il tira du dossier le procès-verbal dans lequel Maaloul avait consigné tout ce qui avait été récupéré sur les lieux de la découverte du corps de la victime. Mme Sara mère avait indiqué à l'inspecteur l'endroit où son fils avait caché la valise qui contenait de nombreux vêtements, deux paires de baskets, quelques bijoux bon marché, des bracelets et des colliers de pacotille. Et au fond du tiroir à outils dans le débarras, les policiers avaient mis la main sur le portefeuille avec le passeport et le portable de Jennifer. *Dans le portefeuille, pas de cartes de crédit, pas d'argent liquide*, avait-on stipulé, *quelques reçus, deux cartes de visite, une espèce de médaille en bois en forme d'ellipse, peut-être un camée étranger, une vieille photo d'un jeune homme, apparemment le père de la victime, et deux photos d'identité des enfants.*

Ilana le regarda avec étonnement.

– Avi, je ne vois pas où tu veux en venir.

– J'essaie de comprendre pourquoi il a commis ce crime.

Il continua en formulant ses questions au fur et à mesure :

– Tu sais qu'il prétend l'avoir aimée ? Et que parfois, à ce qu'il a dit, elle lui manque. Mais il maintient qu'il n'avait pas le choix parce qu'elle détestait ses enfants, depuis toujours. Que jamais elle n'en avait voulu. Tu trouves que c'est une explication satisfaisante?

– Ce n'est pas ça que tu essaies de faire, Avi. Tu essaies de remettre en cause les preuves que tu as toi-même récoltées.

– Faux, Ilana. Je sais que nous avons arrêté la bonne personne. C'est un assassin et on l'a arrêté à temps. J'essaie juste de comprendre. Il aurait même pu avouer l'avoir tuée pendant un accès de somnambulisme, mais non, il a choisi d'avouer un meurtre avec préméditation, et il a même voulu l'expliquer à ses enfants. Depuis, il tente de me convaincre qu'il voulait emmener ses fils aux Philippines uniquement pour mettre en scène une séparation. D'ailleurs, elle non plus, je ne la comprends pas. Je n'arrive pas à cerner la personnalité de cette femme, à supposer que ce qu'il m'a dit sur elle soit vrai. Pourquoi l'a-t-elle épousé? Pourquoi lui a-t-elle donné des enfants?

S'il n'avait pas égaré la photo de jeunesse que lui avait envoyée Garbo, il l'aurait posée sur la table et aurait demandé à Ilana de scruter ce large visage juvénile, si semblable à celui de son fils aîné.

Lorsque la divisionnaire reprit la parole, elle s'adressa à lui comme elle l'avait toujours fait et comme s'il n'y avait pas eu de désaccord entre eux pendant tout ce temps.

Surtout, elle s'adressa à lui comme si rien n'allait arriver quelques minutes plus tard.

– Ce n'est pas ton rôle, Avi. Ton rôle, c'est de mettre au clair les faits, pas le pourquoi des faits. Et d'apporter des preuves, pièces à conviction à l'appui. Tu as parfaitement rempli ton contrat. Haïm Sara a assassiné sa femme et il avait l'intention de tuer ses enfants parce que l'un d'eux avait été témoin de cet assassinat. Ce qu'il dit dans un interrogatoire *a posteriori* peut se traduire de mille et une façons, et tu le sais. Si maintenant il prétend avoir agi pour le bien de ses garçons, peut-être est-ce pour te convaincre qu'il n'avait aucune mauvaise intention à leur encontre. Il avoue le meurtre de sa femme afin d'échapper aux poursuites liées à ce qu'il voulait leur faire subir. Voilà qui me semble très clair.

S'il n'y avait pas pensé, était-ce parce que Sara ne lui paraissait pas suffisamment roué pour une telle manipulation ? Se trompait-il ?

La première fois qu'il l'avait interrogé, au sujet de la valise déposée à côté de la crèche, il avait déjà trouvé étrange la manière laconique et hésitante dont l'homme répondait aux questions simples et le récit soudain structuré et exhaustif, raconté facilement, de sa dispute avec la directrice. Il s'était passé la même chose au cours de la nuit dernière : l'homme était enfermé dans un tel mutisme qu'on aurait pu croire que plus jamais il n'ouvrirait la bouche, et tout à coup, après avoir vu ses enfants, il s'était mis à raconter, à voix basse, l'histoire de sa femme. Avec netteté, comme s'il lisait un texte sur une feuille de papier. Il avait continué à nier farouchement avoir voulu porter préjudice à ses enfants, mais l'explication qu'il donnait pour le voyage à Manille ne tenait pas debout : emmener ses enfants là-bas pour qu'ils se séparent définitivement de leur mère et qu'ils comprennent qu'elle ne les aimait pas ! Pour preuve, il ne cessait de mentionner cette lettre qu'il aurait glissée dans la valise et qui confirmait ses dires, mais les policiers n'en avaient trouvé aucune trace parmi leurs effets personnels.

Comme Avraham restait silencieux, Ilana lui demanda :

— Tu comprends ce que veut dire son fils quand il parle de son papa d'avant ?

— Je pense que oui, répondit-il sans savoir où elle voulait en venir.

— Vraiment ? Alors qu'est-ce qu'il veut dire ?

— Il a vu son père porter le cadavre de sa mère, ce qui est insoutenable pour lui. Il ne peut pas admettre une chose pareille.

— Tu en es sûr ?

Avraham n'avait pas le moindre doute là-dessus.

— Okay. Et toi, est-ce que tu comprends toujours le pourquoi de ce que tu fais ?

– Je pense que oui.

– Vraiment ? Tu comprends pourquoi tu as choisi de travailler dans la police ? Ou pourquoi tu as eu tant de mal à surmonter le cas Sharabi ? Ou pourquoi, toi et moi, on n'est plus sur la même longueur d'ondes ?

Avraham ferma les yeux. Lorsqu'il les rouvrit, il ne remarqua toujours rien.

– On n'est plus sur la même longueur d'ondes ? s'étonna-t-il.

Ils ne reparlèrent pas de Haïm Sara parce qu'ils n'avaient plus beaucoup de temps et qu'Avraham devait encore présenter à Ilana les pièces de l'autre dossier.

– Là, tu comprends le pourquoi et le comment, j'espère, lui lança-t-elle.

Il sourit et hocha la tête.

– Ilanith Haddad a raconté à Amos Rame, à l'époque où elle travaillait encore à la crèche, qu'Eva Cohen maltraitait les enfants. C'est le point de départ de toute l'affaire. Rame y a vu un bon moyen de gagner de l'argent. Sur ses instructions, sa petite amie a pris quelques photos avec son téléphone portable et ils ont essayé de faire chanter la directrice. Sauf que ce n'est pas une femme qui se laisse facilement impressionner et, au lieu de payer, elle a licencié son employée. Rame l'a très mal pris et il a décidé d'augmenter la pression. C'est la raison pour laquelle Eva Cohen ne nous a rien dit. Elle savait depuis le début qui avait déposé la valise piégée et qui avait proféré les menaces téléphoniques, comme je m'en étais douté. Elle pensait pouvoir se débarrasser d'eux toute seule, et surtout elle ne voulait pas de mauvaise publicité pour sa crèche. Elle s'est donc rendue au fameux rendez-vous nocturne avec un appareil pour enregistrer leur conversation et les faire avouer qu'ils avaient déposé la valise. À mon avis, Rame s'en est aperçu. C'est pour ça qu'il l'a tabassée. Je ne sais pas s'il avait l'intention de la tuer.

– Ilanith Haddad a avoué, n'est-ce pas ? Donc ce dossier est aussi bouclé, conclut Ilana.

– Pas encore. Il reste une dernière chose. Je veux que tu m'autorises à enquêter sur d'éventuelles maltraitances à la crèche d'Eva Cohen. Ilanith Haddad va nous transmettre les photos qu'elle a prises et je pense que plusieurs parents auront des choses intéressantes à nous dire.

Il songea au petit Shalom et à ce que Haïm Sara lui avait raconté sur la journée qui avait précédé le meurtre de sa femme. Oui, ces deux dossiers se recoupaient en plus d'un point.

– On n'attend pas qu'elle soit sortie de l'hôpital ? demanda Ilana.

– On n'attend pas.

Et là, au moment où leur entretien allait s'achever, Ilana se leva, ouvrit la fenêtre qui donnait sur la rue Shalma, posa le cendrier sur le bureau, s'étonna qu'il ait réussi à se retenir de fumer jusqu'à cet instant et lui proposa un café. Il alluma une cigarette.

– Ça fait déjà un certain temps que je dois te dire quelque chose. Mais peut-être es-tu déjà au courant ?

Jusqu'au moment où elle lui expliqua de quoi il s'agissait, il croyait encore qu'elle allait lui annoncer sa séparation d'avec son mari – à cause de l'adresse mail bizarre d'où elle lui avait envoyé son rapport sur l'enquête précédente, de la photo de famille qui avait disparu de sa table de travail et surtout parce qu'elle avait émis l'hypothèse d'un mensonge de Jennifer Salazar qui aurait peut-être pris la poudre d'escampette avec un amant. Oui, jusqu'à la dernière minute, il était certain qu'elle avait l'intention de lui annoncer son divorce.

– C'est ma dernière semaine dans la police… ou disons que c'est ma dernière semaine jusqu'à nouvel ordre.

Il posa la cigarette dans le cendrier et n'eut pas besoin de l'interroger davantage, les choses se clarifièrent immédiatement.

– Je suis malade, continua-t-elle. Et personne ne peut donner de pronostic. Ce que je sais, c'est que le traitement va durer des semaines. Peut-être plus.

Il resta sans voix un long moment puis finit par articuler :

– Tu es sûre ?

Elle éclata de rire.

– Non, je suis persuadée que c'est une erreur de diagnostic et que les infirmières de l'hôpital se sont mélangé les pinceaux avec mes résultats d'examens. Mais les médecins, eux, n'ont aucun doute.

Devait-il se lever et la prendre dans ses bras? C'est ce qu'il aurait voulu faire, mais c'était impossible. Il la dévisagea, puis coula son regard le long de son cou.

– Tu ne peux rien voir, Avi, dit-elle après avoir intercepté son regard. C'est interne. Très interne. Bien profond à l'intérieur.

– Je peux faire quelque chose?

– Oui, me donner une cigarette. Ce n'est pas un cancer du poumon. En fait, c'est à cause de ça que j'ai recommencé à fumer avec toi.

Lorsqu'il approcha le briquet de son visage, il remarqua enfin la pâleur de son teint, il vit les taches sur ses mains et n'arriva pas à se souvenir si elles avaient toujours été là. Il y avait tellement de questions qu'il aurait voulu lui poser: «Tu as mal, Ilana? Ça a commencé quand? Pourquoi ne m'en as-tu rien dit jusqu'à présent?

Tu as peur?»

Cela faisait plus de dix ans qu'ils se connaissaient, il avait débuté avec elle peu de temps après avoir intégré la police.

Et il n'avait qu'une seule question à se poser: Comment pourras-tu, toi, continuer?

Ils restèrent silencieux jusqu'à ce qu'Ilana reprenne, pour essayer de le réconforter:

– Je ne sais pas qui sera nommé à ma place. Personne ne m'a encore demandé mon avis, mais je tiens à te prévenir que j'ai décidé de donner ton nom. J'espère que ce bureau deviendra le tien. Provisoirement, bien sûr. Comme ça, tu me le garderas au chaud jusqu'à mon retour. Maintenant que tu as surmonté ta précédente enquête et résolu celle-ci, tu as peut-être tes chances.

Il fut incapable de la regarder en face. Était-ce parce qu'il ne voulait pas qu'elle voie que, justement à cet instant, il pensait qu'elle se trompait?

Qu'il n'avait rien surmonté du tout?

Qu'il avait effectivement inventé une disparition inquiétante pour réparer le gâchis du précédent dossier, comme elle le lui avait reproché?

Que, depuis qu'il était rentré en Israël, il restait assis pendant des heures face à cette mer qui gardait en elle le cadavre de l'adolescent?

Que ce jeune homme était la seule personne qu'il voulait sauver?

Qu'en vrai, il continuait à ne chercher qu'une seule valise – celle d'Ofer Sharabi?

Ils se séparèrent sur le seuil. Lorsque Ilana le serra contre elle, il sentit pour la première fois à quel point elle avait maigri. Corps fragile, qu'il sentit disparaître entre ses bras.

Malgré sa fatigue, il ne rentra pas chez lui, incapable de supporter seul une telle dose de chagrin. Il retourna au commissariat, qu'il trouva presque vide à une heure aussi tardive, et se prépara un verre de café. Sur son bureau, quelqu'un avait déposé un bouquet de fleurs. De toute la journée, il n'avait plus du tout réfléchi à l'enquête, tant Ilana occupait ses pensées. C'est peut-être pour cela qu'il décida de regarder à nouveau la vidéo de l'interrogatoire et de retranscrire enfin sur papier les aveux de Sara. Il chercha un stylo dans un des tiroirs et tomba sur la photo de Jennifer Salazar, celle qu'il croyait perdue. Étrange. L'avait-il rangée machinalement à cet endroit? Sans doute. Sauf qu'à présent ce cliché l'intéressait si peu qu'il le retourna et le classa dans le dossier sans un regard. Il resta longtemps à écrire, à effacer, à réécrire.

Question: À vos dires, vous aviez l'intention de la tuer depuis longtemps, alors pourquoi justement cette nuit-là?

Réponse : Parce que la veille, le petit était revenu de la crèche avec des traces de coups.

Question : Quel petit ?

Réponse : Shalom, mon plus jeune fils.

Question : D'accord, continuez.

Réponse : Le mardi, quand il est rentré de la crèche, il avait une grande entaille sur le front.

Question : C'est effectivement ce que vous nous avez dit. Et que s'est-il passé après ?

Réponse : J'ai demandé à Jenny ce qui lui était arrivé mais elle a dit qu'elle ne savait pas et qu'elle s'en fichait. J'ai insisté : pourquoi tu n'as pas demandé à la directrice, tu aurais dû lui demander ce qui était arrivé à Shalom, c'est peut-être un autre enfant qui lui a fait cette blessure, et elle m'a répondu : tu n'as qu'à y aller toi-même, ce sont tes enfants. Moi, je me fiche de savoir qui leur a fait mal. C'est comme ça qu'elle parlait d'eux. Jamais autrement.

Question : Ensuite ?

Réponse : Les enfants étaient là et ils ont tout entendu. Elle n'était pas discrète. Ezer aussi a entendu.

Question : C'était quand ?

Réponse : Quand je suis rentré du travail. Dans l'après-midi.

Question : Alors pourquoi ne pas l'avoir tuée ce jour-là ? Qu'est-ce que vous lui avez répondu ?

Réponse : Rien. Qu'est-ce que je pouvais lui répondre ?

Question : Et vous l'avez tuée à cause de ça ?

Réponse : Oui.

Question : Vous la soupçonniez de battre Shalom ?

Réponse : Non. Elle n'aurait jamais osé les toucher.

Question : Alors je ne vous comprends pas. Vous a-t-elle menacé de vous retirer la garde des enfants ?

Réponse : Elle ne serait jamais partie avec eux, je vous dis qu'elle n'en voulait pas. Une fois, c'est vrai, elle m'a menacé, mais c'était seulement pour me faire souffrir autant qu'elle souffrait.

Elle savait à quel point je les aimais. D'ailleurs, elle ne se privait pas pour m'humilier devant eux, exprès.

Question : C'était quand ?

Réponse : Il y a longtemps.

Question : Et pourquoi n'avez-vous rien fait à ce moment-là ?

Réponse : Je n'y avais pas encore pensé.

(…)

Question : Et tout à coup, le jour où votre fils est rentré de la crèche avec une plaie au front, vous y avez pensé ?

Réponse : (Le suspect opine.) Comme elle avait refusé d'en parler à la directrice, le matin, j'y suis allé, moi, et j'ai eu cet accrochage. Eva Cohen non plus ne m'écoutait pas.

Question : C'était le mercredi matin ?

Réponse : Oui.

Question : Et que s'est-il passé ensuite ?

Réponse : Rien. Quand je suis rentré, on a dîné, après Jenny les a mis au lit et elle a été se coucher tôt. Moi, j'ai terminé mon travail dans la cuisine et après j'ai préparé la couverture.

Question : Vous vous êtes à nouveau disputés ce soir-là ?

Réponse : Comment ça disputés ?

Question : Elle ne s'est pas rendu compte que vous projetiez de lui faire quelque chose ?

Réponse : Comment aurait-elle pu s'en rendre compte ?

Question : L'avez-vous déjà battue ?

Réponse : Jamais. Je n'ai jamais levé la main sur elle.

Question : A-t-elle eu une attitude différente, ce soir-là ? Pouvez-vous me décrire ses faits et gestes ?

Réponse : Je vous dis que tout était normal. Elle a regardé la télévision dans le salon et après elle est allée se coucher.

Question : Avez-vous couché avec elle cette nuit-là ?

Réponse : (Le suspect ne répond pas.)

Question : Avez-vous eu un rapport sexuel avec elle cette nuit-là ?

Réponse : Non. Elle s'est endormie avant que j'aie fini de travailler.

Question : Vous saviez déjà comment vous alliez la tuer ?
Réponse : Oui.
(…)
Réponse : J'ai mis mon réveil pour quatre heures du matin, mais je n'ai pas réussi à dormir.
Question : Pourquoi ne pas l'avoir fait dès que vous êtes allé au lit ?
Réponse : Parce que vers le milieu de la nuit, elle dort plus profondément et les enfants aussi. Et aussi pour la suite. Pour que ce soit plus facile de la sortir de l'appartement sans qu'ils la voient.
Question : Le meurtre a donc eu lieu à quatre heures du matin ?
Réponse : Avant. J'avais juste vérifié que les enfants dormaient bien.
Question : Et ensuite ? Comment avez-vous procédé ?
Réponse : Je l'ai étouffée avec le grand coussin.
Question : Lequel ?
Réponse : Celui du salon.
Question : Vous l'avez toujours ?
Réponse : Oui. C'est le grand coussin bleu.
Question : Montrez-moi comment vous avez fait. Vous lui avez mis le coussin sur la tête ?
Réponse : Oui. Je l'ai posé et j'ai pressé avec les mains. (Le suspect tend les bras en avant.)
Question : Et elle ne s'est pas défendue ?
Réponse : Non. Elle a essayé d'attraper mes mains, elle a donné des coups de pied dans le matelas, mais au bout de quelques minutes, elle a arrêté. J'ai laissé longtemps le coussin plaqué sur son visage.
Question : Et depuis avez-vous lavé la housse ?
Réponse : Non.

16

Ces enfants, qu'Avraham avait tellement voulu sauver, il ne les revit ultérieurement qu'une seule fois, à la messe qui fut célébrée en l'église Saint-Pierre, une semaine après la découverte du corps, par un dimanche matin gris de la mi-octobre. L'hiver était encore loin, mais dehors de violentes rafales de vent secouaient les cimes des palmiers. Avraham chercha des yeux les garçons de Haïm Sara et, dans un premier temps, il ne les vit pas. Sur les bancs de l'église se pressaient déjà des dizaines de Philippines, certaines accompagnées de bambins. Deux jours plus tôt, Garbo lui avait envoyé un fax pour lui annoncer l'organisation de cette messe à la mémoire de Jennifer Salazar ; il l'avait aussi informé que la sœur de la victime ferait le déplacement de Berlin pour y participer et qu'un représentant de l'ambassade des Philippines en Israël serait présent. Avraham avait cru comprendre entre les lignes que son confrère comptait aussi sur sa présence, mais il était venu, en fait, uniquement dans l'espoir de revoir les deux petits garçons et sans prévenir aucun des policiers du commissariat.

Il s'assit sur un banc, au fond de l'église, et attendit. L'allure du prêtre américain – chevelure blanche et longue barbe – qui apparut en haut de la chaire lui fit penser à un hippy des années soixante qui aurait découvert la foi en rentrant de la guerre du Vietnam. Le saint homme commença par déclarer qu'il dédiait ses paroles à Jennifer Salazar, une fidèle parmi les fidèles qui avait, pour son grand malheur, été assassinée.

Il ne la mentionna cependant pas une seule fois dans la suite de son prêche dont le but était de convaincre ses ouailles que même si elles n'avaient pas vu de miracles durant leur vie, cela ne signifiait pas qu'il ne s'en produisait pas, ici et maintenant, en permanence. Elles devaient continuer à avoir la foi, leur assura-t-il, et un jour elles auraient, elles aussi, une révélation merveilleuse.

Le moindre toussotement d'Avraham résonnait sous la grande voûte comme un coup de tonnerre. Des lumières orange crépitaient autour de lui dans la pénombre ambiante et, du haut de leurs vitraux, des personnages colorés l'observaient.

Il s'attendait à ce que quelqu'un fasse l'éloge funèbre de la défunte, mais personne ne s'en chargea.

D'ailleurs, est-ce que l'une de ces femmes assises dans l'église connaissait Jennifer Salazar? Est-ce que le prêtre l'avait remarquée, les dimanches où elle venait là, toute seule, comme l'avait expliqué Haïm Sara au cours de son interrogatoire? De temps en temps, sur un signe mystérieux, l'assistance se levait d'un bloc. Avraham aussi – pour ne pas se faire remarquer –, mais lorsque les femmes s'agenouillèrent sur les prie-Dieu, il resta assis. Une Philippine de grande taille passa entre les rangs avec une petite corbeille en osier rembourrée, des billets et des pièces y furent déposés, et lui, pour sa part, détourna le regard et ne sortit pas son portefeuille. Il avait beau ne pas croire en Dieu, la pensée qu'il risquait de payer cher sa visite à l'église lui effleura l'esprit. Il ne vit les deux garçons qu'une fois la messe terminée. Le prêtre descendit de l'autel et commença à serrer des mains du premier banc, et là, Avraham reconnut le fils aîné, vêtu d'une belle chemise, et le petit à côté de lui. À quelques pas, se tenait une femme aux longs cheveux noirs. La ressemblance avec le visage juvénile de la vieille photo de Jennifer était si flagrante qu'il en eut des frissons. Le prêtre s'arrêta devant les enfants, posa les mains sur la tête de Shalom comme s'il le bénissait, se pencha pour lui chuchoter quelque chose à l'oreille, peut-être des paroles de réconfort, et Avraham se souvint de s'être dit, quelques jours plus tôt, qu'il devrait adopter les deux fils de Haïm Sara et les élever seul. Bon, si cette idée ridicule lui était venue à l'esprit, c'était uniquement à cause d'un roman qu'il avait lu des années auparavant. Il s'approcha de la sœur – de près, elle ressemblait moins à la victime, elle avait un visage étroit et plus délicat –, se présenta en anglais comme un policier du commissariat de Holon, lui expliqua qu'ils détenaient des effets personnels ayant appartenu à la défunte et qu'ils souhaitaient les lui restituer. La femme le remercia et lui demanda de quoi il s'agissait.

– Surtout des vêtements et des bijoux qu'on a retrouvés dans une valise. Et aussi quelques documents et des photos qui étaient restées dans l'appartement. Par exemple toutes les lettres que vous lui avez écrites. J'imagine que vous voudrez les récupérer.

– Je n'ai jamais écrit de lettres à ma sœur, répondit-elle en le dévisageant d'un air étonné. Nous n'avions plus aucun contact depuis que je m'étais installée en Allemagne.

Il lui présenta alors la photo trouvée dans le portefeuille de la victime, mais elle n'en voulut pas davantage : Maaloul s'était trompé, il ne s'agissait nullement du portrait de leur père, c'était celui du premier mari de Jennifer, Julius Andrade.

– Cet homme lui a brisé le cœur, ajouta encore la sœur.

Pendant tout cet échange, Ezer était resté debout à côté d'eux et n'avait pas lâché la main de son petit frère, comme s'il entendait encore résonner à ses oreilles les derniers mots que son père lui avait dits en salle d'interrogatoire.

Avraham descendit jusqu'au vieux port par les ruelles étroites de Jaffa et s'assit à côté d'un pêcheur qui ramenait dans son filet des petits poissons morts, tout un banc qui flottait les yeux ouverts entre des pontons d'amarrage, à la surface d'une eau stagnante. Un sentiment de satisfaction l'envahit soudain, peut-être parce qu'il avait vu les deux garçons bien vivants. Pourtant, il restait persuadé – comme il s'en était ouvert à Ilana et à elle seule – que le dossier n'avait pas livré tous ses secrets. D'ailleurs, au cours d'une de ses nombreuses nuits d'insomnie, il s'était rendu rue Lavon et, à la lumière d'une torche électrique, avait passé au crible le jardinet dans lequel avait été cachée la valise piégée. Que croyait-il trouver, justement là-bas et après tellement de temps ? Le vent se renforça, les vagues qui éclataient sur le ponton mouillèrent la pointe de ses chaussures et l'ourlet de son pantalon. Il retourna au commissariat.

L'intérêt de la presse pour l'affaire Salazar fut superficiel et de courte durée.

Des articles sur le meurtre et la tentative d'infanticide à Manille ne furent publiés que dans les dernières pages de la majorité des quotidiens et l'un d'eux cita le nom d'Avraham. Il répondit aussi à une interview téléphonique pour une émission de radio sur la Voix d'Israël, mais deux minutes après le début de l'entretien, ses paroles furent coupées par l'annonce de l'assassinat ciblé d'un des représentants importants du Hamas à Gaza. Avraham n'avait même pas eu le temps de donner le nom de la victime. Assis à côté du téléphone de son bureau, il resta de longues minutes à attendre, la productrice lui ayant promis de le rappeler. En vain.

Et la vie continua.

L'avocate de Haïm Sara proposa au juge un arrangement selon lequel son client avouerait le meurtre de Jennifer Salazar et le procureur oublierait l'accusation ridicule de tentative d'homicide sur les enfants. Elle suggéra même que la police était responsable de la disparition de la lettre que son client avait glissée dans la valise et qui aurait pu confirmer sa version. Mais Avraham ne voulut rien entendre et personne ne contredit le commandant qui avait si bien résolu cette affaire : son enquête avait démontré que Haïm Sara n'avait planifié le voyage qu'après avoir compris que son fils avait été témoin du meurtre. Le fait qu'il avait acheté un billet de retour pour sa femme tout comme pour ses enfants ne faisait que confirmer un *modus operandi* identique avec toutes ses victimes. Le parquet décida, eu égard à son âge, de ne pas poursuivre Mme Sara mère.

Le commandant Avraham passa au dossier suivant qui lui fut confié et dut enquêter sur l'agression d'un chauffeur de bus de la compagnie Egged, tabassé à coups de barre de fer par deux passagers. On lui en confia aussi un autre, totalement hors normes et très mystérieux : des inscriptions bombées à la peinture noire étaient soudain apparues sur les murs de la ville : *Vous comprendrez bientôt pourquoi.* Cela avait été suivi de trois effractions dans des appartements de personnes âgées – perpétrés la même nuit. Rien n'avait été volé, mais dans les trois chambres à coucher, on avait déposé des boîtes en métal rouillées, à l'intérieur desquelles était pliée une vieille coupure de journal. Dans un des appartements, rue De-Shalit, on trouva une page du *Yédiot Haharonot,* en date du jeudi 5 mai 1949. Le plus gros titre sur cette feuille qui partait en lambeaux parlait du crash d'un avion en Italie, au-dessus de la colline Superga, au sud de la plaine du Pô, accident dans lequel avaient péri tous les joueurs de la célèbre équipe de football de Turin. En dessous, entouré au feutre noir, un entrefilet évoquait un meurtre perpétré à Holon : *Le corps d'un veuf a été découvert dans les dunes du quartier La Patrie.* Dans le deuxième appartement, la coupure de presse datait du 4 novembre 1979. Là, le gros titre portait sur un massacre en Caroline du Nord : des membres du Ku Klux Klan avaient tiré sur les manifestants d'une marche pour les droits de l'homme organisée par des syndicats et plusieurs sections du parti communiste. Le bilan était de cinq morts. Là encore, à côté, on pouvait lire dans un entrefilet qu'une jeune fille de dix-huit ans, habitant à Rishon-leZion avait été enlevée à son domicile. Au cours de la troisième intrusion, qui ne fut rapportée que quelques jours plus tard, le mystérieux gang avait laissé une coupure du journal *Davar* daté du 18 novembre 1962, qui relatait le meurtre d'un cordonnier de Ramat-Gan. *Après avoir fermé boutique, un bric-à-brac situé au 36, voie Negba à Ramat-Gan, Moshé Stoléro, un handicapé âgé de trente-cinq ans, bossu et boiteux, s'apprêtait à monter chez ses parents au troisième étage du même immeuble, avec la recette de la journée, trois cents livres lorsque, à peine entré dans la cage d'escalier et avant même qu'il ait eu le temps d'allumer la lumière, on lui avait tiré dessus, trois balles en rafales qui l'avaient atteint à la poitrine, à l'épaule et à la tête. Le mystérieux assassin s'est volatilisé.*

Sur les trois coupures de presse, une main anonyme avait écrit au feutre noir : *Vous comprendrez bientôt pourquoi.*

Avraham se rendit dans les archives de la police pour la première fois depuis qu'il avait intégré le service. Là, il fit la connaissance du directeur, un homme étrange qui avait dépassé les soixante-dix ans et que l'on surnommait docteur Bartosek [1], bien que ce ne soit pas son nom. Malgré son âge, Bartosek, comme consumé par un feu intérieur, ne cessait de s'agiter. Et tandis qu'il slalomait sur sa chaise roulante entre les rayonnages des vieux dossiers, il dressa aux oreilles d'Avraham – en abrégé – l'historique du travail de police.

– Saviez-vous par exemple que, il y a trente ans, quand un policier voulait rapporter un délit, il était obligé de courir jusqu'à la première cabine publique et d'appeler le commissariat avec un jeton de téléphone ? lui demanda-t-il, les yeux brillants. À supposer bien sûr, qu'il en ait un sur lui ! Du coup, tous les policiers se baladaient avec un sachet de jetons dans leur poche de chemise. Vous imaginez ?

Avec l'aide du docteur Bartosek, Avraham arriva à trouver le dénominateur commun entre les trois anciens crimes soudain déterrés : aucun n'avait été élucidé. Il ne put cependant pas avancer : les personnes âgées chez qui les boîtes métalliques avaient été déposées ne comprenaient pas du tout leur rapport avec les affaires ainsi tirées de l'oubli.

Si le dossier avait réussi à éveiller la curiosité d'Avraham, il ne le captivait pas vraiment. Le commandant sentait quelque

---

1. Héros de nouvelles policières de Karel Čapek.

chose d'artificiel dans cette histoire, comme si rien dans ce scénario n'était réel, ou, plutôt, il avait l'impression de lire un des romans policiers dont il raffolait, et non d'enquêter sur un vrai dossier. Lorsqu'il élucida l'affaire, il découvrit que son instinct ne l'avait pas trompé. Cela dit, il passa des heures les yeux fixés sur des vieux articles, à traquer catastrophes, morts et crimes, sans y trouver aucun sens. De plus, il ne pouvait pas en discuter avec Ilana. En apparence, son travail se poursuivait comme d'habitude, sinon que la divisionnaire n'était plus là. Pas un jour sans qu'il ne veuille lui parler, mais elle avait demandé qu'on ne vienne pas la voir à l'hôpital et qu'on ne lui téléphone pas pendant toute la durée de son traitement. Il l'imaginait assise sur un lit dans une chambre blanche, le crâne chauve et vêtue de la tunique verte, la plante des pieds devenue dure et calleuse. De temps en temps, une rumeur courait dans les couloirs du commissariat au sujet d'un éventuel remplacement, mais pour le moment personne n'avait été nommé, et personne n'avait suggéré à Avraham qu'il était pressenti pour le poste. Et puis, jusqu'à la dernière minute, il espéra qu'elle lui ferait la surprise de sa présence lors de la cérémonie de promotion et de remise de médaille pour services distingués qui fut organisée en son honneur un mercredi après-midi, dans la cour même où s'était tenu, en septembre, le pot de fin d'année.

Une foule de policiers, d'hommes et de femmes en uniforme s'agglutinait autour de tables en bois couvertes de nappes, de petits fours dans des assiettes en plastique et de boissons non alcoolisées. En cherchant Ilana au milieu de tous ces gens qui continuaient à affluer, son regard tomba sur ses parents, debout sur le seuil et qui attendaient, embarrassés. Sa mère s'était habillée et maquillée comme à l'époque lointaine où elle allait au concert à Tel-Aviv et, pour la première fois depuis longtemps, il vit son père vêtu d'un jean et du béret noir qu'il portait depuis sa retraite. Ils s'assirent à côté de lui au premier rang pendant le discours de Seban, qui ne s'était pas foulé et avait repris des paragraphes entiers de ce qu'il avait dit en septembre, surtout ceux concernant sa vision de la sécurité et son intention de créer une zone sans violence. Il termina en ajoutant que, grâce à l'engagement et au courage d'officiers de police tels que le commandant Avraham, ce rêve était en train de devenir réalité. Ce fut à son tour de prendre la parole et il y eut un silence total dans l'assistance – c'est du moins ce que son père lui raconta ultérieurement. Quant à sa mère, elle jugea que ses remerciements avaient été trop courts et qu'il n'avait pas assez parlé de lui.

Il en profita pour complimenter publiquement le sergent Zitouni et l'inspecteur Eliyahou Maaloul, dont la collaboration avait été primordiale dans la résolution de cette affaire, et insista surtout sur la contribution de la commissaire divisionnaire Ilana Liss, soulignant que tous les policiers du secteur ne cessaient de prier pour qu'elle reprenne du service le plus vite possible.

Et exactement comme l'avaient fait le prêtre à l'église Saint-Pierre et Seban dans son discours, il ne mentionna pas le nom de Jennifer Salazar. Pourtant, dans la première version qu'il avait préparée la veille, il avait consacré quelques phrases à la mémoire de cette femme.

Deux jours plus tard, le vendredi matin, le commissaire Avraham Avraham s'envola pour Bruxelles.

Encore une chose dont il n'avait parlé à personne. À ses parents, il avait raconté qu'il partait en formation pour trois jours à Nazareth.

Il atterrit dans la capitale en fin de journée, prit le train de l'aéroport international jusqu'à la gare du Midi et de là continua en taxi jusqu'à l'hôtel Espagna, où il avait résidé lors de sa première visite dans cette ville. La 307, où il avait dormi à l'époque, étant occupée, il s'installa dans une chambre plus spacieuse et plus chère, au septième étage, dont le joli balcon orienté plein nord offrait une vue imprenable sur les quartiers résidentiels qui menaient au centre. Il déposa sa petite valise et, comme lors de sa première visite, sortit tout de suite. Il emprunta l'avenue Brugmann – cette fois il connaissait le chemin – et marcha vite, suivant les rails du tram jusqu'à la rue de la Victoire. La nuit tomba, les trottoirs se vidèrent et il arriva square Alfred-Bouvier essoufflé. Il remarqua de loin que la fenêtre de la chambre qui avait été la sienne pendant les trois mois d'été était obscure, pourtant il s'approcha et s'arrêta devant l'immeuble gris aux allures de bâtiment industriel. Marianka le qualifiait d'ailleurs «d'immeuble le plus laid d'Europe», mais aux yeux d'Avraham, il était plus beau que tous les châteaux réunis. Son nom était toujours inscrit sur la boîte aux lettres, et les autres fenêtres de l'appartement du deuxième étage n'étaient pas davantage éclairées.

Avraham resta immobile devant l'entrée mais il finit par comprendre que si Marianka revenait tout à coup, elle risquait de le voir. Il préféra donc se rabattre sur le jardin mal entretenu qui occupait le centre de la place et fuma une cigarette à l'abri de l'obscurité et des arbres dégarnis. Un voisin dont le visage lui était familier se promenait là avec son chien. En le dépassant, l'animal jappa dans sa direction comme s'il se souvenait de lui. De temps en temps, il levait la tête vers la fenêtre toujours noire. Le froid s'intensifia, se fit si pénétrant qu'Avraham dut s'avouer que son manteau était trop léger et, à vingt-deux heures trente, il décida de retourner à l'hôtel. Sur le chemin, il sentit qu'il avait faim et s'arrêta au Prétexte. La serveuse, tout sourire, lui demanda comment il allait, il répondit avec les quelques mots de français qu'il avait appris l'été précédent, mangea des pâtes insipides à la crème fraîche et aux fruits de mer, suivit la partie d'échecs que disputaient bruyamment deux vieux habitués assis à la table voisine.

Il se souvenait très bien de l'emploi du temps de Marianka et le lendemain, à sept heures du matin, il revint se cacher dans le petit jardin en face de l'immeuble.

Son cœur s'accéléra lorsque, par-delà la rangée de voitures stationnées le long du trottoir, il vit la porte s'ouvrir et sa

Marianka apparaître, vêtue du jogging moulant noir et des baskets qu'il connaissait bien. Elle regarda tout autour, ne le repéra pas, souffla à l'intérieur de ses mains pour les réchauffer, s'élança sur son parcours en direction de la rue de Lausanne et disparut rapidement. Suivant le plan qu'il avait préparé, il entra dans un café d'où il pouvait la voir revenir.

Mais il ne la vit pas revenir.

Et lorsqu'il ressortit, à neuf heures et quart, la fenêtre de sa chambre était ouverte. Sur le rebord, il discerna le petit pot de cyclamens qu'il lui avait offert quelques semaines avant son départ.

Elle réapparut avant dix heures et il se rendit compte qu'il se souvenait de chacun de ses mouvements, de sa démarche souple et rapide, du sac en cuir qu'elle accrochait à son épaule. Chaque fois qu'ils marchaient ensemble, il était à la traîne. Il releva le col de son manteau, enroula l'écharpe bleue de telle sorte qu'elle lui couvre le nez et la bouche et, veillant à garder une distance de sécurité, il la suivit. Comme il s'en doutait, elle s'arrêta à l'épicerie polonaise – cette fameuse épicerie où, tous les matins avant qu'elle ne se réveille, il allait acheter du pain de seigle noir – puis descendit rapidement la rue de la Victoire en direction du marché. Elle s'arrêta à un passage piéton, attendit au feu et, soudain, elle se retourna. Heureusement, il réussit à se cacher derrière une poubelle de recyclage. Elle flâna devant les étals des bouchers, prit des fruits et des légumes, il passa devant les mêmes étals et s'arrêta pour contempler des fromages comme s'il voulait en acheter. Une foule de plus en plus dense envahissait la place, il peinait à garder Marianka dans sa ligne de mire sans trop s'approcher, d'ailleurs tout à coup, elle avait disparu. Il pressa le pas et tourna dans une rue qu'il ne connaissait pas, persuadé que c'était à ce niveau qu'il l'avait perdue de vue. Il n'avait pas de plan de la ville sur lui et ne reconnut pas le quartier où il aboutit. Il était certain de retomber sur le marché à chaque carrefour, mais apparemment il ne faisait que s'en éloigner. La pluie commença à tomber, il n'avait pas de parapluie, déambulait dans une rue qui n'en finissait pas, à suivre une direction incertaine... et soudain, il sentit que quelqu'un lui effleurait l'épaule. Il se retourna. Marianka était là, aussi trempée que lui.

– Qu'est-ce que tu fais ici ? lui demanda-t-elle.

– Je suis de passage.

– Et tu ne m'as rien dit ?

– Je ne savais pas si tu voulais me voir.

Il ne s'attendait pas à se retrouver nez à nez avec elle. De si près, les traits de son visage le surprirent.

– Tu me suivais ? s'étonna-t-elle.

– Je voulais juste te voir, se défendit-il, car, effectivement, il n'en espérait pas davantage.

– Et tu n'avais pas l'intention de me prévenir de ta venue ? Tu as cru que je ne te remarquerais pas, alors que tu me suis depuis ce matin ?

Son seul objectif avait été, il le comprit à cet instant, de l'observer de loin.

Ils reprirent leur marche, ensemble cette fois, et en silence. Elle devant, lui un peu en retrait, comme d'habitude. Elle lui demanda s'il se rappelait où se trouvait la douche et comment fonctionnait le robinet. Il était encore sous le jet d'eau chaude lorsqu'il l'entendit ouvrir la porte de la salle de bains et déposer des vêtements secs sur le tabouret. Un débardeur blanc, qu'il avait oublié dans sa machine à laver. Elle se doucha après lui. Il l'attendit dans la cuisine. Sur la table, il vit deux tasses de thé bouillant et un bocal de sucre. Son pantalon mouillé séchait, accroché au radiateur qui diffusait une agréable chaleur. Et sur le réfrigérateur, leur photo, prise en été à Bruges, était toujours là. Marianka s'installa en face de lui, ses cheveux courts paraissaient plus foncés une fois mouillés.

– Je sais que je te dois une explication, mais dis-moi d'abord comment tu vas, commença-t-elle.

– Très bien.

– Tu es sûr ?

– Oui, pourquoi ?

– Comment s'est terminée ton enquête sur la valise piégée ? Lors de leur dernière conversation, c'était effectivement encore l'affaire de la valise piégée qui le préoccupait. Elle ignorait tout de l'agression d'Eva Cohen, Haïm Sara n'était alors qu'un témoin et elle ne savait pas que cet homme avait assassiné sa femme et prévoyait de tuer ses enfants. Il lui raconta donc ce qu'il avait découvert et comment il avait mené l'enquête : ses soupçons, le refus d'Ilana Liss de placer le suspect en garde à vue, la course contre la montre, ses échanges fréquents avec Anselmo Garbo, l'arrestation à l'aéroport, l'étrange témoignage du fils aîné, les aveux de Haïm Sara et enfin la reconstitution dans l'appartement. S'il exposait tout, et avec autant de détails, était-ce pour éviter de parler de lui-même ? Ou alors espérait-il, comme la fois précédente, entendre de la bouche de Marianka quelque chose qui lui ouvrirait les yeux et expliquerait ce qu'il n'arrivait pas à comprendre ? Mais elle resta muette. Il enchaîna donc en lui révélant que son exploit dans cette enquête – il avait confondu un criminel et sauvé des enfants – lui avait valu une médaille ainsi qu'une promotion et qu'il était à présent commissaire. Elle se leva, le pria d'attendre un instant, disparut dans la chambre à coucher et en revint avec un petit paquet emballé dans un papier doré qu'il essaya de ne pas déchirer en l'ouvrant.

– C'est quoi ? demanda-t-il.

– Un cadeau. Pour toi. Allez, dépêche-toi !

Lorsque l'étui en bois révéla son contenu, il s'étonna :

– Pourquoi une pipe ?

– Un jour, je suis passée devant la vitrine, je l'ai vue et j'ai pensé à toi et à tes romans policiers. Elle ne te plaît pas ?

Il ignorait comment on fumait la pipe, mais il était heureux qu'elle ait pensé à lui. Il se souvint du grésillement du tabac qui se consumait dans la pipe de Garbo le jour où celui-ci l'avait appelé et qu'il lui avait annoncé qu'ils avaient retrouvé Jennifer Salazar. Pourrait-il fumer avec la même élégance que le brigadier philippin ? Il s'imagina, devant son commissariat, en train d'envoyer des ronds de fumée douceâtre vers le ciel gris de Holon.

– Elle me plaît beaucoup. C'est juste que je ne sais pas m'en servir.

– Je t'apprendrai. C'est une de mes odeurs préférées. Mon père fumait la pipe et, pour moi, c'est le parfum de la maison, Dommage que j'aie oublié d'acheter du tabac.

La glace se rompit enfin entre eux. Le premier sourire de Marianka vint lorsque Avraham mit la pipe dans sa bouche et la mordilla. Il avait décidé qu'il ne lui poserait aucune question et justement, ce fut elle qui commença :

– Je ne suis pas venue parce que j'ai eu peur.

– De quoi ?

– De quitter cet appartement et mon travail dans la police pour venir te rejoindre sans savoir ce qu'il adviendrait. De perdre de nouveau tout un pan de ma vie, comme cela s'est passé lorsqu'on a quitté la Slovénie. Mais surtout j'avais peur de découvrir dans quelques mois ou dans quelques années que c'était une erreur. Imagine que je renonce à tout ce que j'ai, que je m'éloigne de ma famille, que je parte vivre dans un endroit qui m'est totalement étranger, et qu'un jour je découvre que je ne t'aime plus. Ou que tu ne m'aimes plus. Ou que tu m'as trompée avec ta secrétaire parce que tu t'es lassé de moi. N'est-ce pas toujours comme ça que les histoires se terminent ? Maintenant je t'aime et tu m'aimes peut-être toi aussi. Je ne me souviens pas d'avoir vécu une période plus belle que l'été que nous avons passé ensemble, mais tout a une fin. Et je ne peux pas me permettre de tout perdre encore une fois.

Avraham, qui souriait parce que les mots «maintenant je t'aime» continuaient à tinter à ses oreilles, murmura :

– Ça ne nous serait pas arrivé, à nous.

– Comment peux-tu le savoir ?

– Élémentaire, mon cher Watson, dit-il en retirant la pipe de sa bouche et en soufflant une fumée imaginaire dans la cuisine. Je le sais, c'est tout.

– D'après ta théorie, il me semble que les détectives se trompent tout le temps, non ? répliqua-t-elle.

– Pas cette fois. En plus, je n'ai pas de secrétaire.

Mais Marianka ne riait pas.

– Avi, il faut que je te raconte quelque chose, ça me soulagera. C'est à cause de ça que j'ai cherché à t'éviter. Je ne voulais pas te mentir.

Avait-il compris avant qu'elle ne commence et se l'était-il caché à lui-même ?

– J'ai eu une aventure avec un autre homme. Très brève. Quelques jours. Mais je ne pouvais pas te parler comme si de rien n'était. Je ne voulais pas te le cacher, mais je ne pouvais pas non plus te le dire. Je pense que je l'ai fait pour me prouver que je ne devais pas partir te rejoindre. Qu'on n'avait aucune chance. Et tu vois, j'ai réussi. Tu m'écoutes, Avi ? Tu es là ?

Il posa la pipe sur la table.

– C'était qui ? demanda-t-il.

– Quelle importance ?

Il trouvait que cela en avait une, mais n'insista pas.

– Vous vous êtes rencontrés où ?

– À une fête de famille. Mais laisse tomber, Avi, s'il te plaît. Ça ne change rien.

– À une fête de famille ?

– Oui. C'est un très vague cousin. Il habite en Slovénie et était venu passer quelques jours à Bruxelles.

Il voulait qu'elle continue et en même temps ne voulait plus rien entendre. Lui revinrent en mémoire les questions qu'il avait posées à Haïm Sara au sujet de sa femme, la nuit où, dans la salle d'interrogatoire du commissariat, l'homme était passé aux aveux. Il voyait Marianka allongée sur le lit de la chambre à coucher, le lit qui avait été le sien pendant les trois mois d'été, et un homme qu'il ne connaissait pas, dont il ne pouvait même pas imaginer le visage, ouvrait lentement son chemisier, du bouton de col jusqu'à celui placé à hauteur du nombril, caressait l'épaule claire ainsi révélée. Et pendant ce temps, lui, Avraham, préparait son appartement en prévision de l'arrivée de la femme qu'il aimait, courait derrière des valises ou à l'hôpital et n'attendait que de rentrer chez lui pour pouvoir enfin l'appeler.

– Il a dormi ici avec toi ? demanda-t-il.

– Oui.

– Combien de fois ?

– Je ne me souviens pas. Je suis désolée que ça te fasse si mal.

– Tu ne te souviens plus s'il a dormi ici une nuit, une semaine ou un mois ?

Sa voix faillit se briser.

– N'insiste pas, Avi. S'il te plaît. J'essaie de t'expliquer que c'était juste un prétexte. Ça ne servira à rien que tu saches.

Il ne l'avait pas regardée jusqu'à cet instant, mais quand il le fit, il ne vit qu'une chose dans ses yeux : du désespoir. Si familier pour lui, bien que ce fût la première fois qu'il le voyait sur le visage de Marianka. Il devait se lever et partir, mais son pantalon, qui chauffait sur le radiateur, était encore mouillé. Soudain, il se demanda ce qu'il faisait dans cette ville. Qu'avait-il espéré ? Serait-il rentré à Holon sans lui avoir parlé si elle n'avait pas remarqué sa présence ? Pourquoi ne s'en allait-il pas tout de suite ?

Quelqu'un frappa à la porte. Insista. Marianka alla regarder par le trou de la serrure et n'ouvrit pas.

– Tu peux, dit-il.

– Je n'ai pas envie, c'est la voisine.

La pluie tambourinait contre la vitre, de l'extérieur monta le grondement d'un camion qui déchargeait quelque part dans la rue, la nuit finit par tomber et la pénombre envahit la cuisine. Ils n'avaient quasiment plus parlé jusqu'au moment où le téléphone qu'il avait dans la poche se mit à sonner. Il était dix-neuf heures passées. Ultérieurement, il se dit que c'était pour cela qu'il n'était pas parti, comme s'il avait pressenti qu'il allait recevoir cet appel et qu'il voulait être à côté d'elle pour y répondre. Marianka resta à l'observer pendant toute la conversation et elle comprit qu'il était arrivé quelque chose. Avraham se leva, s'éloigna, revint dans la cuisine, lui demanda un stylo et un morceau de papier. Par la suite, il constaterait que sa main avait tremblé en écrivant.

Elle ne l'avait pas quitté des yeux.

– C'était qui ? l'interrogea-t-elle après qu'il eut raccroché.

– Eliyahou Maaloul. Il appelait du commissariat.

La voix du vieil inspecteur tremblait elle aussi : « Avi, lui avait-il dit, je suis au commissariat avec l'avocate de Haïm Sara. »

– Il s'est passé quelque chose ? insista Marianka.

Il opina.

Elle ne savait pas qui était Haïm Sara parce qu'il ne lui avait pas précisé le nom du meurtrier.

– Ils ont trouvé la lettre. La fausse lettre d'adieu, soi-disant écrite par sa femme à ses enfants.

Il ne lui avait pas non plus parlé de cette fameuse lettre, bien que Sara n'ait cessé de clamer qu'il l'avait écrite et mise dans la valise – preuve que ses intentions n'étaient pas de tuer ses enfants à Manille, mais uniquement de mettre en scène des adieux à leur mère après sa mystérieuse disparition.

– Comment se fait-il qu'elle ait soudain resurgi ? s'enquit-elle.

– Son fils. Il l'a rendue. Son fils aîné. Il a dit qu'il l'avait subtilisée dans la valise la veille de leur départ et l'avait conservée jusqu'à maintenant. Ce matin, il en a parlé à sa grand-mère ou à l'avocate, je ne sais pas, mais c'est l'avocate qui a pris contact avec Maaloul et la lui a montrée. On doit encore vérifier l'écriture et le moment où elle a vraiment été écrite, mais mon collègue croit que l'aîné dit la vérité.

– Et qu'est-ce que ça implique ?

– Je ne sais pas encore. Sans doute que je me suis trompé et qu'il n'avait pas l'intention de tuer ses garçons. Qu'il a bien failli être accusé à tort de tentative d'infanticide à cause de moi. Sans compter qu'après l'arrestation de leur père, c'est ce que les enfants ont entendu.

Marianka regarda les mots aux caractères étranges qu'il avait tracés sur la feuille de papier pendant sa conversation téléphonique.

– C'est le texte de la lettre ?

Il hocha la tête. Et fixa les quelques phrases qu'il avait notées.

– Tu peux me la lire ?

– À quoi bon ?

– Je veux savoir ce qu'il a écrit.

Il aurait préféré ne jamais avoir eu à lire ces mots. Si la version de Haïm Sara était vraie, l'homme avait prévu de faire cette lecture à haute voix, pour ses fils, à Manille. Or voilà, c'était lui, Avraham, qui s'en chargeait, pour Marianka. C'était lui qui essayait de traduire les phrases en anglais et qui, en même temps, s'entêtait à ne pas en comprendre la signification, ou à les oublier, de peur que leur contenu ne lui colle à la peau.

Shalom et Ezer, je sais que vous êtes venus de très loin me chercher avec papa, que vous voulez me voir et me ramener à la maison, mais nous ne pouvons pas nous rencontrer. Pas ici. J'ai décidé de vous quitter et de quitter notre domicile parce que je n'ai jamais voulu être votre mère. Jamais. Je sais que, sans moi, ce sera dur pour vous au début, et que vous aurez du mal à m'oublier, mais vous avez un papa qui veillera sur vous et s'occupera très bien de vous. Il vous aime très très fort, il sera pour vous un père bon et protecteur, puis vous grandirez, vous m'oublierez et vous commencerez une nouvelle vie avec lui. Et vous aussi, vous l'aiderez, parce qu'au début ce ne sera pas facile pour lui d'être tout seul. Peut-être un jour, quand vous serez devenus des hommes, nous pourrons nous revoir. Maman.

Marianka détourna le regard.

– Est-ce que tu comprends, continua Avraham, que c'est peut-être son gamin qui l'a sauvé ?

Et, soudain, il se rendit compte qu'il n'avait pas demandé à Maaloul si Ezer avait lu la lettre et avait cru que sa mère l'avait écrite ou bien s'il savait que son père en était l'auteur. D'ailleurs, qu'est-ce qui était pire ? Il ne voulait surtout pas le savoir. Marianka s'approcha de lui et posa la tête sur son épaule pour la première fois.

– Tu sais quoi ? À chaque enquête, j'ai l'impression que la fin sera différente. Oui, à chaque nouveau dossier. Que tout ce qui s'est passé sera effacé. Mais rien ne s'efface, au contraire, tout s'accumule, de dossier en dossier. J'étais sûr que là, j'y étais arrivé, mais non, là non plus, je n'ai réussi à sauver personne. Ni elle, ni eux, ni même moi.

Elle s'approcha encore un peu plus de lui.

– Avi, je ne pense pas qu'on puisse sauver les enfants de leurs parents, dit-elle avant d'ajouter : Mais peut-être que tu y arriveras quand même un jour.

Il l'écouta et ferma les yeux.

Le lendemain, alors qu'il attendait à la gare son train pour l'aéroport, il remarqua un couple d'adolescents qui s'embrassaient. Ils portaient chacun un lourd sac à dos. Devant cette image, il se fit la réflexion que dans une étreinte on ne voyait jamais l'autre. Il resta à les détailler un si long moment qu'ils finirent par s'en apercevoir. C'était ainsi, sans y voir, qu'ils s'étaient parlé, eux aussi, la nuit précédente, en aveugles, ou comme ceux qui dialoguent avec eux-mêmes.

– Je veux qu'on se marie, Marianka, avait-il dit dans les cheveux de la jeune femme.

– Malgré ce que je t'ai raconté ? lui avait-elle chuchoté dans le cou.

– Justement. (Même s'il ne comprenait pas ce qu'il voulait dire exactement, il savait qu'il avait raison.) Tu acceptes ?

Elle répondit par quatre mots :

– Je pense que oui.

Sur la table de la cuisine restaient leurs deux tasses de thé vides, un sucrier ouvert, deux petites cuillères, un emballage cadeau déchiré à la hâte, un étui en bois et aussi une pipe, qu'Avraham rangea le lendemain dans sa valise et qu'il rapporta avec lui à Holon.

Lee Child
Sans douceur excessive
La Faute à pas de chance
L'espoir fait vivre

Michael Connelly
Deuil interdit
La Défense Lincoln
Chroniques du crime
Echo Park
À genoux
Le Verdict du plomb
L'Épouvantail
Les Neuf Dragons

Thomas H. Cook
Les Leçons du Mal
Au lieu-dit Noir-Étang
L'Étrange Destin de Katherine Carr
Le Dernier Message de Sandrine Madison

Arne Dahl
Misterioso
Qui sème le sang
Europa Blues

Torkil Damhaug
La Mort dans les yeux
La Vengeance par le feu

Knut Faldbakken
L'Athlète
Frontière mouvante
Gel nocturne

Dan Fante
Point Dume

Karin Fossum
L'enfer commence maintenant

Kirby Gann
Ghosting

William Gay
La Demeure éternelle

Sue Grafton
T comme Traîtrise
Un cadavre pour un autre – U comme Usurpation

Oliver Harris
Sur le fil du rasoir

Veit Heinichen
À l'ombre de la mort
La Danse de la mort
La Raison du plus fort

Charlie Huston
Le Vampyre de New York
Pour la place du mort
Le Paradis (ou presque)

Joseph Incardona
Aller simple pour Nomad Island

Viktor Arnar Ingólfsson
L'Énigme de Flatey

Thierry Jonquet
Mon vieux
400 Coups de ciseaux et Autres Histoires

Mons Kallentoft
La 5ᵉ Saison
Les Anges aquatiques

Joseph Kanon
Le Passager d'Istanbul

Jonathan Kellerman
Meurtre et Obsession
Habillé pour tuer
Jeux de vilains
Double Meurtre à Borodi Lane
Les Tricheurs
L'Inconnue du bar

Hesh Kestin
Mon parrain de Brooklyn

Natsuo Kirino
Le Vrai Monde
Intrusion

Michael Koryta
La Nuit de Tomahawk
Une heure de silence

Volker Kutscher
Le Poisson mouillé
La Mort muette
Goldstein

Håkan Nesser
Le Mur du silence
Funestes Carambolages
Homme sans chien

George P. Pelecanos
Hard Revolution
Drama City
Les Jardins de la mort
Un jour en mai
Mauvais Fils

Louis Sanders
La Chute de M. Fernand

Ninni Schulman
La Fille qui avait de la neige dans les cheveux
Le Garçon qui ne pleurait plus

James Scott
Retour à Watersbridge

Romain Slocombe
Première Station avant l'abattoir

Peter Spiegelman
À qui se fier ?

Carsten Stroud
Niceville
Retour à Niceville

Joseph Wambaugh
Flic à Hollywood

Corbeau à Hollywood
L'Envers du décor

Don Winslow
Cool
Dernier Verre à Manhattan

Austin Wright
Tony et Susan

RÉALISATION : IGS-CP À L'ISLE-D'ESPAGNAC
IMPRESSION : NORMANDIE ROTO IMPRESSION S.A.S. À LONRAI
DÉPÔT LÉGAL : MARS 2015. N° 107710 (1500567)
– *Imprimé en France* –